ZHONGGUO XIAOSHUO
100 QIANG

中国小说100强（1978—2022）

零炮楼

张　者　著

北京联合出版公司
Beijing United Publishing Co.,Ltd.

图书在版编目（CIP）数据

零炮楼 / 张者著. -- 北京：北京联合出版公司，2023.9
（中国小说100强）
ISBN 978-7-5596-7031-1

Ⅰ.①零… Ⅱ.①张… Ⅲ.①长篇小说－中国－当代 Ⅳ.①I247.5

中国国家版本馆CIP数据核字(2023)第106806号

零炮楼

| 作　　者：张　者
| 出 品 人：赵红仕
| 出版监制：张晓冬　范晓潮
| 责任编辑：李艳芬
| 特约编辑：和庚方　郭　漫
| 封面设计：武　一

北京联合出版公司出版
（北京市西城区德外大街83号楼9层　100088）
北京兴星伟业印刷有限公司印刷　新华书店经销
字数197千字　650毫米×920毫米　1/16　21.5印张
2023年9月第1版　2023年9月第1次印刷
ISBN 978-7-5596-7031-1
定价：68.00元

版权所有，侵权必究
未经书面许可，不得以任何方式转载、复制、翻印本书部分或全部内容。
本书若有质量问题，请与本公司图书销售中心联系调换。
电话：010-65868687

中国小说 100 强（1978—2022）丛书

编委会

丛书总策划

  张　明　　著名出版人
  张　英　　资深媒体人

编委主任

  吴义勤　　中国作协副主席
  　　　　　中国小说学会会长

编　委

  吴义勤　　中国作协副主席、中国小说学会会长
  宗仁发　　《作家》杂志主编
  谢有顺　　中山大学教授、中国小说学会副会长
  顾建平　　《小说选刊》副主编
  张　英　　资深媒体人
  文　欢　　作家、出版人

总　序

"中国小说100强"（1978—2022）是资深出版人张明先生和腾讯读书知名记者张英先生共同策划发起的一套大型文学丛书。他们邀请我和宗仁发、谢有顺、顾建平、文欢一起组成编委会，并特邀徐晨亮参与，经过认真研讨和多轮投票最终评定了100人的入选小说家目录。由于编委们大多都是长期在中国文学现场与中国文学一路同行的一线编辑、出版家、评论家和文学记者，可以说都是最专业的文学读者，因此，本套书对专业性的追求是理所当然的，编委们的个人趣味、审美爱好虽有不同，但对作家和文学本身的尊重、对小说艺术的尊重、对文学史和阅读史的尊重，决定了丛书编选的原则、方向和基本逻辑。

从文学史的角度来说，1978年以后开启的新时期文学是中国当代文学的黄金时代，不仅涌现了一批至今享誉世界的优秀作家，而且创造了许多脍炙人口的文学经典，并某种程度上改写了20世纪中国文学史的版图。而在中国新时期文学的经典家族中，小说和小说家无疑是艺术成就最高、影响力最大的部分。"中国小说100强"（1978—2022）就是试图将这个时期的具有经典性的小说家和中国小说的经典之作完整、系统地筛选和呈现出来，并以此构成对新时期文学史的某种回顾与重读、观察与评判。呈现在读者面前的这套丛书是对1978—2022年间中国当代小说发展历程的一次全面、系统的整体性回顾与检阅，是中国当代文学经典化的重要成果，从特定的角度集中展示了中国新时期文学在小说创作方面的巨大成就。需要说明的是，与1978—2022年新时期文学繁荣兴盛的局面相比，100位作家和100本书还远远不能涵盖中国当代小说的全貌，很多堪称经典的小说也许因为各种原因并未能进入。莫言、苏童、余华等作家本来都在编委投票评定的名单里，但因为他们已与某些出版社签下了专有出版合同，不允许其他出版社另出小说集，因而只能因不可抗原因而割爱，遗珠之憾实难避免，而且文学的审美本身也是多元的，我们的判断、评价、选择也许与有些读者的认知和判断是冲突的，但我们绝无把自己的标准强加于别人的意思。我们呈现的只是我们观察中国这个时期当代小说的一个角度、一种标准，我们坚持文学性、学术性、专业性、民间性，注重作家个体的生活体验、叙事能力和艺术功力，我们突破代际局限，老、中、青小说家都平等对待，王蒙、冯骥才、梁晓声、铁凝、阿来等名家名作蔚为大观，徐则臣、阿乙、弋舟、鲁敏、林森等新人新作也是目不暇接，我们特别关注文学的新生力量，尤其是近10年作品多次获国家大奖、市场人气爆棚的新生代小说家，我们秉持包容、开放、多元的审美立场，无论是专注用现实题材传达个人迥异驳杂人生经验、用心用情书写和表现时代精神的现实主义作家，还是执着于艺术探索和个体风格的实验性作家，在丛书里都是一视同仁。我们坚信我们是忠实于自己的艺术理想、艺术原则和艺术良心的，但我们并不认为自己的角度和标准是唯一的，我们期待并尊重各种各样的观察角度和文学判断。

当然，编选和出版"中国小说100强"（1978—2022）这套大型丛书，除了上述对文学史、小说史成就的整体呈现这一追求之外，我们还有更深远、更宏大的学术目标，那就是全力推进中国当代文学"经典化"的历程和"全民阅读·书香中国"建设。

从1949年发端的中国当代文学已经有了70多年的发展历程，但对这70多年文学的评价一直存在巨大的分歧，"极端的否定"与"极端的肯定"常常让我们看不到当代文学的真相。有人认为中国当代文学达到了前所未有的高度和水平。王蒙先生在法兰克福书展上就说：中国当代文学现在是有史以来最繁荣的时期。余秋雨、刘再复甚至认为中国当代文学的成就远远超过了现代文学。也有人极端否定中国当代文学，认为中国当代文学都是垃圾。他们认为现代文学要远远超过当代文学，中国当代文学连与现代文学比较的资格都没有。比如说，相对于鲁（迅）、郭（沫若）、茅（盾）、巴（金）、老（舍）、曹（禺）这样大师级的人物，中国当代作家都是渺小的侏儒，根本不能相提并论，两者比较就是对大师的亵渎。应该说，与对中国当代文学的肯定之声相比，对当代文学的否定和轻视显然更成气候、更为普遍也更有市场。尽管否定者各自的角度和出发点不同，但中国当代作家、作品与中外文学大师、文学经典之间不可比拟的巨大距离却是唱衰中国当代文学者的主要论据。这种判断通常沿着两个逻辑展开：一是对中外文学大师精神价值、道德价值和人格价值的夸大与拔高，对文学大师的不证自明的宗教化、神性化的崇拜。二是对文学经典的神秘化、神圣化、绝对化、空洞化的理解与阐释。在此，我们看到了一个非常有趣的悖论：当谈论经典作家和文学大师时我们总是仰视而崇拜，他们的局限我们要么视而不见要么宽容原谅，但当我们谈论身边作家和身边作品时，我们总是专注于其弱点和局限，反而对其优点视而不见。问题还不在于这种姿态本身的厚此薄彼与伦理偏见，而是这种姿态背后所蕴含的"当代虚无主义"。这种"虚无主义"的最大后果就是对当代作家作品"经典化"的阻滞，对当代文学经典化历程的阻隔与拖延。一方面，我们视当下作家作品为"无物",拒绝对其进行"经典化"的工作,另一方面又以早就完全"经典化"了的大师和经典来作为贬低当下泥沙俱下的文学现实的依据。这种不在同一个层面上的比较,不仅毫无意义,而且只能使得文学评价上的不公正以及各种偏激的怪论愈演愈烈。

其实,说中国当代文学如何不堪或如何优秀都没有说服力。关键是要进行"经典化"的工作,只有"经典化"的工作完成了才有可能比较客观地对当代的作家作品形成文学史的判断。对当代的"经典化"不是对过往经典、大师的否定,也不是对当代文学唱赞歌,而是要建立一个既立足文学史又与时俱进并与当代文学发展同步的认识评价体系和筛选体系。当然,我们也要承认,"经典化"问题是一个非常复杂的问题,并不是凭热情和冲动一下子就能完成的,但我们至少应该完成认识论上的"转变"并真正启动这样一个"过程"。

现在媒体上流行一些对于中国当代文学经典化冷嘲热讽的稀奇古怪的言论,其核心一是否定中国当代文学有经典、有大师,其二是否定批评界、学术界有关"经典化"的主张,认为在一个无经典的时代,"经典"是怎么"化"也"化"不出来的,"经典化"是一个实实在在的"伪命题"。其实,对于文学,每个人有不同的判断、不同的理解这很正常,每一种观点也都值得尊重。但是,在"经典"和"经典化"这个问题上,我却不能不说,上述观点存在对"经典"和"经典化"的双重误解,因而具有严重的误导性和危害性。

首先,就"经典"而言,否定中国当代文学早就不是什么新鲜事,对当代文学的虚无主义态度在很多人那里早已根深蒂固。我不想争论这背后的是与非,也不想分析这种观点背后的社会基础与人性基础。我只想指出,这种观点单从学理层面上看就已陷入了三个巨大误区:

第一个误区,是对经典的神圣化和神秘化的误区。很多人把经典想象为一个绝对的、神圣的、遥远的文学存在,觉得文学经典就是一个绝对的、乌托邦化的、十全十美的、所有人都喜欢的东西。这其实是为了阻隔当代文学和"经典"这个词发生关系。因为经典既然是绝对的、神圣的、乌托邦的、十全十美的,那我们今天哪一部作品会有这样的特性呢?如果回顾一下人类文学史,有这样特性的作品好像也没有。事实上,没有一部作品可以十全十美,也没有一部作品能让所有人喜欢。在这个问题上,我们应该明确的是,"经典"不是十全十美、无可挑剔的代名词,在人类文学史上似乎并不存在毫无缺点并能被任何人所认同的"经典"。因此,对每一个时代来说,"经典"并不是指那些高不可攀的神圣的、神秘的存在,只不过是那些比较优秀、能被比较多的人喜爱的作品而已。从这个意义上说,当今中国文坛谈论"经典"时那种神圣化、莫测高深的乌托邦姿态,不过是遮蔽和否定当代文学的一种不自觉的方式,他们假定了一种遥远、神秘、绝对、完美的"经典形象",并以对此一本正经的信仰、崇拜和无限拔高,建立了一整套关于中国当代文学的伦理话语体系与道德话语体系,从而充满正义感地宣判着中国当代文学的死刑。

第二个误区,是经典会自动呈现的误区。很多人会说,是金子总是会发光的。但对文学来说,文学经典的产生有着特殊性,即,它不是一个"标签",它一定是在阅读的意义上才会产生意义和价值的,也只有在阅读的意义上才能够实现价值,没有被阅读的作品没有被发现的作品就没有价值,就不会发光。而且经典的价值本身也不是固定不变的。如果一个作品的价值一开始就是固定不变的,那这个作品的价值就一定是有限的。经典一定会在不同的时代面对不同的读者呈现出完全不同的价值。这也是所谓文学永恒性的来源。也就是说,文学的永恒性不是指它的某一个意义、某一个价值的永恒,而是指它具有意义、价值的永恒再生性,它可以不断地延伸价值,可以不断地被创造、不断地被发现,这才是经典价值的根本。所以说,经典不但不会自动呈现,而且一定要在读者的阅读或者阐释、评价中才会呈现其价值。

第三个误区，是经典命名权的误区。很多人把经典的命名视为一种特殊权力。这有两个层面的问题：一，是现代人还是后代人具有命名权；二，是权威还是普通人具有命名权。说一个时代的作品是经典，是当代人说了算还是后代人说了算？从理论上来说当然是后代人说了算。我们宁愿把一切交给时间。但是，时间本身是不可信的，它不是客观的，是意识形态化的。某种意义上，时间确会消除文学的很多污染包括意识形态的污染，时间会让我们更清楚地看清模糊的、被掩盖的真相，但是时间同时也会使文学的现场感和鲜活性受到磨损与侵蚀，甚至时间本身也难逃意识形态的污染。此外，如果把一切交给时间，还有一个前提，那就是对后代的读者要有足够的信任，要相信他们能够完成对我们这个时代文学的经典化使命。但我们对后代的读者，其实是没有信心的。我们今天已经陷入了严重的阅读危机，我们怎么能寄希望后代人有更大的阅读热情呢？幻想后代的人用考古的方式对我们这个时代的文学进行经典命名，这现实吗？我不相信后人对我们身处时代"考古"式的阐释会比我们亲历的"经验"更可靠，也不相信，后人对我们身处时代文学的理解会比我们亲历者更准确。我觉得，一部被后代命名为"经典"的作品，在它所处的时代也一定会是被认可为"经典"的作品，我不相信，在当代默默无闻的作品在后代会被"考古"挖掘为"经典"。也许有人会举张爱玲、钱钟书、沈从文的例子，但我要说的是，他们的文学价值早在他们生活的时代就已被认可了，只不过很长时间由于意识形态的原因我们的文学史不谈及他们罢了。此外，在经典命名的问题上，我们还要回答的是当代作家究竟为谁写作的问题。当代作家是为同代人写作还是为后代人写作？幻想同代人不阅读、不接受的作品后代人会接受，这本身就是非常乌托邦的。更何况，当代作家所表现的经验以及对世界的认识，是当代人更能理解还是后代人更能理解？当然是当代人更能理解当代作家所表达的生活和经验，更能够产生共鸣。因此，从这个角度来说，当代人对一个时代经典的命名显然比后代人更重要。第二个层面,就是普通人、普通读者和权威的关系。理论上,我们都相信文学权威对一个时代文学经典命名的重要性,权威当然更有价值。但我们又不能够迷信文学权威。如果把一个时代文学经典的命名权仅仅交给几个权威,那也是非常危险的。这个危险表现在什么地方呢? 就是几个人的错误会放大为整个时代的错误,几个人的偏见会放大为整个时代的偏见。我们有很多这样的文学史教训。在这个问题上,我们既要相信权威又不能迷信权威,我们要追求文学经典评价的民主化、民主性。对一个时代文学的判断应该是全体阅读者共同参与的民主化的过程,各种文学声音都应该能够有效地发出。这个时代的文学阅读,最理想的状态应该是一种互补性的阅读。为什么叫"互补性的阅读"? 因为一个批评家再敬业,再劳动模范,一个人也读不过来所有的作品。举个例子: 现在我们一年有5000部以上的长篇小说,一个批评家如果很敬业,每天在家读二十四小时,他能读多少部? 一天读一部,一年也只能读三百部。但他一个人读不完,不等于我们整个时代的读者都读不完。这就需要互补性阅读。所有的读者互补性地读完所有作品。在所有作品都被阅读过的情况下,所有的声音都能发出来的情况下,各种声音的碰撞、妥协、对话,就会形成对这个时代文学比较客观、科学的判断。因此,文学的经典不是由某一个"权威"命名的,而是由一个时代所有的阅读者共同命名的,可以说,每一个阅读者都是一个命名者,他都有对经典进行命名的使命、责任和"权力"。而作为一个文学研究者或一个文学出版者,参与当代文学的进程,参与当代文学经典的筛选、淘洗和确立过程,更是一种义不容辞的责任和使命。说到底,"经典"是主观的,"经典"的确立是一个持续不断的"过程","经典"的价值是逐步呈现的,对于一部经典作品来说,它的当代认可、当代评价是不可或缺的。尽管这种认可和评价也许有偏颇,但是没有这种认可和评价,它就无法从浩如烟海的文本世界中突围而出,它就会永久地被埋没。从这个意义上说,在当代任何一部能够被阅读、谈论的文本都是幸运的，这是它变成"经典"的必要洗礼和必然路径。

总之，我们所提倡的"经典化"不是要简单地呈现一种结果，不是要简单地对一个时代的文学作品排座次，不是要武断地指出某部作品是"经典"，某部作品不是"经典"，不是要颁发一个"谁是经典"的荣誉证书，而是要进入一个发现文学价值、感受文学价值、呈现文学价值的过程。所谓"经典化"的"化"实际上就是文学价值影响人的精神生活的过程，就是通过文学阅读发现和呈现文学价值的过程。可以说，文学的经典化过程，既是一个历史化的过程，更是一个当代化的过程。文学的经典化时时刻刻都在进行着，它需要当代人的积极参与和实践。因此，哪怕你是一个对当代文学的虚无主义者，你可以不承认当代文学有经典，但只要你还承认有文学，你还需要和相信文学，还承认当代文学对人的精神生活具有影响力，你就不应该否定当代文学经典化的重要性。没有这个"经典化"，当代文学就不会进入和影响当代人的生活，就失去了存在的意义。每一个人，哪怕你是权威，你也不能以自己的好恶剥夺他人阅读文学和享受文学的权利。

从这个意义上说，当代文学的经典化当然是一个真命题而不是一个伪命题。在一个资讯泛滥的时代，给读者以经典的指引是文学界、出版界共同的责任，而这也是我们编辑出版这套书的意义所在。

最后，感谢张明和张英先生为本套书付出的辛劳，感谢北京立丰天文化传播有限公司、北京金圣典文化有限公司的资金支持，感谢全体编委和北京联合出版公司各位编辑，感谢所有对本套丛书的出版给予大力支持的作家和他们的家人。

是为序。

吴义勤
2022年冬于北京

咱二大爷我为您著书
咱二大爷俺为恁立说

——题记

一　关于咱二大爷

咱二大爷是抗日英雄，很牛皮，在咱那一带谁都知道。你现在去问村里的老人，他们说起咱二大爷，脸上会马上泛出红光，眼睛贼亮，裤裆里的那家伙会意外地雄起。

咱二大爷有弟兄五个，兄弟五个由咱二大爷他爹贾兴忠的三个太太所生。这样说来咱二大爷他爹挺花的，要是放到现在是不合法的。不过，在那个时候就不算什么了，男人三妻四妾的有的是……

咱二大爷有兄弟五个，其实，真该让人喊二大爷的应该是五兄弟的老二贾文柏；可是，不知道为什么村里人却愿意把他们五兄弟统称为"咱二大爷"。小的时候咱也弄不明白，长大了才渐渐梳理清楚，咱二大爷其实应该是咱二大爷们。

咱二大爷们兄弟五个中贾文柏是太太所生，排行老二，是严格意义上的咱二大爷。另外贾兴忠的大姨太和二姨太在三年里还各生俩儿子，这样五兄弟的年龄就挨得很近，前后只差三岁，村里人根本分不清他们的大小排行，所以统称咱二大爷了。

这样一说就明白了，咱不仅有二大爷，咱总共有五个大爷。不过从小咱都没分清哪个是大爷，哪个是二大爷，或者三呀、四呀、五呀大爷。分不清就分不清，咱都喊他们二大爷。这样，如果有人骂咱：

"我操你二大爷。"

咱一般都和他急，因为这一口骂了咱五个大爷。这在小的时候咱抡起板砖就拍他，要是现在咱肯定去法院起诉他，告他侵害了咱二大爷的人身权。

咱二大爷是贾寨人，姓贾。贾家一年得仨儿，三年生五子，在当时轰动一时，连县太爷都惊动了，送有一匾，上书八个大字：

　　人丁兴旺　　报效国家

那匾就挂在咱二大爷家堂屋的门楣之上。咱二大爷家居贾寨正中，屋脊比人家要高出一尺，村里人围着咱二大爷家盖房子。房子远远近近错落有致，形成了贾寨的格局。咱二大爷家有两进院，前院六间堂屋，后院六间堂屋。后六间堂屋归咱二大爷他爹贾兴忠和太太住，前六间中的东边三间大姨太住，西边三间二姨太住，中间是月亮门。村里人都认为咱二大爷家的宅基风水好，咱二大爷家的私塾先生曾在村里人面前就咱二大爷的宅基有过说法，曰：

"万瓦鳞鳞市井中，高屋连脊是真龙，虽曰汉龙天上至，还须滴水界真宗。"

说到贾寨的格局那位私塾先生又说：

"一层街衢为一层水，一层墙屋为一层砂，门前街道即是明堂，对面屋宇即为案山。"

村里人对私塾先生的念念有词未必能懂，但都认为咱二大爷家的宅基风水是好的。咱二大爷家的宅基好那就不必说了，要不咋能三年生出五个二大爷呢。咱二大爷他爹的叔伯弟兄贾兴安曾问贾兴忠："你三年得五子咋弄的吗？"

贾兴忠回答道："你说咋弄的，一夜睡俩。"

此话被光棍们听到了，光棍们显得十分激动，口干舌燥地咽吐沫。说："我靠，这不是'双飞燕'嘛！咋恁好的福气。"

咱二大爷他爹贾兴忠说的一点不假，每逢单日子贾兴忠就一晚上睡两个姨太太。其实贾兴忠也不想这样睡，只是在娶姨太太时和太太有约在先。太太说："你娶几房俺都不管，先说好了，十天里要和俺睡五天，二、四、六、八、十逢双日子和俺睡，一、三、五、七、九逢单日子你想和谁睡和谁睡。五十年不变。"

咱二大爷他爹贾兴忠听了大喜，连声说："中、中。五十年不变、五十年不变。"

可是，在贾兴忠娶第二个姨太太时，原来关于睡觉的分配方案就出了问题。大太太坚持原则五十年不能变。可是剩下的五个夜晚分给两个姨太太，怎么也分不均。贾兴忠就和两个姨太太开玩笑说："要不在第五夜咱三个一起睡？"

没想到两个姨太太一听大感新鲜，答应了。于是这一睡就上了瘾。说来也怪，娶了大太太几年都没有生儿子，生了仨闺女；娶第一个姨太太和第二个姨太太也都没生出儿子，一个人又生了一个闺女，也就是说在生咱二大爷前给咱有了五个大姑；自从贾兴忠和两个姨太太同睡了，三年里得了五个儿子。太太生了一个，两个姨太太三年两头各生了俩。

咱二大爷们五兄弟为"文"字辈，老大贾文锦和老四贾文灿，是大姨太生的；老二贾文柏是太太生的；老三贾文清和老五贾文坡，是二姨太生的。贾寨人的辈分是根据五行中的金、木、水、火、土推演而出，为文、杰、汉、中、兴。

比方：贾兴忠为"兴"字辈，咱二大爷们都是"文"字辈，咱二大爷们的儿子为"杰"字辈，孙子为"汉"字辈，重孙子为"中"字辈，要是重孙子再有儿子那就是"兴"字辈了。就和咱二大爷他爹一个辈了，这叫"老少连"。属大吉。老少连也就是周而复始，循环了一圈。

老少连极少见，就连现在岁数最大的咱二大爷贾文柏也不可能。虽然贾文柏这一门从儿子到孙子再到重孙子都是早婚早育，可是到了第五代就不中了，贾文柏的重孙子没有生儿子，只生了一个闺女。贾文柏曾鼓励重孙子继续努力，贾文柏重孙子是乡长，他却不干了，说当领导要带个好头，只生一个。贾文柏眼见着贾家一门要断子绝孙，没了香火，失望的情绪就如傍晚的炊烟飘得到处都是。

咱二大爷贾文柏逢人便说，俺当年有弟兄五个呢。

其实，从咱二大爷们弟兄五个的名字可以看出，贾兴忠给五个儿子取名颇为考究，也是根据金、木、水、火、土排序的，排出锦（金）、柏（木）、清（水）、灿（火）、坡（土）。有儿歌为证：

贾家有五子，
五子三年生。
金木水火土，
锦柏清灿坡。

据说咱二大爷们小时候吃饭时煞是好看。在门前的大桑树下，摆了一条长一丈宽一尺的大板凳，在那板凳上挖了五个圆槽，饭就盛进那圆槽里，咱二大爷们趴在那大板凳上吃。无论你多么淘气吃饭时也打不了碗，洒不了饭。相比来说咱大姑们就没有这么好的待遇了，五个当姐的一人伺候一个弟弟吃饭，等弟弟吃完了再吃。所以咱二大爷们吃饭时极为壮观，也十分热闹，五个弟弟吃五个姐姐喂，十个孩子排成了队。全村的男人都会端着碗来到那大桑树下，围着大桑树下咱二大爷们吃。越吃越香。端着碗还可以互通有无。后来，那大桑树下就成了贾寨人的吃饭场，成了贾寨的传播中心。吃饭的时候，谁家有好吃的会多端一碗，往咱二大爷们'碗里'拨，所以咱二大爷们也算是吃百家饭长大的。

女人一般不去大桑树下吃饭，就像女人在家也不上桌子和男人平起平坐一样，女人在各自的门口吵着孩子盯紧男人，高一声低一声和邻里说些鸡毛蒜皮，哈哈笑着吃。吃着时不时瞅瞅自己男人的碗，见男人的碗里空了，就冲孩子嚷，快，给你爹添饭。孩子便飞也似的为爹把碗添满。

女人议论的主要内容当然是咱二大爷们了。有女人艳羡地望着正吃饭的咱二大爷们说，你看看，这兄弟五个，吃起来像猪娃，咋能养得活哟！又有女人说，别说五个儿，就是十个儿他家也养得活。

如果有没生儿子的女人，望着咱二大爷们就会说，别说五个，就是有一个俺就烧高香了，俺这地咋就恁荒凉呢。有女人就说，不是你的地荒凉，是你家那种子不对，不信你让贾兴忠试试，肯定是儿子。哈哈……女人们就大笑。

这时，女人见自己男人正充自己庄重，便连忙住声。因为男人们吃饭时是要议事的，男人们议事就当然显得庄重了。

可见，当年咱二大爷们的出生是让生不出儿子的女人十分羡慕的。

咱二大爷他爹的种子好，娶三个也不算啥。要是贾兴忠有先见之明知道生儿子越多，对今后的抗战越有贡献，他肯定还娶还生，如果那样咱二大爷就不是五个了，十个也不一定。

当然种子再好也不一定回回都生儿子，其实咱不仅有五个大爷还有七个大姑，不过村里人极少提起，这和咱那一带重男轻女有关。七大姑中有六个出嫁了，出嫁了就是人家的人，嫁出的女那真是泼出的水，连姓都要改随婆家的姓了。比方：闺女如果嫁给姓张的，回娘家后，娘家人就称老张家的回来了，如果婆家姓马，娘家人就喊老马家的，这明确无误地告诉你你已经是人家的人了。这种民俗一直延续到现在。

七个大姑能听到村里人提起的也就是七姑，七姑和贾文清、贾文坡一个娘。村里人能提起她有两个原因，一是这七姑还没来得及出嫁就死了，也就是说还是姓贾的人；再者就是七姑的死和日本鬼子有关，据说七姑死得极为壮烈，所以到现在村里人都还记得。那年七姑15岁。

当年，咱二大爷们渐渐长大后，贾兴忠便对他们就有了安排，到了修桥那一年，贾兴忠将咱二大爷们都安排好了。为了区别二大爷们咱只有按顺序给他们排一下队。如下：

老大贾文锦也就是咱大爷被送去当了兵。开始贾寨人都想不通，常言说，好铁不打钉，好男不当兵，你咋把老大送去当兵了。贾兴忠说，现在在兵荒马乱的，家里没有拿枪杆子的不中。咱大爷贾文锦那兵当得好，咦——神了！在啥队伍里都干过，半年一载回乡一次，喝烈酒，唱豪歌，留长须；大枪身上扛，银元叮当响。人家那命硬得，子弹连皮毛都没擦着，有那大胡子保佑呢！打了多年的仗，端了不知多少家的枪。咱大爷贾文锦自己说，当兵吃饭，谁给饭吃给谁干。

老二贾文柏也就是咱严格意义上的二大爷，有过目不忘的本领，贾兴忠有心让他出门读洋学堂，这样贾家就文武双全了。可是二大爷贾文柏却在私塾里把书读偏了，被闲书《水浒》《三国》《三侠五义》吸引了，对读洋学堂不感兴趣。后来，二大爷贾文柏成了远近闻名的说书艺人。抗战时二大爷贾文柏成了八路军文工团长，不过因作风问题受了处分。二大爷老的时候，常在那老寨墙边自说自话："说书不说书，先学两条毛主席语录。"这是二大爷贾文柏后来说书常用的开场白。

老三贾文清也就是咱三大爷上了洋学堂。当时二大爷贾文柏不务正业，贾兴忠就安排了咱三大爷去上洋学堂。为了拴住三大爷贾文清，贾兴忠在三大爷贾文清16岁时就给他成了亲。在贾寨这很少见，哪有老大、老二没成亲，给老三成亲的。可见，贾兴忠对老三格外看重。咱三大爷虽然去了洋学堂，却迷恋上了中国方术和风水。私塾先生在咱三大爷贾文清临走时送给了他两本书，一本叫《葬经》，一本叫什么《阴阳二宅全书》的。私塾先生说，这是洋学堂里学不到的。洋学堂里学的都是救国救民的大方略，大而化之，不实用。你只要把这两本书研习透了，保证你将来有碗饭吃。私塾先生说完这话就离开了贾寨，从此不知所踪。三大爷贾文清开始研究上了风水，后来三大爷贾文清成了远近闻名的风水先生。

老四贾文灿也就是咱四大爷后来成了土匪，这当然不能算是贾兴忠安排的。不过，这也和贾兴忠在四大爷贾文灿小时管教不严有关。咱四大爷贾文灿有个乳名，叫铁蛋。四大爷贾文灿成了土匪后，贾寨人就不叫贾文灿了，都叫铁蛋。铁蛋是靠两把扫帚疙瘩起家的。铁蛋靠扫帚疙瘩干拦路抢劫的勾当。只要见路上有单身的行人，铁蛋便远远地瞄着，见行人走到树林旁或者高粱地边，先点一个炮仗，"叭"地一响。行人一惊，铁蛋便猛地跳出，在行人身后用扫帚疙瘩顶住腰窝,大喝一声:"别动,动就枪毙你!"路人冷不防,不敢造次,只有乖乖举起手来,连连求饶。铁蛋把人带进树林里洗劫一空。

老五贾文坡也就是咱五大爷忠厚老实,却长了一颗大头,所以村里人都叫他大头。五大爷的大头白长了,他不想用头,只想用手种地,所以大头的头有点问题,脑子不够用。在咱那一带说一个人脑子不够用就等于说一个人是傻子。脑子不够用倒不耽误种地,贾兴忠也想让咱五大爷贾文坡种地,家里有上百亩的好地,没有懂种地的怎么行。粮食才是立人之本。可见,贾兴忠在那个时代就重视"三农"问题了,好呀,有远见。咱五大爷贾文坡虽然脑子不够用却成了贾寨最好的庄稼把势。同样的地同样的种子经五大爷贾文坡一伺候那庄稼长得和别人家的就是不一样。喜人。咱五大爷就是个一根筋。

贾兴忠死后,贾寨人都认为贾兴忠对咱二大爷们的安排独具匠心。

二 关于咱的老家

贾寨在方圆几十里算是一个大村庄了,除了张寨就是贾寨了。常言说:水大好藏龙,林密好卧虎。贾寨人大都姓贾,可各色人等应有尽有,三百六十行,行行出能人。什么劁猪的、宰羊的、打铁的、吹响的、贩牛的、算账的、说书的、看相的……还有专职要饭的、当兵的。各种行业不但有其代表人物,而且都能以其为生,能混饭吃。

贾寨到张寨四里地,不远。有条无名的河将两个村子隔开,河这边属贾寨地界,河那边是张寨地盘。贾寨和张寨属两个县,这两个县又分别属两个地区管着。那无名之河成了贾寨和张寨当然的楚河汉界,当地人也有叫那条河为"界河"的，算是无名之名。

无名的河从西北而来奔东南而去。河水悠悠平缓，清澈见底，河虾游鱼，平静悠然。河两岸土地肥沃，河水春夏不溢，秋冬不枯。河水依张寨西边绕行半圈，滋润了张寨人，从张寨村前过，再向东南走又从贾寨村后过，然后依着贾寨村东绕半圈，把贾寨人也滋润了，这才悠悠而去。河南为贾寨河北为张寨，河道成S形，张寨和贾寨分别在这S形之中。风水先生称河水为大吉之水，把这S形称为"兜抱"，说："村畔有池兜，富贵永不休。"

在贾寨和张寨之间有一条南北走向的黄泥大道，路东为贾寨，路西为张寨。有一座桥联系贾寨和张寨。那桥当地人又叫"死人桥"，是当地人的禁忌。要是贾寨有孩子去张寨走亲戚，爹必亲自送儿过死人桥。就这样娘还不放心，老远地喊：送过那死人桥呀！

在那桥上和桥下都死过人，死人桥由此得名。听咱二大爷贾文柏后来说：

"那桥是解放前贾寨和张寨人合资而修的。"

咱二大爷贾文柏一说到解放前，咱就想起了那万恶的旧社会。我们这些生在新社会长在红旗下的好儿童，觉得旧社会离咱太远了。其实在时间上并不遥远，都是二十世纪的事，只不过伟人们用了一把锋利无比的刀，把一个世纪从1949年分割成了两半，这就像医生割阑尾一样，把其中一半已经腐烂或者将要腐烂的部分割去了。所以二十世纪这一个世纪就成了比两个世纪还要遥远的还要漫长的世纪，因为二十世纪分旧社会和新社会。

那桥就修在旧社会。桥用旧社会的大青石砌成，宽有丈余，有五个桥孔。有点像河北赵州桥形状，均出自能工巧匠。

那桥是咱二大爷他爹贾兴忠带人修的。贾兴忠那时候是贾寨的族长，咱二大爷们当年给贾兴忠不但带来了荣耀也带来了威信和权威，为此贾兴忠当然地成了贾寨的主事者。当年，贾兴忠力主修桥，村里叔伯弟兄和老少爷们也不好表示反对；只是当时贾兴安提出，修桥不是贾寨一村之事，应该和张寨合资而修。这个观点得到贾兴安、贾兴良等村里几个主事人的响应。为此贾兴忠就去找张寨族长张万仓，言修桥之利，诉修桥之好，说桥修好后又非贾寨一村之人而行，此举乃造福两村子孙万代之大好事。若桥不修怎能对得起祖宗留下的大吉之地。

张万仓闻之，同意两村同修大桥并问桥修何处，贾兴忠说此事可以商量。张万仓说那我们请风水先生看看如何？贾兴忠欣然同意。

张寨人请了风水先生看了风水。张寨人问风水先生桥应修在何处？

风水先生说："此水为西北之水，出水口在东南。常言说：'东流出水口为桥'。桥还是修在村东南方为好。在桥头可建亭子一座，以扼要冲，桥之南北修长堤绵亘里许，堤上种古柏数株。"

张寨人闻之大喜，便找贾寨人告诉修桥之地。贾兴忠说："修桥是造福子孙万代的大事，咱们应该照老规矩办，在修桥之地搞一个'沉石之约'以表诚实。"张万仓说："中。俺应了你的'沉石'之约，俺可是'诚实'得很。"贾寨和张寨人便定下了约会。代表张寨的当然是张寨的族长张万仓，代表贾寨的是贾寨的族长贾兴忠。

第二天，日上三竿，贾寨的族长贾兴忠怀抱巨石向河边走。贾寨人便跟在身后，暗下给族长使劲。在贾兴忠之后的当然应该有咱二大爷们，有是有，不全。只有老二贾文柏，老四贾文灿，老五贾文坡。老大贾文锦在外当兵，老三贾文清在读洋学堂。不过贾兴忠身后跟着三个儿子已经显得虎虎有生气了。

族长怀里抱的石头足足有三百斤，漆黑。圆不玲珑、黑不溜球，是不是个人的你抱抱试试！这石说是贾寨的镇寨之宝，平常就放在贾寨的寨墙边。贾寨的后生就看着那巨石长大。谁要自认为长大成人了，就去抱那巨石试试，抱得起来你就是男人，抱不起来你就别横，连老婆都不让娶。横也不行，早有一句话等着你：能啥能，去抱抱石头试试，连石头都抱不起还想抱女人。女人可比石头重。

十几岁的"半截棍"搞不懂女人咋会这样重，不信。大人说那你回家抱抱你娘试试。真有试的，能把娘抱起来，回头再去抱石头，那石头丝毫不动。大人就笑，说："果然还没长大。这女人和女人不一样，你娘是心疼你，你娶了女人她可不心疼你。女人的重量在男人心里。"

族长贾兴忠抱巨石向河边走着，步伐沉稳，呼吸平静。有孩子极快地奔向河边又飞奔而回，喊：张寨人来了，张寨的人也来了。

河对岸，张寨的人也是成群结队的。张寨的族长张万仓也抱一大石走在前头，身后跟着大儿子张万金。张万仓也有三个儿子，老三张万喜在外当兵，老二张万银更能耐，不但上了国内的洋学堂，据说后来还留学东洋日本了。张万仓虽然身后只有一个儿子跟着，却有两个侄儿，一个是张万斗，一个是张万升。张万仓抱的也是好石，只见那石又和贾寨的不同，整块石金光闪闪的，据说也是镇寨之宝。

张寨人和贾寨人都来到河边，互望着。用眼睛称那石头。

两位抱石的笑脸相迎，见了，手一松，两人抱拳问好。巨石落地，砸一大坑。

咱二大爷他爹贾寨族长贾兴忠说："你那石是好石，像金，重；俺这石就差了，像木炭，轻。"

张寨族长张万仓说："重、重。你那石黑如炭，实为玄铁，重若秤砣。把天和地挂在你那秤钩子上也能压住砣。"

两人哈哈笑着，说："咱们河中相见。"

两人脱了衣服，弯腰抱起那巨石，向河里走。河两岸的人连大气也不敢出，看着两人抱着巨石一步步下水。

那河水碧青碧绿，一眼见底。张万仓一下水在河面上就不见了踪影。只见有一行水泡从岸边向河中心滚。站得高的就喊："俺看到了，俺看到了，他抱着石头在水里走。他在水里走。"

咱二大爷他爹贾兴忠却不同，在水里露着头向河中间走。那河宽有三十余丈，深有八尺。贾寨族长身高不过五尺，怎么能怀里抱巨石在河里走呢！岸上的人都看呆了，有说张寨人厉害，有说贾寨人厉害。张寨人在水底下走会换气，贾寨人能踩着水走功夫好。路人见了说："在这一带那还不是张寨和贾寨的天下。"

两人在河中间相遇。抱着的石头垫在了脚底下，站在河中露着头说话。两岸的人望着，也听不清说啥，干瞪眼。

贾寨族长贾兴忠说："我上不着天，下不着地，身不着衣，光明磊落，有甚说甚。贾寨愿意和张寨共修连心桥。"

张寨族长张万仓说："我脚踩着金，头顶着银，压寨之宝当桥墩。张寨愿意和贾寨共修富贵桥。"两人说着，像兄弟一样在河中紧紧拥抱在一起。两岸之人欢呼雀跃。张寨和贾寨的桥就这样开修了。

并非一日之功，桥终于修成。据说十分壮观。两村人在桥两头各燃放了鞭炮，请来的两班响器立于桥两头代表各自的村寨对着吹。响器后立满了本村本寨的后生小子呐喊助威，两班响器在人们的呐喊中较上了劲，从日出吹到日落，不分胜负，谁也不服谁。当时，不知桥哪头的无赖后生向对方人群中扔了一块石头，把对方一位唢呐手砸伤了。对方认为是比不过了耍赖便回敬了一块。于是修桥剩下的石头化成雨点在桥两头落……

三　老家的风水

桥上正打得热闹，两村的族长正举杯同庆为子孙办了件大好事。说来也怪，本来那酒席上你好我好地高兴，喝着喝着就变了味，两村族长都自认海量，斗起酒来，小杯撤了用大碗。两人你一下我一下地端着喝，一海碗一仰脖子就下去了。

张寨族长张万仓说贾寨族长贾兴忠醉了，脸红得像猴子屁股。贾族长不服，又一碗一口干了，说张寨族长的脸喝青了，喝酒脸不红心黑！酒席上双方怒目而视，就不那么友好了。

正是气氛紧张的时候，突然外边闯进了张万仓的侄儿张万斗。张万斗满脸是血地说："不好了，桥上打起来了，要出人命。我的头都被贾寨人打破了。"张寨族长瞪着贾寨族长说："你们贾寨人欺人太甚！"跳起来就往桥上跑。张万斗满脸是血一边跑还一边喊："老少爷们，走呀！桥上出事啦，贾寨人打人啦！"

贾寨族长贾兴忠出来也往桥上跑，想看个究竟。快到桥头时，迎面碰到了张万斗的弟弟张万升，张万升一把拉住了贾兴忠，说是你儿子铁蛋先投的石头，把俺哥的头砸烂了。贾兴忠喝得眼睛红着，想挣脱张万升的手往桥上去，没想到张万斗满脸是血地赶了上来，张万斗手里握了秤砣，张万斗用秤砣在贾兴忠后脑勺上狠狠一下。贾寨族长贾兴忠当场倒在地上，脑浆白生生地流了出来。贾寨人把族长抬回去，贾兴忠半个时辰就死了。

贾兴忠被张寨人张万斗和张万升兄弟两个打死了，这还了得，咱二大爷们肯定要带人去报仇。

咱四大爷铁蛋扛着一杆红缨枪就向外冲,被人拦住了。村里人说,报仇也不急着一时,咱要合计合计才对。贾寨几位"兴"字辈的贾兴安、贾兴朝、贾兴良在一起一合计,决定还是先把老大贾文锦、老三贾文清叫回来,他们一个能文,一个能武,听听他们的。

咱三大爷贾文清连夜就赶回来了,咱大爷贾文锦第二天也回来了。咱大爷贾文锦一听爹是让人打死的,拔出盒子枪就往外冲。贾文锦也被村里人拦住了。几个长辈的还是那句话,报仇不急一时半会儿,咱得合计合计。咱大爷贾文锦说早知道俺爹是这样死的,俺带一个连回来把张寨扫平了。这时,咱三大爷贾文清说:"君子报仇,十年不晚。急啥急,先把咱爹的事办了,让他老人家入土为安,再去报仇也不迟!"

大家一听有理,决定先埋人后报仇。贾寨人要寻风水先生选穴葬人。咱三大爷贾文清说不用,我来。贾兴安问咱三大爷,你在外读的是洋学堂,这也懂?贾文清还谦虚,说略知一二。

咱三大爷来到了桥头,吟哦数时,问桥是哪方高人定的位?跟着看热闹的村里人说是张寨人请的风水先生,说是大吉大利之位。

咱三大爷贾文清把大腿一拍说,咦——败家子,败家子。咋办成这事,把好端端的大吉之地给破了。咋不找个姓贾的先生再看看呢!唉——贾寨人忙问其故。咱三大爷贾文清说事就出在那桥上,那桥选的地方不对,咋不闹出人命呢!

贾文清说:"常言说,'东流出水口为桥',东南方为'巽'位,属吉方,可那桥位于张寨东南方,却处贾寨西北方呀!张寨和贾寨都处'汭位','有水横流而又微曲',在水流内侧,形成水流兜抱之势。观水口,入口'天门'要求地势开阔,以接纳水带来的生气;出口'地户'要求地势紧闭,不使生气外泄。这叫'源宜朝抱有情,不宜直射关口，去口宜关闭紧密，最怕直去无收'。在修桥处正是贾寨的入口天门，以桥断水，入口不畅，阻塞生气；对于贾寨正相反，修桥处是张寨的出口地户，以桥闭水，可达到不使生气外泄之目的。总之，这桥对贾寨来说是阻生气，对张寨来说是收生气。"

贾寨人闻之大惊，这不是张寨人有意害我贾寨人嘛！当时就有人要去扒桥，被咱三大爷贾文清拦住了。

贾寨人劳民伤财修一桥没想到成了人家的风水桥，桥一修好就克死了族长，将来还不知克死多少人呢？咱三大爷贾文清说，桥已修好，这是天意，天意难违。世上哪有过河拆桥之理，既已修成，顺其自然吧！

贾寨人群情激愤，说如果是这样我们不是子孙倒霉，后代受累吗？

咱三大爷贾文清说："桥既已修成、自然对张寨大吉，但也不是没法补救。贾寨可在村后西北角积土石为山，以为屏障靠山，上植松柏。在村前挖一月牙形池塘，池塘边栽柳树。挖池塘之土用来堆筑村后之山。这样，咱贾寨就成了大吉之地了。咱贾寨东边有河流过，正应了'左有流水谓之青龙'之说，在西边有黄泥大道，又应了'右有长道谓之白虎'，村前有池塘，应那'前有淤池谓之朱雀'，村后有山，正应'后有丘陵谓之玄武'了。如此贾寨自成体系，为最贵之地。克那桥就不在话下了。"

贾寨人听贾文清如此一说，无不感叹佩服。咱四大爷贾文灿一蹦多高喊，那爹的仇就不报啦？

咱三大爷贾文清说："打死人者偿命，此为千古之律。贾寨人可用七七四十九天筑那村后之山。村后之山筑成之后，也就是给咱爹报仇之时。"

咱大爷贾文锦说，你这都是文的，报仇还要武的吧！既然要等到七七四十九天，那俺先回营，到了那时间俺带一个连回来，扫平张寨。

贾文清说大哥可以先回营，要大张旗鼓地走，就是要放出话来回营搬兵。你回来时只穿便衣就行了，也不用带一个连，带几个叩头的弟兄就中。

咱四大爷贾文灿问，大哥走了我干啥？贾文清说你带领贾寨的几十个后生，把咱那红缨枪队操练起来，声势越大越好，咱要做两手准备。

在咱那一带，人人都喜欢习武，爱舞枪弄棒的。为了自卫那红缨枪队是村村都有的。咱四大爷贾文灿便带领红缨枪队在村口操练，贾寨的其他人便依了贾文清之言，在村前取土去筑村后之山。山形依那泰山之形，西高东低顺势而成，上植松柏翠绿成荫。

在山峰后贾文清又让人堆了一些像坟包似的丛碎小山。

有人不解。咱三大爷贾文清悄声说，我们这山处张寨东南方，为张寨的朱雀位，正所谓'南方山峰后有丛碎的小山，朱雀负衰'。其形对张寨不吉。要不了多久，凶手必然毙命。

听到的人暗喜。

张寨人知道贾寨人要报仇，听说贾兴忠的老大、老三都回来了，这一回贾寨人肯定不会善罢甘休，便全民皆兵准备迎敌；可是张寨人一等不见报仇的来，二等不见雪恨的到，自己便先松劲了。族长张万仓便派人打探，见贾寨人正大兴土木，筑山挖塘，听说贾文锦回营搬兵去了，贾文灿天天操练红缨枪队。张寨族长张万仓闻报大吃一惊，和村里主事的一合计，觉得贾寨这次真要和张寨动狠的了，谋后而动，在报仇前先防张寨的报复，深挖高垒。

当时就有张寨人说，这次修桥本来是两村的大好事，没想到乐极生悲惹出人命来。杀人偿命，欠债还钱，这在哪朝哪代都一样，不如将凶手捆了交给官府，由官府法办，这样不但能保全咱张寨的面子，也算让贾家五兄弟报了父仇了。

张万仓说，把张万斗送官府这只让贾寨人报了仇，却不能雪恨，咱打死的不是一般的贾寨人，咱打死的是贾寨的族长。将来张寨人和贾寨人见了还是仇人相见分外眼红。常言说：远亲不如近邻，咱不能和贾寨人结仇。我看咱不但要化去这场干戈，还要化干戈为玉帛。

大家问如何化干戈为玉帛？张万仓说："和亲。"

张万仓说，贾家五兄弟中，老大在外当兵，至今未娶，我那侄女玉仙也15了，长得又好，说给老大贾文锦，过个一年半载就可完婚。

大家一听大喜，说这下好了，张万斗打死了贾兴忠，杀人偿命，让官府法办，这就化了干戈；张万斗的妹子玉仙嫁给贾文锦，这不就化干戈为玉帛了嘛！

这样，张寨人一边差人去报官，一边找人去贾寨说媒。

咱二大爷们当年不战而屈人兵，靠的是智慧。贾文清还真有点诸葛亮再生的架势。按照现在的话说，也算是两手一起抓，两手都够硬。贾寨后来再没请过风水先生，无论是阴宅还是阳宅贾寨都让贾文清看。贾文清便成了那一带有名的风水先生。

贾寨人用了七七四十九天将村后之山筑成。这时，贾寨却又来了一位风水先生，风水先生看了看那桥，又看了看贾寨的村后之山，问："这村前的池塘和村后的土山都是哪位风水先生的杰作？"贾寨人告诉风水先生，是俺贾寨的贾文清。风水先生喟然感叹，说："贾寨有能人呀，平地起了一座山，好屏障，该叫松树岗！"贾寨人后来就称那村后之山为"松树岗"了。

果不其然，在七七四十九天后，官府将张万斗斩首示众了。贾寨人这才觉得贾文清真神人也。

在法场之上，贾寨人见那县太爷好生面熟，可就是想不出来。其实就是后来来的那位风水先生。原来，张寨人将张万斗捆了送官，县太爷听说张寨和贾寨因修桥而乐极生悲，闹出人命甚是惋惜，决定明察暗访把案情弄清，就化装成了风水先生。

咱二大爷贾文柏后来说，县太爷懂风水，老三也懂，这都没什么好奇怪的，凡是读过几本古书的都会略知一二。说着咱二大爷贾文柏就念念有词："左有流水谓之青龙，右有长道谓之白虎，前有淤池谓之朱雀，后有丘陵谓之元武……"

当时，那装扮成风水先生的县太爷走时又沉吟了半天，说："贾寨现在的风水当然是大吉之地，然这吉祥之地只能保佑贾寨在太平盛世人丁兴旺，若遇天下大乱却不能自保。"

贾寨人问："有何良策？"

当时，那位扮风水先生的县太爷说："可绕村子挖沟取土，土可筑墙，那沟里引来河水。此乃一举两得。"

有人问："怎么讲？"县太爷说："天机不可泄露。"

有人告诉咱三大爷贾文清。贾文清笑笑说："此为良法，不过今年不可再动土，明年秋后可也。"

中原地带土匪猖獗，贾寨人有了沟、有了墙便拒不给土匪上贡了。土匪来抢，贾寨人便依仗着全兵皆兵，土匪攻不进来。这样贾寨就有了名气，成了堡垒村。后来，东西庄的亲邻也常来避难。别的庄子见这法子有效也跟着学，一时平原地带村村挖沟，庄庄垒墙。直到现在，许多村子还有老沟护着，人们就称这种村庄为寨。地名也大多在姓氏后加一个"寨"字。姓张的村子就叫张寨，姓贾的村子就叫贾寨。还有，就是那寨沟的妙用，干旱时可以引河里的水洗衣淘麦；下雨时还可以向河里排涝防灾。这就是县太爷说的一举两得。

在修那寨墙的基础时需要砖，贾寨人在村后的河之北起窑挖土烧砖。那里有一片无法耕种的野地。窑是烧砖的土窑，孤孤地立在村后，在天高云淡的午后，浓烟从窑口喷薄而出，有时候可以达到隐天蔽日的效果。后来那砖窑在冬天成了铁蛋的匪窝。

沟围了村子，村口有一个路坝子，是人来人往的必经之路，所以也热闹。原来那地方是吊桥，天下太平后填成了土坝。路坝子处长了一棵大桑树，就成了吃饭场，是贾寨的文化中心。路坝子左边是那眼全村人吃水的老井，路坝子右边和那仅存的一截老寨墙连着。现如今完整的寨墙是没有了，打仗时被炮火削平了，只剩下几处老墙头。在贾寨人眼里老墙实属圣物。谁家孩子有病有灾，便有老人去寨墙外叩头，上香，求老墙保佑小孙儿平安。长辈训斥后生，就指着寨墙做古老状："娘那屄，还没有寨墙高，能啥能！"

后生便诺诺无语。

冬天总有村里老人靠在那儿晒暖，似睡非睡地把大袄脱了寻找身上的虱子。有凑趣的小孩也翻开棉裤学着找，却寻到了下身的活物，不由得揉搓着自寻快乐。正得意处，突然一声断喝几个大些的孩子围上来把些个冰凉土坷垃硬塞进裤裆里。小孩哭爹喊娘，娘，有人欺负俺小鸡鸡！老人笑着骂娘，娘那屄，叫娘有啥用，你娘只保护你爹的小鸡鸡。

在那桥修好后，真正死在那桥下的是咱七姑，咱七姑叫荷花。河里水肥，夏秋季节河里开菱花也开荷花；荷花艳艳的却含鬼气，贾寨人忌口便称那荷花为莲花。莲花却被冷落了，莲叶也没孩子捞上岸当绿伞，活生生把莲花冷落在沟里。说也怪，花无人怜便羞着败落下来，沟里荷花渐渐稀少，让那不显眼的菱角花独占了风光。米粒大小的菱角花点点滴滴十分典型，把河点缀得雅致着。

咱二大爷他爹贾兴忠死后，贾兴忠的太太和两个姨太太只有分家。村里几个兴字辈的叔伯大爷贾兴安、贾兴朝、贾兴良都来了。四个儿子一人三间堂屋，贾文柏分前院的东边三间，贾文清分了前院的西边三间，中间拉个墙头，往南开个院门。贾文灿分的是后院的东边三间，贾文坡分了后院的西边三间，中间也拉了墙头。贾文灿在东边开了院门，贾文坡在西边开了院门。

分家没有考虑咱大姑们，当时，咱七大姑中已经有六个出嫁，还有七姑还没到出嫁的年龄。到了鬼子进村的那年七姑15岁，按咱那一带的习惯七姑也到了出嫁的年龄，正所谓小女子年方二八在闺中待嫁，闺女十五六岁出嫁在那时候实属正常。只是她都还没来得及出嫁，永远成了姓贾的人。

咱大爷贾文锦不在家，房子就没给他分，家里的钱给他留着了，将来他回来如果愿意在家住，就用钱再盖房子，在前院挨着贾文清的屋山，有三间堂屋的宅基地。如果不愿在家住，拿钱走人。后来咱大爷贾文锦回家盖了房子，娶了张寨的玉仙。

咱大爷贾文锦娶玉仙是在四年后，当时打死贾兴忠的张万斗被官府斩首示众了。大仇既然已报，咱大爷贾文锦在村里人的劝说下应了提亲。咱大爷贾文锦开始不太愿意，后来听说那玉仙是美女，就动心了。咱大爷嘴上说哪有娶仇人的妹子为妻的，心里已经答应了。再加上咱三大爷贾文清的劝说，说是为了克那张寨的风水桥。将来贾寨之男就是要娶张寨之女，贾寨之女也可嫁张寨之男，什么张寨、贾寨就彼此不分了，此为阴阳相谐。后来，贾寨和张寨子孙世代通婚，成了有名的鸳鸯村。

咱大爷贾文锦一听娶一个美女还有这么大的意义，那当然也就笑纳了。好色了还不留下好色之徒的骂名，要是咱，咱也干。咱大爷贾文锦虽说应下了亲事，却提出四年后才迎娶。对此村里人不能理解，张寨人也不情愿。要知道四年之后玉仙都十九了，这在旧社会可就是老闺女了。可是咱大爷一定要提倡晚婚谁也没办法。

后来，村里人才知道咱大爷贾文锦晚婚是因为没钱。贾文锦在外当兵多年居然没有存下钱来。原因很简单，咱大爷手大，有一个花俩，属于今朝有酒今朝醉的那种。咱大爷在旧社会就知道美女老婆是要用钱养的；所以咱大爷先挣钱再结婚。咱大爷当年先挣钱再娶美女当老婆的方式对我们也有指导意义呀！不信你没钱你娶美女当老婆试试，怎么着也要给你戴几顶绿帽子，你能和美女老婆过一辈子才怪。

四　咱四大爷之一

咱四大爷贾文灿是那一带有名的土匪，由于是土匪，人们都叫他小名铁蛋。

开始，铁蛋只是为了好玩。他把扫帚头用红布包了藏在腰里，天黑时在村里四处转悠。遇到村里行人便悄然跟在身后，冷不防用扫帚疙瘩顶住人家的后腰，发一声喊："别动，动就毙了你。"行人不知真假便不敢动，只有乖乖地举起手来。这时铁蛋就在身后哈哈大笑。行人回过身了见是铁蛋，气得要打，铁蛋早就逃之夭夭了。行人告贾兴忠，贾兴忠只是笑笑，不管。铁蛋娘去打，铁蛋跑得比兔子还快。铁蛋娘裹了一双小脚，又追不上，干瞪眼。贾寨人说，铁蛋这孩子有爹生没爹教，将来成不了器。后来，铁蛋把在贾寨吓人的招数用在了抢劫上。

铁蛋用那扫帚疙瘩开始拦路抢劫。不久，在黑道上渐渐闯出了名，出了名就有人来投奔，日子久了招集了不少乌合之众。后来惊动了官府，官府把铁蛋拿住了一次，一搜身却只搜出两把扫帚头，审问时拒不承认有拦路抢劫之行为。官府无凭无据，只有放人。他手下兄弟知道铁蛋腰里只有两把扫帚头，就起了反心，趁他不注意时下手，结果他从腰里拔出了真枪，一枪一个把造反者撂倒在地上。其他人大惊，说铁蛋怀里的红布包会变，要啥变啥。从此，手下人无人敢反。

平原地带土匪和山匪有些不同。山里山匪明抢豪夺占山为王；而平原土匪无险可守也就无山寨，平常分散在各个村庄极为神秘，专选那种月黑风高之夜，用黑布将脸裹了，呼哨而聚打家劫舍。铁蛋经常在老窑里聚会，那孔窑就成了他们的秘密老窝。铁蛋种了二亩茅烟，经常提着烟叶四处转悠。见路上走着单身行人，便远远地瞄着。他常派人外出踩线。提着卖烟的筐到一个村子叫喊："卖茅烟，卖茅烟！"如果本村有内线，内线自然出来接头，早把村里哪家穷哪家富摸得清楚。富人家门上便有了标志，夜里来了直奔而入。

贾兴忠死后，贾兴忠的太太和两个姨太太分家了，各过各的。孤儿寡母的日子自然艰难。一直到贾兴忠的三个老婆都相继去世，几个姑姑该出嫁的也都出嫁了，咱大爷贾文锦、咱二大爷贾文柏、咱四大爷贾文灿、咱五大爷贾文坡都还没有娶上媳妇。

咱大爷贾文锦亲事到是定下了，咱二大爷贾文柏、咱三大爷铁蛋和咱五大爷大头都三十多了也没人操心了。咱二大爷贾文柏曾在贾兴忠死前订下了一门亲事，是贾兴忠的酒肉朋友，在一次喝酒时那酒肉朋友醉着把小女许配给了咱二大爷贾文柏，贾兴忠在醉中就答应了，后来才知贾兴忠的酒肉朋友的小女才5岁，这可苦了咱二大爷贾文柏，至少要等十年。就在那女子可以出嫁时，贾兴忠又被打死了，人家把亲退了。

咱五大爷贾文坡脑子不够用,一直没有人提亲。咱四大爷铁蛋就不像样了,谁敢嫁。

贾寨人都叹气,说这剩下的几头货咋弄呢!眼看要打光棍。铁蛋说,球,俺一个人吃了全家饱,要媳妇干啥,路上走的大闺女都是俺媳妇!铁蛋这样说也是这样干的,碰到单身的女子就往高粱地里拉。可怜单身女子早吓得魂出七窍,哪还有反抗的力。只有回家向嫂子哭诉:

"俺走到高粱地,遇到个拿枪的;那个拿枪大的,不是好东西,三下两下拉俺到高粱地……啊哟,我的大嫂哟!"

一时,贾寨远近的村里没有女子敢单身走亲戚。不过,铁蛋从来不抢贾寨人,也不坏贾寨的女子,这叫兔子不吃窝边草。

五 咱二大爷之一

咱二大爷贾文柏是远近闻名的说书艺人。贾文柏在咱五个大爷中排行老二,这和村里人的所说咱二大爷不同,村里人所说的咱二大爷指的是他们兄弟五个,是总而言之。咱在这儿说的二大爷,专指排行老二的贾文柏。

咱二大爷那时英俊潇洒,风度翩翩。每逢大集,在那东街口的老槐树下,早早地便聚了一群赶集的乡民。咱二大爷被围在核心,左手快板,右手鼓点:咚咚叭叭!咚咚叭……节奏分明,正如那大珠小珠落玉盘。一阵工夫,人便围得里三层外三层的了。咱二大爷贾文柏在鼓点的伴奏下唱着，伊伊呀呀地韵味十足，场面很是热闹。咱二大爷的唱就如现在的影视插曲贯穿始终。在说书前唱，在说书中唱，词随着事件的不同而改变，调却不曾变。开始必是自我介绍的序曲。

  贾寨风景就是好
  寨墙靠着永不倒
  死人桥上挂红灯
  松树岗上栽青松

  咱二大爷唱着把词嚼烂了，词听得就不太清楚。不过听不清楚也不要紧，在那序曲中你可以寻找到感觉，培养出情绪，进入一种听书的境界。咱二大爷始终站着说书，这和一般说书艺人有别，一般说书人坐着说。站着说书要有站功，一场书下来多则四五个小时，少也有两三个小时，是不是人的你站下来试试！常言说：站着说话不嫌腰疼，你尽说瞎话，这指的就是说书的艺人，说的没一句真话。编的。站着说书有其自身的特点和优势。说着比画着精彩处手舞足蹈，听众便欣喜若狂喝彩不断。咱二大爷说到得意处不知不觉便去寻找那人群中的一位大闺女。那闺女生得银盘大脸，细眉秀眼，目光随时都关注着咱二大爷的说笑举止。那闺女听书入了迷，场场不落。咱二大爷在那双水灵灵的大眼睛滋润下，书说得自然有滋有味的了。

  一天，场子散后。咱二大爷正低头收拾架子鼓，发现有一双绣花小脚在他眼前移动。咱二大爷抬起头来先自红了脸。咱二大爷当时就想不通自己在恁多人前说书都手不忙脚不乱的，咋在一位大闺女面前却乱了方寸。那闺女望着咱二大爷欲言又止，眼皮耷拉着，盯着自己的小脚。咱二大爷停了手问她是不是来听说书的。咱二大爷用了很大勇气才说出一句话，话音未落先后悔了。你说人家不为来听书来干啥？咱二大爷问得太傻。结果那闺女回答说，俺不但来听书，还跟着场子听。你在张寨说俺在张寨听，恁在梁庄说俺就跟到梁庄听。

现在看来这女生有点追星族的意思。这女生是张寨人，名叫张秀英。张秀英能成为书迷，成为旧社会的追星族，主要是有张秀英他爹支持。也就是说张秀英她爹也是一个书迷。所以张秀英在没有出嫁时才可以出门听书，才能在旧社会和咱二大爷搞自由恋爱。

当时，张秀英告诉咱二大爷说，俺娘去世得早，不在了，俺爹也是个书迷，一身的病，起不来了。俺爹平常管俺紧，只要听说俺去听书了就不管了。俺听了还得记住，回去给俺爹学一遍。咱二大爷当时听张秀英这样一说，心头没有不热的。咱二大爷感慨：可怜天下父母心，大闺女也能成书迷。咱二大爷一激动就提出去给张秀英的爹单说一段，而且不要钱，管饭就中。

现在的追星族基本是女生，在旧社会女生能成为追星族可不容易。平常父母管得严，不要说独自去听说书了，就是赶集也很少的，除非跟着父母，女孩子不可能单独走出闺房。

旧社会的追星族张秀英欢天喜地带领着她的崇拜对象回了家。张秀英还没进门便大声喊，爹，爹，说书的来了，说书的来咱家了！张秀英爹在堂屋当门床上，听到喊声吭吭哧哧从床上坐起来，说张秀英是疯妮子，都是大闺女了，还没个正经，哪个说书的会到咱家。咱穷得叮当响，还有闲钱请人来家说书，除了财主谁请得起？

张秀英神秘地冲爹眨了眨眼睛，脸上溢着笑把说书明星咱二大爷贾文柏挡在身后。张秀英还问她爹，您最好听谁的书呀？张秀英爹的回答肯定不是周润发也不是刘德华，张秀英她爹说那还用问，当然是贾寨贾文柏的了。

张秀英便猛地闪身,像变戏法一样把咱二大爷贾文柏让了出来。张秀英爹看到了自己的崇拜对象,有些不相信自己的眼睛,如梦初醒地揉了揉眼。慌得要下床,头一低一口气没上来,便趴在床沿玩命地咳嗽起来。

张秀英说这是她爹的老毛病了,一入冬就不中了。

张秀英她爹当年得的是不治之症,叫痨病。现在叫肺结核。咱二大爷连忙上前扶了张秀英爹一把,让张秀英她爹躺着,俺来给您老说一段。张秀英爹当然十分激动,就像现在你喜欢的歌星让你躺着,她站在你的床边给你唱一段一样,那是啥待遇,比旧社会的堂会还隆重。

当时,咱二大爷贾文柏问张秀英她爹想听啥书?张秀英爹回答想听《七侠五义》。咱二大爷便在张秀英爹的床头支起了架子鼓说《七侠五义》。说完书,张秀英便端上来一碗糊涂面,底下还卧着荷包蛋。咱二大爷吃得满头缸气,一脸大汗,觉得从娘胎里出来就没吃过恁好吃的饭。

从此,只要咱二大爷去镇上赶集说书,必拐到张秀英家给张秀英爹说一段,一来二去便成了常客。张秀英爹躺在床上不用动也能听一段书,咱二大爷说完书能吃到张秀英亲手做的糊涂面。互相之间便谁也离不了谁了。

转眼几个月过去,一场大雪把咱二大爷困在家中。下雪天咱二大爷没法出门说书,就在家里烤火温习段子。张秀英却一团白滚了进来,喘着粗气嘴里呵着白烟,说俺爹不中了,想最后听你说一段书,你去不去?咱二大爷二话没说,背起架子鼓就往门外冲。俩人一身大雪没鼻子没眼地到了张秀英家,张秀英爹躺在床上正拉风箱似的喘,只有出气的声没有吸气的力了。

张秀英她爹见了贾文柏一把抓住了手,说俺怕熬不过这个冬了。

俺不怕死，活着也受罪，还不如死了好！俺死了不要紧，可惜俺秀英还终身无托呀。咱二大爷蹲在张秀英爹床边安慰张秀英她爹别乱想，会好的，天一晴，雪一化就好了。俺现在就去给你买药去。张秀英爹摇着头说，不用了，省俩钱吧。你若不嫌弃俺家秀英，你就带她走吧。张秀英扑在爹身上哭，肝肠寸断地喊，爹，你不能死，你死了俺咋办呀！

张秀英哭着说这些有点做秀的成分，这是给咱二大爷听的。咱二大爷当时慌得不知如何是好，扑通一声和张秀英双双跪在张秀英爹床前，说，你放心，今后有俺一口就不会让秀英饿着。张秀英爹脸上这才露出了笑容。张秀英爹临咽气前让咱二大爷再给他来一段那《七侠五义》，说俺还有一段没听，心里老挂着，死不瞑目。

咱二大爷连忙起身将架子鼓架了起来，张秀英坐在床头抱着爹。

咚、咚、咚……咱二大爷的鼓声含悲带愁、声声悲切。鼓声惊动了四邻，村里有人冒着飞雪往张秀英家奔。屋里挤满了就站在院子外的雪地里。张秀英爹望着人群，脸上露出满足的微笑。咱二大爷将一段书说完，再看张秀英她爹不知何时已含笑九泉。

咱二大爷办完丧事，用一辆架子车把张秀英拉回了贾寨。贾寨人慌忙迎出村去，把张秀英接到家。贾兴忠死后，家道中落，三个老婆接二连三地去世。贾文锦在外当兵，贾文灿成了土匪，贾文坡脑子不够用只会种地，咱二大爷四处赶场说书，五个儿子只有贾文清一人成亲。

咱二大爷原本独身一人，今天这个婶子家吃一口，明天那个大娘家送一碗，有时候到咱三大爷贾文清那儿混一顿，日子不像个日子的。咱二大爷把张秀英拉回贾寨，忙坏了前后院的邻居，这家送几个碗，那个送几双筷子，日子就过起来了。

这样，张秀英就成了咱二大娘，一个旧社会的追星族把自己的崇拜对象追成了老公，这是一个了不起的成功。咱二大爷娶了咱二大娘，从此，咱二大爷日子大变。他白天说书，晚上回来有热汤热饭，夜里还有咱二大娘的热身子暖着，别提多舒心。咱二大爷拍着咱二大娘嘴里哼哼叽叽地唱：

> 提起那个宋老三，
> 两口子呀卖大烟。
> 他家养着小娇娥，
> 长得那个胜婵娟。

咱二大娘躺在咱二大爷怀里听着唱，便暗自笑了，搂着咱二大爷说："你别羡慕那宋老三，将来俺给你生娇儿娶他的小婵娟。"

咱二大爷乐得嘿嘿笑，一翻身牛一样压在咱二大娘身上。咱二大娘便刻意迎奉，顿时弄得惊天动地，铺着高粱秆子的床咯咯叽叽乱响。咱二大爷的三间老屋和咱三大爷贾文清的屋是同一座墙连着的，那山墙上还开了气窗，不隔音。咱二大爷天天晚上的响动被咱三大爷贾文清听得一清二楚。咱三大爷不干了便咚咚地敲墙，半夜里喊："二哥、二哥，你咋弄恁响，也不注意影响。"

咱二大娘便羞得不敢哼哼了，咱二大爷却有意弄得响声更大，冲着隔壁喊："你现在知道让俺歇歇了，他三婶没怀小孩前，你哪一夜歇了，那时候怎么把二哥忘了？现如今你也该尝尝胀死耳朵饿死球的滋味了。"然后趴在咱二大娘身上笑。咱二大娘就说："咦……羞死你先人了，那有大伯哥这样说兄弟媳妇的。"

咱二大爷说："你再说，再说俺咬你一口！"便听到咱二大娘哎哟一声大叫。

那边便听到咱三大娘说咱三大爷:"没出息的,听风就是雨,这几天就忍不住了,哪有小叔子听嫂子房的。丢人!"咱三大爷贾文清嘿嘿笑笑就没声音了。

咱二大爷在咱二大娘身上得意忘形,一不留神散了火,大汗淋漓地下来,心满意足地拍着咱二大娘睡。咱二大爷和咱二大娘的蜜月之夜就是这样度过的。结果不到一年,咱二大娘便给咱二大爷生了一个大胖小子。咱二大爷托着胖儿子取名"书",以纪念他靠说书娶妻生子的光辉历程。

贾寨人见咱二大爷一年娶了妻又生子,无不感叹。说贾家这一门烧了高香,要时来运转了。咱二大爷白捡个老婆啥彩礼没花,把那边的家当也得了,这不,一转眼又弄出一个大胖儿子,你说稀罕不稀罕。相比贾文清就没恁好的时运,又生了一个闺女。

咱三大娘暗下在妯娌间摆谈说,儿子本来是她的,只因为东屋里二哥声音大,儿子夜里看不清,顺着声音投了书娘的胎。下次俺把床上铺的高粱秆换成新的,看谁弄得声音大。咱三大娘说这话极严肃,逗得妯娌们哈哈大笑。有人就说,你别比了,你们家谁也比不过老大贾文锦。贾文锦房子都盖好了,听说他要回来成亲了?

咱三大娘不屑地说,这事谁都知道,老大娶的是仇人的妹子。亲事早就定好了,老大一直拖到现在才娶。有人说再不娶也不中了,那张寨的玉仙都等成老闺女了。听说长得漂亮得很。咱三大娘说再漂亮也不能当饭吃,你听那名字,就让人不踏实。像狐狸精的名字。几个女人便哈哈大笑,说男人都喜欢狐狸精!

六 咱大爷之一

咱大爷贾文锦娶亲的那个早晨在贾寨人的印象中极为深刻,现在村里的还活着的老人都还能记得。据说场面极为热闹。

那是一个清冷的早晨,日头刚一露脸,咱大爷迎娶仪式便红红火火地开始了。玉仙十五岁许配给贾文锦,一直等到十九岁才出嫁,这在当时已经是晚婚了。十九岁的玉仙比那十五六岁的小女生肯定成熟多了,难怪玉仙婚后在贾寨人面前一出现,贾寨人一下就哑了。男人都直勾勾地望着,女人只会拉自己男人的衣袖子。

现在看来咱该喊玉仙为大娘,咱大娘在贾寨一出现就显得和其他女人不一样,据说有点像城里人。这主要是咱大爷贾文锦在外面给她买的衣服都是村里人没见过的,那应该是那个时代流行款式。

不过,玉仙在出嫁那天穿的和其他新媳妇没啥两样,都是红嫁衣。只是咱大爷贾文锦那喜事办得隆重。当时,红太阳跃出了地平线。随着唢呐悠长的呐喊,竹笙也跟着快乐地哼哼。于是,便有了《龙凤呈祥》的曲牌。

玉仙姑娘的花轿候在门前,轿帘拉开敞着轿门。玉仙姑娘家的院门被大红纸标榜过了,两扇门静立着,如红衣卫士。最初走出红门的是那口大木箱子。箱子用桐油油了数遍,通体闪光,被两个大汉斗志昂扬地抬着。玉仙姑娘被扶着走出院门,红嫁衣,大红裤,大红的绸缎蒙上头。蓦地,鞭炮齐鸣,热烈的硝烟弥漫了院门。

玉仙姥娘拄着龙头拐杖跟出了门,老人手里握着用红布扎着的一盏金灿灿的油灯。那油灯为黄铜所铸，形似现代的奖杯。玉仙姥娘在轿门前携了外甥女之手，说儿呀，你走了，姥娘没啥送的，送一盏灯过日子。玉仙姥娘把灯递给了玉仙。玉仙十分虔诚地接过姥娘手中的油灯，就像现在的少年儿童接过老师手中的奖杯。

然后，玉仙姥娘语重心长地告诉玉仙，让玉仙记住，这是姥娘送的灯。玉仙接过姥娘手中的灯，哭了。玉仙姥娘开始念念有词：

外甥女出门子
出门子送啥子
不送金子
不送银子
送盏灯过日子

玉仙的姥娘出口成谣。玉仙停住哭声，腮上挂泪，不住点头。玉仙被人携扶着捧灯上轿。花轿离地而移，鞭炮又响，唢呐又吹。玉仙的姥娘在轿子将行之间，发出了悠扬之声：

洞房之夜要点灯　试试新夫中不中
新夫上床若吹灯　无脸见妇心不忠
新夫上床不灭灯　天长日久有光明
新夫上床打翻灯　从此日子如噩梦

那悠扬之声，声声入耳，余音袅袅，在冬日的早晨传了很远很远。那天早晨，咱大爷贾文锦骑了高头大马，一身崭新笔挺的国军军服，胸前还挂着大红花，迎娶玉仙姑娘在老桥一方。咱大爷贾文锦那天的大胡子梳理得整齐之极，阳光下须间有红光闪烁。咱大爷贾文锦身后早已聚齐了一班迎亲的队伍。一顶八抬大轿立于桥头静候，一班吹鼓手，早已憋足了劲，准备着拼力一吹。

乡有乡约，村有村规。贾寨人迎取新媳妇有自己的规矩。娶亲的队伍不到娘家接，只在桥头迎，不过桥。送亲的队伍也只送到桥头，绝不越桥半步。过桥者只有新媳妇一人，过了桥就算人家的人了。如此，送亲者和迎亲者便在那老桥两头停了，换轿。换轿时由新郎背新媳妇。在背新媳妇过桥时，新媳妇在娘家人授意下，要试一下新郎官，说是试耐性。各种方法不尽相同。玉仙的方法就是把那盏灯藏在怀里，当咱大爷贾文锦背起新媳妇以后，便觉背上有硬物顶着，咱大爷咧咧嘴没吭声。贾寨看热闹的孩子便唱：

新媳妇，打滴溜，
怀里掖俩水葫芦。
水葫芦，能干啥？
硌得新郎说不出话。
新媳妇，打滴溜，
怀里掖俩水葫芦。
水葫芦，能干啥？
喂了孩子喂他大。

贾寨人见咱大爷贾文锦背新媳妇的表情，便乐了。村里人的未婚青年说贾文锦背新媳妇比背一麻包小麦还吃力，俺就不信女人有恁重。有经验的男人说，你们懂个球，等你背媳妇时就知道了，连身强力壮的贾文锦都如此模样，那新媳妇还不知道用什么法子整治贾文锦呢。

后来村里人才知道新媳妇怀里藏了盏油灯，硌人。

新媳妇玉仙第一次点燃那盏油灯，是在她和咱大爷贾文锦的新婚之夜。也就是她从一个姑娘变成咱大娘的那天晚上。

玉仙把灯装满油，将棉条浸在油里，点燃了灯，便光芒四射，有一股淡淡的豆油香味。咱大爷贾文锦送走客人进入洞房之时，但见红烛已熄，烛光全无，独有那盏铜灯燃着，灯光将四壁映得熠熠生辉。咱大爷很诧异，说男子汉大丈夫有两大喜事，一是"金榜题名"，二是"洞房花烛"，你咋不点红烛只点油灯呢？

新媳妇玉仙回答说，已到熄烛良辰，怎不熄烛。红烛贵重，油灯节俭，过日子就是从那一点一滴开始的。

咱大爷很牛皮地说，夫人多虑了，想我贾文锦何患无红烛之费。新媳妇玉仙说，夫君虽不缺红烛之费，可为妻却不敢缺那节俭之心。

咱大爷听新媳妇如此说，不由感慨真是祖宗积德，娶了房媳妇不但如花似玉，而且还有贤良节俭之心。再抬头望那盏灯，但见通体明亮，闪闪发光。咱大爷不由赞叹：

"好灯，真好灯！"

新媳妇依床而坐，红嫁衣在灯下放光，红盖头花团锦绣。咱大爷便红了眼，一把将红盖头掀了，喜不自禁地用手在新媳妇的脸上摸了一下。玉仙扬手打了咱大爷一下，说粗手，休动。咱大爷心里高兴，便拥着新娘动粗。不但不吹灯，连上衣也不及脱。新媳妇见夫君不灭灯上床，心中大喜。便用婶子大娘在出嫁前暗授的法子，着意送迎。一时帐理流苏，被翻红浪，不久两人就如鱼得水，新媳妇玉仙便成了咱大娘。

咱大爷在咱大娘身上喘息，咱大娘便望着灯出神。望着望着便笑。咱大爷问，笑啥？咱大娘说，笑你。咱大爷问，笑俺啥？咱大娘说，笑你上床不脱衣，猴急，像强盗。咱大爷听了大笑，得意中又鼓足干劲，在咱大娘身上怂恿，一边动着一边说：

"我就抢，我就抢！"

咱大爷贾文锦在咱大娘身上颠簸起伏着去脱上衣，粗手大脚，得意而忘形。不想挥手之间将油灯打翻在地。顿时灰飞烟灭，一片黑暗。咱大爷见油灯打翻，只是一愣，也不理会，情急时哪还顾上去扶油灯。在油灯被打翻的一瞬间，咱大娘不由浑身一颤，一种不祥之感攫住心头。觉得自己正在向黑暗中沉没，感到恐怖之极，完全失去了先前的欢娱，只是在咱大爷身下被动地大喘粗气。

咱大爷不懂咱大娘之意，仍然像头笨牛一样压在咱大娘身上。当泪水浸湿咱大爷的胡子之时，咱大爷还以为是咱大娘的激动之泪。于是，便在咱大娘身上横来竖往，肆无忌惮。咱大娘的心中开始回旋起姥娘送亲时的悠扬之声：新夫上床打翻灯，从此日子如噩梦……

后来，咱三大娘给村里人说起咱大爷的洞房之夜时，又十分感慨。说老大那边声音也大得吓人，还有噼里啪啦的声音，不知道是啥声音？其实那就是油灯打翻的声音。当时咱三大娘捂着大肚子说，这下完了，俺这一个肯定也是个丫头片子。

后来咱三大娘果然又生了一个闺女，取名凤霞。村里人说咱三大娘是拉不下来屎怪茅房，下不下来蛋怪鸡窝。哪有生不下儿子怪人家弄得声音大的。声音大才该生闺女，因为闺女的胆子更小，吓跑的应该是闺女。

咱三大娘还说，赶明俺再怀上再赶上老四、老五成亲，俺这辈子命里就没儿了。俺这命咋恁苦。

村里人说，你就别提老四、老五了。老四没个正行，谁敢嫁他；老五脑子不够用穷成那样，咋娶得起媳妇。下一胎肯定是儿子。咱三大娘后来给咱三大爷贾文清说，你听老大、老二两边的动静多吓人，这种好日子俺咋没有？

贾文清说，恁大声音不嫌丢人。咱三大娘说，你声音小俺只能生闺女可别怪俺，俺也要过声音大得吓人的好日子。

咱三大爷贾文清是读过洋学堂的，那时虽然是旧社会，但咱三大爷毕竟也是一个知识分子。知识分子脸皮薄，声音怎么也大不起来。结果咱三大娘一口气给咱三大爷生了六个闺女，就是没生出儿子。

不过，咱大娘和咱二大娘那吓人的好日子也没过多久。先是咱大爷贾文锦被上峰招走了，说去打小日本；然后是咱二大爷贾文柏被抓了壮丁。

七　咱大娘之一

当时，日本人已溯长江而上，直逼武汉。咱大爷贾文锦要上前线，去保卫信阳，保卫大武汉。咱大爷贾文锦参加了那场著名的武汉保卫战。

咱大爷贾文锦走的那天，贾寨人出门相送。咱大爷身穿黄军装，腰扎武装带，走起路来腰杆挺得笔直，气宇轩昂，雄姿英发的，有一种保家卫国的壮志豪情。咱大爷走的那天居然让咱大娘穿了一身红色的旗袍，这在咱那一带第一次见那种衣服。开始村里人只顾为咱大爷送行了，只注意到咱大娘衣服颜色，却没有注意咱大娘衣服的式样。由于红色很符合新媳妇的身份，所以村里人开始对咱大娘的红旗袍根本没有注意。咱大娘手牵大白马，低眉顺眼地跟在咱大爷身后。

村里人望着咱大爷贾文锦议论道,这小日本敢和中国开仗,我看是鸡蛋碰石头。有贾文锦这样的兵,何惧倭寇。又有人说,贾文锦打了一辈子仗,子弹连皮毛都没碰着,人家是武曲星下凡。

在村口,张寨张万仓的儿子张万喜骑着一匹黑马来了,两人原来是在一个部队上。一匹白马一匹黑马在贾寨村口立定。咱三大爷贾文清端了酒碗为两人壮行。咱三大爷对咱大爷贾文锦说,俺哥,喝了这碗壮行酒,我们全村老小等你们凯旋。咱大爷贾文锦和张万喜喝了酒,扬手把碗摔了。说这小日本敢来咱中国,让他有来无回。

咱二大爷贾文柏望着咱大爷贾文锦和张寨的张万喜灵感大发。说这一黑一白,简直是哼哈二将。

在咱那一带人们最佩服的是说书人的嘴,可以把活人说死,把死人再说活。说书人在旧社会的农村属于热点人物,说书人有点像咱八十年代的先锋作家,九十年代的美女作家,新世纪的少年写作,都可以随时产生轰动效应。说书人一般都自说自话,不但会说还会评,有话语权。他说你中你就中不中也中,他说你不中你就不中中也不中。这又有点像咱现在的评论家。很厉害的。

咱二大爷望着咱大爷贾文锦的白马和张寨张万喜的黑马,马上就出口成章。

"那个黑马一个团,那个白马一个团,黑马团来白马团,冲锋陷阵在最前……"

咱二大爷贾文柏看到一匹黑马一匹白马,就联想到了一个黑马团,一个白马团。这是典型的文学创作。

咱大娘送君送到小村外,把马缰绳交给咱大爷就哭了。咱大爷贾文锦说,哭啥,俺打完仗就回来。小日本顶咋打。

咱大娘只是哭,怪咱大爷洞房夜里打翻了灯。说这就是预兆,要不小日本咋早不来，晚不来，偏偏在咱成婚后来。俺姥娘唱的，"新夫上床打翻灯，从此日子如噩梦。"

咱大爷贾文锦说，这国家大事和咱那油灯有啥关系。咱大娘说，谁说没关系，关系大着咧。连过去的皇上都说过，国家大事关系着百姓的小油灯。咱大爷哭笑不得，说你回吧，俺过不了多久准回来。咱大娘说你走后俺天天在这桥头等。你给俺个准信，啥时候回来吧？

咱大爷说："长不过三月，短不过三旬。准归。"

咱大娘说："三月后不回，你怕就见不到俺了！"

咱大娘说着掩面又哭。咱大爷用大手为咱大娘擦了把眼泪劝咱大娘别胡思乱想，在家好好等着，嫌清静常串串门，家里还有他二婶和三婶呢。咱大爷贾文锦说着一抖缰绳，白马一蹿便奔了出去。那大白马也通人性，往前奔出半里之遥，一声嘶叫，抬起前蹄在原地打了个转。咱大爷回头见咱大娘仍立在死人桥头，显得格外醒目。

咱大娘从死人桥往村里走，全村人都站在那里看，咱大娘见村里人都看着自己，就想走快点回家，可是却怎么也迈不动步子，咱大娘这才发现穿城里人的衣服实在是不方便，你想快也快不了，只能小迈步不慌不忙地走。

这时，村里人才注意到咱大娘穿得怪。那衣服不分上半身也不分下半身，把整个人包得紧紧的，一对奶子顶得高高的，一双大腿露着雪白雪白的刺眼。从桥头到村头也就半里地，咱大娘像走了一辈子。咱大娘只能不紧不慢地走，有点像现在的时装表演，只是那乡间小路不是现在的T型台，路太不好走，乡间的土路坑坑洼洼的，走得咱大娘东倒西歪的，又像一种民间的舞蹈。

当时，还有歌声伴奏，孩子们望着咱大娘便起哄，唱：

新媳妇，打滴溜，

怀里掖俩水葫芦，

男人不在抱枕头。

贾寨的男人大饱了眼福，贾寨的女人却恨得牙根痒。一个个敲锅打盆指桑骂槐地把自己男人往家拉。这样看来咱大娘第一次在贾寨露面的确没有给村里女人留下好印象，没给女人留下好印象就等于没有给全村人留下好印象，就等于自绝于村里人。村里女人对咱大娘的第一印象是：这是一个狐狸精。这个狐狸精到了贾寨是要害人的。

八　咱三大爷之一

咱大爷贾文锦走了不到半月，形势就紧张了。晚上已经隐隐约约听到东南方有炮声了，而且炮声越来越近。

村里人问咱三大爷贾文清，这炮声是谁的？

咱三大爷拿了一张旧报纸抖着说："是胡宗南的第17军，还有张自忠的59军。"

在贾寨除了咱三大爷贾文清知道一些国家大事，恐怕再找不出第二人了。村里人要了解天下大事肯定去找贾文清。村里人被炮声惊住了纷纷去听咱三大爷分析国内、国际形势。

村里人听说有张自忠的59军，当时有人就说："张自忠，你听这名字，多好。是忠臣良将呀！打，用大炮狠狠打小日本。"

咱三大爷贾文清说："张自忠的装备不好，胡宗南中，有坦克、大炮。"

这时，村里的几个长辈贾兴良、贾兴朝、贾兴安也来了。咱三大爷连忙给几位长辈让座。村里的几个十六七岁的半截棍大黑、二黑、喜槐、春柱、金生也来了，一时三大爷家的小院挤满了人。村里人围着贾文清，让咱三大爷讲讲、讲讲。

咱三大爷说："咱中国的生死存亡就看这一仗了。小日本已占了咱北平、上海，连咱的国都南京都被占了，还进行了南京大屠杀。人死得多呀，长江都填满了。现在小日本又要占咱的武汉，现在正是武汉会战呢。"

"噢……"村里人都张着嘴，发出一种声音。

咱三大爷说："小日本从安徽往咱河南来了，从东往西打。本来小日本是从北往南的，北边黄河的花园口被扒开了，把日本的土匪圆（土肥原）师团淹了。小日本从北边过不来了，就改从西边合肥过来了，直逼第5战区。"

大黑问："第5战区是啥战区？"

咱三大爷说："咱这儿就是第5战区。司令长官是李宗仁。李宗仁厉害呀，他曾经指挥了台儿庄大捷。"

咱三大爷贾文清当年所说的从西往东打过来的日军，指的是第6师团稻叶四郎部。据南京大学出版社出版的《中国抗日战争史》记载："在日军中向有精锐之称的第6师团稻叶四郎部从大别山南麓及长江北岸间长条地段大举西犯，该路线距离武汉最近，并可在日军空军的直接掩护下作战。"

据国民政府军令部战史会档案1938年9月18日《李宗仁致蒋介石电》记载：日军分4路攻打第5战区，"一由蒙城进攻阜阳，趋新蔡、汝南，南犯确山；二由正阳关犯霍丘，趋固始、光山、潢川，南犯信阳；三由合肥犯六安，越叶家集、商城；四由安庆犯潜山，趋黄梅、广济。"

当时，情况十分紧张。据南京大学出版社出版的《中国抗日战争史》记载："面对日军来路甚多，第5战区免不了分头抵御，而当时，中国军队主力大部集中第9战区，第5战区兵力远不及徐州会战后期雄厚，缺乏围歼第6师团的充分实力。而当时李宗仁又因病离职，由白崇禧代行司令长官职权。"

当时，村里人问咱三大爷贾文清，能守住吗？

咱三大爷说："如果守不住咱信阳，就守不住武汉。"村里人说，咱信阳恁重要？

咱三大爷说："信阳是武汉的南大门，守不住信阳，就等于把南大门打开了。"咱三大爷贾文清叹口气说，"信阳失守，小日本就可以坐火车南下武汉。谁能挡得住。"

贾兴朝说："信阳失守那咱这儿不是也完了。"

咱三大爷贾文清一拍大腿道："那你说去，咱这一带是信阳的顶门杠，要占信阳先占咱这儿。"

有女人说，这小日本咋能恁厉害呢！

咱三大爷说："厉害的很，三光政策。"

有人问，啥叫三光政策？

咱三大爷说："就是杀光、烧光、抢光。"大家就十分激动，大黑就喊，那就是不让老百姓活了，不让咱活，咱就和小日本拼。喜槐说，你拼个屁，人家有枪，你还没近身就被人家撂倒了。咱三大爷贾文清说："打仗还要靠老大贾文锦他们，咱们老百姓还是想办法活下来。小日本真来了就躲躲吧。把自己家的红薯窖挖大一点，到时候能跑就跑，跑不了就躲进红薯窖里。"

有女人说，那躲到何时是个头呀？金生答，癞蛤蟆躲端午，躲一天算一天呗。

咱三大爷贾文清说："别看小日本现在闹得欢，将来让他拉青丹，咱中国恁大，他占不了。这叫贪心不足蛇吞象。再大的蛇也吞不了大象。"

贾兴朝问："这将来要多长时间？"

咱三大爷说，要等个五六年吧。

有女人急了。说，老天爷，要五六年呀！再过几年俺儿就得娶媳妇，这小日本五六年不走，俺儿这咋娶媳妇呢！

咱三大爷说："那就不娶。"

女人说，那俺儿要打光棍！

咱三大爷说"那咋办！只有打光棍。"

女人就极不满意地走了，边往家走边骂。日你姐，不让活了。回家杀鸡，吃！不吃白不吃，省得给小日本留着。

又过了几天，炮声更近了，渐渐逼近。上午，贾寨人正在地里干活，南边突然炮声如雷，整整打了一上午。正在地里干活的人心慌，便往家里跑。跑回家也坐不住，又来到咱三大爷贾文清院里。咱三大爷院里已来了许多人，咱大娘玉仙在那儿抹眼泪，说："你听这炮打的，他这回怕是回不来了。"咱三大娘就劝着咱大娘，说："人都常说，大炮一响黄金万两嘛，这回他大爷要发财了。"咱大娘就破涕而笑了。村里人望着咱大娘觉得像个孩子，没个大人样。贾文锦娶了这样一个女人将来咋过哟。

咱三大爷贾文清正看贾文锦的信。大家见贾文清看信都不敢吭声。咱三大爷看完信脸色很不好看。贾兴朝问，信上咋说？

咱三大爷望望大家说："坏了，固始和潢川都失守了，固一黄公路也被占了。"

咱三大爷所说的固始和潢川都失守，是在1938年9月。据国民政府军令部战史会档案1938年9月22日《蒋介石致孙连仲兵团诸将领电》记载：第59军将士"自军团长以次，莫不身先锋镝，抱必死之决心，巷战肉搏，迭行逆袭""倭尸累积、濠水尽赤，我虽伤亡亦重，然率达成守至23日（18日）之任务……"

据南京大学出版社出版的《中国抗日战争史》记载："防守固始的只有71军的一个团，小日本的第十师团围攻固始，我们骑兵旅紧急增援，还没赶到固始就丢了。小日本沿着固始—黄川的公路西犯潢川，遇到张自忠的第59军全力抵抗。小日本推进到潢川城下，便以密集的炮火轰城，并大放毒瓦斯，全城毒气弥漫如烟。"

当时，贾寨人听咱三大爷贾文清说信上的内容，连大气也不敢出。咱三大爷说，寡不敌众，日本鬼子还用了毒气弹，潢川沦陷，光山也落入日本鬼子之手。咱三大爷说："怪不得前几天炮声恁近呢，小日本在攻打潢川。"

村里人大惊，说咱这儿离潢川才几十里路。有人说，俺大姑就在潢川，俺每年都去拜年。早晨起来走，不耽误吃晌午饭。

咱三大爷说："潢川已被小日本占了。你大姑要是没有被毒气毒死，就成亡国奴了。"村里人问，亡国奴是啥意思？咱三大爷说："亡国奴就是小日本的奴隶，只给小日本干活，不给工钱，吃的是猪狗食。"

我操小日本他娘，打不过咱就放毒气，有人骂。

咱三大爷说："别骂了，再骂也没用，回去多做些馍藏起来，该吃吃该喝喝，不要不舍得。这小日本说来就来。"

傍晚，贾寨炊烟四起，村里人开始杀鸡宰羊像过年一样。南边炮声隐隐约约的，这让孩子们兴奋得不得了，在杀鸡宰羊的现场追逐嬉戏。大人们也懒得管孩子们的疯闹，脸上沉重着。咱二大爷贾文柏把家里唯一的下蛋母鸡抓了，要杀。咱二大娘不干，两人起了争执。咱二大娘说："咱家就这只老母鸡，我还让它下蛋，等它抱窝，要不了多久就有一窝小鸡娃。等鸡娃长大了杀了让你吃个够。"贾文柏冷笑着说："你去做梦吧，小日本来了，你孵出的小鸡还不知给谁吃呢。"咱二大娘说："俺不信小日本有千里眼，还能看到俺鸡窝里的小鸡。"

这时咱三大爷来了，掂了一只鸡。咱三大爷说："吃吧，吃完了把咱几家的墙都打通，先用柜子挡着，万一小日本进了村，也有个回旋余地。"

咱二大爷问："那老四呢？"咱三大爷说："他整天不沾家，来无踪去无影的，就别管他了。"咱二大娘问："他叔，小日本真能来？"咱三大爷说："来，肯定要来。就是说不准啥时来。"咱二大娘叹了口气说："俺家都快揭不开锅了。"咱三大爷说："到俺家掏一点。"咱二大爷说："不用，我明天赶集去说两场书，就够吃十天半月的。"咱三大爷说："这恁乱，你还出去说啥书呢！"咱二大爷说："没事，小日本正和咱国军打仗，占大城市，还管不了咱老百姓。咱老百姓还要活着不是！"咱三大爷说："这倒是。"咱二大娘："自从俺进门，他就没出去过，他也该出去好好说几场书了。"咱三大爷不语，走了。

吃晚饭时，贾寨人端着饭碗出来了，一个个显得很兴奋，碗里是肉，手里是白馍。边吃还边望着南边骂："娘那屄，吃，吃。要不是小日本要来了，谁舍得吃呢！"有人说："就是，这又不逢年过节的。吃完了算球，不过了。"吃完饭，贾寨人都聚集在村头往南望，听那炮声。炮声从西往东擦着贾寨的边过去了，越来越远。有人说："这炮声远了。小日本怕是被打跑了。这下坏了，俺把下蛋鸡都杀了吃了，要是小日本不来，俺不是白杀鸡了嘛！"有人骂："娘那屄，好像盼着小日本来似的。"

咱三大爷贾文清一边听着炮声说:"大事不好,要是炮声从西往东走,那说明把小日本打退了,要是从东往西走,那是国军在节节败退。大家回家赶紧把墙都挖个洞。"

"为啥?"

咱三大爷说:"各家各户都打通,万一小日本来了,又跑不出去,也可以互相躲躲。"有人说:"这下好了,大家都是一家人了。"有女人就嘿嘿笑了,说:"家家都通着,不要上错了炕。哈哈……"咱三大爷贾文清严肃地说:"到这时了,你们还疯,到时候你们哭都哭不出来。"

九　咱四大爷之二

日本鬼子没来,国军的队伍先过来了。溃败的队伍沿着贾寨和张寨之间的黄泥大道从东北方向西南方向撤退。在咱那一带人们把那次著名的撤退叫过队伍。咱四大爷贾文灿在过队伍那天晚上也回到了贾寨。那天晚上是个大月亮头,一轮明月的。半夜里开始过队伍,贾寨的狗在咱五大爷贾文坡家的花狗带领下那个咬得,惊天动地的。贾寨人听到狗咬得那么厉害谁也不敢出门,只敢从门缝向外看。咱五大爷披着衣服吆喝他的狗,正碰见咱三大爷贾文清也出来了。贾文坡问贾文清:"是不是日本鬼子来了?"咱三大爷说,谁知道?贾文清说着爬上墙头向村外望。贾文坡问:"咋样?"咱三大爷说:"没事,是国军。"

贾文清一蹦跳下墙头,说:"俺听到有人骂娘,是中国军队。"

这时,见咱四大爷贾文灿带着人回来了。咱三大爷望望铁蛋说:

"你回来干啥？"

铁蛋说："俺咋就不能回来了，这是俺家，俺回来抗日。"

贾文清说："你回来抗日，别祸害老百姓就行。"

咱四大爷贾文灿说："俺不和你老三说话，金木水火土，你是水俺是火，水火不相容。"

咱三大爷贾文清说："你最好不要轻举妄动，最后害了老百姓。"

贾文灿嘻嘻笑笑说："俺抗日不祸害老百姓。"贾文清不再说话，见村口又有好几个黑衣人向咱四大爷家来。

咱五大爷贾文坡问贾文清："咱该咋办？"

咱三大爷说："这鬼子就像一阵洪水，洪峰过去了，也就没劲了，该干啥干啥，鬼子现在还顾不上老百姓。"

贾文灿说："国军跑了，咱们没地方跑，今晚上咱们可发财了。"二十几个人在咱四大爷贾文灿带领下向老窑走去。

咱四大爷带人来到路边，在路基边埋伏下来。大家见路上的队伍像放羊一样由东南向西北漫了过去，队不成队，群不成群的。咱四大爷骂了一句："娘那屄，真是溃不成军。"

一大队兵过去了，后边来了掉了队的伤兵，有五六个。咱四大爷一挥手，大家一起扑向公路。

"别动，我们是抗日别动队！"

几个伤兵站下了，带头的问："抗日别动队拦俺干啥？等鬼子过来了拦鬼子去。"

咱四大爷说："你们要拦，鬼子也要拦，拦你们就是为了拦鬼子。"

伤兵说："这是啥意思？"

咱四大爷说："拦你们是为了你们手里的家伙，有了你们手里的家伙，就可以拦鬼子了。"

伤兵说:"你们要缴我们的枪?"

咱四大爷说:"别说恁难听,反正你们撤了,也没什么用了,你们还不如把枪给我们留下,我们用它打鬼子。"

伤兵说:"这可是我们吃饭的家伙,说不定路上还能换口吃的。给你们了我们喝西北风去。"

咱四大爷说:"我这儿有五块钱,你们拿着路上救急。"

领头的伤兵说:"不中,不中,才给五块钱,一杆枪也值五十块钱。"

咱四大爷见商量不通便向大家使了个眼色,早已等得不耐烦的弟兄一下扑上去,把几个伤兵按倒了。伤兵在地上哇哇乱叫。咱四大爷站在那里笑了,说:"你们这是敬酒不吃吃罚酒,好好给你们说不中,就别怪弟兄们下手重了。"

伤兵在地上求饶:"哎哟,枪给你们,给你们,放手,放手,痛死我了。他妈的,简直是土匪。"

咱四大爷哈哈大笑,说:"你们说对了,我们就是土匪。土匪咋了,土匪也是中国人,也打小日本。"

被缴了械的伤兵爬起来,说:"老子要不是受伤,怎会被你们缴了械。"

咱四大爷说:"好了,快走吧,再不走衣服也给你扒了。"几个伤兵一听,连忙一瘸一拐地跑了。

咱四大爷见伤兵走了,带着弟兄下了公路,来到了烧砖的老窑。咱四大爷操着枪说:"这一仗打得不错,四支长的,三支短的。这短的有用,长的不行,没法往身上藏,过几天找个买主出手。"

有人问:"今晚还干不干?"咱四大爷说:"干,过了这村就没那店了。咱这十几二十人,要个个双枪,要短的。"

后来咱四大爷贾文灿在那路上一连抢了三晚上，长的二十多支，短的也够每人双枪了，这才住手。咱四大爷成了那一带抗日别动队的队长，整天神出鬼没的，鬼子倒是打了，把老百姓也欺负得够呛，说向哪个村要钱，你不敢不给，否则在一个伸手不见五指的晚上，摸进村子，将你洗劫一空。这是后话。

十　咱二大爷之二

咱二大爷贾文柏出去说书，一去不归。后来才知道他被抓了壮丁。当时，咱二大爷赶集说书回来迎面碰到一群败兵。咱二大爷知道秀才遇到兵，有理也说不清，就往高粱地里躲。可是，咱二大爷还是被发现了。当兵的大喝一声："站住，干什么的？"咱二大爷连忙赔笑脸出来，说："说书的，嘿嘿，俺是说书的。"

"说书的？"

当兵的围着咱二大爷转了一圈说，"说书的往高粱地里躲啥，是不是汉奸？"

"老总，你说到哪儿去了！嘿嘿……"

"走！跟我去见连长。"当兵的用枪碰了一下咱二大爷。

咱二大爷被带到一个当官员的面前。连长上下打量了一下咱二大爷，说："搜搜他。"当兵的便在咱二大爷身上摸，咱二大爷缩成一团嘻嘻地笑。

当兵的骂："笑啥？妈的！"

咱二大爷说："俺怕痒。"

当兵的骂:"去你娘的,老子不是大闺女,你怕啥痒。"当兵的在咱二大爷身上拧了一把说,"看你还痒不痒!"咱二大爷哎哟一声揉着身子,末了又嘻嘻地笑起来。咱二大爷说:"俺媳妇就是这样拧的。"

一群当兵的哄的一声被咱二大爷逗乐了,说还没见过这种主儿,敢拿兄弟们开心。连长笑着望望咱二大爷,对搜身的兵说:"快点,搜到啥了,让你搜身,你在人家身上有啥好摸的!"

搜身的兵恨恨地白了咱二大爷一眼,把架子鼓提在手中,用手指在鼓上弹了一下说:"报告连长,只有这家什!"连长望望咱二大爷又望望架子鼓,把脸板着问:"哪庄的?"

"贾寨的!"

"叫啥名?"

"贾文柏!"

"干啥的?"

"说书的!"

"说书的?"连长在贾文柏身上瞧着,眼睛一转,"给老子来一个段子!"

"这……"

咱二大爷贾文柏有些不情愿,这前不搭村后不搭店的,天色已晚,哪是说书的地方呀。咱二大爷心里不情愿,忸怩着望望连长,欲言又止。连长把脸一沉要发作了。咱二大爷连忙点头答应:"中中中!"说着把架子鼓在连长面前支了起来。连长转身喊道:"弟兄们,原地休息,听个段子。妈的,让小日本追得连气都喘不过来了!"

当兵的听说可以休息,长吁短叹地松了口气,一屁股坐在地上,一坐就是一大堆。咱二大爷问:"老总,想听啥段子?"连长用手端着下巴做沉思状。说:"文的不听,武的不要,过去古人打仗哪能和现在比,给老子来一段荤的!"

"来荤的!来荤的!"当兵的来了兴趣,喜得围了上来。"妈的,给老子解解闷,老子在前线卖命,半年没沾女人的边了。"

说荤的就说荤!咱二大爷说的是他自编的段子。书中有一段说的是土匪铁蛋。铁蛋用红布裹着扫帚头,当盒子枪用。在高粱地头拦路抢截,遇上单身女子就往高粱地里拉,坏了人家黄花闺女的身。闺女回家向嫂子哭诉。咱二大爷将那哭诉的内容编成词,用小调唱。咱二大爷边唱边说:"嫂子,你可给俺做主呀!小姑子回家扑进嫂子怀里。"咱二大爷说到这儿,咚咚咚连敲几下鼓。那快板劈哩叭啦一阵急打,接着就开唱:

俺路过高粱地,遇上个拿枪的;
那个拿枪的,不是个好东西;
三下两下子拉俺到高粱地;
哎哟,我的大嫂哟——

"干啥?"当兵的嬉皮笑脸地问。咱二大爷贾文柏咚咚一阵鼓点,接着唱:

拉俺到高粱地,掏出个怪东西;
说它像老鼠,没有尾巴;
说它像雀儿,没有爪爪;
愣头愣脑让人怕;
哎哟,我的大嫂哟——

"怕啥？"当兵的瞪大眼睛，涎着脸急不可耐的样子。贾文柏唱着答：

　　一阵子疼，二阵子麻；
　　三阵子舒服得说不出话，
　　哎哟——我的大嫂哟……

"噢！"当兵的群情振奋，一哄而起。围着咱二大爷激动。连长哈哈大笑，伸出大拇指说："好，好！他娘的铁蛋厉害。不过，把'那个拿枪的'改为'那个当兵的'咋样？"

"好！"当兵的齐声叫好。连长对咱二大爷说："你书说得好，就跟着队伍走吧！往后咱们都是兄弟了，有福同享，有难同当。"

"好！"当兵的又喊。

咱二大爷慌了，连连摆手："那不中，那不中！俺家还有八十岁老母靠俺养活，还有老婆孩子等米下锅。俺走了，他们可咋办？"

"球！"连长说，"还八十岁老母呢！这话出自别人口我信，出自你口我不信。说书的哪有半句真话，编的！你在用书上的词糊弄人呢！告诉你，老子可不吃你这一套！还老婆孩子呢！国都破了哪还有家。日本鬼子马上就要打过来了，他们可什么都能干得出来。比铁蛋坏多了。哪还用往高粱地里拉，在光天化日之下说干就干球了，不避人的。干完了用刺刀挑！"咱二大爷听得浑身打战，说："那，那俺更要回去了，没有俺，谁管他们？"

"有你又怎能样？就你这球样，送死去吧！我们几十万大军连个武汉都守不住。你算啥，能挡住鬼子进村？走吧！跟我们走。"

"不中。不中。"咱二大爷摇着头往后退。连长向刚才搜咱二大爷身的兵使了个眼色。说:"你再摸摸他身上有没有别的东西。我怀疑他以说书为名,当汉奸做探子!"

那个当兵的便伸出一双鸡爪似的手向咱二大爷摸去。咱二大爷见了缩成一团,手还没碰到身上人已笑得成了一团。

连长说:"只要你答应跟我们走,我就不让他搜身了。"咱二大爷被那兵抓得笑着喘不过气,脸憋得像猪肝一样。断断续续地说:"俺走,俺走……"

当兵的停了手,咱二大爷又摇头说:"不中。不中。"其他几个兵围着咱二大爷笑得直不起腰。说,这说书的怪,死都不怕只怕痒。连长开始也望着可笑,见咱二大爷一会儿中一会儿又不中的便急了。说:"他妈的,不中!今天中也中不中也中。对你客气你当福气,要不是看你书说得好,老子才没闲心和你逗乐呢!拿绳子捆了,看你走不走!"

咱二大爷停住笑,再没敢啃声。只有跟着走了。好汉不吃眼前亏,路上找机会再跑吧!

咱二大爷贾文柏和队伍撤退的路线不路过贾寨,否则贾文柏在路过贾寨时就可以跑了。咱二大爷被抓丁走了,一去不归。咱二大娘就立在那松树岗上等。每天村里人都见咱二大娘带着书立在岗上。傍晚,村里已炊烟袅袅,人们见了松树岗上的身影,便暗下叹息。说:

"这贾文柏放着恁好的老婆孩子不要了,会去哪儿呢?这兵荒马乱的。"

咱二大爷随队伍撤到了一个村子。村子里挤满了兵。这一拨走了另一拨又来,在村里也不长住。咱二大爷他们要在村子里宿营。连长让军需给咱二大爷发了军装,看着咱二大爷穿上,便乐了。说:"嘿!摇身一变说书先生成了堂堂正正的国军了,吃军粮啦!"

晚上,连长让咱二大爷给大家说书,正说得热闹,突然,村外叽叭传来几声枪响。

哨兵跑来报告说,鬼子来了,要进村了。全连人呼啦一下爬起来便操家伙。连长说,鬼子来得真他妈的快。一会儿,团里的通信兵也跑来了,说鬼子的汽车顺着公路追,抄了我们的后路,好几个团被包围了,团长命令你们连阻击敌人,掩护全团突围。连长姓甄,甄连长是个火爆脾气。骂,妈的,又让老子掩护!拍拍咱二大爷的肩说:"你没福气,常言说'养兵千日,用兵一时'。你他娘的才吃了一顿兵饭就要打仗了。"递给咱二大爷一支手枪,手把手教他用。说,"跟着我,咱们一起冲出去。我还没听够你说书呢!你可是我们的宝贝。小心点,别让鬼子逮住了,那可没命了!"

仗打了一夜。甄连长凭借那村里的土围子打退了鬼子一次次进攻。甄连长的枪法准,爬在寨墙边瞄着打。月光下哪个鬼子冲到前头,甄连长便瞄着黑影一扣扳机。叭勾一响了,子弹拉着长长的嗖哨飞向鬼子,远处鬼子应声而倒。咱二大爷打不准,便在一边为连长压子弹。打死一个他就在地上画一下,不知不觉画了一串。甄连长说:"贾文柏,将来你也给咱编一段,肯定比古书上的精彩。"

咱二大爷说:"中!就叫'甄连长坚守村寨,鬼子兵尸横遍野'。咋样?"甄连长听了哈哈大笑。

咱二大爷他们能坚守一夜,主要是鬼子炮兵在后边没跟上来。接火的是鬼子的先头部队,攻了一夜死伤惨重。鬼子吃了没大炮的亏。后半夜,鬼子停止了进攻。甄连长把几个排长召集在一起说:"小鬼子追着咱们打,没想到在阴沟里翻了船。"

几个排长情绪很高,说:"兵对兵谁怕谁!"甄连长说:"咱们已完成了阻击任务,趁黎明前的黑暗突围出去。天一亮就完了,跑不了了。"几个排长说:"中。看他们还敢不敢追。"

甄连长带着队伍摸出了村。刚到村口正和鬼子遭遇。原来鬼子也想趁黑偷袭。两强相遇勇者胜！甄连长大吼一声："打！"首先开了火。鬼子也开了火，双方趴在地上对射。打了一阵，双方都抬不起头来。甄连长喊："停止射击，节省子弹。"

鬼子也停止了射击。顿时，一片寂静。甄连长又喊："贾文柏，把你的鼓敲起来，给大家唱一段，鼓鼓劲！"咱二大爷敲响了架子鼓，那鼓点如暴风骤雨，似有千军万马正冲锋陷阵。咱二大爷敲着鼓便开唱：

> 那个当兵的，掏出个怪东西；
> 说它像老鼠，没有尾巴；
> 说它像麻雀，没有爪爪；
> 愣头愣脑让人怕；
> 哎哟，我的大嫂哟——

咱二大爷一唱，全连人马好像得到了暗示，就去摸手榴弹。唱到最后一句，全连的兵便齐声喊："哎哟，我的大嫂哟！"鬼子听对方鼓声震天，歌声嘹亮，弄不清怎么回事；竖起耳朵静下来听，听着听着也跟着嗷嗷乱叫。甄连长大喊："弟兄们，让鬼子也尝尝铁蛋的滋味。打！"一扬手将手榴弹投了出去。全连士兵振臂投弹齐声大吼：

"我操你小鬼子的二大爷！"

轰！轰！轰！一阵阵巨响，一百多枚手榴弹在鬼子群里开花。鬼子被这从天而降的手榴弹炸蒙了。还没回过神来，一连人便端着刺刀冲了上去，杀开了一条血路。一连人马突出重围一直往北跑，一路上再没遇上鬼子兵。咱二大爷跟着部队往北撤，走村过店甄连长必喊着号子，踏着整齐的步伐，雄赳赳气昂昂唱那小调。那小调经全连人一合唱更显韵味，雄性十足的。特别是最后那一句，调拉得老长老长的，余韵无穷。兵们若遇上大闺女、小媳妇便一遍又一遍地饥渴着地喊：

"哎哟，我的大嫂哟——"

甄连长说："多带劲，这是我们的连歌！"

沿途，一些零星掉队的兵，见身后还有这么整齐的队伍，就拾起已丢掉的枪，重新加入队伍。到了目的地，甄连长集合人马一点名，哎哟，我的大嫂哟，这哪是一个连，分明是一个营呢！团长见了乐得嘴都合不拢了。说甄连长会带兵，人家越打越少，他越打越多。一连人打出了一营人。能干！他妈的，我还以为早让小鬼子连窝端了呢！不久，他们进入到山西境内。部队原地休整。甄连长被提升为营长。甄营长没忘记和自己出生入死的弟兄，把手下也升了一级。咱二大爷成了随身副官。不过，书还是要继续说的。咱二大爷跟着队伍从河南跑到山西，离家越来越远。

十一　咱大娘之二

国军的队伍过完了，贾寨人算着鬼子也该来了，可是鬼子一直没来。村里人一听到有啥响动就往外跑，一连几次都是虚惊。后来，听说鬼子已占了县城，可就是没见进村。贾文清说，鬼子在大平原上长驱直入，就如一阵洪水，水退了一切又恢复了正常。鬼子只占了城市，哪有多余的兵力去管乡村。

不久，张万喜回来了，张万喜是咱大娘的堂哥。张万喜回来的时候咱大娘玉仙正在挖自己家的墙脚。张万喜冲着咱大娘的背影问:"你这是干啥?"咱大娘头也不回地回答:"你说干啥,挖洞。你家挖没有?"张万喜觉得好笑,问:"谁让你挖的?"咱大娘说:"他三叔呀,说是小日本来了跑不出去,好互相躲躲!"

"不挖了。"

"咋?"

"没用!"

"他三叔说有用。"

咱大娘这才回过头来,见了张万喜一身的硝烟,身上都是血。咱大娘吓得一屁股坐在地上,喊:"哎哟,娘呀!你这是人是鬼?"张万喜说:"你说是人就是人,你说是鬼就是鬼,过去是人,将来做鬼。是人是鬼都是恁哥。"咱大娘定定地望着张万喜,喊着,"他三叔,他三叔!"咱三大爷贾文清应着就过来了,问啥事?贾文清一见张万喜愣怔了。

"这不是张万喜嘛,你咋回来了,俺哥呢?"

张万喜说:"俺还以为贾文锦回来了呢,就来家看看。原来他没回来。"

咱三大爷问:"这到底是咋回事?"

张万喜一拍大腿说,完了、完了,我们被打散了。

咱大娘哇的一声先哭起来了。张万喜说,你哭啥哭,说不定贾文锦过几天就回来了。你还是给俺弄点水洗洗,弄点吃的,饿死了。咱三大爷贾文清说,走,到俺那边去。张万喜就随贾文清到了咱三大爷家。

不久,张万喜回来的消息便在贾寨传开了。村里人陆陆续续来到贾文清家,一会儿就把小院挤满了。大家望着张万喜洗脸,然后吃饭,都不啃声，烟袋窝子闪着暗红的光。咱三大爷贾文清见张万喜吃饱喝足了，这才问打仗的事。

张万喜说："国军大撤退。胡宗南下令放弃信阳，平汉线被切断了。武汉也完了。"

"那咱中国就这样败了？"有人道。

张万喜说："也不能说就败了，国军向大西南撤，还有云、贵、川呢，委员长撤到了重庆。在撤退的时候俺那支部队打阻击，最后被打散了，贾文锦现在还不回来，是死是活就难说了。"

咱大娘玉仙听张万喜这样说，又在一边抹泪。

张万喜说："其实鬼子没啥好怕的，一个对一个，他哪个都不是我的对手，我和他们拼过刺刀，一晌午干掉了四个。"张万喜说着看看大家的反应。张万喜见大家脸上露出敬畏的神情，顿了顿又说，"咱中国兵个个都是好样的，一个中国兵是一只猛虎，一群中国兵就是一群绵羊了。"

"那是咋弄的？"

"中国的兵山头太多，一打起仗来各自保存自己的实力。"

据《中国抗日战争史》记载：武汉保卫战日军投入了12个师团，我军前后有120多个师参战。日军凭借装备上的优势，飞机、大炮加坦克。中国军队无法抵挡日军之进攻。原计划死守信阳，确保武汉，胡宗南擅自放弃信阳，并退往信阳西北，造成正面空虚，全线崩溃。武汉保卫战历时几个月，中国军队死伤了20多万人，消灭了日军十几万，最后宣告失败。

当时，在咱三大爷的小院，村里人算是把胡宗南恨上了。有人问胡宗南是哪人？说胡宗南肯定不是咱这一片的，反正又不是他老家。要不他不会擅自撤军。

咱三大爷贾文清问张万喜今后有啥打算？张万喜说，俺不撤，俺和贾文锦商量好了，在咱这一带和鬼子干。

咱三大爷说，和鬼子干，你有多少人？张万喜说，我和贾文锦的人加起来有一个骑兵连，都是咱这一片的子弟兵。都留下。

咱三大爷对张万喜的计划表示怀疑，认为国军有几十万都不中，你一个连管啥用？

张万喜说："我们不和鬼子大部队正面交锋，找那落单的、小股的干。打了就跑，我们是骑兵，四条腿的，鬼子撵不上。"

贾文清说："你说得好听，跑了和尚跑不了庙，你跑了这乡里乡亲的咋办？"

张万喜说："放心，兔子不吃窝边草，我们不在咱这一带活动，平常最多回来看看老婆。"一屋的人听张万喜这样说都笑了。

村里人给咱大娘起了个外号叫"旗袍"。咱大娘在村里总共穿过三种颜色的旗袍，在送咱大爷出征那天穿的是红色，那肯定是在咱大爷的要求下穿的。在咱大爷走后咱大娘还穿过白色的旗袍和黑色的旗袍，这些旗袍都是金丝绒的。不知道为什么咱大娘这位乡村姑娘却单单爱上了旗袍。穿上旗袍蹲不下去也站不起来更跑不快，这在乡村是不可思议的。不用说，咱大爷将旧社会城市的时髦玩意第一次引进乡村是失败的，至今还有一段童谣记录着旗袍在乡村的失败。

　　旗袍旗袍好旗袍
　　又显奶子又显腰
　　鬼子来了跑不快
　　照你屁股一刺刀

可是，咱大娘还坚持穿旗袍，据咱七姑说咱大娘和咱大爷有个约定，那就是穿着旗袍在桥头等她回来。在咱大爷失踪的那段日子里，咱大娘玉仙在咱七姑的陪同下经常到那桥边洗衣。洗衣是一方面，主要是等咱大爷回来，希望在某一天咱大爷会突然出现在桥头。咱大娘每一次出门村里人照例出来看，看咱大娘穿的啥。咱大娘没有让村里人失望，咱大娘玉仙每次都会穿一种颜色的旗袍。

咱大娘在村里人的注视下端着洗衣盆向桥头走去，在咱大娘的身边是咱七姑。那正是村里人最轻松的时候，吃饭场还没散去，村里人将空碗搁在地上，围成一圈在那里说着闲话，咱大娘玉仙和咱七姑这时走出了院门。咱无法了解咱大娘为什么会单单选在这个时候出村洗衣。咱七姑和咱大娘并排走着，一边走咱七姑一边和村里人打着招呼。一路上村里人就问，七妮吃了没？咱七姑就回答，吃了。有人问，七妮干啥呢？咱七姑就回答，洗衣服！

其实村里人给咱七姑打招呼，眼睛却瞄着咱大娘玉仙的身上。咱大娘又穿上了那件红色的旗袍。现在农村也没有流行旗袍，可见咱大娘当年穿旗袍对贾寨的冲击。咱大娘玉仙穿着旗袍在村里人面前昂着头走，目光平视着，不看任何人，也不和任何人说话，因为她谁也不认识。

后来，在咱大娘玉仙和咱七姑一次次去桥头洗衣服时，她除了穿旗袍外，还穿过女式的中山装，还穿过学生裙。看来咱大爷贾文锦完全是按照城里人的方式来打扮咱大娘玉仙的。咱大爷肯定没料到这些旧社会的奇装异服会给咱大娘带来灾难。

那天，咱大娘在咱七姑的陪同下穿着红色的旗袍一起去那桥头洗衣，两个人正搓着衣服，咱大娘突然听到桥上有动静。咱大娘抬头望，见几辆大车过桥，大车上坐着兵，总共有十几个兵。那些兵肩上的刺刀还在日光下一闪一闪的。咱大娘不怕兵，咱大爷贾文锦也是当兵的。咱大娘的目光就在兵的脸上扫，目光落在一个大胡子的脸上。咱大娘脸上便露出了笑容，以为是咱大爷。

咱大娘玉仙张嘴要喊，却发现不对劲。车上的兵望着两个洗衣的女人，哇啦哇啦乱叫，喊，花姑娘、花姑娘的干活！

大车上坐的当然不是咱大爷贾文锦，是日本鬼子龟田队长。龟田队长坐在大车上正打瞌睡，几个兵一叫唤，龟田队长睁开眼骂了一句吵他睡觉的兵。龟田一句"八格亚鲁"刚出口，就被眼前的两个中国女人吸引了。龟田见咱大娘正望着他们笑，龟田队长连忙站起来向咱大娘"嘿"地鞠了一躬。

咱大娘这下傻了眼。咱大娘知道认错了人，她连忙惊恐地低下头，心口窝怦怦直跳。咱大娘当时还给咱七姑说，这该死的兵咋也留着大胡子，像恁哥，害得俺认错了人。

这时，咱七姑见大车在桥上停住了，车上的兵往下跳，咱七姑喊了一声快跑，便扔下洗衣盆就跑，可是三个鬼子已经围了上来。龟田站在车上喊了一声什么，三个鬼子把咱大娘玉仙放过去了，却不放咱七姑。

龟田让咱大娘跑，咱大娘怎么也跑不快。咱大娘这时想起了村里孩子唱的童谣。咱大娘只能小跑，龟田望着咱大娘跑也不追，让车夫赶着马车紧紧跟随。马车一直跟到贾寨村口，见咱大娘的红色背影进了村，一闪不见了。马车在村口停住，马不住地打着响鼻，意犹未尽的样子。龟田下了车，双手拄着指挥刀，弓着身子，似马状。龟田若有所失地向村子茫然四顾，半响才让翻译官张万银召集村人训话。翻译官张万银从大车上提出一面锣，咣咣咣地敲，喊着："乡亲们，都出来开会啦！皇军给大家训话。"

十二 咱七姑之死

龟田让马车追咱大娘,三个鬼子在河边却拦住了咱七姑。咱七姑一急一头扎进了河。咱七姑的水性好,扎进河里就再没有露头。三个鬼子见咱七姑跳了河,端着枪就在河边等。咱七姑在水里憋了一阵便露出头来换气,见三个鬼子还在岸上指着咱七姑哈哈大笑,咱七姑这一惊非同小可,连忙又钻进水里。咱七姑在水里开始往那桥下游。咱七姑想游到桥下去,在桥下换气不容易被鬼子发现。可是咱七姑向桥下游是逆水,在水里的动静太大,鬼子随着咱七姑的波浪跟到了桥下。

最可恨的是河中生长的片片荷叶和朵朵菱花,它们都成了汉奸。咱七姑在水下一动,荷叶和菱花都在水面上向鬼子点头示意,把咱七姑的位置明白无误地告诉了鬼子。咱七姑在桥下刚一露头,三个鬼子端着刺刀早已等在那里,并且哇哇大叫让咱七姑上岸。咱七姑当然不上岸连忙又潜进了水里。咱七姑这次在河里又顺水向下,虽然咱七姑往下游的动静不大,可是站在岸上还是能看清在水里的位置。

咱现在只有恨那小河水太清,恨那小河太浅太没有深度。如果是现在,咱七姑在那小河里游走肯定不会被发现,因为那碧青碧绿的小河现在已经完全被污染,水质浑浊。可是在当时那河水的确太清了,无论咱七姑在水中向哪个方向,站在岸边都能发现。

这时,突然起了一阵风,所有的荷叶和菱花都在水面上乱动。咱七姑在离桥不远的地方找到了一张保护伞。咱七姑极其小心地钻到荷叶下,再也不动了。

风过之后，岸上的鬼子不见了目标，河水静静流淌，河面寂寞无声，荷叶托着莲子，菱角举着小花，浮萍荡着涟漪。

三个鬼子在岸边等了一阵，不耐烦了，便向水里开了枪，子弹打在水里就像下了一阵雨。咱七姑在水里已经快憋不住了，咱七姑再也不敢露头换气了。咱七姑知道如果再换气被鬼子发现就没命了。咱七姑不怕死，咱七姑怕死得不干净。咱七姑不想换气，可是咱七姑却管不住自己。咱七姑急了，在水里骂了自己不争气。

其实，咱七姑不知道人为了争一口气该有多难。咱七姑为了争这一口气，在水里把裤腰带解下来把自己绑在了河底的一块大石头上。这下咱七姑终于放心了，咱七姑为了争这口气最后淹死在河里。

咱七姑叫荷花，荷花在荷叶的保护下留下了清白。

在鬼子走后，第一个想起咱七姑的是咱大娘玉仙。咱大娘在鬼子走后突然大喊：" 救命呀，救命呀！"

村里人问咱大娘咋回事，鬼子都走了你才喊救命。咱大娘说，快，快，俺跑回村时荷花被三个鬼子拦在了河边，俺看到荷花跳了河。

村里人一听都往河边跑，咱三大爷贾文清和咱五大爷贾文坡跑在最前面。咱五大爷边跑边问咱大娘，从哪儿跳的河，从哪儿跳的河？咱大娘指着河哭得说不出话来。最后咱大娘跑不动了软在那里，被几个妇女架着来到河边。河边一片寂静，好像什么事都没发生。河对岸的松树默默而立，只有树梢在摇动，好像在窃窃私语。

咱五大爷贾文坡毫不犹豫地跳进了河，接着有十几个男人一起跳了下去。大家在水中乱摸。摸了好多乌鱼、鲫鱼、泥鳅、黄鳝，就是没有摸到咱七姑荷花。

咱大娘坐在岸边大放悲声，喊着俺不该让荷花来河边洗衣服呀，俺不该只顾自己跑不管荷花呀，俺不活啦，俺不活啦！

咱大娘哭着便往河里爬,几个妇女连忙拉住她。咱大娘哭得满目涕泪,一头乱发。双手在空中徒劳地挥舞着,绝望地拍打着大腿。这时的咱大娘是一个典型的农村妇女的形象。咱大娘继续哭诉:

"我的天哪,我白天眼皮跳,晚上做噩梦。我就怕出事呀!越怕越有鬼呀——都怪我,都怪我呀,呜——呜——呜——"

咱大娘在岸上哭。咱五大爷和咱三大爷带领村里人在河里捞。十几个人在水里摸了个遍,也不见踪影。水里最后只剩下咱五大爷了,他一次次扎进水里。在水里的时间越憋越长,他的脸已变得乌紫。咱五大爷和咱七姑是一个娘的,咱五大爷没有找到老婆,全靠咱七姑给他做饭洗衣,咱七姑死了咱五大爷也就没人管了。咱五大爷那天在河里摸了很多鱼,咱五大爷无论摸到了什么都愤然扔上岸,嘴里叽叽咕咕地骂。

"日恁娘,小鬼子,你把俺荷花害了!日恁娘,小日本,你把俺荷花害了!"

岸上一会儿便有无数的鱼在跳动和挣扎,岸边的人见了咱五大爷这样真不知道如何是好。几个长辈的就喊:"快把荷花哥拉上来,快把荷花哥拉上来,他怕是中邪了。你看他脸。"几个男人下水把咱五大爷拉上了岸。

荷花却不见踪影。

有人回村找来了撒网,顺着河一网一网地捞。网里又捞上来了无数的鱼,可就是不见荷花。谁也搞不明白那时候的鱼咋那么多,特别是那老乌鱼,乌黑乌黑的特别肥壮。现在你去那河里捞捞看,啥鱼也没有了。

荷花没有摸上来,是自己上来的。漂上来已是第二天早晨的事了。咱五大爷在那河边守了一夜。天亮时,咱五大爷突然发现在桥不远的地方冒了一阵气泡，然后咱七姑荷花脸朝上仰面躺着就漂了起来。

荷花漂在那里，眼还睁着。像平常我们游泳时的仰泳。其实荷花已经死了。她肚子像大皮球鼓胀着气。咱五大爷抱着荷花就开始哭。村里人闻讯赶来，咱三大爷还牵来了一头犍牛，把咱七姑搭在牛背上在田野里散步。后来，那犍牛累得吐了白沫，可咱七姑肚里的水却吐不出来。

其实咱七姑肚里没水。她那皮球一样的肚子里都是气。请来的郎中说荷花是呛死的，肺呛炸了。

咱五大爷认为咱七姑荷花还能救活，便一个个地请医生。四乡郎中都请过来了，人家只远远地望望，摇着头就走了。村里人便来劝咱五大爷。

"早些送荷花走，让她放心，这日本鬼子永远都抓不住她。"

荷花后来就埋在那松树岗上。咱七姑是在太阳落山时埋的，说让咱七姑走夜路。在河边咱大娘玉仙、咱二大娘书娘、咱三大娘凤英娘还有村里人的其他女人都哭着为咱七姑送行。河边水沫轻舔着稀泥，伴奏着女人们细细的哭泣，那哭声像风在耳边时无时有地萦绕。

突然，一阵鞭炮声在咱三大爷贾文清手上炸响。孩子们骇得往大人裤裆里钻。咱五大爷在咱七姑荷花躺过的地方燃起了一堆纸钱。咱五大爷手里捧着一个宽边大瓷碗，碗里装着半碗棉籽油，一根灯绳搭在碗边，点着了，火苗在碗边贴着袅袅而升。咱五大爷捧着碗向上游走出百步，将碗推在水中。油碗顺水而下，缓缓漂入河心。油灯停，咱五大爷也停，停下了咱五大爷就念念有词。

"荷花、荷花你快走，走进龙宫喝美酒；荷花、荷花你快走，走进龙宫喝美酒！"

油灯漂荡着，走走停停。总是被那漂浮的浮萍拦住。油灯终于漂到桥边，在荷花淹死的地方停了下来，水浪打得它晃晃悠悠的。咱五大爷贾文坡又念念有词。

"荷花、荷花你快行，行到龙宫吃珍馐；荷花、荷花你快行，行到龙宫吃珍馐。"

油灯在桥头犹犹豫豫地打转，细浪一阵一阵推它，水珠一滴一滴荡漾入碗内。那碗渐渐沉重。一阵风过后，火苗一闪，碗兀然没入水中，水面上顿时一片漆黑……

咱七姑荷花死后，最伤心的是咱五大爷贾文坡。咱五大爷把自己关在家里三天不吃不喝。咱大娘玉仙来劝咱五大爷，咱五大爷问咱大娘，你当时看清害七妹的鬼子长得啥样？咱大娘说，没看清，只看到有个鬼子嘴唇上留着一撮胡子。咱五大爷说，俺一定要为七妹报仇。

咱大娘说，七妹的仇是要报的，等恁哥回来再说。咱五大爷不说话。咱大娘所说的嘴唇上留的一撮胡子老百姓都称其"仁丹"胡子的，这种胡子应该不是日本鬼子独有，在当时的中国很时髦，不过没有流行开来。在日本鬼子投降后，这种胡子在中国基本绝迹，因为在中国人的心目中这种胡子是一种罪恶的象征，是一种强盗的漫画像。

十三　咱三大爷之二

当时，鬼子进村的时候村里的几个老人正靠在寨墙边说话，听到锣声说黄军（皇军）要训话，还问："俺听说过红军，也听说过白军，这黄军（皇军）是啥军？"贾兴良说："现在兵比老百姓都多，说不定啥时候又出来个什么颜色的兵，打来打去，都找老百姓要粮、要钱。"

贾兴朝说："黄军，听说日本鬼子就叫黄军。"大家猛一听，有些害怕。一起从寨墙边起来，见村口停了一辆大车，只有十几个穿黄军装的兵，才安静下来。

村里人左看右看这日本鬼子和中国人没啥两样。不是红头发也不是绿眼睛，个矮。领头的嘴上胡子少，比贾文锦的差远了。军装也没贾文锦的威武，裤子又肥又大，不利索。村里人见了日本鬼子，挺失望。有人悄声说，日本鬼子不过如此。

龟田给村里人讲了一阵大东亚共荣之类的，谁也没弄明白。后来，龟田让翻译官问："谁是贾文清？"翻译官就把咱三大爷贾文清拉了出来。

大家望望翻译官，都认出了是张万仓的儿子张万银。

贾文清被拉出来站在那儿不出声。

龟田望望贾文清说："你的叫贾文清？"贾文清就木木地点了点头。龟田说："你的，我知道，你是贾寨的保长。你的为皇军服务的，做维持会长，好处大大的。"贾文清也不明白维持会长是干啥的，站在那里脸上没表情。

翻译官张万银对贾文清说："皇军来之前早就把贾寨、张寨的底摸透了，你就干吧。"贾文清问："这维持会长是干啥的？"翻译官说："维持会长和保长没什么区别，就是让你管事，维持现状。"

"俺不干。"

咱三大爷的话音未落，突然河边传来几声枪响，把咱三大爷贾文清吓得一缩脖子。龟田向河边望望，嘿嘿笑笑，说不干，死了死了的。

枪声把咱大娘引了出来，咱大娘本来躲在人背后。咱大娘看清了龟田后，心里便生出几分鄙视来。心想，比俺男人贾文锦差远了，坐在大车上还觉不出啥，一下车就不像样子了，太矮。怪不叫小日本。常言说，是骡子是马拉出来遛一遛，这不，拉出来一遛不是骡子也不是马了，只能算驴。

咱大娘被枪声一惊不由向河边张望。孰不知龟田此刻正在人群中寻找咱大娘。龟田见了咱大娘，顿时心花怒放。龟田冲咱大娘的方向"嘿"的一声来了个鞠躬，然后龟田一挥手上了大车，做得很酷的样子。

日本鬼子走了，咱三大爷贾文清才冲着远处的大车骂了一句："日你娘，让俺给你当维持会长，俺不干。"

大黑说："还是俺哥能耐，连小日本都知道咱贾寨有个贾文清。"

喜槐说："你没听翻译官张万银说吗，在县里小日本就把各村的情况都摸清了。"

贾文清道："说得再好，俺也不能当这个维持会长！"贾文清说着头也不回地回家了。村里人目送着鬼子大车出了村，一时还没回过味来。这时，咱大娘玉仙便大喊救命，带领村里人到河边去救咱七姑。咱七姑死后没几天，鬼子又来了，像没事一样。

鬼子再次进村和上次没有什么不同。只赶了一辆大车，只有几个兵。所不同的是，这次大胡子龟田没来，来的是翻译官张万银。

翻译官张万银这次也没敲锣也没训话，径直找到了咱三大爷贾文清。张万银对咱三大爷说，皇军请你去开会。

咱三大爷贾文清问："皇军为啥请俺去开会？"

翻译官张万银说："你是真迷瞪还是假糊涂，你是皇军指定的维持会长呀！"咱三大爷说："俺不去，俺不当这个维持会长。"

翻译官说，你说不当就不当啦。然后向一个鬼子叽叽咕咕说了什么。鬼子过来给咱三大爷一枪托子。说，开路、开路的。把咱三大爷带走了。鬼子带着咱三大爷走到村口，贾寨人都出来看。咱三大娘拉着咱三大爷不放。哭喊着，这为啥抓人呀？翻译官说，谁抓人了，皇军让维持会长贾文清去开会，开了会就回来。咱三大娘这才放手。

贾寨人望着咱三大爷被带走，就在一起议论。说，这贾文清不是不当维持会长嘛，咋还是跟着走了。

咱三大爷被带到镇上，发现各个村寨的原保长、甲长都来了。大家原来曾经在一起开过会的，这次又碰上了，是老熟人了。有人过来和咱三大爷打招呼。问，贾文清，也来开会呀？咱三大爷说，我不是来开会的，我不当小日本的维持会长。打招呼的一听这话，脸都白了，说你声音小点，是要掉脑袋的。

咱三大爷把头一梗说，掉脑袋也不干，当日本人维持会长就是当汉奸。认识咱三大爷的人听他这样说，连忙向一边躲。咱三大爷冷眼望望那些人，满脸的不屑。心里说，都这样中国不亡才怪了。当了亡国奴了还不觉得。咱三大爷就那样站着离所有人都有了距离。有人喊开会了，开会了。咱三大爷还是不进去。

龟田走出办公室，身后跟着翻译官张万银。龟田走到会议室门前，见了咱三大爷笑了，走到咱三大爷面前，拍了一下他的肩说，开会的、开会的干活。

咱三大爷望望龟田说，俺不当维持会长，俺不开会。龟田望望翻译官让张万银翻译，张万银说贾文清不愿意当维持会长。

龟田脸就拉下来了。龟田向会议室里望望，然后一甩头示意翻译官把咱三大爷带到办公室。翻译官望望咱三大爷说，你是敬酒不吃吃罚酒。咱三大爷说，俺不会喝酒。翻译官张万银冷笑一下，推了咱三大爷一把，说走吧，去龟田队长的办公室。咱三大爷问，干啥？翻译官说，谁知道干啥！

咱三大爷被带到龟田办公室,龟田问:"你的,是国民党的?"

咱三大爷摇了摇头。

龟田又问:"你的,是共产党?"

贾文清又摇了摇头。

龟田望望翻译官张万银,问:"中国还有什么党?"

翻译官摇摇头说:"我没听说还有什么党。"

龟田说:"贾文清的,你的良心大大的坏了的。你不是共产党也不是国民党,你为什么不和大日本皇军合作?"

咱三大爷贾文清说:"俺是中国人。"

龟田哈哈大笑,指指翻译官又指指会议室说:"他们都是中国人。中国人和日本人是一家,我们都是大东亚人,我们来到中国是为了让中国老百姓过上好日子,建立大东亚共荣圈。"

咱三大爷说:"你们是来杀人放火的。"

龟田说,皇军到你们村杀人、放火的没有。张寨和贾寨的都是良民的,皇军杀人放火的不要。咱三大爷说,你们在我们村不杀人放火不等于在别的村不杀人放火;你们现在到我们村不杀人放火不等于将来到我们村不杀人放火。你们第一次去我们村就逼死了俺妹子。

龟田听咱三大爷这么说,就问翻译官张万银,贾文清的妹子是怎么死的?张万银就和龟田耳语,说贾文清的妹子就是那个跳河的花姑娘。龟田又哈哈大笑起来,龟田拍着咱三大爷的肩说,这是误会,你的妹妹掉进河里了,皇军是要救你的妹妹。

咱三大爷气愤地说,你们真不是人,干了伤天害理的事还不承认。咱三大爷贾文清当年算是骂到点子上了,如果他能活到现在知道日本人连侵略中国都不承认,不知他作何感想。这样一个无耻的民族根本就不配在地球上生存。我们现在可以放开了骂日本鬼子,可是当年咱三大爷骂日本鬼子就要花出代价，要不是当年日本鬼子要在咱那一带建立粮食供给基地，惺惺作态不大开杀戒，咱三大爷骂那一句就可能花出生命的代价。

当时，龟田还是被咱大爷骂火了。龟田喊了一句八格亚鲁，把门口站岗的鬼子兵叫进来两个，然后向两个鬼子说了几句什么，两个鬼子哈哈笑了。龟田然后带着翻译官张万银去了会议室开会去了。

龟田一走，那两个日本兵就把咱三大爷贾文清按倒在地，然后把裤子扒了。贾文清喊："士可杀不可辱！"

两个鬼子也听不懂，解了腰里的牛皮武装带，挥舞着抽咱三大爷的屁股。打得咱三大爷哇哇乱叫。

会议室里的人听到咱三大爷的叫声连大气也不敢出，龟田笑着通过翻译对大家说："皇军入乡随俗的，按你们中国人的方式，不听话的打屁股。"龟田说着向张万银使了个眼色。翻译官来到龟田办公室，两个鬼子便停了下来。

翻译官张万银说，贾文清呀，贾文清，怎么样，打屁股的滋味咋样？这是龟田队长对你格外开恩，你不是国民党也不是共产党，你是龟田队长的维持会长，所以才打你的屁股，要不送到宪兵队你就活不了啦！走吧，开会去。

咱三大爷呲牙咧嘴趴在那里叫唤，屁股血肉模糊。咱三大爷说，我这咋开会，站都站不起来了。翻译官说，那你是同意当维持会长了。咱三大爷不语。翻译官说，还挺着，我让他们继续。翻译官说着就往外走。咱三大爷喊："别走，别走！"

翻译官回过身来，怎么，答应了？答应了我去给龟田队长说一声，让卫生兵给你包扎。咱三大爷吸着冷气，点了点头。翻译官笑着走了。咱三大爷望望两个鬼子兵，骂了一句："俺日你娘！"两个鬼子听不懂，望着咱三大爷笑笑。咱三大爷又骂:"笑你娘那屄,俺这是好汉不吃眼前亏!"两个鬼子互相望望还是笑。咱三大爷自己也笑了一下,骂:"我都日你娘了,你还笑。"

散会的时候,咱三大爷被两个鬼子兵架了出来。门口都是人,咱三大爷不好意思再叫唤,只有忍着疼。龟田当着大家的面问咱三大爷:"维持会长的干活?"

咱三大爷抬头望望,见每一个人都看着自己。眼睛里都在说,你贾文清不是不当维持会长吗?你贾文清不是要和鬼子干吗?不是不当亡国奴吗?看你当着这么多人的面咋回答!你敢回答个"不"字,皇军不打断你的腿。

咱三大爷四处望望,见翻译官张万银不在龟田身边,便面含微笑,声音却很洪亮:

"士可杀不可辱,坚决不当亡国奴!"

咱三大爷此话一出,大家都愣了。

龟田没听懂,望望大家,大家都装着没听懂。这时,翻译官过来了,龟田让咱三大爷把刚才的话再说一遍,咱三大爷就歪着嘴说:"屁股疼呀,屁股疼!"翻译官给龟田翻译了,龟田哈哈笑,大家都哈哈笑。龟田派了大车送咱三大爷回去,大家围着咱三大爷的大车走。一路上大家都夸咱三大爷有种。说,换了俺早瓢了。咱三大爷便说:"鬼子打俺,俺把他祖宗八辈都骂完了。"

咱三大爷在养伤期间,乡亲们送来了老母鸡、鸡蛋、蒸馍、油果子慰问咱三大爷。咱三大娘说,俺坐月子也没收恁多礼。长辈的都说,贾寨出不了孬种。连咱四大爷铁蛋回来见了咱三大爷都伸出了大拇指说,俺三哥,你是出了名了,现在四乡八里谁不知道贾寨出了个贾文清呀!有种,敢骂日本鬼子,真有你的。咱三大爷便眼睛向一边望。

说，那维持会长俺说不当就不当，小日本能把俺咋样，他打俺屁股，俺骂他娘！

不久，贾文清的"士可杀不可辱，坚决不当亡国奴！"的豪言壮语传遍了四乡八里。

十四　咱三大爷之三

不久，咱三大爷贾文清的豪言壮语就传到了龟田耳朵里。龟田让翻译官把咱三大爷又找去了。

龟田望着咱三大爷说不出话。龟田很想用中国话说，你个鸡巴贾文清还挺难弄，当面一套背后一套。我龟田不把你拿下，咋维持这一带的治安。龟田觉得自己的外语水平有限，这样下去会影响在中国的工作。要搞中日亲善，首先是语言，语言通了就可以和当地中国人打成一片，就可以成为一家，治安自然也就好了。龟田想起被派来时旅团长的教诲，咱们兵力不足，要以华治华，要三分军事，七分政治。

龟田问咱三大爷，屁股还疼吗？

咱三大爷说，不疼了。翻译官张万银说，你是好了伤疤忘了疼吧！咱三大爷不由摸摸屁股，望望翻译官笑笑。咱三大爷在心里很想骂龟田过过瘾，咱三大爷那句骂人的话已溜到嘴边了，又咽下去了。这主要是有翻译官在场，龟田听不懂，翻译官听得懂，翻译官要是把骂龟田的话翻译了，就要挨皮带。咱三大爷在心里暗暗下定决心，坚持老祖宗的两句古训，一句是：好汉不吃眼前亏！

另一句是：士可杀不可辱，坚决不当亡国奴！

咱三大爷心想，老祖宗这两句话，真他娘的厉害，俺还就不信对付不了你个龟孙。俺这可不是一个人和你干，俺把老祖宗都搬出来了。

龟田问："你还不愿意当我的维持会长？"咱三大爷又望望翻译官不语。龟田见咱三大爷不语，就喊了一声外面站岗的鬼子兵。

咱三大爷连忙说："俺不是答应了吗？"

翻译官张万银说："你四处放出话，坚决不当这个维持会长，现在又有几个村里的保长、甲长不愿意干了，你这是破坏中日亲善！"

咱三大爷："俺不是不愿意干，俺是怕干不了，村里人不服。"

翻译官说："谁敢不服，有皇军给你撑腰。"

咱三大爷说："话不能这样说，过去俺当保长那可是村里人选出来的，蒋委员长……"咱三大爷说着不由一个立正，引得翻译官也来了个立正。

龟田问，你们的，干什么的。翻译官这才回过神来。翻译官当然不敢说刚才向蒋委员长致敬了，就哇啦哇啦地向龟田解释了一通，咱三大爷也听球不懂。翻译官回过头来对咱三大爷说，你他妈的活腻了，老子还想多活几年呢，差点上了你的当。你到底想说什么？

咱三大爷说："蒋委员长提倡新生活运动时，保长、甲长都是民主选举。大家选出来的保长，大家当然听招呼。现在鬼子……"咱三大爷说着看看龟田，翻译官也看看龟田，见龟田没反应，翻译官也不啃声。咱三大爷继续说，"现在鬼子让谁当谁就当，大家不服气，将来要派个事，也就没人听你的。"

这回，翻译官把咱三大爷的意思翻译给龟田听了。龟田一听大喜，拍着咱三大爷的肩说："你的，大大的好。明天去贾寨，选维持会长的，每个村都选。哈哈……"龟田大笑。

咱三大爷得意地看看翻译官，也笑了。翻译官看着咱三大爷得意，好像觉出了点什么，见龟田那么高兴，顿了顿也陪着笑了。

咱三大爷从龟田那里回来，还没进村，有人就看到了。发了一声喊，贾文清回来了！村里人都往村口望，见咱三大爷居然走着回来了。咱三大爷一进村，便有人在咱三大爷屁股上摸，问，让鬼子打屁股没有？逗得村里人哈哈大笑。

咱三大爷没有回家，却敲响了村口那大桑树上的钟。有人问，啥事敲钟？咱三大爷说，都来，都到这儿来。俺有话给乡亲们说。这时，村里几个长辈的贾兴安、贾兴朝、贾兴良都从咱三大爷家出来了。贾兴朝说："俺在你家里坐了半天了，等着呢。你不回家敲啥钟呢！"

咱三大娘出来了，见咱三大爷站在那里，完好无缺的，就哭了。说："俺还以为你又躺着回来了呢。"

贾兴朝问："这次没挨打吧？"

咱三大爷说："好汉不吃眼前亏，这次没有。"

贾兴朝说："这就对了，和小日本来硬的不中。"

不一会儿，大桑树边就来了不少人。正是吃饭的时候，大家都端着碗出来了。咱三大爷喊咱三大娘把饭端出来。咱三大娘磨磨道道地端来了一碗红糖鸡蛋。咱三大爷问："这是啥饭？"咱三大娘答，你上次从龟孙那儿回来不就要红糖鸡蛋嘛！咱三大爷说："上次挨了打，流了血，这次又没挨打，吃啥红糖鸡蛋呀，俺要吃馍。"大家都笑。咱三大爷也笑了，说："这回龟孙上了俺的道了。"

"咋？"

大家都瞪大了眼，想知道咱三大爷咋让龟孙上的道。咱三大爷十分得意地抿了一口红糖水，漱漱口吐了。有小孩说，俺大爷咋把红糖水都吐了呢，你不喝给俺喝。咱三大娘说，你喝尿！咱三大爷说："女人和小孩别插嘴。"咱三大爷又喝了一口红糖水，这次没吐，说："龟田那龟孙要在咱贾寨选维持会长了。"

"咋选？"

咱三大爷说："就和当初选俺当保长一样，俺拿家里的筷笼子，你们一家拿双筷子，不同意的就把筷子放到桌子上，同意俺的把筷子插进俺的筷笼子，从此就听俺的了。"

"噢……"

有人问："贾文清，你敲钟就是为这？"

"是呀！"

"要俺说，你这是脱了裤子放屁，选不选都是一个结果。"

"为啥？"

"贾寨还是你当家，不用打招呼，俺都会推举你。"

"不能推举俺。"

"贾文清，你别谦逊了，不要说龟田来，就是老天爷来，俺也不会推举别人。"

"谁谦逊了，俺是真不让大家推举俺。"

"那次选保长不是推举的也是你嘛！"

"这次是这次，那次是那次。那次是选咱中国的保长，这次选的是日本人的维持会长。"

"啥中国的外国的，你是俺贾寨的。"

咱三大爷说："上次大家把吃饭的家伙插进俺筷笼子是看得起俺，这次把吃饭的家伙插进俺筷笼子是把俺往火坑里推。"

"筷笼子没变，筷子也没变，咋就不一样呢。你这是读了几天书，把简单的事弄复杂了。"

"咱贾寨人只信你贾文清，把筷子插你筷笼子里是看得起你。"

"贾文清，不推举你推举谁，只有你敢和鬼子干，敢和鬼子打交道。

贾文清叭的一下把碗摔了,说:"谁也不能推举俺。"

"好、好、不推举,不推举。"

大家见贾文清恼了,都不再言语了,一时吃饭的声音稀里哗啦的。村里人觉得别扭,两口扒完碗里的饭,借故回家盛饭,不露面了。最后剩下贾文清一个人在桑树下怄气。

咱五大爷贾文坡问咱三大爷,鬼子啥时来咱村选维持会长?咱三大爷没好气地说,你问恁清干啥,你去当这个维持会长去。咱五大爷说,俺就是想知道鬼子啥时来。咱三大爷说,我看你脑子真是不够用,你还盼着鬼子来不成。

咱五大爷被咱三大爷训走了,边走边嘟囔:俺就是盼鬼子来,就盼那个嘴唇上留一撮胡子的。

咱三大爷没听清咱五大爷说的是啥,回家了。晚上,咱三大爷贾文清躺在床上唉声叹气的,连晚上饭也不吃了。村里人三三两两来到咱三大爷家。咱三大爷见了叔叔、大爷也不起床了,躺在床上装死。咱三大爷躺在床上装死,几个长辈的也不吭声,几把烟袋窝都冒烟,咱三大娘受不了了,起身出去。这时咱大娘玉仙端了一碗饺子来了,问咱三大娘:"他叔吃没?"咱三大娘说:"不吃不喝的在床上睡。"

咱大娘玉仙说:"俺晚上给他叔包了点饺子,让他叔尝尝。"

咱三大娘接过碗说:"屋里熏得都进不了人,几杆老烟袋。"咱三大娘喊,"你起来呗,大嫂给你包了饺子。"

贾兴朝说:"起,先吃。"

咱三大爷说:"俺咋能吃得下。"

贾兴安说:"起来吧,不就是个维持会长嘛,就不吃不喝了。你说大家的筷子不插你那筷笼子,总不能插龟田那个龟孙的筷笼子吧!"

咱三大爷说:"插俺那筷笼子就等于插龟田的筷笼子。"

贾兴良:"不能这样说。这维持会长你不当谁当?"

咱三大爷说:"谁愿意当谁当,反正俺不当。"

贾兴朝说:"现在是日本人的天下!"

咱三大爷说:"这鬼子的官,当了就是汉奸。"

贾兴良说:"那不是龟田点了你的卯吗!"

咱三大爷说:"点了俺,俺也不干。这个差事俺干不了。"

贾兴朝说:"文清,别怕,咱贾寨人没把你当外人,既然日本人点了你,你就干吧!"

"大爷,你这不是把俺往火坑里推嘛!"

贾兴朝说:"你当总比人家当好,万一这维持会长真让一个汉奸当了,那咱贾寨可真就苦了。"

"就是,我们老哥几个商量了,贾寨人谁不知你贾文清,你当了也好替咱贾寨人通通气。"贾兴良说。

贾兴朝:"有一句话你要记住,叫'人在曹营心在汉'。只要你的心向着咱贾寨,名分不重要。贾文清还是贾文清。"

大家都不住点头。

咱三大爷贾文清望望大家说:"说得好听。这当上了维持会长,鬼子要粮咋办?"

贾兴朝说:"该咋办咋办,你不是说'车到山前必有路'嘛!你不当维持会长龟孙就不要粮了?这事大家商量着来,不会让你为难的。现在要紧的是保着咱贾寨人的命,只要人活着啥就好说了。反正日本鬼子在咱中国又长不了。"

这时,大家听到咱五大爷贾文坡在后院嚯嚯的磨刀声。有人问,大头这深更半夜的磨刀干啥?咱三大爷贾文清回答,谁知道?他脑子本来就不够用,自从七妹出事后,他的神情是一天不如一天了,整天就是神神道道的。

十五　咱五大爷之死

第二天，龟田来了，这次龟田坐的是摩托车。摩托车上还坐了个穿西装的记者。摩托车在前面开路，有两辆大车跟在摩托车后头，这次来了有一个小队的鬼子，还有机关枪。由于是乡间的土路，又好长时间没下雨，摩托车和大车过处，一路上有滚滚灰尘。龟田进了村还是让翻译官张万银敲锣。

翻译官喊，各家各户都听着，皇军要推举维持会长，都到村口集合。大家知道日本鬼子要来搞选举，听到锣响也不怕，早准备好了，一会儿就在村口汇齐了。大家第一次见了机关枪有些怕，也有些好奇。有胆大的孩子上去摸摸又摸摸。扛机关枪的骂了孩子一句八格亚鲁，被龟田八格亚鲁地抽了一巴掌。扛机关枪的鬼子只有抱着机关枪让孩子摸了，不敢再啃声。

一张桌子摆在大桑树下，咱三大爷贾文清背靠桌子而坐。在桌子上放着咱三大爷家的筷笼子。村里人出门都没忘记手里拿了双筷子，那筷子都做了加工，在筷子头上用菜刀深刻了印子，两跟筷子用线拴在了一起，这样就不容易丢了，筷子用后是要找回来的，将来吃饭还能用。龟田望着大家都拿着筷子大惑不解，问张万银。翻译官说这是中国老百姓的人心，把吃饭的家伙插进谁的筷笼子里，就听谁的。龟田高兴地点头，龟田说，听贾文清的就是听皇军的，贾文清是皇军的维持会长。

在推举前，龟田又进行了一下训话，讲的还是大东亚共荣。在龟田训话时咱五大爷开始在鬼子面前晃悠，盯着鬼子的嘴巴看，也不知道他要干啥。龟田曾问翻译官张万银，他在干什么？翻译官说，他脑子不够用，是神经病，不用管他。龟田望望咱五大爷继续训话。

其实，咱五大爷正在找嘴唇上留仁丹胡子的鬼子，咱五大爷遇到了问题，咱五大爷发现在来的鬼子中至少有五个鬼子留有仁丹胡子。咱五大爷有些犯难，当时在河边害咱七姑的只有三个鬼子，就是都留仁丹胡子也应该只有三个，现在有五个鬼子在嘴唇留仁丹胡子，这仇该怎么报？咱五大爷在龟田给村里人训话时，把五个留仁丹胡子的鬼子都认真地看了一遍，发现其中有一个凶狠地向他瞪了下眼睛，有一个向他冷笑了，有一个瘪着嘴左右摇晃了一下他的胡子。其他两个留仁丹胡子的鬼子望着他面无表情。这样，咱五大爷就锁定了目标。

咱五大爷判断出就是这三个鬼子害死了他的七妹。其中凶狠地瞪着他的是带头的，也就是咱五大爷的第一个目标，向他冷笑的是第二个目标，摇仁丹胡子的鬼子是第三个目标。咱五大爷锁定了目标，就回家了。

龟田训完话推举就开始了。第一个把筷子插进咱三大爷筷笼子的是贾兴朝，接着全村人一个接一个地把筷子插进了咱三大爷身后的筷笼子。咱三大爷一直面无表情地坐在那里，也搞不清身后筷笼子里插了多少双筷子。等全村人手里没筷子了，咱三大爷才回头看，一看之下，气得用头去撞桌子。喊："你们这是推举我去当汉奸呀！"

龟田见咱三大爷如此，问翻译官这是咋回事，翻译官想了想说，这是中国的风俗，选上了要装着不高兴，是谦逊！

这时，那记者突然对着咱三大爷开了一炮，人们眼前一亮，只见冒了一股烟，大家吓得四散着向一边躲。翻译官说，别怕，别怕，这是摄影。村里人听说过摄（捏）影，据说那家伙可以携人魂魄，被捏一家伙，就掉魂了，人家让你干啥你干啥。所以，张万银一说是摄影，大家跑得更快。村里人远远地望着咱三大爷，被摄了影的贾文清真像掉了魂了，傻傻地坐在那里不动。咱三大娘见了扑了上去，喊凤英爹，凤英爹！带着哭腔。咱三大爷说，哭啥哭，还没死呢。咱三大娘不哭了，村里人都笑。

龟田对村里人说，这是照相不要怕，我的和维持会长一起照一个。龟田说着坐在了咱三大爷身边，在咱三大爷肩上拍了一下，好好的，好处大大的。咱三大爷脸上的表情比哭还难看。龟田的一只手搭在咱三大爷肩上就不动了，等记者拍照。记者把照相机对着龟田和咱三大爷。大家见龟田自己也照了，这才又围上来。这时，咱三大爷贾文清见咱五大爷贾文坡左手提了一只芦花鸡，甩着右手，向站着的一排鬼子走去。咱三大爷见状嘴巴都张大了，咱三大爷知道五弟要干什么了。咱三大爷想喊又不敢喊，眼睁睁看着咱五大爷贾文坡左手提着一只鸡走到一个留仁丹胡子的鬼子面前。咱五大爷右手袖口里藏的是杀猪刀，他把鸡递给那个向他瞪过眼的鬼子，那个鬼子望着咱五大爷递给他的鸡开始茫然不知所措，然后露出了笑容去接那鸡，跟着那鬼子脸上便露出了痛苦的表情。

咱三大爷坐在那里和龟田照相，他清楚地看到了咱五大爷的整个动作。咱三大爷看到他的五弟动作敏捷，就在鬼子去接他递上去的芦花鸡时，右手袖子里的杀猪刀像鱼一样滑了出来，接着寒光一闪，杀猪刀捅进了那鬼子的肚子。当时，村里人都感到了眼前一亮，因为那记者的闪光灯在那一瞬也刚好闪了一下。

接下来人群被芦花鸡搅乱了，已经挣脱了手的芦花鸡咯咯叫着在鬼子头上乱飞。咱五大爷要拔出那杀猪刀，可那鬼子抓着咱五大爷的手不让拔，咱五大爷拉着那鬼子在人群中转着圈较劲。大家正不明白怎么回事，随着那鬼子肚子上一股鲜血喷薄而出，咱五大爷的杀猪刀终于拔了出来。这时，咱五大爷再去找第二个留仁丹胡子的鬼子已经来不及了，咱五大爷只有拔腿就跑。

龟田见状一跳就站了起来，龟田喊着八格亚鲁，抓住他。几个鬼子端着刺刀向咱五大爷冲去。咱五大爷没跑多远就被什么绊了一跤，等爬起来几个鬼子已经很近了。咱五大爷回头看了看追赶他的鬼子，咱五大爷发现其中有一位是留仁丹胡子的。咱五大爷一弯腰向那个鬼子捅去。可惜，咱五大爷这一刀捅得太低，只捅到了那个鬼子的大腿。接着咱五大爷就没有机会了，另外两个鬼子的刺刀一起扎进了咱五大爷的后背心。

咱五大爷左手提着芦花鸡，右手藏着杀猪刀，杀鬼子的故事在咱那一带谁都知道。直到现在被惹急了的男人在发狠时还会说：你欺人太甚，小心俺左手芦花鸡，右手杀猪刀，给你来个白刀子进去，红刀子出来，杀一个够本，杀两个赚一个。

当年咱五大爷算是杀了一个半，也算够本了。

当时，龟田没有报复村里人应该是翻译官的功劳。翻译官对龟田说，杀人的是一个神经病，贾寨的其他人是大大的良民。龟田睁着血红的双眼望望村里人又望望正忙着照相的随军记者，下令把一死一伤的两个鬼子抬上大车。龟田临走时打了咱三大爷两个耳光，说贾寨再发生这样的事全村的统统的死啦死啦的。

龟田走后，咱三大爷连忙扑上去看咱五大爷，咱五大爷倒在血泊中已经死了。咱三大爷抱着咱五大爷哭了，老五呀，你死得值呀，捅死了一个还捅伤了一个，你哥比不了你呀！谁说你傻，如果咱中国都像你这样傻法，日本鬼子早被杀光了。

贾兴朝突然大声喊道，都还愣着干啥，杀猪、宰羊、买炮、请响器班子，咱要好好送贾文坡走。贾文坡是咱贾寨的英雄，谁再说贾文坡傻，俺第一个和他过不去。只有汉奸翻译官张万银才说咱贾文坡傻呢！

应该说咱五大爷贾文坡用杀猪刀杀鬼子的故事在当时极大地振奋了民族精神，你想想一个脑子不够用的贾文坡就能捅死一个，捅伤一个，如果换了其他人还不知道弄死几个呢！可以这么说，咱五大爷贾文坡捅死一个鬼子在咱那一带拉开了民间抗日的序幕。

这件事发生后，龟田回去也挨了上司的耳光。鬼子决定增强贾寨和张寨一带的治安，要在贾寨和张寨一带修炮楼。

龟田把咱三大爷贾文清叫了去，让咱三大爷贾文清派工。咱三大爷一听在贾寨和张寨修炮楼，傻眼了。翻了翻白眼不知道说啥好。咱三大爷自言自语说了一句："在贾寨和张寨哪个地方能修炮楼呀！"龟田问翻译官张万银咱三大爷说的啥？

翻译官说："贾维持会长说要为皇军找一个风水宝地修炮楼。"龟田大为高兴，说："贾文清的良心大大的好，就请贾文清为皇军找一风水宝地。"

咱三大爷问翻译官龟田说的啥？翻译官说："你不是懂风水吗，就请你为皇军找一个风水宝地修炮楼吧。"咱三大爷骂张万银："龟孙懂个啥风水，都是你捣鬼。"

翻译官说："谁不知道你贾文清是这一带有名的风水先生，俺爹让你选穴，你选了半年多了，前后去了十几回了，你每次去在俺村后转了一圈，啥也没说就走，每次都收钱。你这钱真好赚。"

咱三大爷说："常言说，'三年求地，十年定穴'，选一个穴容易吗，必须经过'觅龙''察砂''观水'，最后才'点穴'呢。我这是为你张家的子孙好。"

翻译官问:"还要多少时间?"

咱三大爷说:"就这几天就可点穴了。"

翻译官说:"我不问你,还不知要多少天呢。"

咱三大爷说:"你问不问都是这几天。"

翻译官说:"你为俺爹选个穴用那么长时间,我看你为皇军找一块风水宝地修炮楼要多长时间,花多少钱?"

龟田问,你们在说啥?

翻译官道:"贾文清说皇军不懂风水。"

龟田哈哈笑笑,说:"我们日本人也懂风水,我的爷爷的有中国的古书,叫《八宅明镜图解》,还有中国的《易经》。"

咱三大爷听龟田这么说大感兴趣,问:"你爷爷给人家看风水吗?收多少钱?"

龟田让翻译官翻译,翻译官告诉龟田:"贾文清看风水是要钱的。"

龟田一听拉下脸来,说:"贾文清是皇军的维持会长,给皇军看风水,钱的没有。"

咱三大爷望望翻译官说:"你又在捣鬼,你小心俺让龟田在你祖坟上修炮楼。"

翻译官张万银笑:"看皇军听我的还是听你的,我让皇军在你家祖坟上修炮楼。"

咱三大爷贾文清骂:"你还是个人吗?张寨人就出了你这个有出息的,出国留学东洋,学了日本话,当了翻译官,丢你祖宗八代的脸了。中国人都坏在你们这些汉奸身上。"

张万银笑笑,说:"我是皇军的翻译官,你是皇军的维持会长,我是汉奸,你也是汉奸,咱们大哥别说二哥。"

咱三大爷气得扭头就走。龟田问贾文清怎么走了?翻译官说:"急着给皇军找风水宝地修炮楼呢!"龟田说,好好、大大的好!

咱三大爷扭头骂:"我日你娘!"

龟田问咱三大爷又说什么?翻译官笑笑不翻译。龟田却笑了,说,你不翻译,我也懂了,贾文清在骂你。哈哈……

翻译官只有笑笑不语。龟田说,修炮楼的事就交给你们俩了。贾文清负责贾寨的工,你负责张寨的工。地方由你们选,皇军最后定。一个月完工,修不好死啦死啦的。

十六　咱三大爷之四

鬼子要在贾寨和张寨修炮楼子,这下完了。这就等于把枪顶在后脑勺,把刀架在脖子上。贾寨人不答应,张寨人也不答应。别说还要出义务工呢,就是给工钱也不能干。吃饭的时候贾寨人都聚在那棵老桑树下,用筷子把碗敲得多响,油着嘴乱骂。

"俺日他小日本的八辈,十六辈,三十六辈,他在咱贾寨修炮楼子,咱贾寨哪个地方还有修炮楼的地方!"

有人问:"这就怪了,为啥小鬼子单在咱这儿修炮楼呢?"

有人骄傲地回答:"咱这儿出了抗日英雄贾文坡,鬼子怕了,说不定还要出几个抗日英雄呢。只要管住了咱贾寨和张寨,这一带就都管住了,这说明咱这一带的重要。"

贾兴朝说:"都啥时候了,还说这话。要是炮楼修在咱贾寨,你一天好日子也别想过。鬼子好吃鸡,他在炮楼上一枪就能打死你家院子里的下蛋鸡,你还要给他送去。"贾兴朝吐了口痰说,"那还叫日子吗!"

吃饭场上顿然安静了下来,连喝粥的声音也不畅了。有人又说:"这抗日、抗日的,越抗日本,鬼子越近了,当初贾文坡还不如不抗日呢,贾文坡要是不捅死他一个,兴许鬼子就不在咱这儿修炮楼了。"

咱三大爷贾文清一听这话,把碗往地下一丢,连饭也不想吃了。说:"咱话不能这样说,土匪来抢咱贾寨,咱是开了院门让他抢,还是拿起枪和他干。其实你越和他干,他就越想抢。你总不能说,好,让你抢,你抢过了就不想抢了。现在鬼子要在咱这儿修炮楼,你抗不抗日他早晚要来。"

有人说:"那说啥也不能在贾寨修。龟田不是让你给他看风水吗,好歹也要让龟田把炮楼修远点,修到张寨。"

有人问,这龟孙也懂风水?咱三大爷说:"都是翻译官张万银教的。"

贾寨的人一听这话,又有人骂起来,说:"张寨人真不是东西。翻译官肯定让龟孙在咱贾寨修炮楼。"

贾寨人算是明白了,要想让龟田听贾文清的,首先让翻译官张万银听贾文清的。要不,贾文清说得再好,翻译官不翻译或者乱翻译,贾文清也没办法。

咱三大爷贾文清说:"俺不怕他使坏,他爹的穴位还在俺手里呢!"

贾寨人听了都十分激动。说,给他点个断子绝孙穴。

咱三大爷说:"他爹的穴还是要点好的。这一来是看在张万喜的面子上,张万喜也是抗日的,张万喜出去找俺大哥贾文锦去了;这二来给张万仓的穴点好了,张万银也就听咱的了,点好张万仓的穴关系到将来的炮楼位置。"

哦……贾寨人明白了。

咱三大爷贾文清为了给张万仓选穴的确费力了。从'觅龙''察砂''观水'，咱三大爷走遍了张寨村后的沟沟坎坎。

'点穴'那天甚是热闹，放炮的，动土的，烧纸的跟了一大群。张万银他爹跟在咱三大爷身后，寸步不离。那天，翻译官张万银也回来了。眼见时辰已到，张万银问："怎么还不点穴？"

咱三大爷站在那儿不动，静静的，面朝东方，然后笑笑，奋力将手中的桃树枝向着初升的太阳抛去。抛过了转身就走。大家望着贾文清走了，不知如何是好。张万银急忙追上去。问："贾文清，让你点穴呢，你咋走了？"

咱三大爷说："穴已点了，快放炮。"

张万银问："何处是穴？"

咱三大爷道："桃枝落处。"

张万银回头再看，那桃枝已稳稳地插在地里，正迎风招展。这时一轮红日正冉冉升起，田野里升腾出氤氲之气，有彩虹显现。张万银见状，连忙喊："放炮、放炮。"

顿时，鞭炮齐鸣，硝烟弥漫。

咱三大爷望望翻译官张万银，说："美穴，美穴呀！"

翻译官说，俺爹信这个，俺无所谓。哪里的黄土不埋人呀！

咱三大爷笑笑又说，你爹的穴已点，咱该把修炮楼的地方定下了。翻译官说，给皇军修炮楼的位置太重要了，张寨人也请了个风水先生，大家一起看吧。咱三大爷愣了一下，走了。

为鬼子选炮楼之址隆重而又忙乱。它牵动着张寨和贾寨人的心。选址那天两村人倾巢出动，人们奔走相告，说不出自己是害怕、愤怒、紧张，还是激动和高兴。贾寨人由咱三大爷贾文清带领，张寨人由翻译官张万银带领，所不同的是张寨的队伍前多了一个戴老花镜的高人，那是张寨请的阴阳先生。贾寨人都认识他，就是当年为张寨选桥址的。贾寨人见了他有人就骂：这人咋还没死！

那天没有鬼子也没有伪军，两村的人来到老桥头。

咱三大爷望望那风水先生脸上就有些不高兴。咱三大爷对翻译官说，为龟田选修炮楼之址是咱贾寨和张寨人的事，你找一个外人是什么意思？张万银说："这位先生是本人表亲，对风水略知一二，听说你今天为皇军选炮楼之址，特来见识见识。"

咱三大爷说："炮楼之址我已经选好了。"

翻译官问："选在何处？"

咱三大爷指指眼前一片河湾地说："就在这里，路西，河南，老桥头的西南角。"

咱三大爷此话一出，两村的人便往眼前的河湾地往。但见此处野草郁郁葱葱，几头老牛正弯腰吃草。野狗也有，家鸡也有，正是动物的乐园。两村的人望着这块地哈哈笑了。这地方……

张寨请来的风水先生望望这块地不住摇头。连连说："不可、不可。"

咱三大爷望望风水先生问："请叫先生有何不可？"

风水先生问："通常来说，无论阳宅风水还是阴宅风水，凡为人点穴者，必然要经过四个步骤，一为'觅龙'，然后'察砂'，三为'观水'，最后'点穴'。阳宅为阳穴，阴宅为阴穴。贾先生点的是阳穴还是阴穴？"

"你说呢？"

风水先生说："为皇军修炮楼当然是点阳穴了。"

"你是明知故问。"

"既然是阳穴，有道是：左有流水谓之青龙，右有长道谓之白虎，前有淤池谓之朱雀，后有丘陵谓之玄武。首先是觅龙，何为龙，龙即山也。我观贾先生所点之穴四周,放眼看去,一望无际。龙在何处?无龙何来的穴?"

咱三大爷望着远方之河,道:"尔等有眼无珠,龙在眼前却视而不见。"

风水先生说:"不是我视而不见,放眼望去本无龙迹。'谈龙者必曰来龙,龙不见其来,则将何作主?论穴者必曰穴情,穴不审其情,则何以为证?龙之枝干虽殊,其来也皆有飞龙潜跃,如一不全,则龙不真。穴之形体虽异,其落也皆有情势气脉,如一不聚。则穴不正。'正所谓'一曰龙,龙要真;二曰穴,穴要的;三曰砂,砂要秀;四曰水,水要抱。'你所选之穴,既不见山势,那穴就谈不上了。难道贾先生真是个假先生嘛!"

咱三大爷说:"孔圣人曰:'仁者乐山,智水乐水。''自鸿蒙开辟以来,山水为乾坤二大神器,并雄于天地之间,一阴一阳,一刚一柔,一流一峙,如天覆地载,日旦月暮,各司一职。后世地理家罔知攫旨,第知山之为龙,而不知水之为龙……遂使平阳水地皆弃置水龙之真机,而附会山龙之妄说,举世茫茫,有如聋聩。'"

风水先生说:"选穴自古都是以山为龙,哪有以水为龙的。"

"我看你是只知其一,不知其二,"咱三大爷说,"这样一说,只有群山起伏的地区才能形成'龙穴',有了龙穴,才能出英雄伟人,我们中原大地万里无山,为什么英雄迭出?这是因为有水。故曰:'有山取山断,无山取水断。'山从何来?是土生之,土从何来,水生之。"咱三大爷指指眼前的河说,"平地之水,展席铺毡,层波叠浪,有低有昂。此为西天大龙,先生却有眼无珠,愧为堪舆,还是回家种红薯吧,风水先生不是你干的。"

"你!"风水先生无语。

咱三大爷望望翻译官说:"我前两天才为恁爹点了阴穴。如果按照这位先生的说法,咱中原地带无山也就无龙,无龙也就无穴,找不到穴,你爹岂不是死无葬身之地了。"

在场的人哦哦乱叫,为咱三大爷拍手。

风水先生嘴里念念有词:"寻龙先分九龙,有回龙、出洋龙、降龙、生龙、飞龙、卧龙、隐龙、腾龙、领群龙……"风水先生突然停下来指着咱三大爷道,"你瞒得了别人,瞒不过俺。你点的这是死穴。"风水先生此话一说,大家一下都安静下来。

风水先生说:"就算你以水为龙别具一格,可是你所选此穴有五凶。"

"哦,先生说说看。"

"此处气零散而不凝,有如卷石扬灰、碎草败帛,为凶逆败亡之气,此为一凶。"

"好!"咱三大爷叫道,"先生还是有眼光的。"

风水先生又说:"东为青龙,西为白虎。这炮楼的东边正是你贾寨筑的松树岗,你看那岗峰顶尖利,正是青龙带刃,直刺炮楼。此为二凶。"

"好!"贾寨人也叫起好来。

风水先生又说:"左有流水谓之青龙,右有长道谓之白虎。炮楼在路西,路在炮楼左侧,这就成了白虎当道,又有一桥,桥栏缺豁,这叫白虎衔尸。此为三凶。"

咱三大爷笑笑,说:"先生眼力好呀!"

风水先生又说:"无论是阴宅还是阳宅,最好处在水流内侧的一边,所谓汭位,形成兜抱。贾寨和张寨都处兜抱之内。你选炮楼之址却在河之外侧……为何穴要选在水流弯曲处的内侧,因为弯曲处对外侧河岸产生冲刷,天长日久,河岸崩塌。汭位之外为凶,这是四凶。"

一些张寨人在那里点头道,有理,有理。

风水先生说:"凡户外环境概括起来为'户外六事'。临近屠场,一团腥气;邻居妓院,一团邪气;临近茅坑,一团秽气;邻居旷野,一团荡气;临近空山,一团霾气;临近桥梁,一团杀气。你所选之穴正临近老桥,此为五凶。"

无论是张寨的还是贾寨的人都为风水先生的一席话叹服。觉得这风水先生真有本事,言之有理。经风水先生这么一说,大家都为咱三大爷捏了把汗。如果咱三大爷败给了这位风水先生,那从此谁还敢请咱三大爷看风水。

"呵呵……"咱三大爷却不慌不忙地畅笑了一声。

风水先生问:"贾先生为何大笑,难道我说的不对吗?"

咱三大爷说:"你刚才说的句句属实,千真万确。只是先生只知其一不知其二。"

"怎讲?"

咱三大爷说:"日本鬼子乃外族,来到我中原抢我粮食,霸我妻女,现在又要把炮楼修在我家门口。想我贾寨和张寨之地虽是大吉之地,怎能让小鬼子坐而成旺。我不把这大凶之地给鬼子,难道我把俺张寨和贾寨的大吉之地给他们吗!你问问张寨和贾寨的乡亲哪个愿意!小日本兔子的尾巴长不了,到时候他拍拍屁股走了,俺们贾寨和张寨的乡亲们还要在这儿活人。"

咱三大爷此话一说,风水先生便低头不语了。两村的年轻人都喊:"就修这儿,炮楼就修这儿。不能把风水宝地给小日本修炮楼,那还不糟蹋了。"

翻译官张万银拉拉咱三大爷贾文清说:"你这样干,不怕皇军知道了要你的脑袋。"

咱三大爷说:"俺今天把话说在前头,谁把今天这话传给日本人,谁就是汉奸,俺就让鬼子在他家祖坟上修炮楼。"

"对、对!绝不外传,绝不外传。"

风水先生说:"俺今天在这里赌咒发誓,绝不把这穴的五凶外传,如果传出去全家死绝,天打五雷轰。今天俺是关起门和乡亲们说话,俺的确是只知其一,不知其二。贾文清这个穴选得好,这都是为了大家好呀。谁说出去谁就是败家子。"

翻译官说:"你们都说得轻巧,皇军问我为何把炮楼修在这里,俺咋说?"

咱三大爷说:"你啥也别说,俺到时候有话说。"

张万银不语,神色恍惚,面色犹豫……咱三大爷察言观色知道翻译官还没把心摆正,就决定在张万银爹的穴位上再做一下文章。

第三天,张万银他爹的穴修好了,翻译官请咱三大爷再去看看。咱三大爷问翻译官,修炮楼的地方你给龟田说了?张万银答,那事我没说,要说你去说。要是皇军知道了内情,这是掉脑袋的事情。咱三大爷说,你不会把内情告诉龟田吧?那你可成了败家子了。翻译官叹了口气,说我真是左右为难呀。咱三大爷说你要是告诉了龟田,我看你爹还在咱这一带咋混?翻译官说,咋混不是混,这年月还是保着脑袋要紧。咱三大爷一听翻译官这样说,心一下吊了上去。

咱三大爷来到张万银家,见张万银家门前搭了喜棚,几个桌子已经摆开,一些修穴出了力的坐在那里等吃。肉的香味随风飘来,咱三大爷不由吸了吸鼻子。张万仓见咱三大爷到来,连忙让座,把咱三大爷请到只有先生才能坐的尊位上。咱三大爷坐下,便有一碗红糖鸡蛋茶端了上来。咱三大爷喝着茶,见桌上先有了一个留着茶底的空碗，咱三大爷不由暗笑。咱三大爷便慢慢喝那茶，也不急。咱三大爷喝完茶，也到了半晌午了。张万仓说，贾文清咱再去看看俺那老屋？

咱三大爷说："点穴容易看穴难。你们还是再请一位先生吧，我们一起看。"

张万仓说，不用，不用，既然让你给俺点穴，俺就信你。张万仓脸上有些挂不住，笑得不好看。

咱三大爷说："快快把先生请出。他不是已经来了嘛！"

这时，风水先生从里屋走了出来，笑。向咱三大爷拱了拱手，说，贾先生怎么知道我先到了？

咱三大爷说："我会算，先生真是神龙见尾不见首呀！"

张万仓这时向张万银使了个眼色。张万银起身说，那咱再去看看。咱三大爷和风水先生走在前，张万银和他爹走在后，身后跟着张万仓的亲戚。

到了穴地，咱三大爷从身上掏出一个线团。线团打开了，现出一个小铜人来。咱三大爷人站在穴口，手执着线头，说了声：走！让线团上的小铜人在穴里走着。那线团上的小铜人有些古怪，咱三大爷让他走，他真走了起来。咱三大爷嘴里念念有词的：东张张，西望望，看看哪儿不正常……人们没见咱三大爷的手动，却见那小铜人一会儿东，一会儿西，一会儿南，一会儿北，在墓穴里忙。走着走着，小铜人啪地掉进了墓穴里。咱三大爷也不去捡那小铜人，在墓穴口站着，望着穴不语。

张万仓望望咱三大爷又望望墓穴里的小铜人，有些怕。问："咋样？"

咱三大爷望望风水先生道："你说呢？"

风水先生笑笑:"还是你说,你点的穴,还是你说。"
咱三大爷半天不说,末了来一句:"这穴……"
"咋?"张万仓有些沉不住气了。
咱三大爷说:"穴是天定,还要人修。这穴浅了。"
风水先生从怀里掏出一个尺子,站在穴口量了量,说:"穴深八尺,合适、合适。穴过深会损伤龙脉。"
咱三大爷说:"过深会损伤龙脉不假,可是过浅则得不到生气。通常穴深八尺,可是要因地制宜。如穴位依'山龙'而点,地势较高,要浅挖一尺;如穴位以'水龙'而点,地势较低,要深挖一尺。这才合乎风水说的要求。这就是所谓的:江南无深圹,江北无浅穴。理由是南北地气厚薄不同,为了得地气,所以穴位的深浅也不同。"
"先生你高见呀!老生佩服、佩服。"风水先生连连拱手。
张万仓说:"就依贾先生的,就依贾先生的。"
咱三大爷叹了口气说:"这深挖一尺好是好,就是冷了点。"
张万仓问:"冷,那我死后葬此,是不是暖不热?"
咱三大爷说:"暖不热倒是其次,怕的是'惟地脉少寒,瘗枯骨无效'呀!"
张万仓惊道:"那咋弄?"
咱三大爷望望风水先生,说:"先生应该有办法吧?"
风水先生笑笑,道:"办法倒是有,就是不可行。"
张万银不耐烦地说:"有什么不可行的,对俺家,没有不可行的事。"
风水先生说:"我有一个故事,讲给你听听。"
"让你想办法,你讲什么故事呀!"张万银说,"你就直说了吧。"
风水先生说:"这故事里就有办法。"
"说。"

风水先生望望咱三大爷，又笑笑，说："想必贾先生也听说过这个故事。从前，在咱河南登封有一个叫陈虞的员外，家里非常有钱，他想选一个大福大贵之穴，以利子孙。一天从苏州来了一个姓许的风水先生，这位先生告诉员外，他家世代精通风水术，曾国藩、李鸿章祖先的墓穴都是许家先祖父选的。陈虞一听大喜，当即给了三千金。三个月后，许先生为陈员外'择地于嵩山之阴'，并说，'葬此，子孙必位极三公，惟地脉少寒，瘗枯骨无效'。陈员外深信不疑，让人赶快修穴，穴修好后，陈员外穿戴整齐卧入穴内，让人把他活埋了。他的儿子不从，陈员外大怒。说：'从父命，孝也；违吾教，即非吾子，何逡巡为？'他的儿子只有照办。"

张万银听了风水先生的故事，大怒。说："你这是什么办法，难道想活埋俺爹不成。"

咱三大爷拉拉张万银说："你别急呀，这只是一个故事。讲得是陈员外为了子孙求仁得仁，美名远扬。当然，我们不能按照陈员外的办法来克服地脉少寒的缺点，其他办法总是有的。"

张万仓问："还有什么办法？"

咱三大爷说："要想使穴位不寒，可让子孙为其暖墓。"

张万仓说："怎么暖？"

咱三大爷望望张万银说："就是在墓穴里睡。"

张万仓说："哦，这个办法好。"

咱三大爷说："好是好，不知你家万银有没有这个孝心。"

张万仓说："有没有这个孝心都要暖，穴是埋俺，可为的是子孙，这是为了他好。"

张万银在一边听了直摇头，说："贾文清，你这是什么馊主意？简直是荒唐。"

张万仓大吼一声,说:"你住嘴。这点事你都干不了,我还没让你为我去死呢。"

咱三大爷望望张万银很神秘地笑了,说:"想不暖穴也中,倒是还有其他办法?"

张万银连忙问:"还有啥办法?"

咱三大爷说:"你不用急,办法有的是,先把穴加深一尺再说,等把炮楼之址定下了再说。"

"你……"张万银悄声对咱三大爷贾文清说,"只要你不让我睡在这坟墓里,炮楼的事就依你。"

咱三大爷笑了。

十七　咱三大爷之五

修炮楼的位置定了,是按照咱三大爷贾文清的意思定的。

这消息伴随着傍晚的炊烟飘进了各家各户的灶台上。烧锅的男人把灶塘内填满了麦秸,把脸膛映得红彤彤的,女人也没忘记在锅里多加两勺香油,觉得日子和往常不同,有了小日子红红火火和有滋有味的感觉。吃过饭也没有人去睡,人们开始在黑夜中说话,叽叽咕咕的声音在村子里四处响起,这好像整个村子里的人都在搞阴谋诡计。人们压低了声音,表达了同一个意思。

小鬼子要倒霉了,小鬼子要倒血霉了,有好戏看了。

有人便去了咱三大爷家的小院,见咱三大爷家也没点灯,一院子的人,谁也看不清谁。男人们手中的烟袋忽明忽暗的像鬼火在闪。说话的声音也小，可是却压抑不住内心的激动，那笑声都是从内心挤出来的，声音一点都不高，却极有穿透力。

确定炮楼之址是在下午。龟田这次来带了一队鬼子兵，另外还带来了一个穿西装的日本人。龟田向咱三大爷介绍那个穿西装的，说是皇军的工程师。

咱三大爷不知道工程师是干啥的，问翻译官张万银。翻译官说，工程师就是日本人的风水先生。咱三大爷一听这话，脸唰的一下就白了。

龟田递给了咱三大爷几张图纸，说整个炮楼就按照图纸修建。咱三大爷看那图，见上面写着"零号炮楼施工图"几个字。咱三大爷看不明白施工图，有一张效果图咱三大爷看明白了。咱三大爷由衷地感叹日本人的精细，画得好。比老百姓盖堂屋还认真。咱三大爷看到那炮楼有三层，每一层都有枪眼，圆的，像鸡蛋一样，在炮楼的外端围着一圈铁丝网，挖了一圈壕沟，也是圆的，像围着的猪圈。壕沟上有吊桥。

咱三大爷贾文清把图纸递给翻译官，问："这零炮楼是个啥意思？"

翻译官说："这是贾寨炮楼的编号。"

咱三大爷又问："不是'壹'也不是'贰'，咋就是'零'呢？"

翻译官就问龟田，龟田说："原来没想在贾寨修炮楼，炮楼从南李营开始从西往东修，编号也是从'壹'开始的，南李营的炮楼叫壹号炮楼，梁庄的炮楼就叫贰号炮楼。现在贾寨治安有问题要修炮楼了，没号了，只有编为零号炮楼了。"

咱三大爷笑笑说："哦，俺懂了，零炮楼就是多余的炮楼。多余的炮楼就不该修，修了也立不住。"

翻译官给龟田一说，龟田骂了一句八格亚鲁，说："零号炮楼不多余很重要,应该修。"

在咱三大爷和翻译官的陪同下,龟田和工程师对那一片河滩地进行了视察。龟田和工程师轮换着用望远镜东张西望,这弄得咱三大爷连大气也不敢出,生怕工程师看出了破绽。龟田和工程师叽叽咕咕商量了一下,转过身来问咱三大爷,为什么把炮楼修在这里?翻译官有些幸灾乐祸地给咱三大爷翻译这句话,并贼眉鼠眼地望着咱三大爷,嘴里不说,眼睛里却有的是内容:我看你贾文清怎么解释,你敢搞阴谋诡计唬弄皇军!

咱三大爷说:"这是块风水宝地。"

翻译官望着贾文清说这话脸不变色心不跳的,心里说:贾文清竟然说这块死地是风水宝地,真他妈的敢唬弄。

龟田望望工程师,又望望咱三大爷问:"风水宝地,怎么讲?"

咱三大爷说:"难道你们皇军的风水先生看不出来?"

龟田说:"当然可以看出来。"龟田回头对工程师说,"维持会长的想问问你对这个地方的看法?"

工程师笑笑,说:"吆希、吆希。这个位置选得大大的好。在炮楼上东可以看到贾寨,北可以望到张寨,这两个村子都在皇军的监视之下。皇军监视住了这两个村子,也就确保了这一带治安。"

咱三大爷听工程师这样说,先是愣了一下,然后笑了。心说:你他娘的就一队鬼子,要监视俺两个村几千口子,做梦。你咋不说你这一队小鬼子被俺几千口子监视着。

工程师又说:"炮楼修在桥头,可以把住南来北往的通道,盘查来往行人。具有战略意义。完全能达到我们皇军修炮楼的目的。"

咱三大爷听工程师说这话又笑了。还是在心里说:你想守桥,不让人过，没门。这路在俺这一带是南北走向，往南走不了多远路就往西了，往北走不了多远就往东了。你们从东边来，炮楼在河南里，要想回去必先过河。你咋不想想，如果俺中国的队伍从北往南打，这简直是瓮中捉鳖呀！

咱三大爷想到这里独自笑了。

工程师见咱三大爷笑了，来劲了。接着又说："炮楼修到这里，离河近，吃水方便。还可以把河水引进壕沟，这样炮楼的安全就没问题了，皇军可以高枕无忧。总之这个地方修炮楼进可以攻，退可守，真是难得的好地方。"

工程师的一席话让龟田和咱三大爷都哈哈大笑起来。龟田拍着咱三大爷的肩说："你们中国的风水宝地也是我们大日本皇军要求的军事要地呀。中国风水的大大的好。炮楼就修在这里。"龟田指指翻译官说，"你的听维持会长的，"龟田又指指咱三大爷，"你的听工程师的，"龟田拍拍工程师，"你们三个的一起负责修炮楼的。"

晚上，当贾寨人聚在咱三大爷小院听咱三大爷绘声绘色告诉大家经过时，那贾兴安便问了，翻译官这回咋恁老实了？

咱三大爷得意地说，张万银他不敢不老实。

当把炮楼之址定下来后，翻译官又问咱三大爷："炮楼的事就依了你了，你看俺爹那寒穴咋个暖法？"

咱三大爷答："你不想暖就不暖呗。"

"你不是有其他方法吗？"

"你放心吧，到时候俺让恁爹热热呼呼地睡。"

"你可不要唬弄俺？"

"俺贾文清咋敢唬弄皇军的翻译官呢！"

"球毛，你连皇军都敢唬弄还不敢唬弄俺。"

"这炮楼的位置是经皇军的风水先生看过的，能唬弄过去吗？"

"日本人懂个球，看吧，有他们吃的苦头。"

"你真信风水？"

"不能全信也不能不信，这风水可是咱中国几千年传下来的东西，连过去的皇帝都信，你能不信嘛！宁肯信其有也不信其无，多信一点总没坏处。"

"那你咋不愿意为你爹暖穴呢？一点都不孝。"

"不是俺不孝，是你那法子太邪门，让俺在墓穴里住几晚上，我操，你去住住试试。"

哈哈……大家听咱三大爷这么学翻译官的话都笑了。原来暖穴是假，拿翻译官一把是真。咱三大爷对大家说："俺就怕翻译官给龟孙乱说，那样就完了。"咱三大爷最后说，"张寨请的风水先生看出了炮楼修在那里有五凶，可他却没看出还有一克。"

"怎么，还有一克？"

咱三大爷说："炮楼修在那里正好克住了那张寨的风水桥。"

"哦——"

咱三大爷说："本来那个地方应该修个亭子去克那桥，现在那里修炮楼了正好省了咱在那儿修亭子。"

"哦……"

贾寨听咱三大爷这样说，都喜出望外。有的人便焦急地问，这炮楼啥时候开工，咱快点把它修起来，越早越好。有人说，炮楼早修好对咱贾寨早有利。还有人说，炮楼早修好，让小鬼子早倒霉。

咱三大爷说，就这几天。

村里有人就说，日本鬼子为了管住咱贾寨，把炮楼修在咱村口。咱现在让炮楼修在死穴上，修了也白修，等于零。

有人就哈哈笑。说日本鬼子是傻屄,他们自己都叫零炮楼,这不怪咱。

贾兴安说:"零是个啥,零就是他娘的大鸡蛋!"

哈哈……

十八　村里人之一

不几天炮楼的修建就开工了。工地上居然热火朝天的。不过,无论张寨人还是贾寨人都是一脸的严肃,没有笑容,紧绷着脸,互相见了也不打招呼,好像从来没见过。男人们都学会了用眼睛说话,以目传情,在光天化日下显得尤为诡异。两村人配合得从来没有这么默契过。那真是心往一处想,劲往一处使,特别出活。什么事互相只看一眼心里就明白了,因为在人们心中有了一个共同的秘密。两村的人把劲都用在干活上去了,巴不得赶紧把炮楼修好,让鬼子去驻守,好让他倒霉。

咱三大爷背着手陪着龟田四处地看,心满意足的样子。鬼子工程师拿着图纸在翻译官的陪同下指挥贾寨和张寨的泥瓦大工划线。

修炮楼的地基要夯实,两村人都将压麦场的石碌碡弄来了。龟田指指那石碌,问咱三大爷弄这个来,什么的干活?咱三大爷说,夯地基的干活。龟田不明白。

地基挖了以后,那大石碌子绑上磨棍,八人抬着在地基上夯。龟田见了大为高兴,伸出大拇指说吆希、吆希,大大的好。打夯时每一组有一个夯头,夯头不仅臂力过人,眼明手快,能否夯在位置上都在夯头举手投足之间。最关键的还要看夯头会不会编词喊号子。贾寨人的号子是这样的。

  乡亲们抬起来哟——
  嘿哟！
  猛地一丢手哟——
  嘿哟！
  一下一个圆哟——
  嘿哟！
  就像太阳旗哟——
  嘿哟！
  太阳要落山哟——
  嘿哟！
  鬼子上西天哟——

张寨人一听贾寨人这样喊，便接上了口。

  乡亲们干劲大哟——
  嘿哟！
  不要乱喊话哟——
  嘿哟！
  鬼子听到了哟——
  嘿哟！
  打你大嘴巴哟——
  嘿哟！

贾寨人一听张寨人这样喊,就回答张寨人。

鬼子咱不怕哟——
嘿哟!
听不懂咱的话哟——
嘿哟!
炮楼修好后哟——
嘿哟!
咱就克死他哟——
嘿哟!

龟田望着中国人打夯,看傻了。再听那号子更是好听。龟田问翻译官大家唱的啥?翻译官侧耳听听,脸都白了。就翻译说,他们唱的意思是:太阳要落山了,咱们赶快干哟,干完了回家吃饭哟——龟田和工程师听了都哈哈大笑起来,都说好。在修炮楼的工地上有鬼子站岗,站岗的鬼子把枪扔到一边,随着打夯号子的节奏翩翩起舞。这一切被夯头看在眼里。就喊出来了:

你看那鬼子兵哟——
嘿哟!
看着实在傻哟——
嘿哟!
送他个炸药包哟——
嘿哟!

他还当西瓜哟——

嘿哟！

哈哈哈哈哈哟——

嘿哟！

哈哈哈哈哈哟——

哈哟……

嘿哟！

西瓜是个啥哟！

嘿哟！

就是大零蛋哟！

嘿哟！

　　两村的打夯的都按照夯的韵律笑了，这一笑不要紧，把气岔了，大家把夯落下再抬不起来。打夯的男人们都四仰八叉地倒在夯的周围笑。再看那站岗的鬼子兵也哈哈大笑着在地下打滚。

　　修炮楼的进度极为神速，人们都憋了一股劲，想尽快把炮楼修好，看着小日本倒霉。这期间龟田走了又来过一次，看到大家干活这么起劲，大为高兴。这样，炮楼很快就修好了，当翻译官告诉龟田炮楼已修好，龟田都有些不太相信。龟田实地一看兴奋地说，这是中日亲善的典范，应该好好地庆祝一下，让翻译官和维持会长搞一个欢迎仪式。

　　龟田说："好好的搞一个欢迎仪式的，我的请记者来，照相的干活。"

十九　村里人之二

　　鬼子进驻炮楼那天，天气阴沉沉的。贾寨人和张寨人早早地排在公路两旁等待着龟田的到来。张寨人在路西，贾寨人在路东。孩子们站在前排，手里拿着自制的太阳旗。太阳旗做得不太规范，一张白纸，上面涂上了红颜色的圆。对于村里人来说，那个圆要想画好不容易，最有效的法子是用吃饭的碗扣在白纸上，这要看碗是不是圆，如果是椭圆，那太阳旗就是椭圆的；如果碗摔过，上面有个口子，那画出的圆就有一个缺口。那红颜色也不太一样，由于太阳旗是要求各家各户自己做，每一家的红又有些不同，有大红、粉红、桃红、深红。贾兴安家的却是血红，那是鸡血。自制太阳旗时贾兴安刚好杀了鸡，就把鸡血涂上了，刚开始涂上时还红得可以，当贾兴安的孙子牛娃拿着出门后，那红就不太好看了，成了污秽的颜色。

　　咱四大爷贾文灿望着牛娃的太阳旗就笑着骂，这是你娘的啥屄血涂的，恁难看！不想，咱四大爷这一句骂正被牛娃娘听了，牛娃娘就说，用他娘的啥血涂的你啥时候看到了？咱四大爷被牛娃娘这一回嘴，脸都红了。牛娃娘便在身后哈哈大笑。

　　咱四大爷贾文灿还挺有意思的，居然还会害羞，可见咱四大爷还没坏到家。当时的咱四大爷还算不上土匪，应该算是黑道的人，现在叫黑社会。咱四大爷算是黑社会老大，黑社会老大碰到了农村大嫂也只有败下阵来，可见农村大嫂在农村的厉害。

　　咱四大爷和牛娃娘赶到时，龟田骑着大洋马来了。

龟田骑着高头大马走在队伍的前面。那是一匹纯种的大洋马，比咱大爷贾文锦当年骑的还威武。龟田带来了整整一个大队的鬼子兵，雄赳赳、气昂昂的。黄军装，牛皮鞋，走在路上整齐有力，发出叭叭的声音。龟田骑着马上了桥头，翻译官张万银就点燃了鞭炮，顿时硝烟弥漫，炮火连天。

"欢迎、欢迎，热烈欢迎！"

孩子们喊着，一脸无辜的样子，手里挥舞着的太阳旗就像招魂之幡。

"欢迎、欢迎，热烈欢迎！"

村里人也喊，只是喊的口气和孩子不太一样。他们笑着脸，却咬着牙。喊着，却把后面的字变了。

"欢迎、欢迎，欢迎——找死……"

"欢迎、欢迎，欢迎——找死……"

前面几个字喊得声音极为洪亮，后面两个字却渐低渐长，拉出了调来。这种喊法也不知是谁先开始的，反正到了后来都这样喊了，大家喊着还互相挤眉弄眼摇头晃脑的。这样，那脸上的笑就显得更生动，更真实了，是发自内心的欢迎。

龟田在下桥时，有一条红绸子拦在那里。据说那是用翻译官家的被面裁的。红绸子一头是翻译官张万银，一头是咱三大爷贾文清。龟田看到红绸子拦路愣了一下，不知怎么办。翻译官告诉龟田大胆向前走就行了。龟田一夹马肚就过去了，那红绸子正挂在龟田的胸前。龟田得意地打马向前，龟田带来的记者在马前头轰地一闪，给龟田照了一相。

"欢迎、欢迎，欢迎——找死……"

"欢迎、欢迎，欢迎——找死……"

村里人的喊声更洪亮了，已经有些恶狠狠的了。咬牙切齿，带着火药味。喊声像空中的咒语,像刻毒的石头向龟田抛去,只是龟田却浑然不觉。人们眼眼睁睁地看到龟田笑容可掬地向人们挥舞着白手套,大洋马屁股一扭一扭地下了路基向炮楼走去。这时,一面更大的太阳旗被一个日本兵用刺刀挑着来到了桥头,已经喊破了嗓子的村里人喊声突然停了下来,人们望着那太阳旗进了炮楼,不久就在炮楼上飘扬了。

不久,龟田率领日军进驻贾寨炮楼的照片在省城的报纸上登出来了。据说在日本国内的报纸上也登了出来。龟田不但受到了嘉奖,而且贾寨和张寨成了模范村,咱三大爷贾文清成了模范维持会长。只是记者在选照片时发现了大问题。在很多照片上,记者都发现欢迎人群的表情不对,那些中国人高喊着欢迎、欢迎,可是他们表情却阴险而又神秘,一种幸灾乐祸的样子,就像路上埋了地雷,人们眼看着皇军向着地雷阵前进。让记者弄不明白的是,那天并没有出什么事,那天地雷并没有爆炸。地雷没有爆炸并不代表没有地雷,只能说明地雷没有埋在路上,地雷埋在了人们的心里。埋在路上的地雷并不可怕,皇军可以清除它,埋在心中的地雷就麻烦了,那是无法清除的。而且埋在心里的地雷也是迟早会爆炸的,埋在人们心里的地雷更可怕,一旦爆炸,那就天崩地裂。

后来,在认真研究了每一张照片后,终于发现了地雷。那日本记者被自己的发现吓了一跳,记者发现有一张照片上有一个人拿着枪混在人群中。那个人身材高大,孔武。那人手里提着枪,望着骑在马上的龟田,眼睛眯着。显然,这个人是冲着龟田来的,可是,是什么原因又促使这人没有开枪呢?记者百思不解其意。记者最后把这些照片交给了龟田,并告诫龟田小心,不要相信中国人,他们不可能和日本人一条心。

龟田得到这些照片后,立即加强了戒备。

照片上的人是咱四大爷铁蛋。咱四大爷混在人群中，本来想找机会把龟田干掉的，报五弟之仇，给他的抗日别动队长脸，后来他又放弃了这个计划。他看到龟田带了一个大队的鬼子，打死了龟田他可能无法脱身。

自从鬼子进驻炮楼之后，贾寨人便改变了早睡的习惯。人们喜欢在深夜中串门，男人们就聚在一起赌博，女人们在一起做针线活，孩子们野着不回家，在村里成群结队地玩耍。只是，人们的耳朵是竖起来的，每时每刻都听着炮楼那边的动静。村里人的心绷得紧紧的，掰着手指头算时间，悄悄议论。

"这小鬼子进驻炮楼多少时间了，该有动静了吧！你看他们整天有吃有喝还挺踏实。"

"可不是，他们吃的都是白馍。"

"谁说？"

"俺听贾文清说的。龟田说了，除了维持会长贾文清，谁也不能进炮楼。"

"贾文清和鬼子唱的是双簧，演黑白脸。"

"这鬼子进驻炮楼该有一段时间了吧？该出事了！"

"贾文清说，恶有恶报，善有善报，不是不报时间未到。"

龟田带领鬼子炮楼修好后，开始四处征粮。日本人向南李营征粮，南李营人无余粮。结果，龟田队长带领一队日本兵进了村，血洗了南里营，死人就挂在村后的柏树上，贾寨人一出门便能瞧见。

日本鬼子进南李营是在晚上。当时，咱大娘玉仙正在咱三大爷家哭，说昨晚又做了个梦，梦见咱大爷满脸是血，让咱三大爷贾文清给她解梦。咱三大爷正要安慰咱大娘几句，突然听到南李营的狗一阵乱叫，接着便听到"叭勾——"一声枪响。一会儿，便人声鼎沸，一片混乱。

大家赶紧往外跑，出了院门便见南李营方向火光冲天，火苗像红舌头舔着天空。那火光映红了贾寨人用白纸糊的窗棂，映得院内亮如白昼。贾寨人纷纷起身，立于门侧，看南天大火，冷得却牙齿打战，浑身发抖。

南李营那场火，从头晚上烧到第二天早上。火熄灭后，烟雾便弥漫开来，浓郁的焦煳味随风飘动。贾寨人立于门前往南李营看，见南李营村后的那三棵柏树上挂着几具尸体。死人在晨风下晃晃悠悠，如活物，身上的破衣片儿似灰色灵幡。

死人在树上吊了半月之久，谁也不敢去收。贾寨人低头不见抬头见，便有不少人得了眼病。那病一直在贾寨流行，郎中说是火重。

天黑后，村里人都不敢出门，有喜欢串门的婶子、大娘也是三五成群。一群娘们走在漆黑的村庄里，不敢抬头往南看，心都是提在嗓子眼里的。若有人突然发一声喊，鬼子来了！必骇得一群人汗毛倒竖，呜哇乱叫，争先恐后往屋内抱头鼠窜。

日本人在东西庄到处征粮，闹得鸡犬不宁，可是唯独不到贾寨征粮，这让贾寨人实在想不透。贾寨人诚惶诚恐，人们在村里议论纷纷。这龟孙咋弄的呢？咋不来咱贾寨征粮呢？难道嫌咱穷，出不起？这不可能，贾寨在方圆几十里算一个大庄子，属富村。比南李营可富多了！贾寨四周有良田数百顷，土地肥沃，打的粮食颗粒饱满，油光发亮。谁不说咱贾寨的馍白。南李营恁穷，鬼子都不放过，为了点粮食，又杀人又放火的。对贾寨咋会不闻不问呢？

时间越久，贾寨人心里越怕。一片阴影蒙在人们心头。几个长辈在咱三大爷堂屋里坐着，浓烈的叶子烟还是熏得大家睁不开眼。咱三大爷叩了叩烟袋说："咱们成天这样坐着等也不是个办法，鬼子不来咱村要粮，怕是从贾寨要的比粮更金贵。"

贾兴安说:"比粮更金贵的还有啥呢?"

咱三大爷说:"比粮更金贵的是命!"

"命!"

村里几个长辈的不由停住了正在吧嗒的嘴。睁大了眼。

"要咱们的命!为啥?咱村又没得罪那个什么龟田。"贾兴朝大声喊道。

贾兴良说:"咱中国得罪日本人啦?还不是找上门打。"

贾兴朝说:"那咱岂不是坐着等死啦?"

咱三大爷说:"咱与其坐着等死,不如卖粮买枪和鬼子干。咱贾寨祖宗八代没受过外族人欺负,到了俺们这一代也不能受外族人欺。俺不信日本鬼子有三头六臂。其实咱这一带也没有几个鬼子。怕啥!"

大家都望着贾文清。咱三大爷又说:"咱也不和鬼子正面开仗。鬼子来了有枪的就藏起来,鬼子不杀人放火咱就不动,鬼子要杀人放火了咱就和他拼个鱼死网破,反正咱不能像南李营那样坐着等死。"几个长辈互相望望,觉得这个办法好。最后,贾兴朝说:"中!先把枪买了再说。贾文清负责各家各户收粮。按人头出。"

二十　咱四大爷之三

晚上,咱四大爷贾文灿回来了。咱四大爷回来时,咱三大爷正在家里和贾兴朝、大黑、喜槐等人用斗过粮食。当门地下用苪子苪的粮食堆得像小山一样,几个人正把布袋里的粮食往那苪子里倒。大家见铁蛋回来了也不言语,忙自己的。咱四大爷望着这么多粮食问,这是干啥？咱三大爷回答，不干啥。咱四大爷说，不干啥想干啥？咱三大爷说，你别问这么多，这是全村人兑的粮食，是有用的。咱四大爷说，不是给鬼子送去的吧！俺听说你现在是鬼子的维持会长了。咱三大爷一听火了，咱三大爷将斗往地下一扔，骂：

"哪个龟孙想当这个维持会长。"

铁蛋说："你当了维持会长那就是龟孙，管咱这一片的鬼子队长叫龟田，你当龟田的维持会长，不就是龟孙嘛！"

贾兴朝说："铁蛋，你真是狗嘴里吐不出象牙，有你这样和哥说话的吗！你哥是龟孙你是啥？"

铁蛋说："俺是俺，他是他。俺是抗日别动队的队长，他是日本鬼子的维持会长，水火不相容。"

大黑问："铁蛋，你刚才说你是抗日别动队的啥？"

咱四大爷说："俺是队长。下次龟田再来，你通知俺一下，看俺不把他收拾了。"

咱三大爷贾文清说："别听他说，就凭他，用扫帚头子。"

咱四大爷铁蛋突然把衣服拉开了，怀里别着两把盒子枪。大家一见愣了。喜槐过来要拔下来瞧瞧，咱四大爷一把把喜槐推开了，说："你想干啥？"

喜槐说："看看，别小气。"

大黑问："你这是在哪儿弄的？"

咱四大爷铁蛋得意地说："买的！"

大黑问："在哪儿买的？"

"那当然保密。"咱四大爷说。

咱三大爷瘪了一下嘴，说："你不想说，就别在俺面前显摆，俺不相信有钱还买不到家伙。"

咱四大爷来了兴趣，问："你要枪干啥？"

咱三大爷说："俺要枪为了看家护院，打鬼子。肯定不是入伙当土匪。"

咱四大爷说："你要买枪，我可以当介绍人。"

咱三大爷望望铁蛋又望望贾兴朝。贾兴朝说："你当介绍人，俺信不过，到时候是竹篮打水。"

"你信不过俺就算。"

咱三大爷说："干活、干活，别听他在这儿显摆。"

咱四大爷说："俺哥，虽然咱俩从小就不对劲，这是命，谁让你是水，俺是火呢。可俺从来没在贾寨下过手，兔子不吃窝边草的道理俺还懂。"

咱三大爷脸上缓了一下，问："你真知道谁卖枪？"

咱四大爷答："知道，不过，现在只剩下长的了，没有短的。"

咱三大爷说："就是要长的，要短的干啥，打不远。"

咱四大爷说："这事包在俺身上了。"

贾兴朝说："要是这样，算你给贾寨人干了一件好事。"

咱四大爷笑了，笑得很神秘。咱四大爷说："你这粮食也别卖了，现在的钱不管用，就用粮食换枪。"

噢……

咱三大爷问："换？"

咱四大爷说："明天晚上我让人家送枪，你把粮食都搬到俺那屋里。到时候人家想啥时候来拉就啥时候拉走。"

贾兴朝说："拉你屋里不就成你的了。除非你把枪交给俺，否则这粮食一个籽也不能动。"

"好，就在俺屋里交易。你这是多少粮食？"

贾兴朝说:"总有七八十斗吧。"

咱四大爷蹲下抓了一把,然后捏了一颗扔到嘴里,一咬嘎嘣一声。咱四大爷说:"这麦不错,成色不错,晒了好几个大日头。是今年的新麦吧。"

贾兴朝望望咱四大爷,嗦唠道:"日你娘,亏得你还知道这是晒了好几个大日头的新麦,你这辈子晒过几回麦。"

咱四大爷笑笑说,不晒麦的才吃白馍,晒麦的只有吃黑馍的命。咱四大爷把一把麦全填进嘴里,说:"俺就喜欢吃生麦。十斗小麦一杆枪咋样?"

咱三大爷说:"你没事洗洗睡去,你站着说话不嫌腰疼,你这个价是谁定的?"

咱四大爷说:"这价格是议出来的,你们说。"

贾兴朝说:"你能当家吗,我们和你讲啥价。"

咱四大爷说:"俺和你们讲好的价,绝对算数。你们开个价吧。"

"五斗!"咱三大爷说。

咱四大爷说:"俺哥,你这是讲价呀,这是抬杠。"

"你漫天要价,就不兴俺就地还钱。你不是说价格是议出来的嘛!"

"好,九斗!"咱四大爷说。

咱三大爷说:"六斗。"

咱四大爷说:"八斗,这是亲兄弟的价。"

"好,谁让你是俺弟呢,七斗。"咱三大爷说。

咱四大爷说:"就七斗半吧,这是看着咱爹的分上。"

贾兴朝把咱三大爷和咱四大爷的手一抓,说:"行了,为了半斗麦子,把死去的爹都搬出来了。你们生不生分呀!俺说一句,七斗麦一杆枪。中不中?"

咱四大爷哈哈笑了,说:"成交。谁说水火不相容,这不好了嘛!

明天晚上在俺屋,一手交麦,一手交枪。"

"中。"

后来,咱四大爷贾文灿把十几杆抢来的长枪给了贾寨人,把麦子藏在了夹墙里。那麦子晒得嘎嘣脆,那夹墙为青砖所砌,麦子藏在夹墙里,老鼠打不了洞,虫子安不了家,那麦子在夹墙里藏了几年。在1942年闹大灾荒时,那麦子成了宝贝,也成了祸根。

二十一 村里人之三

晚上,村里几个重要人物都正聚在咱三大爷贾文清家,商量怎么发枪。初步确定由贾兴朝的儿子大黑当快枪队的头领,贾兴安的儿子喜槐和贾兴良的儿子春柱当队副,另外还有二黑、万斗、树青、金生等。反正都是贾寨的好后生。枪先不发下去,等贾文锦回来了再发,让贾文锦教大家怎么开枪。

大家正商量着,突然,后院咱四大爷贾文灿的花狗在门口咬起来。侧耳细听,有脚步声"噔、噔、噔"地直往咱三大爷贾文清家的门前赶。大家骇得脸都变了,一口气吹灭了灯,把枪藏在床底下,在黑暗中静着,连大气都不敢出。那脚步声停在隔壁咱大娘玉仙的院门前,推门,有锁。咱大娘晚上一般都和咱三大娘凤英娘睡。脚步声来到咱三大爷院门前停下了,接着便是一阵急促的敲门声。

"贾文清,开门,俺是张万喜!"

村里人听是张万喜,又惊又喜。张万喜回来了肯定有贾文锦的消息。咱三大爷贾文清上前开了门。张万喜带着一身寒气滚了进来。咱三大爷点着灯，但见张万喜身穿黑棉袄，头戴旧毡帽，背了一条破布袋，如赶集回来的农民。村里人见张万喜如此打扮，便立在那里发愣。

张万喜见聚了恁多人，也愣了一下，问："在干啥？"

咱三大爷上前迎着张万喜，似笑非笑地："没啥，没啥，正商量事。你咋弄成这样了？"

张万喜喘了口气，喊道："快给俺倒碗热茶，天冷得紧，俺喝口茶暖暖心口窝。"

咱三大娘从里屋出来，给张万喜倒茶。张万喜接过碗喝了一口，又喘了一口气，说："完啦。完啦。咱中国完啦！"

"咋？"

张万喜说："国军像一群散了队的鸭子，被日本鬼子赶着跑。俺那支部队撤到西边去了，俺不愿离家太远，留下了。"

咱四大爷问："那俺哥呢？"

张万喜定了定神，叹了口气。张万喜说："俺就是为这事来的。"张万喜说，"这事让俺咋跟你说呢！"张万喜不住在那儿叹气。

咱三大爷贾文清说："有话你就快说，你这样急死人了。"

张万喜说："俺这次回来就是给你们报信的，贾文锦他，他死了"。

"什么……"

大家一愣。这时，咱大娘玉仙"哇"的一声在里屋哭了起来。

贾文锦被日本鬼子打死了，这个消息当晚传遍了整个村庄。这消息对贾寨人来说就像麦子扬花的季节打了一阵霜，一下把贾寨人打蔫了。对于贾寨人来说贾文锦就是主心骨，就是心中的依靠，现在主心骨没了，依靠没了，贾寨人觉得一下矮了半尺。

早晨，贾寨的房顶上冷冷清清的没有了炊烟，冷锅冷灶的，没有了人喊马叫和鸡飞狗跳，整个村庄死寂着。这时，如果有孩子起来要吃，必然先吃娘的巴掌，还伴随着骂：吃，你就会吃，吃你娘那屄，连贾文锦都被日本鬼子打死了，哪有你吃的。

村里人想不明白，贾文锦咋会被日本鬼子打死呢！他不是武曲星下凡嘛！他打了那么多年的仗子弹连皮毛也没擦着呀，怎么和这小鬼子打就不行了呢！小鬼子算啥，连脑子不够用的贾文坡用杀猪刀都捅死了一个，那贾文锦可有双枪，百步穿杨，百发百准，要打你左眼不打你右眼，这样一个英雄怎么会死在小鬼子手里呢！

男人找不到原因就在那里蹲着吸烟。女人找不出原因不由就恨着骂起咱大娘玉仙来了。女人觉得咱大娘玉仙太张扬，和村里的女人太不一样，整天像个狐狸精似的穿着奇怪，妖里妖气，一看就是个灾星。

女人心里也就这么一闪，这一闪就产生了灵感。女人有了灵感一般不给自己男人说，她要去找女人说。几个女人在一起如果达成了共识，那基本上就宣判了另一个女人的死刑。村里的几个女人在那里嘀咕，说玉仙是狐仙托生，是个灾星。她专门克自己家的亲人。当闺女时候她就把哥哥克死了，嫁到贾寨先是克死了她小姑子荷花，然后克死了她的小叔子大头。荷花如果不和她好成那样，就不会经常陪她到河边洗衣了，不到河边洗衣也就不会被小鬼子撵得跳了河；她和荷花一起到河边洗衣，为啥她跑回来了，荷花没有回来？还有就是她的小叔子贾文坡，贾文坡平常连一句硬话都不敢说，他怎么突然敢拿杀猪刀杀人了？现在又临到了贾文锦了，贾文锦的命够硬，要是换了别人第一个克死的就不是荷花了，肯定是贾文锦。

女人们终于找到了贾文锦被日本鬼子打死的原因，咱大娘玉仙成了祸首。到了晚上这种说法就传遍了整个村庄。孩子们在村里跑着唱出了关于旗袍的新童谣：

旗袍旗袍好旗袍

只露大腿不露脚

走在路上向前跳

你说是鬼还是妖

村里人在一种恍惚中度过了一个夜晚。第二天,翻译官张万银把咱三大爷贾文清找去了。咱三大爷以为是要粮,问翻译官皇军要多少粮?

翻译官说:"不要粮。"

"咋?"

"咋啥咋?!不要你贾寨出粮还不好?"

"那……要啥?"

"要人。"

"派工呀,要多少人?"

翻译官说:"只要一个人。"

"才一个?"

"一个就够了。"

"中,俺回去派一个最棒的劳力。"

"不要劳力。"

"要啥?"

"花姑娘。"

咱三大爷问:"花姑娘是啥?"

"花姑娘就是黄花闺女。"翻译官张万银说,"龟田要搞中日亲善,要和中国姑娘通婚,还要明媒正娶呢。"

"啥……俺日龟田他娘。"咱三大爷贾文清破口大骂。

翻译官说:"你骂吧,反正他不在,就是在我也不敢翻译。龟田队长看上你村的闺女,是你村的福气。龟田队长在日本无妻室,他说他要按中国的风俗,八抬大轿,还选黄道吉日在那老桥头迎亲!"

咱三大爷说:"这事俺办不了,你说谁家的闺女愿意嫁给日本鬼子呀!"

翻译官说:"怎么,你是说龟田队长配不上你贾寨的闺女。"

咱三大爷说:"只有恁张寨的闺女能配得上龟田队长,你咋不在张寨选?"

张万银说:"龟田队长点名要你们贾寨的闺女。这事你办也办,不办也办,你不想看到贾寨像南李营那样吧。"翻译官又说,"龟田队长已经给你贾寨很大的面子了,上回你五弟贾文坡杀人,要是放在其他村,整个村子一个都别想跑。龟田队长有意树贾寨和张寨为中日亲善模范村,才网开一面,没有大开杀戒。你可别把龟田队长惹恼了。"

咱三大爷说:"有啥了不起,大不了是个死。"

张万银说:"你说得轻巧,上次挨了几皮带就不中了,现在嘴又硬起来了。"

咱三大爷说:"张万银,咱好赖也是亲戚,这事你让俺咋办?"

翻译官说:"这事是赖不过去的。"

二十二　村里人之四

咱三大爷贾文清愁眉苦脸地回到贾寨,连忙叫咱三大娘去叫村里几个长辈的。大家赶来,咱三大爷却站在院门口发呆。

贾兴朝问咱三大爷,你在门口发啥愣?看把你愁的,龟孙要多少粮?

贾兴良说:"若要粮,早点言语,别误了。为一点粮,把房子烧了,把命搭上,不划算。也不能让你这个维持会长作难。"

咱三大爷说:"龟孙不要粮,要花姑娘,就是黄花闺女。"

啥……

几个人都愣了。

"龟田不要粮,要花姑娘。"

这消息被围在门口的小孩听清了,孩子们像听到了喜事,奔走相告。边跑边喊,娘娘娘,龟田不要粮……喊着喊着就变成了童谣:

娘娘娘,

龟田不要粮,

他要花姑娘,

花姑娘算个啥,

他要都给他。

在孩子们心中粮食比花姑娘重要多了,花姑娘算啥,又不能吃又不顶饿,树上有的是。孩子们把花姑娘当成树上的"花大姐"了。那只不过是一种会飞的虫子。孩子们把喜讯告诉娘,娘却叹上了气。女人就是命苦,还不知赶上哪家的闺女倒霉呢!不过更多的人长长吁了口气,一块石头落地了,特别是那些家中无闺女的先暗下松了口气。脸上的愁也没了,屁颠屁颠地围在咱三大爷门前,听。

贾寨那一茬人中闺女少,家家比着生儿。贾寨人为此很得意了一回。说,人丁兴旺!

龟田要娶贾寨的闺女了,人们才知道闺女的重要。咱三大爷和村里人扳着指头从村东数到村西；从前院数到后院，也找不出合适的黄花闺女。你给龟田送去个丑八怪试试！他不来烧你的房子才怪。

村里人又开始发愁。

日本人不来要粮，觉得不正常，心慌，不明不白地担惊受怕。如今，龟田要黄花闺女，若不送去就是明明白白地得罪日本人了。南李营的下场等着呢！

那些家中无闺女的心又提了上去。要是谁家都不送，那全村人都脱不了干系。贾寨人恨不得人家的闺女都如花似玉，给龟田送去了，也好保自己平安。

第二天，贾寨人让咱三大爷贾文清往炮楼里再走一趟，去说明情况。

村里人围着咱三大爷说："不是俺贾寨不送花姑娘，实在没有呀！不信你叫他来俺村瞧瞧。"

那十二三岁的小妮子，还小！总要一天天长，一岁岁大呀！那二十三四岁的都是小媳妇了，小媳妇哪能给他送去呢！

小的小了，大的嫁了，俺村真没有合适的了。老天爷哟！你就饶了俺村吧。

贾寨人千叮咛万嘱咐，生怕贾文清没把话说到家，给全村人惹来杀身之祸。

咱三大爷上午去，下午就回来了。

咱三大爷还没过老桥，派去松树岗上望风的孩子便喊得全村尽知。孩子们不知愁，像过节一样三五成群地兴奋地喊。全村人便聚在路坝子上，眼巴巴地望着。咱三大爷脸上毫无表情，望着全村老小也不搭理，直往家走。人群让开一条路，让咱三大爷过去。然后，村里人都跟在咱三大爷后边，浩浩荡荡地往他家涌。到了咱三大爷家，长辈的进屋坐，婶子大娘倚在两扇门边。孩子便围在门口，像小公鸡般伸长脖子看热闹。

咱三大爷坐定了，望望门口的孩子，挥着手说："去去去……都出去玩。大人说话，你们起哄。"

于是，婶子大娘将孩子像轰鸡群一样轰了出去，把院门插了。

咱三大爷说："龟田让咱村下个月就选个黄道吉日，送。说不能耽误。"

满屋的人心都咯噔了一下，冷了半截身子。

"究竟送谁呢？"有人问。

咱三大爷说："龟田看上咱村一个穿洋装的花姑娘了。"

洋装……？村里人张着嘴，眨巴眼，没回过神来。咱三大爷说："俺在路上也想起来了，咱村穿过洋装的只有俺大嫂。"

啥……？

村里人你望望我，我又瞧瞧你，渐渐地回过神来了。等终于反应过来后，人们脸上的乌云渐散，眉宇间渐渐沁出笑来。

"嘻嘻……"

贾兴良的女人先笑出声来。贾兴良女人一笑，屋里的气氛便活跃了许多。贾兴良女人说："玉仙哪里是什么黄花闺女？龟孙连大闺女小媳妇都分不清，害得咱费心费力地为他挑黄花闺女。"

贾兴安说："弄错没有，龟田要的可是黄花闺女，咱送的要不是黄花闺女，骗了他，等他弄明白了，可是惹来杀身之祸的。"

贾兴安的话，立刻遭到全村人的反对。说，又不是咱要骗他的，是他点着名要的。再说，咱村也没有待嫁的黄花闺女，告诉了龟田实情，龟田硬让咱村给他送黄花闺女，咱到哪儿去找合适的。

贾兴良说："龟孙还配娶黄花闺女？他是乌龟王八蛋托生的，就该当缩头绿毛乌龟，戴绿帽子，弄二道货。"

贾兴安的女人说："有一个二道货，就便宜龟孙了，这事咱村里人不说，谁也不知道是咋回事。"

贾兴良的儿子春柱说："那一上床还不明白！"说完嘻嘻笑了。

贾兴安的女人便笑着骂："日你姐，就你能！你弄得明白。不让你弄明白，你就弄不明白。"

春柱不服输地说："俺就不信，这点谁不懂？俺的儿都有了，还闹不明白妇女那点内容。"

春柱爹贾兴良便骂："这哪有你说的话，滚蛋！"春柱媳妇脸上便挂不住了，转身跑了。春柱却赖着不走。

贾兴安女人嗔责地说："春柱你不信，这事交给俺，俺去开导一下玉仙，保管让龟孙弄不明白，以为是黄花闺女。话说回来了，女人有几个能弄明白的。嘻嘻……"

贾兴安见自己女人越说越得意，便把眼一瞪说："就你能，别觉得自己不是自己了。"

贾兴安女人瞅了男人一眼，闭了嘴。

咱三大爷贾文清说："你们说得轻巧，俺哥在外头打日本鬼子连命都搭上了，咱把他女人送给了鬼子，这天理不容！"

咱三大爷此话一出，屋里的气氛骤然沉重起来。是呀，一屋子人只管替龟田想，咋就不能替自己人想想呢。一时，堂屋里静了场。男人们拼命吸烟，女人们用手扇着烟雾，不停地咳。

最后，还是贾兴朝说话了。

贾兴朝说："这年月还有啥天理哟！"说着他又叹了口气，"贾文锦上前线抗战还不是为了保家卫国，若他媳妇一人能救咱全村人的性命，也算是对得起咱姓贾的了，也算是没辜负贾文锦的一腔热血。贾文锦在九泉之下也能闭眼了。"

贾兴安听贾兴朝说这话,道:"要是玉仙不干呢?"

贾兴朝说:"国有国法,村有村规。她嫁到咱贾寨,就是咱贾寨的人,不能由着她的性子来。生死有命,富贵在天,这都是人的命。"最后,贾兴朝说,"晚上,他二大娘和他三婶去一趟,就说这事村里已定了,劝劝。他二大娘要开导她一下,关键是别让龟田弄明白,让他龟孙以为是黄花闺女,这才是顶顶重要的。"

贾兴良女人说:"现在去说这事怕不合适,玉仙听说贾文锦死了,不吃不喝在床上躺着已经几天了。你现在去说这个,这不是要她的命吗?"

贾兴朝说:"那就等一段时间,等她恢复、恢复再说。龟田那边就靠贾文清去周旋了,就说这个月的日子不好,等下个月再说。"

贾兴朝在村里德高望重,辈分长,年纪大,有房子有地。他一发话,这事就算定了。

村里人散了,当晚便睡了个好觉。睡了还骂:狗日的龟田你个龟孙,俺贾寨也不是好欺的。你要黄花闺女,俺就是不给,送一个嫁过人的二道货,还让你弄不明白。你弄不明白不说,关键是送你一个灾星,她迟早也克死你。骂完了,啧吧啧吧嘴,觉得贾寨人压在心头的一块石头搬掉了。

二十三　村里人之五

咱大娘再次出现在村里人面前是在一个月以后。在这之前咱大娘基本没有出过门。她万万没有想到村里人正眼巴巴地等待着她的出现。

当她走出家门时村里人的目光是复杂的，有欣喜的目光，也有同情的注视，当然还有幸灾乐祸的表情。人们心中保留着一个巨大的秘密，这个秘密唯独当事人不知道，被蒙在鼓里。

咱大娘走出家门当时阳光明媚，面对村里人各种不怀好意的注视，咱大娘像一个高傲的寡妇昂首阔步地向那河边走去。不用说咱大娘到河边还是为了洗衣服，除了洗衣服咱大娘的确再也找不到出门的理由了。只是让人们震惊的是咱大娘这次出门穿的还是旗袍。咱大娘这次穿的是那件白色的旗袍。

那白色白得刺眼，据说那白色让村里好几个后生落下了见风落泪的毛病。咱大娘一身白着向河边走，迈着那小碎步，这亏了是大白天，这要是在黑夜还不把人吓死。咱大娘当年的形象完全就是乡村中传说的女鬼。咱大娘走着，村里的孩子唱着那最新流行的关于旗袍的儿歌。这儿歌咱大娘躺在家里时就听到过，现在孩子们当着她的面唱了，她反而有些得意。你不是说我不是鬼来就是妖嘛，那俺就做一回鬼给你看看。

咱大娘就是听到了关于自己的风言风语才有意穿着旗袍在村里人面前出现的。事实证明咱大娘这个时候对这些流言蜚语过度反应是完全错误的，村里人正等着你的出现，然后实现在心中埋藏了一个多月的阴谋。其实，在这个时候村里人对咱大娘的任何行为和穿着都是认同的。

在咱大娘从河边洗衣回来之后，贾兴安女人和贾兴良女人在村里长辈的支使下一起来到了咱大娘的小院。咱大娘见有人来串门颇为意外，当咱大娘知道了两人的来意时，哭声在村里人的预料中准时从院子里传出了。

咱大娘哭着，开始忏悔自己穿旗袍的不是，好像一切都怪穿了旗袍，只要今后不穿旗袍了，村里人也就不会把她送给日本鬼子了。咱大娘的哭声还带着点稚气，有点像在娘怀里撒娇。咱大娘以为只要拼命哭，像孩子在娘怀里那样哭，一切事情都好办了。娘在女儿的痛哭中会心软，会改变初衷。

可是，咱大娘想错了。贾兴安女人和贾兴良女人在咱大娘的哭声中尴尬地离开了。走时，贾兴安女人说："要哭你就放开哭吧！哭出来比憋在心里强，哭出来会舒服些。哭归哭，去还是要去的，这是没办法的事。要不是这种年头，贾寨人说啥也不舍得把你往火坑里推呀！谁让你命苦呢！"

贾兴良女人说："你可别哭坏了身子，身子是自己的。好好想想吧！这年月是没有天理的。"

咱大娘几乎独自哭了一夜，最后哭累了，睡了过去。

第二天咱大娘没起床。她睁开眼醒来时已是中午，咱三大娘正关切地坐在她的床边。咱大娘恍然觉得自己是不是只做了一场噩梦。咱三大娘用手在咱大娘的头上摸了一下，说："你真能哭，昨晚把俺的心都哭碎了。可别哭出了病！你别起来，多睡会儿，想吃啥俺给你做。"咱大娘愣了一下，用手掐掐腿，觉得疼，知道这一切并非是梦。于是，泪水又顺着眼角流了下来，不久便打湿了头发，浸湿了枕头。咱三大娘没再理会她哭，去厨房为咱大娘烧了碗荷包蛋，敬上。咱大娘猛地坐起，一把将碗打泼在地，大声喊道："我不去，我不去！"

咱三大娘默默地退出了院门，在门口独自擦了把泪。

咱三大娘退出院门回到家，家里早已经坐满了人。村里的长辈都到了。

贾兴朝说："哭也哭了，闹也闹了，这事不能由她。她不去咱全村人都没法活。她去也去了，不去也要去！"

咱三大娘说:"我看她性子烈,不能强逼。逼急了真有个三长两短咋办?"

贾兴安说:"她真有个意外咱咋向龟孙交待。她死了不要紧,要紧的是咱全村人都活不成。我看,还是我们几个长辈的去劝劝,摆摆大道理,开导开导。"

于是,村里几个主事的在贾兴朝带领下,屈驾去看咱大娘。咱大娘见了贾兴朝像见了救星,喊着:"大爷呀,给俺做主呀!"跪倒在地上。贾兴朝把咱大娘扶起来,不知说啥好。最后,把大道理摆了一遍。

可咱大娘也有她自己的小道理。咱大娘说:"让俺死吧,俺死了就干净了,俺死也情愿,宁死不嫁给日本鬼子。"

贾兴朝说:"你说得轻巧,你死了咱全村人咋活?你不能死,要活着,活着就得去!"

咱大娘又放开声大哭起来。咱大娘哭着喊:"俺死也不去!"

一连好几天,咱大娘软硬不吃。

贾寨人最终说服咱大娘是在一个下午。

那天下午,贾寨人男女老少一起来到了咱大娘家里,上百口人从床边一直跪到院门。跪在最前面的是贾兴朝、贾兴安、贾兴良等村里几位主事的长辈。在长辈后头是一群孩子,孩子后头是村里年轻力壮的男人和女人。

咱大娘坐在床上,望着跪在面前的村里人,望着望着突然哈哈大笑起来。笑着,泪如泉涌。最后,长叹一声仰面而倒,昏迷过去。

村里女人慌忙上前抢救。有人掐住咱大娘的人中,有人端了碗凉水来对准咱大娘的脸就是一下。咱大娘一个激灵,渐渐缓过气来。

咱大娘说:"俺去,俺去总行了吧。不过俺去要约法三章。"

说?

"第一，等俺死了，贾寨要为俺立贞节牌坊，封为烈女，让子孙后代知俺并非不守妇道。嫁给日本鬼子是为救全村人性命。"

说！

"第二，龟孙早晚要挨枪子，若将来龟孙死了，贾寨人要敲锣打鼓，用八抬大轿迎俺回来。"

说。

"第三，俺死后，把俺埋在贾家祖坟，全村老少要为俺披麻戴孝。俺生是贾家的人，死是贾家的鬼。"

咱大娘最后说："若依俺这三件，俺便去，用俺一个换全村人安宁；若不依，俺便一头撞死在贾寨人面前，宁为玉碎，不求瓦全。"

全村人听了咱大娘的约法三章，几乎未加考虑，便在贾兴朝的带领下答应了。

依——

咱大娘离开贾寨的那天下了一场雪。那天对咱大娘来说非常特殊。那是咱大娘月经的最后一天。贾兴安女人选这一天煞费苦心，可谓一举两得。首先，在咱大娘月经期的最后一天和龟田同房时，会有污血出现。那污血会使龟田误认为是处女之红，这样，对送去的是黄花闺女，深信不疑；其二，在贾寨人看来，男人在女人行经期间与之同床，沾了污血实属不吉，会倒大霉的。贾寨人恨不得龟孙早挨枪子。

同时，贾寨人在选日子时，又一次蒙了龟田。那个日子是贾兴良女人选的，也可谓用意阴险。那日子在老皇历上极凶险，俗称"克夫日"。龟田懂个球！还以为是黄道吉日呢。在克夫日送去一个灾星，不愁克不死你个龟孙。

那个有雪的早晨十分寂静。一顶独轿，四个轿夫。咱大娘只身上轿，轿夫抬了便走。当时，鸡不叫，狗不咬，无爆竹之声，亦无伴娘，咱大娘什么都没带，怀里单掖一盏老灯。咱大娘走时，全村无人送行。人们起个早，男人坐在炉边抽着烟叶，听着屋外的动静，小孩却在梦里，大人们让其长睡不让醒。

女人们左手里拿着早已经做好的小人，那小人穿着日本鬼子的黄军装，胸前绣着小太阳旗，村里人称那旗为膏药旗。女人们右手拿了一根针，听着屋外的动静。四个轿夫的脚步声单调而零乱。那脚步踏在雪地上"咯嚓、咯嚓"的，在房后响成一片。那咯嚓声如同母猪正在咀嚼田地的庄稼，让人听着难受。那声音从贾寨人的山墙边响过，渐去渐远……不久，便听到风水桥的方向有哧溜砰叭的鞭炮之声，在鞭炮声中混着唢呐的呜咽和马拉大车的响动。坐在屋里的女人听着那声音，脸上没有表情，嘴上却念念有词，用一根针对着那手中日本鬼子的胸前，对着那太阳旗狠狠扎了进去。

男人们抽着烟望着女人手中的针问："这管用吗？"

女人肯定地回答："你就等着瞧，小日本死定了。"

二十四　咱二大爷之三

咱二大爷在山西没和鬼子打过仗。天天给当兵的说书。三部书说完了，大半年也过去了。不打仗，粮饷也迟迟发不下来。甄营长去找团长，团长说："妈的，我们成了没娘的孩子了。蒋委员长说咱们过去的番号已打乱，现归阎锡山建制，粮饷应由阎锡山统一解决。阎锡山把小算盘一拨拉，认为这是为委员长养兵。这些兵都是中央军，在山西暂住，不定哪一天一声令下开走了。养了兵用不了兵谁干，中央发。

上面一扯皮，下边就倒霉。咱二大爷所在的营就过河抢八路的地盘，抢老百姓的粮食。八路当然不干，双方就经常闹摩擦。上面也睁一只眼闭一只眼地不管。说现在是战时状态，情况特殊，国家困难，当兵的自筹粮草无可非议，也算是为国家做贡献；别管谁的地盘，反正都是中国军队在中国地盘上就成。

甄营长见上面不管，就屡屡出动，这样就和八路军打起来，结果咱二大爷贾文柏所在的营被八路包围了，被分割在几个村庄里，八路围而不打，天天喊话。

"国军兄弟们！我们都是中国人，中国人怎能打中国人呢，我们的敌人是日本鬼子。河这边是我们的防区，你们多次来袭击，抢粮祸害老百姓，我们被迫自卫还击。为了避免无谓的伤亡，希望你们放下武器举手投降。"

甄营长把脖子一梗说："妈的，投降，凭啥让我们投降。既然都是中国军队是自己人，自己人哪有向自己人投降的，有种去让日本鬼子投降。"

结果，双方又打了起来。

打了半天，甄营长顶不住了，让咱二大爷贾文柏喊话。咱二大爷为了吸引八路注意，就咚咚地敲鼓。

"八路弟兄们，我们过河不是为了占你们的地盘，我们只是弄些粮食。咱们一回生，二回熟，三回四回是朋友。有话好说。"

八路便停止了进攻。既然是朋友，就可以谈判。八路那边便派了一个代表见甄营长。

甄营长说："我们是没娘的孩子，我们撤到山西，到了山西又没整编，委员长不发粮饷；阎锡山也不发粮饷。我们不能饿死吧，希望八路兄弟网开一面，放我们回去，我们再不来了。"

八路说:"你们有困难,我们表示同情和理解,但不能抢老百姓的;既然蒋委员长和阎长官都不发粮饷,你们可以加入我们八路军,我们发。"

"这不是投降吗,那怎么行?"

"这不叫投降。让你们投降的提法不好。这应当叫参加或加入。欢迎你们参加八路军。我们八路军也是国军的番号,虽然是共产党领导的军队,但国、共已合作,成立了统一战线,在抗日救国的旗帜下是归蒋委员长统一指挥。"

甄营长一听有理,就动心了。他把几个连长召集在一起商量,咱二大爷也在场。咱二大爷说:"蒋委员长不发粮饷;阎锡山也不发;既然人家八路愿发,为啥不加入八路呢?都是国军,归蒋委员长统一指挥,八路军、九路军有啥区别。"

几个连长说:"这事由营长决定吧。弟兄们都听你的。不过,就这样过去是不是亏了,虽说是一个爷,可毕竟换了个婆婆。新媳妇初见公婆总有点表示吧,给咱升一级。"

八路说:"这个要求可以满足,有能耐就多带些兵嘛,这叫能者多劳。八路军里官兵一致,一切都是为了抗日救国。你们从前线撤下来的,和鬼子真刀真枪地干过,有作战经验。我们再给你们补充一些新兵,扩成一个团。咋样?"

大家自然高兴,没想到八路恁看中咱。

甄营长带部队加入了八路军,成了甄团长,手下弟兄也升了一级,真是皆大欢喜。八路见咱二大爷挂着盒子枪,背着架子鼓,就问是啥职务,甄团长说是副官,会说书。在营里享受正连级待遇。

八路大感兴趣,说:"说书的,是有文化的知识分子。我们正缺这种搞宣传工作的。让他去文工团吧。"八路说,"文工团不但说书,还唱大戏呢，文工团和你们挨得近，想听就去听，你要有文化的，我们可以给你派一个政委。这样，让他去文工团当副团长。"

"副团长！"甄团长哈哈大笑。"贾文柏，听到没有，连升三级呀，我想留也不好留了，不能误了你的前途。副团长和我们是同级，这次你满足了吧。"

咱二大爷说："我当不了副团长，我只会说书。"

八路说："文工团就是专门说书的，不但说古书，还要编新书。去吧，好好干。"

咱二大爷参加革命的经过是后来他在老墙边给村里人说的。村里人觉得咱二大爷没啥光荣的，搞了半天只不过是八路军的俘虏；而且参加革命的动机也不那么纯，好像是为了升官发财似的。

咱二大爷参加了八路军，第二天就到了文工团，还给文工团说了一段。文工团长握住咱二大爷的手说："贾文柏同志，欢迎你，你来了就好了。我是从城里出来的，不大懂民间艺术，我们部队上的同志大都是农村的，我搞的那一套战士们不太喜欢。你来了，咱们就有压轴戏了。让我们共同把部队的宣传工作搞好。"

咱二大爷有些不好意思，说："哪里，哪里，将来还承蒙团长多多关照、多多关照。"

咱二大爷一说完话大家便轰的一声笑了。女文工团员便互相挤眉弄眼地打趣，学着咱二大爷的腔调说："哪里，哪里，请多多关照。"

文工团长说："我们是革命队伍，为了一个共同的革命目标，那就是打倒日本帝国主义。大家都是同志，别客气。"说着拉了咱二大爷的手，"你书说得好，可都是古书。咱们要结合当前形势编些新书，说新书咱可以改进一下，一男一女两个人说。"文工团长说着就喊，"杨翠花。"

"到!"一个女兵跑步过来。文工团长介绍道:"她叫杨翠花,是文工团的金嗓子,将来你们搭档。"

杨翠花便落落大方地握住咱二大爷的手,说:"贾副团长,将来我一定好好向你学习!"

咱二大爷第一次听人家喊他贾副团长,有些不习惯,和一个陌生女子握手也有些窘迫,觉得太软,手心冒汗,心跳得没处搁。文工团长在一旁笑,说贾文柏同志挺封建的,和女同志握手脸都红。

在文工团,咱二大爷和杨翠花编起了新书。咱二大爷在新书中加进了小调让杨翠花唱,杨翠花嗓子好,唱得委婉动听、荡气回肠的。咱二大爷说可惜是女的,要是男的就可以收为弟子。将来一定是个好说家。

新书段子编排好后,文工团的巡回演出也开始了。第一场自然是甄团长那个团。咱二大爷一上台便迎来了热烈的掌声。一些老兵就喊:"咱二大爷,来荤的!咱二大爷,来荤的!"文工团长上台说啥荤的素的,咱八路军可不兴那个。下一节目是男女说唱:演唱者贾文柏,杨翠花。

台下又是一阵掌声。

咱二大爷在台上打起快板,敲起了鼓,哼起他那小调。杨翠花就踩着鼓点扭秧歌。台下一片喝彩声。甄团长乐得嘴都合不拢了,说:"贾文柏这家伙脸上有麻子,点子多,日怪着呢!我听了半辈子说书没见过男女俩人说书的。"

咱二大爷编的新书段子就是甄团长打鬼子的故事。说到从村里突围时,自然有那个唱段。只是咱二大爷把词改了,词改了调没改,还是那老调。那老调甄团长和过去的弟兄们都熟悉,极提神的让人雄起。这一改咱二大爷也不唱了,让杨翠花唱:

>那些当兵的
>摸出了怪东西

"是啥?"台下的老兵嬉皮笑脸地问。杨翠花接着唱:

>说它像老鼠
>没有尾巴
>它说像麻雀
>没有爪爪
>愣头愣脑让人怕
>哎哟
>我的大嫂哟

"怕啥?"台下的老兵瞪大了眼睛,涎着脸急切地问。杨翠花又唱:

>投向鬼子就开花
>哎哟
>我的大嫂哟

"嗷!"老兵们群情振奋,一哄而起。新兵也被老兵感染了,掌声雷动。

杨翠花激动得满脸通红,没想到这小调恁受欢迎。应台下的要求唱过了又唱了一回。杨翠花在台下唱,老兵们在台下哼,临到最后一句"哎哟，我的大嫂哟……"，台上台下便同声齐唱。唱得台下的兵沉醉，唱得台上的人沉迷。老兵们都觉得杨翠花同志唱得比咱二大爷还好，逼真，词虽改了，调没变，味足着呢！

老调自然只有甄团长和他带来的老部下懂。看了演出散了场，当兵的走在路上余味未尽，一边走一边唱，一会儿新词一会儿老词对比着唱。当兵的觉得新词比老词还好，更雄壮更过瘾。特别是最后那两句"投向鬼子就开花"，参加过那一次突围战的老兵对那手榴弹的爆炸声记忆犹新，想起来就激动。

甄团长在私下警告他的老兵说，小调谁也不准说有老词。要是让上头知道了，贾文柏可吃不了兜着走。老部下便嘻嘻地笑。说坚决保密，这是咱过去的连歌，现在是团歌啦。

咱二大爷的新书段子说出了名。部队上都知道文工团有一个贾副团长会说，杨翠花能唱，俩人一上台准有好戏。

首长找咱二大爷谈话，说："你现在是名人了，名人可要注意自己的表现，把旧军队那一套彻底改掉。"

咱二大爷说："请首长放心，我一定严格要求自己。"

首长说："既然是名人，就要有名人的身份。你搞的是党的宣传工作，应当靠拢组织，回去写一份入党申请书，我当你的介绍人。"咱二大爷一拍大腿，美滋滋地跑去找甄团长。说："团长，首长让我入党啦。哈哈——当八路不入党有啥前途，人家把你当外人。入了党才是真正的自己人。"

甄团长也挺神秘地说："首长也找我谈话了，我正准备找你写申请书呢，你却来了。你个贾文柏，一段书把咱俩的组织问题都解决了。你那老调，哈哈——要是让首长知道还有老词，你还入党？入个球。不受处分才怪呢。"

"你们可要给我保密呀！"

"放心。"

"入了党可比升一级还好，省得文工团开什么组织上的会，老让我回避，弄得心里不舒服。"甄团长说："俺那政委也是这样的。"

咱二大爷后来就入了党，升为文工团正团长，原先文工团长调走了。在文工团人们开始喊他贾团长，他觉得挺别扭，听起来像是"假团长"似的，而甄团长才是"真团长"呢。

后来，八路军里就流传着甄（真）贾（假）都上了前线，甄团长能打，贾团长能说，一文一武声名远扬。

据说，在后来抗战胜利后，从日本人的文件中发现有八路军甄、贾团长的记录。在日本人统计八路军正规参加百团大战的部队中，甄、贾团是按两个团计算的，这样比八路军实际参战部队要多出一个团。可见咱二大爷的文工团也顶一个战斗团用的。

二十五　咱大爷之二

村里人后来听咱二大爷说自己在部队里当过团长，都半信半疑的。认为咱二大爷有自吹自擂之嫌。再说，一个文工团怎能抵一个战斗团用呢？大家在心里嘀咕，可就是不说出来，权当故事听。年轻人就问："咱二大爷，你抗战时打死过几个日本鬼子？"

咱二大爷回答不上来。想说文工团不真刀真枪地干，只搞宣传鼓动工作，可是憋了半天也没说出来。咱二大爷觉得解释不清楚，村里人懂啥！解释不清楚咱二大爷脸上就不好看了，连书也不说了，索性闭了眼，睡。老人便瞪着年轻人说："多事！"

年轻人不服气，认为贾文锦的黑马团白马团才真打鬼子，贾文锦的枪法好，百步穿杨，百发百中，专打眉心。日本鬼子听到黑马团白马团就怕，把钢盔盖着眼睛。当年，张万喜传递的消息不准确，咱大爷贾文锦没死，只是负了伤。咱大爷贾文锦在咱大娘送进炮楼不久回来了。

这有点传奇色彩，只是这种传奇和巧合在生活中太多了，让人没法说。按村里人的话说，这都是命。如果咱大爷早点回来，咱大娘不就不会送进炮楼了嘛！可是，如果不送咱大娘去炮楼，日本鬼子会对贾寨人怎么样呢？贾寨人不敢想，咱现在也无法想象。不过，在当时自从咱大娘被送进炮楼后，龟田基本上没有找村里人的麻烦，平常要鸡要鸭的这都不算什么了。贾寨人在鬼子的枪口下苟且偷生地过了一段平静的日子。

日子平静了，村里人就觉得当初用那么多的小麦换枪实在是不划算。那家伙不能吃不能喝的，还不如一根烧火棍呢。村里几个长辈的找到咱三大爷贾文清，说那枪已经没用了。可不是，你贾文清维持会长也当了，龟田要的女人也送去了，鬼子肯定不会再来找事，原先买枪是为了和鬼子干，现在和鬼子已搞好了关系，还留着枪干啥，留着也是祸害。卖了算。

咱三大爷贾文清坚决不同意，咱三大爷说枪要留下，我们不能就这样活下去，我们迟早还要和鬼子干。咱不能让小鬼子骑在咱头上拉屎撒尿。

大家认为该干的都干了，炮楼已经修在了死穴上，玉仙那个灾星也送给了龟田，女人们早就把绣花针扎进了小鬼子的心口窝，咱们就等着小鬼子倒霉吧，还用枪干啥？咱真刀真枪地和小鬼子干，只有去送命。只有贾文坡这种脑子不够用的才会这样干。

要不是因为说这话的都是长辈的,咱三大爷早蹦起来了。咱三大爷有气说不出。就在这个时候咱大爷贾文锦突然回来了。

咱大爷没有死,养好伤又回来了。这对村里人来说是一件喜事也是一件让人笑不出来的事。最初的惊喜和意外过后,人们的眼睛开始飘忽着投向一边,不敢正视咱大爷贾文锦的眼睛。贾文锦面对村里人一点也没觉得有什么不对劲,正一腔热血地谈论着回来后的对敌斗争。

咱大爷贾文锦对村里人说,他这次回来就不走了,准备在这一带打游击。当有人问他打游击是咋回事时,他是这样回答的:打游击就是打黑枪。瞅准空,见那些放单的,人数少的,冷不防给他一枪。打死一个够本,打死俩赚一个。打了就跑!奶奶的,咱中国恁大,恁多人,还怕他小日本。他们才多大地盘,才多少人,咱一命换他一命,过不了三年五载,换也给他换完了。

咱三大爷贾文清听咱大爷贾文锦如此说,便把枪从床底下拖了出来。

咱大爷见了枪,很振奋。他操起一杆,试了试,连声说:"好枪,好枪!这都是败军丢弃的。这些枪正派大用场。"咱大爷放下枪说,"村里人别和小鬼子正面交锋,可挑出十几个精壮劳力跟我走,参加游击队。"

大家听咱大爷这么说,都不啃声了。

咱大爷见大家都不表态,又说:"跟了我,保证不会出问题,俺打了一辈子仗,俺有法子让子弹长着眼呢。"

村里人不接咱大爷话,一个个借故回家。村里人走了,咱大爷愤怒地骂了一句:"你看,都是啥熊样,亡国奴的料!"

咱三大爷说:"只要刀不架到自己脖子上,谁愿意让自己的家人跟你走。"

咱大爷叹了口气，问："老三，俺媳妇呢？"

咱三大爷正弯腰吭吭哧哧地把枪往床底下塞，听到咱大爷问媳妇，不由浑身一颤，放下枪，定在那里。咱大爷见咱三大爷不语，又问："老三，玉仙呢？"

咱三大爷还是蹲在那里，静着。低着的头慢慢地抬了起来。望望咱大爷嘿嘿地干笑了下，下意识地拍了拍手上的灰，喷吧喷吧嘴，不知从何说起。

咱大爷有些急了，说："老三，你这是咋弄的，问你呢？没听见咋的？"

咱三大爷望望咱大爷，一拍大腿："唉——俺给你咋说呢！"咱三大爷长吁短叹地蹲在了堂屋当门，说，"哥，俺对不起你呀！"

咱大爷见咱三大爷如此表现，心里不由发毛，气急败坏地道："这是咋回事呢！你葫芦里卖的啥药，打开让俺瞅瞅呗。打啥哑谜呢？"

咱三大爷蹲在屋中央，双手抱着头，也不敢看咱大爷，咕咕囔囔地说："大嫂，大嫂她……她送进炮楼了。"

"啥？"

咱大爷大惑不解。

"你咋不早回来呀，早半月也不会有这事。"

"你说啥？"

咱大爷立在那里，脸色煞白，犹如五雷轰顶。他简直不敢相信自己的耳朵。这怎么可能？

咱大爷明白过来后，狂暴地一把将咱三大爷拎了起来。大声喝道："你再说一遍。"

咱三大爷哭丧着脸，骨头软得站不起来。"大哥，俺对不起你呀！俺是维持会长，总要维持一下全村人的性命吧。要是不把大嫂送去，龟田就要血洗咱贾寨呀！"

咱大爷一把将咱三大爷推倒在门框上，指着咱三大爷的鼻子："你……你……你当了汉奸，你当了汉奸！"咱大爷气得浑身发抖，牙齿不住打架，连话都说不出来了。咱大爷唰地拽开了自己的棉袄，露出了两把盒子枪。咱大爷咬牙切齿地吼道，"老子今天毙了你。"

咱三大娘从里屋奔了出来，咱三大娘见咱大爷动了枪，一把抱住了咱大爷的胳膊，喊道："凤英大爷，她大爷，你别，你别！这也不是凤英爹的主意，这是全村人的意思。"

咱大爷一把将咱三大娘推了个趔趄，同时拔出了枪。

咱三大娘不顾一切地又扑了上去，抱着咱大爷的手喊："快来人呀，快来人呀，贾文锦要杀人啦。"

咱三大爷喊："凤英娘，你喊啥。俺反正也不想话了，死在自己哥的枪口下，总比死在日本鬼子的刺刀下好。"

咱大爷骂："你还嘴硬。"咱大爷扣动了扳机，"砰"地就是一枪。

咱三大爷"哎哟"一声，一个狗吃屎栽倒在门前。咱三大娘扑过去看咱三大爷，见咱三大爷捂着屁股在门口叫唤。血从手指缝里流了出来。

村里人闻讯赶来，见咱三大娘抱着咱三大爷嗷嗷大哭。

"呜——这是哪辈子造的孽哟。亲兄弟反目成仇，自相残杀哟——呜——"

咱三大爷院子里挤满了人，有人连忙为咱三大爷裹伤，大家望着眼前发生的一切不知如何是好。咱大爷突然一蹦多高地骂：

"我日你奶奶，贾寨人都是畜生，俺在前方卖命打日本鬼子，你们把俺媳妇往日本鬼子炮楼里送，这是人干的吗？"

黑暗中，有人劝道："贾文锦，不是贾寨人想把你媳妇送给日本人，这都是无奈呀，不送不行呀，你几十万大军都打败了，让俺几百口手无寸铁的老百姓如何抗敌?"

"放屁!你们咋不把自己媳妇自己闺女送给日本人?单送俺媳妇。这是看俺没爹没娘,俺不在家,好欺!"咱大爷也分辨不出人群中说话的是谁,只是一味地怒骂。

贾寨人被骂急了,便有人在黑暗中说:"这是龟孙点着要的。还不是怨你媳妇,不好好在家守妇道,整天穿着旗袍在外抛头露面,这下惹下祸了。"

"你……"咱大爷想看清此话出自谁人之口,可怎么也看不清。

人群中又有男人说:"谁让你娶漂亮的媳妇的,惹事。龟孙咋不要俺媳妇,女人都是祸水,漂亮女人都是狐狸精变的,败家呢。"

"放屁……"咱大爷又气急败坏地冲黑暗的人群骂了一句。

这时,有人便喊:"俺大爷贾兴朝来了,俺大爷贾兴朝来了。"

人们转过身来,见有人举着火把在前引路,贾兴朝拄着龙头拐杖进了院门。贾兴朝一进院门,人们顿时鸦雀无声。贾兴朝走到咱三大爷身边,低头看看问:"不碍事吧?"咱三大爷用手按着伤口,头埋着,不语。

贾兴朝站起身来,用龙头拐杖捣着地说:"贾寨人都听着,明天一家出一斗粮食,一来给贾文清治伤,二来为贾文锦再娶房媳妇。咱贾寨人做事得对得起人。"

人们沉默不语。有人小声嘀咕:"又出粮。"

咱大爷高声道:"谁也别出粮,旁的女人俺不要,俺只要玉仙。"

贾兴朝生气了,龙头拐杖"咚""咚"指着地骂:"娘那屄,反啦,反啦你了。能干啦,为了一个女人,看把你能的,连亲兄弟也敢用枪了。告诉你这不是贾文清的主意,这也不是贾寨人的主意,这是日本鬼子的主意,有种你去找日本鬼子算账去。"

贾兴朝的声音不高,却透着威严。咱大爷贾文锦恨恨地一跺脚,骂："别拿日本鬼子压俺，我也不是没有杀过鬼子的。我回来就是杀鬼子的。我让村里的青壮劳力参加我的抗日游击队，没有一个人应。你们把俺媳妇送给日本人，不就是想过安生日子嘛，想当亡国奴，没门，咱们走着瞧。"

咱大爷骂着，头一昂走出了院门。

二十六　咱四大爷之四

春天来了。母狗东一条西一条勾引着公狗，在无际的田野里寻欢作乐。村里出门拾粪的半大小子陡然多起来。他们提着粪铲跟在兴高采烈的母狗后边，窥探着生命之奥秘，远远地见了不由咽下口水，用棉袄袖子上那开放的白花朵擦一把被春风吹红的鼻子，嘴里骂一句："我日你娘！"用土坷垃远远地砸，砸过了又近了一步。

这时，村里传来高亢而又激昂的唤狗声。

"花子——花子——花子——"

这叫声引得村里的公驴也叽昂叽昂地呼应，一时东西庄一派激昂的驴叫，焦躁得天昏地暗地烦。这是咱四大爷贾文灿的叫声。粗犷有力，可传好几个村庄，气死唱戏的高腔。

花子是咱四大爷的花母狗。这狗浑身上下黑白相间，身材苗条。尾巴打起一朵花，像大闺女头上的蝴蝶结；走起路来也轻快有力，潇洒动人，特别是那双会说话的眼睛更温柔可爱。花狗是咱四大爷的命根子，整天和咱四大爷形影不离地亲热。无论花狗跑到哪里，只要听到主人一唤，便会一溜烟回来。这时，咱四大爷见狗回来了，就会敲着饭盆唠叨：

"又野哪儿去啦，打了你吃肉！"

说着从锅里摸出半块剩馍向花狗扬了扬，却不丢出去，转身上炕睡下了。那花狗柔柔地跳上炕，在咱四大爷边偎着，尾巴不住打扫着炕上的灰尘。咱四大爷把馍拿稳了，让花狗在手中一口一口地吃。

只是花狗这几天没那么乖了。它总是按捺不住那蠢蠢欲动的春情，整日和公狗们寻欢作乐。对主人的叫声它也充耳不闻了。正看稀奇的半大小子便冲着狗骂："狗日的，没人性，唤都唤不归了！"几个半大小子就轰，花狗受惊和公狗向远处奔去。

花子一夜不归，咱四大爷也一夜未睡。冷，咱四大爷一个冬天都是抱着花子睡的。正是春寒之时，没有花子怎么能行。咱四大爷挂念着他的狗，想着那有狗陪伴的好处。咱四大爷贾文灿说他是土匪是因为他经常干一些打家劫舍的勾当，平常没有"活"的时候，特别是在冬天咱四大爷一般在家里猫着，不出门。咱四大爷他们叫猫冬。咱四大爷猫冬的日子不好过，咱四大爷没人做饭也没人暖被窝，一个人整天过着烟熏火燎的光棍日子。

咱四大爷唤狗其实大有深意，一般的人听着是铁蛋唤狗，他的兄弟听着那唤狗就另有含意了。这要看咱四大爷唤几声狗，唤一声或者不唤狗那是平安无事，大家继续猫冬；要是两声那就是准备聚会了，大家准备好；要是唤狗三声，那就是有重大行动，立即到老窑中会合。

可见咱四大爷的唤狗声有点像军号声。咱大爷唤过狗之后，如果你知道了内幕，你会听到临村也会有唤狗声，唤狗声从一个村到另一个村接力相传，要不了多久就村村通了。

鸡叫头遍，咱四大爷便起来了，咱四大爷有早起的习惯。咱四大爷起来用冷水洗了个脸便扛着红缨枪出了院门。咱四大爷有早起练枪的习惯。虽然红缨枪已经不是什么锐利的杀人武器了，可是咱四大爷每天早起练枪的习惯一直没有改变。咱四大爷练枪主要是为了锻炼身体。

咱四大爷咳嗽了一声，第一个打破黎明的寂静。以往花狗就跟在他身后，花狗在咱四大爷练枪的时候便围着咱四大爷打转。花狗在缭乱的红缨中上蹿下跳地兴奋。最后一个动作，咱四大爷会把红缨枪当投枪投向远方，咱四大爷的花狗会跳跃着向投枪的方向奔去，在红缨枪落地的瞬间花狗也冲到了，花狗会衔着红缨枪送到咱四大爷手里。

咱四大爷一个人向村口走去，由于没有花狗的陪伴，咱四大爷有些提不起精神。咱四大爷游荡着来到村口，远远地看到路坝子上有一堆黑乎乎的东西，咱四大爷上前用红缨枪一捣，觉得软绵绵的，弯腰用手一摸正摸在一个人的脸上。咱四大爷吓得一屁股坐在了地上。

咱四大爷在当年虽然是黑社会的老大，可是他毕竟还是个农民，打家劫舍的事干了不少，可是杀人放火的事干得并不多。如果咱四大爷胆子有足够大，他早一枪把龟田干掉了。当然，咱四大爷后来杀了不少人，够心狠手辣。只是当时还没有练到心狠手辣的程度。于是，咱四大爷在清早看到死人后，还是不由叫出声来。

"啊，死人，啊死人呀！"

咱四大爷挣着嗓子大叫一声，连滚带爬地往村里跑。咱四大爷的喊声能比得上一万只雄鸡的破晓之声，这使大部分的男人一撅从床上弹起来。咱四大爷跑进村也不进家，却在那棵大桑树下转着圈吆喝。

"死人呀，死人呀！"

各家各户的院门唧唧嘎嘎地打开了，有人提着裤子就出来了。大家问贾文灿死人在哪儿呢？谁把谁打死了？咱四大爷脸色苍白着，指指路坝子说，俺还以为是谁把大衣掉了呢，用手一摸摸着了一个人的脸,那脸上有鼻子有眼,还有嘴巴,就是没气,冰凉。

这时,天已放明,在大桑树傍已聚集了一堆人。大家望着路坝子上那黑乎乎的东西,都不敢近前,咱四大爷拖着杆红缨枪带头慢慢往路坝子上挪。近了,更近了。村里人已渐渐看清了,那确实是一个人,而且还是个穿黄军装的人,在那个人身边还有一杆长枪。不知是谁喊了一声,啊,是日本鬼子。大家一听是日本鬼子,胆小的一退多远。

老天爷,这日本鬼子咋死在咱村口了!贾寨人彻底清醒了过来,知道了事情的严重性。

男人围在路坝子上,不知如何处理。妇女和孩子都聚在大桑树下,眼巴巴地望着路坝子上的男人们。这时太阳已经出来了,那被打死的日本兵仰面躺在地上,浑身上下都好好的,只有眉心有一个血窟窿。这时,咱四大爷提起了日本鬼子身边的三八大枪。咱四大爷很在行的样子拉开了枪栓,见枪膛里没有子弹。咱四大爷端着枪瞄了瞄说,好枪呀,丢了可惜了,说着把枪背在了肩上。咱四大爷背着枪说,好枪,可以换几斗麦呢。

这时,贾兴安在死鬼子的脸上发现了一张纸条,贾兴安拿着纸条看了看递给了贾兴朝。

杀人者贾寨人

贾兴朝像烫了手一样,把纸条丢了。说:"这是把祸往贾寨引呢。"大家望着纸条议论纷纷。贾兴朝问咱四大爷贾文灿,"是不是你干的?"

咱四大爷回答:"是俺发现的,不过俺早晚也要干,天暖和了俺就干。"

贾兴朝说:"不是你干的,这就不是咱贾寨人干的嘛!"

"谁证明不是咱贾寨人干的,死人就在你贾寨的路坝子上,你说不是贾寨人干的,谁证明不是你贾寨人干的?"

"要是贾寨人干的谁会恁傻,还写这纸条。"

"贾寨人这回是跳进黄河也洗不清了。"

"完了,完了,这要让炮楼里的龟孙知道了,贾寨人谁也别想活。"

咱四大爷贾文灿说:"他不让咱活,咱就和他拼,狗急了还会跳墙呢!"

贾兴朝说:"好啦,好啦,别说这些没用的了。大家赶快回家收拾收拾,先到亲戚家躲几天。快,快跑吧,晚了就没命了。"

村里人听贾兴朝这样说,一下就炸了营了,连忙往家跑。

咱四大爷贾文灿和贾兴朝、贾兴安、贾兴良等人一起来到咱三大爷贾文清家。咱三大爷还在养屁股上的枪伤。咱三大爷见几位来了,想起来招呼,贾兴朝连忙把咱三大爷按住,说:"你就别起来了,我们几个来和你商量商量。"

咱三大爷问铁蛋:"大清早就听你吆喝说打死人了,谁被打死了?"

咱四大爷说:"一个日本鬼子,你看还有一支好枪,值七斗小麦。"

"啊,好!"

咱三大爷脸上露出喜色,"打得好,自从日本鬼子来了,在南李营烧杀抢掠,在咱贾寨强抢民女,除了俺五弟贾文坡捅死一个,还没听说鬼子死过人呢!"咱三大爷有些激动地坐了起来,屁股疼得没办法,咧了咧嘴,"谁打死了日本鬼子?"

咱四大爷答:"一个贾寨人。"

咱三大爷问:"贾寨人谁这么大胆子,奖他十斗麦。"

咱三大爷说:"这可是你说的,杀一个鬼子奖十斗麦,俺今天夜里就去杀两个。"

"行了,行了,别在这儿逞能了。"贾兴朝说,"你有这么好的枪法吗,一枪正中眉心。打死了日本鬼子还留着字,说杀人者贾寨人也。"

"是贾文锦!"咱三大爷张口就说出了咱大爷的名字,"在咱这一带,只有俺大哥有这样的枪法。"咱三大爷不无骄傲地说。

贾兴良有些气急败坏地道:"这贾文锦不是给贾寨惹祸嘛,他打死了人怎能往贾寨人头上栽呢!"

咱三大爷说:"俺叔说这话就不对了,这怎么叫往贾寨人头上栽?咱大爷也是贾寨人呀!"

贾兴朝说:"好啦,你们别争这些没用的了。现在咱是关着门说话,这事该咋办?"

"凉拌热拌一起拌。"咱三大爷说。

"怎么讲?"

咱三大爷说:"我们不能这样苟且偷生,要和鬼子干,这就是'热拌',当面咱和鬼子周旋,这就是'凉拌'。我们把俺嫂子送给龟田了,东西庄都知道,人家背后都捣咱脊背骨呢!日本鬼子长不了,等日本鬼子走了,咱咋在人前站。老大贾文锦打俺一枪算是把俺打醒了,俺这一段时间躺在床上想,不能把贾寨人的脸都丢完了。我们已买了枪,既然买了就要用上。"

贾兴朝说:"你说的这些俺都懂,我们那几杆破枪怎么能和日本鬼子对阵?"

咱三大爷说:"咱不能和鬼子明目张胆地干,咱让贾文锦领着大家和鬼子打游击,暗着干。既然鬼子让俺当这个维持会长,俺就可以利用这个身份和鬼子混着。"

"那眼前怎么办？"

咱三大爷贾文清说："眼前就先让乡亲们出去躲躲，俺去龟田那里报信。"

"龟田他会不会对你下毒手？"

"没事。"咱三大爷拍拍屁股说，"一切事情都推在贾文锦身上，就说是他干的。"

咱三大爷贾文清去炮楼里报信，贾寨人大部分都躲了出去。村里只留有十几个腿脚快的精壮劳力。枪都发给他们了，一人一杆，大家在咱四大爷的教导下刚学会用。咱四大爷想把他的弟兄们集合起来，被咱三大爷制止了。咱三大爷怕铁蛋的手下闹出乱子。

大家都埋伏在村口的院子里，如果龟田来了向贾寨人下毒手，大家就出来和鬼子拼命了。

二十七　村里人之六

咱三大爷贾文清让人把自己抬到架子车上，拉着去了炮楼。临走时还找了个破席将死鬼子盖了，咱三大爷还让人给称了二斤黄纸，预备到时烧给龟田看。村里人说，这对鬼子太好了吧，死了还给他钱。咱三大爷说，给他也白搭，花不了，他不认识咱中国钱。

当咱三大爷贾文清带着炮楼里的鬼子来到贾寨时，村里人连忙让人把准备好的纸钱烧了。龟田问烧纸干啥？翻译官张万银说，这是中国人的风俗，烧纸就是给他钱，让他路上花。龟田听了笑，说吆希吆希，贾文清的良心大大的好，皇军的好维持会长。

咱三大爷正得意，龟田突然把眼一翻，大喝一声：

"你的告诉我，谁打死了皇军？"

咱三大爷吓了一跳，连忙翻开破席拿出了那张纸条。龟田看看递给翻译官，翻译官念道，杀人者贾寨人……龟田一听把指挥刀唰地抽了出来。贾寨的死啦、死啦的。咱三大爷连忙说，张万银你狗日的咋不念完，你咋不念完，纸背面还有。翻译官翻开背面，念："……贾文锦是也。"翻译官把纸条连着念了一遍，为："杀人者贾寨人贾文锦是也。"

龟田问："贾寨人贾文锦是什么人？"

咱三大爷说："是国军。"

"国军，国军都被皇军打跑了，哪来的国军。"

咱三大爷说："他没有跟大部队撤退，留下来了。"

"有多少人？"

咱三大爷想起咱大爷骑的白马和张万喜骑的黑马，便信口开河。说："一个黑马团，一个白马团。"

"有两个团。"龟田不由回头四处望望，觉得后脑勺发凉，"他们哪里去了？"

咱三大爷答："他们的马快，来无影去无踪。"

龟田说："我要调皇军的骑兵消灭他们。"

龟田把死人装上大车，然后阴笑着对咱三大爷贾文清说："皇军的死了一个，贾寨人的也要死啦死啦的一个。"

咱三大爷不懂龟田是什么意思，翻译官张万银说，龟田队长的意思是要找一个贾寨人抵命。

咱三大爷说，你找贾文锦抵命去呀！

张万银说，皇军说了，在抓到贾文锦之前就让贾寨人抵命。

龟田对咱三大爷说:"你的给皇军报信,大大的有赏。杀死皇军的是贾寨人贾文锦,贾文锦跑了贾寨人跑不了。你们中国有句古话叫:跑了和尚跑不了庙。"

咱三大爷问:"皇军想让谁抵命?"

龟田又阴险地笑笑说:"只要是贾寨人就行,由你维持会长定,明天送到炮楼的干活,明天不送去,贾寨人全部死啦死啦的。"

龟田说着拉着死鬼子回炮楼了,走着还哈哈笑着,像是在和咱三大爷开玩笑。只是咱三大爷知道龟田不是给他开玩笑,龟田是个笑面虎。咱三大爷完全理解龟田的险恶用心。龟田就是想逼贾寨人就范,使贾寨人不敢反抗,不敢支持抗日分子贾文锦,甚至限制贾文锦打鬼子,从而达到孤立贾文锦的目的。

咱三大爷当然没法决定把谁送进炮楼去给鬼子抵命。在鬼子走后,咱三大爷贾文清再一次敲响了那桑树上的大钟。咱三大爷把村里人招集到大桑树下,说龟田要找一个贾寨人抵命,送谁不送谁这是人命关天的事俺没法做主,把大家都叫来咱商量商量。

咱三大爷贾文清召集村里人开会讨论谁去炮楼送死的问题,这件事在现在听起来有些荒诞和怪异。这是一件让人难以置信的事情,可是这件事情却发生了,发生在抗日战争时期的咱那一带。细想一下也没什么值得怀疑的,当时咱的国军被打跑了,咱们的救星共产党还没有来,咱老百姓要活着又要反抗日本帝国主义的统治,恐怕没有太多的回旋余地。咱都看过《地道战》《地雷战》《平原枪声》《小兵张嘎》之类的,咱真羡慕这些电影里的老百姓,有党的领导,有组织,有纪律,有指挥,有条不紊,有声有色地打鬼子。在咱那一带就不同了,只有去送死。

关于贾寨人送死的故事,现在还有物证。那就是在贾寨的松树岗上的几十个坟茔,这些坟茔都立有石碑,这些墓碑和一般的墓碑不同,一般的墓碑都是子女为老人立,而这些墓碑都是以贾寨人的名义立的。落款为:贾寨人叩首。还有就是在石碑的正面刻着死者的大名和外号,哪有立碑刻死者的外号的,这又和一般的碑不同,村里人为了牢记这些送死的人,把外号都刻上了,因为很多送死的人大家根本不记得他的大名,而外号却人人都在喊。比方:第一个去送死的人叫贾文莲,村里人都不叫他贾文莲,都叫他"风箱"。风箱当然是贾文莲的外号,因为贾文莲有痨病,平常喘气呼噜呼噜的像拉风箱,所以村里人都叫他风箱了。

风箱是第一个去送死的贾寨人。当时咱三大爷贾文清敲钟把贾寨人召集到大桑树下说,鬼子被打死了一个,龟田让贾寨人一命抵一命,让咱明天送一个人去。俺把乡亲们都找来,看送谁去?

咱三大爷的话音未落,有人就喊起来,说这不是让咱送死吗,俺操他小鬼子的大爷!

咱三大爷说,对,就是让咱贾寨人去送死,现在咱要商量一下,是一个去送死还是全村人去送死。如果咱不愿全村人去送死,那就要找一个人替咱贾寨人去送死。还有一条路就是"跑",咱全跑了,房子和地都不要了。咱人跑了房子让小鬼子烧了,地也就荒了,可是咱都跑了,这几百口子跑出去住哪儿,吃啥?最后不是冻死就是饿死。

咱四大爷贾文灿跳起来喊道,没活路了,咱干脆和小鬼子拼了!炮楼里才有十几个鬼子,咱贾寨有几百口子,俺不信就端不了狗日的炮楼。

贾兴朝说,这样不中,咱一个村的人拼了命去端贾寨的炮楼没问题,可是你今天端了明天镇上的鬼子又来了,你把镇上的鬼子都干掉了,还有县城里的鬼子呢,还有省城里的鬼子呢!贾文锦他们几十万国军连个信阳都保不住，咱老百姓有啥能耐和鬼子拼。

有人说，那怎么办？咱老百姓只有去送死了！

贾兴安说，那只有去送死。一个去送死，保咱全村人的不死。不过送死也要讲个方法，咱不能乱送，想送谁就送谁，这不公平。咱要来个公平的，咱听天由命，抓阄。谁抓住了"死"谁就去送死。

村里人一听都默认了。

咱三大爷贾文清说，抓阄可以，不过抓阄也不能全村人都抓。妇女、孩子不能去送死，孩子还小，那是咱贾寨将来的念想，是咱贾寨的种，咱贾寨人不能绝种；女人不能去送死，女人送去不但丢了命，还要丢脸、丢人，咱贾寨人再不能干这事。咱贾寨人把俺大嫂送去，那是没办法，那是鬼子点名要的。还有就是拖家带口的青壮劳力不能送，青壮劳力送死去了，谁养活咱贾寨人，他们上有老下有小的，送去一个就要饿死一家。另外，我看咱村里的几个长辈也不能送，他们是咱村里的主事了，是咱贾寨人的主心骨，把他们送去了，咱贾寨今后就不知道咋活了。

在咱三大爷的指挥下，女人和孩子先站到了一边，然后是拖家带口的青壮劳力，再然后是村里的几个主事的长辈贾兴朝、贾兴安、贾兴良等。

最后站在那里的还有几十个人，这是一支奇怪的队伍，都是贾寨的老弱病残。有瞎子、瘸子、驼背、痨病患者、麻风病人、孤寡老人、娶不上媳妇的单身汉等。这是贾寨的送死队。

咱三大爷说，小鬼子想用一命抵一命的办法吓唬咱，让咱安分守己甘当亡国奴，他的算盘珠子打错了。咱老百姓杀不了鬼子，有贾文锦他们呢！咱们可不能拖他们的后腿，让他们投鼠忌器，不敢放开手脚打鬼子。龟田不是说一命换一命嘛，好，咱就和他换。咱用老弱病残去换他的青壮劳力，咱划算。咱先把送死的队伍排好了，咱就等着和小鬼子换命。

贾兴朝说，凡是送死的人都是咱贾寨的恩人，是咱贾寨的英雄。从今天起你们由村里人供着你们，你们天天有肉，顿顿白馍，死后厚葬在咱贾寨的风水宝地松树岗上。要用松木棺材，还树碑立传。贾寨人将来逢年过节家家为你烧纸，户户为你送钱，子孙万代永不相忘。

然后，是抓阄。从一号开始排列，谁抓到了一号谁就第一个先去。结果外号"风箱"的痨病患者贾文莲抓到了第一号。

第一号贾文莲被送进炮楼是在中午，鬼子在离炮楼有一里远的河边栽了一根碗口粗的杆子，鬼子把贾文莲捆在那杆子上，然后当靶子。当时，守贾寨炮楼的有一半是新兵，他们的枪法比较差，他们就拿贾文莲练枪法。枪声从过午一直响到傍晚也没把贾文莲打死。贾文莲破口大骂：

"我操你大爷小鬼子！"

开始贾文莲的骂声贾寨人和张寨人都能听到，张寨人都躲在门后看。贾寨人没有去看的，都在给贾文莲准备后事。女人在给贾文莲做寿服，男的在松树岗上给贾文莲挖墓坑。棺材早就准备好了，是贾兴朝的寿材，停在贾兴朝屋里有两年了，是贾兴朝为自己准备的，贾兴朝把寿材献了出来，给贾文莲用了。到了天黑时，不知是贾文莲骂累了还是被打中了，贾文莲就没声音了。

后来，每当有鬼子被打死后，贾寨的送死队就主动集合在村口的大桑树下，等着去抵命。那些平常没人管的老弱病残，一下成了贾寨人最为尊敬的人，在那等死的日子里，这些老弱病残突然觉得这是自己一辈子过得最有意思的日子，也是吃得最好，穿得最暖，睡得最香的日子。觉得自己这辈子没白活，临死还享了一回福，死后还树碑立传，还用松柏为棺，这种好事到哪找哟，死了也闭眼了，值了。

现在咱那一带还流传着贾寨送死队的故事，这些故事让人动容，咱知道了什么是前赴后继，什么叫视死如归。

二十八　咱大爷之三

咱大爷贾文锦不久又回到了贾寨。咱大爷回来带了三个人，都别着双枪，他们是咱大爷在队伍里叩头的弟兄。咱大爷养伤时，他们都脱离了大部队。咱大爷这次回来都骑着马。进村的时候，由于给马穿上了早已准备的"马鞋"，村里人连一点马蹄声都没听到。要不是咱四大爷贾文灿的花狗机灵，一阵乱咬，谁也没听到有人进村。咱四大爷的花狗一咬，全村的狗都咬起来。咱大爷恨得牙根痒，骂狗。说早晚打死你吃肉。咱大爷带回来的人，就拔出了枪。咱大爷说，不忙，要打狗，让村里人自己打，我们的枪是打鬼子的。

咱大爷回村后直接去了咱三大爷贾文清家。咱三大娘见咱大爷又来了，开始还有些怕，后来见咱大爷从身上掏出了治伤的药，这才松了口气，连忙给几个人打荷包鸡蛋。咱三大爷却不理咱大爷的茬，冷着脸不理。咱大爷坐在咱三大爷的床头向咱三大爷道歉。咱大爷说："老三，是我一时冲动，我是气昏了头。"咱三大爷说："就你抗日，我们都是汉奸，你咋不一枪打死俺。"

咱大爷说："你不是汉奸。你要是汉奸俺早一枪把你崩了。"

咱三大爷问："那路坝子上的日本兵是你打死的？"

"你咋知道？"

"咱这一带谁有你那枪法,把死人放到路坝子上这种事只有你才能干得出来。"

咱大爷笑笑。

咱三大爷说:"你还不如一枪把俺崩了。被你崩了总比被日本鬼子的刺刀挑了好。"

咱大爷说:"贾寨人不是想当亡国奴嘛,我让你们当不成。"

"要说咱贾寨谁也不想当亡国奴,可是老百姓总要活吧。"咱三大爷说,"和鬼子硬碰硬不中,让手无寸铁的乡亲们和鬼子的枪炮对阵,只能是送死,全家死光了也没用,也赶不走日本鬼子。老百姓是水,你们是鱼,老百姓都死光了,你们这些人往哪儿躲,别说吃荷包鸡蛋,吃屎。"

咱大爷望望自己的弟兄,有些不好意思,说:"我们家老三上过洋学堂,嘴厉害,硬。"几个弟兄说:"干脆让三哥给当军师吧。"

咱三大爷摆摆手说:"俺才不当你们的军师。俺已经和村里人商量好了,有人出人,有钱出钱,我们'凉拌',你们'热拌'。我们想办法保着乡亲们活命,你们打鬼子的黑枪。咱们一阴一阳,一冷一热,配合着和鬼子干。"

咱大爷一拍大腿说:"你咋不早点给俺这样说呢!俺还以为贾寨人都安心当亡国奴呢。"

咱三大爷让咱三大娘把村里几个主事的都喊来。贾兴朝、贾兴良、贾兴安不久都来了。

贾兴朝望望咱大爷说:"你把俺贾寨人往火坑里推,你还有脸回来。"

咱大爷说:"你看你贾寨人干的这事,连俺的媳妇都敢送给日本鬼子。俺不是把贾寨人往火坑里推,俺是把贾寨人往正路上引。"

"你是想把日本鬼子引来。"贾兴安回敬了一句。

咱大爷说:"要是贾寨人还执迷不悟,俺还这样干。你们不是怕死吗?好,俺三天两头弄死一个拉到你村头,我看你贾寨人能安生。"

贾兴朝叹了口气说:"怕死,我们黄土都埋到脖子了,还怕球的死。你说我们这老弟兄几个是为谁操心,还不是想保贾寨人能平安。"

贾兴良说:"就是,你贾文锦没回来时,我们就买好枪了。可是你们几十万国军都打不过日本人,我们这几杆破枪顶啥用。"

咱大爷说:"胜败乃兵家常事,鬼子早晚会被赶走。小日本是贪心不足蛇吞象。你想咱中国恁大能被小日本灭了!"

"中,你能耐了,你们说咋干吧。"贾兴朝问。

咱大爷说:"打他娘的黑枪……"

接着村里人便议着让哪些后生跟着咱大爷走。贾兴朝说:"俺有三个儿子,大黑、二黑都去,小黑还小,让他在家,算是留个种。"

贾兴安说:"俺家喜槐也去,老二也留下!"

贾兴良说:"俺家春柱也算一个。俺虽然只有春柱一个儿子,可春柱成婚早,俺的孙都十来岁了,不怕没人继香火。"

于是,万斗爹、树青爹、金生爹也来了,都表了态。不久,便定下了十几人。咱大爷贾文锦说:"我和张寨的张万喜商量好了,我们成立黑马团白马团。在平原地带没有马不行,关键时候要能跑。不过,马要自己买。"

村里有几个人发愁钱的问题。咱三大爷说,村里没出人的就出钱。钱筹齐了然后到马楼村买马。咱大爷说,要买快买,趁马楼村还没被鬼子占领。

第二天,贾寨的十几名精壮后生都参加了咱大爷贾文锦的游击队,把枪也发了,咱大爷给大家训了话。

最后，咱大爷说，今天咱就打一仗，要龟田的命，这是黑马团白马团的第一战。

太阳爬上树梢时，咱大爷派贾兴朝的儿子大黑去接咱大娘玉仙回来走亲戚。咱大爷对大黑说："一定要把龟田骗来，就说这是中国的规矩。俺几个埋伏好打他狗日的黑枪。只要龟田一露面，俺好歹要他的狗命。"

大黑说："你可别把俺当龟孙打了。"

咱大爷说："不是吹的，俺这枪法，说打他左眼不打他右眼！今后你就跟俺学着点吧！"

咱大爷布置停当，就带人到村外的松村岗上埋伏好了。

可是，咱大爷并没有在松树岗上将龟田击毙。没有击毙龟田不是因为咱大爷的枪法不好，而是事不凑巧。龟田那天刚好去县城开会，算他命大。

大黑去炮楼本想赚了龟田回来，却扑了个空。无计可施，只有硬着头皮把咱大娘接了回来。翻译官张万银派了一个日本兵和一个伪军赶了大车相送。大车过桥时，大黑便一个劲地往松树岗上瞅，真怕咱大爷把他当龟田崩了。

大车一进村，就被咱大爷的人包围了，两个压送的兵，还没弄清咋回事就被绑起来了。那日本兵会说半生不熟的中国话，不断地叫唤。说，我的是皇军，是保护花姑娘的干活，你们应该让我咪西咪西的，抓人的不要。可是没人理他。

贾寨人都围上来看咱大娘，咱大娘却无脸见人，将头用围巾遮了，也不和村里人打招呼，往她住的小院走。在院门口，她见咱大爷门神般地立那里。咱大娘见了咱大爷，一屁股坐在地上，大放悲声：

"天，你是人是鬼呀，你咋还活着呀，让俺咋活呀！"

咱大爷凶神恶煞地走到那女人面前，一句话也没说，像和谁赌气似的将那女人挟了起来。那女人在咱大爷腋下撒泼般地喊叫，咱大爷理也不理。村里人眼见咱大爷将那女人挟进了院，许多人便跟在身后看热闹。咱大爷进院后便砰的一声将院门关了，身后看热闹的便被关在门外，有好事的年轻人便趴在墙头上往院内瞧。墙外的人急得仰着脸问：

"咋的啦？"

墙上的答："进堂屋啦！咦——连堂屋的门也关了！"

大家侧耳细听，便闻那女人在堂屋里哭号着喊：

"不，俺不！"

外头也听不到咱大爷说话，只听到撕扯衣服的声音。有人听着便兴奋地喊："我操，咱大爷把那女人弄了！咱大爷把那女人弄了！"

墙上的人一喊，墙外的人便问：

"咋弄的？咋弄的？"

墙上的人睁大眼看，也看不见，只有用耳朵听。堂屋的撕扯声平息了下来，只隐隐约约听到那女人在呻吟。这时，一直在墙上的大黑便一蹦跳下了墙，拍拍手上的灰，一脸的神秘。窃笑着说："真弄了，咱大爷真的把那女人弄了！那声音……嘻嘻——像猫叫。"

围观者听大黑这样说，脸上都现出了色迷迷。个个把眼睛眯成了一条缝，极过瘾的样子。

咱大爷把日本鬼子龟田的老婆弄了的消息，如一阵旋风，刮遍了村里的每一个角落。正在做饭的女人顶着一头麦秸灰，来到咱大爷院门前，脸上的表情极为动人。跟在女人身后的孩子，便扯着娘的衣襟，仰头喊：

"看，看！娘抱抱，看。"

娘问:"看啥?"

儿答:"看弄!"

当娘的便一耳光甩在儿脸上,骂:"弄,弄恁娘那屄,屁大的蛋子孩,还要弄。懂个啥?大人的事小孩子也凑热闹。滚!"

人群中有人说:"弄得好!那女人如今是日本鬼子的老婆了,不弄白不弄,弄了也白弄。弄了给那龟孙戴顶绿帽子。哈哈——龟孙就成了绿毛缩头乌龟了!弄了也是抗日。"

人们在墙外说着笑着,觉得咱大爷贾文锦是真英雄,居然连日本鬼子的老婆也敢弄。说大点,为抗日大业增添了光彩;说小点,使贾寨人扬了眉,吐了气,尝到了占便宜的甜头。

这时,咱大爷家的院门"吱"的一声开了,人们见咱大爷走出了院门。咱大爷刚走出院门,便见那女人披头散发敞着怀,提着裤子追了出来。那女人追上咱大爷,一把抱住咱大爷的腿,跪在地上大哭。

"你不能走,你不能走!你走了俺咋办?俺生是恁的人,死是恁的鬼,你带俺走吧!俺当牛做马也愿侍候你。呜呜……"

咱大爷立在那里像棵树,那女人抱着咱大爷的腿如抱了树干,被女人摇得簌簌发抖。发抖的树枝昂着头向村外的极远处张望,好像已目空一切。女人摇了一阵哭了一阵,末了咱大爷才低头说:

"俺走南闯北,一辈子从来没有挂心的事,心里只想着你。你说你过门后俺对你咋样?疼你不?"

"疼、疼——你对俺的好处俺一辈子也忘不了!"

"可你、可你咋说也对不起俺呀!你让俺今后咋做人呢!你丢了祖宗八代的人了。想我贾文锦自以为英雄一世,咋就栽在你身上了呢!你千不该万不该,不该让日本鬼子睡呀。奇耻大辱、奇耻大辱呀!"

女人抱着咱大爷的腿哭:"不是俺给你丢人,是贾寨人硬逼俺去的呀！呜——"

"再逼你也不该去呀，你去了咋不死呢。宁死也要保全贞节呀！"咱大爷说着跺了一下脚，"你死了俺会让人为你披麻戴孝，埋进俺贾家祖坟，俺会跪在你坟前给你叩三个响头，今世永远报你的恩。可你咋贪生怕死，你知道这世上还有比命更金贵的吗？是名节，人死了还可以投胎托生，名节没了，永远也找不回来咧！你活着让俺今后咋活？"

咱大爷铁青着脸，还是像棵树立在那里，任凭那女人抱着树干，摇。

村里人只远远地望着，没有人上前去劝。

最后，人们看到咱大爷一抬腿将那女人踢了出去，那女人好像咱大爷那棵树上摇下的一片树叶，飘飘荡荡地脱离了树干。伴随着树叶还有一纸休书。女人发出洪亮的哭声，"嗷——"，绝望如狼嚎。

咱大爷迈豪步走了。咱大爷走时脸上充满了凶煞之气。咱大爷走到路坝子上，蓦地从腰间抽出盒子枪，"砰砰"两枪，被绑在那里的一个鬼子和一个伪军当场毙命，子弹正中眉心。

咱大爷道："贾寨人听着，俺不杀龟田，绝不罢休！"

咱大爷那次带走了贾寨的十几条好汉。这十几条好汉后来成了他黑马团白马团的精英。

不知张寨的黑马团咋样，贾寨的白马团其实只有咱大爷骑的马是白马，其余的什么杂毛都有。不仅如此，白马团里还有骡子和驴。贾兴安的儿子喜槐骑的就是一头驴。贾兴安没有买到马，只有拿自己家的叫驴充军。在出发的时候那叫驴犟得很，不走。驴在村里打转，贾兴安在后头赶。

贾兴安一边赶，一边喊："去，去抗日。"

贾兴安声音很大,生怕村里人不知道他是抗日的积极分子。贾兴安最后又安慰驴说:"去抗日吧,有你的好处,日本兵有大洋马,母的,抓着一个想咋日就咋日。"

喜槐骑在驴背上,骂:"日恁娘,不跑快点,打起仗来被日本鬼子抓住,非骟了你不可。"

驴可能听懂了喜槐的这句话,一窜就出去了,把喜槐摔了个仰八叉。喜槐爬起来追驴,那驴已追上队伍了,喜槐只有地下跑。

村里人都出来看,捂着肚子笑,说:"这黑马团白马团里混进一头叫驴,真是驴唇不对马嘴。"

咱大爷贾文锦走了,咱三大爷又去炮楼报信。翻译官张万银说,龟田队长还没回来,你们贾寨就准备好送俩人来抵命吧。张万银说你们贾寨人咋不怕死呢,明明知道打死了皇军是要抵命的。贾文清说,龟田队长说打死皇军抵命,打死伪军没说抵命呀!翻译官说,伪军,什么伪军?是皇协军。皇协军也是皇军,一样要抵命的。

咱三大爷贾文清从炮楼回来,见大桑树下已经来了几个送死的人,就自言自语地说,老大这次不该把皇协军也崩了,一个皇协军也要俺一个贾寨人抵命,实在不划算。皇协军是中国人呢!娘的,折本了。

二十九　咱大爷端炮楼

咱大爷贾文锦的黑马团白马团在咱那一带活动频繁,不几天就有鬼子被打死。打死的鬼子连中弹的部位都一样,正中眉心。这样弄得小股鬼子都不敢出来了,出来就用钢盔盖着眉心。在咱三大爷贾文清的授意下，咱大爷一般不在贾寨附近活动，省得连累贾寨人，虽然贾寨不怕连累，而且也做好了被连累的准备，但是如果能在离贾寨远的地方消灭鬼子那不是更好嘛，打死了鬼子不用抵命，这可是无本的买卖呀！

咱三大爷贾文清还对咱大爷贾文锦说，除非咱要端炮楼了，平常你别回来。你回来就意味着要端炮楼。端了炮楼，消灭了龟田，咱贾寨才能和他算总账。

咱大爷贾文锦带队伍回来端炮楼是在秋后的晚上。一个大月亮头，女人们坐在月光下都可以做针线活。虽然咱大爷的马队都准备了给马穿的棉鞋，可是队伍还没进村，贾寨的狗凭着那灵敏的嗅觉和听力早就听到了动静。随着咱四大爷家的花狗一声高喊，全村的狗都加入了大合唱。贾寨的狗一叫，引得张寨的狗也大叫起来。那时候月亮正挂在炮楼的顶上，一些找不到目标的狗就对着月亮叫。

这时，村口的脚步声连成了一串。村里正在赌博的男人喊一声要出事，呼啦一下散了，争着往房顶上爬。男人们爬上房顶首先向炮楼方向张望，见炮楼顶上的那盏马灯还亮着，放哨的鬼子在来回走动，刺刀在月光下闪着、闪着。再看村口，一队黑影正在进村，有人也有马。

突然，叽昂、叽昂——那队伍里一声驴叫。正进村的队伍突然停了下来。房顶上的人互相望望，说，肯定是贾文锦的黑马团白马团回来了，那驴叫肯定是喜槐家的。驴没有马稳重，驴回家了当然要大惊小怪。这时，房顶上的村里人看到炮楼上的马灯忽悠一下灭了，炮楼上上了一群鬼子，鬼子在炮楼上四处张望，活动的身影在月光下像鬼魅在舞蹈。

叭勾——

一声枪响划过，鬼子向村里开了一枪。鬼子开的这一枪是试探性的，没有目标。可是鬼子的这一枪却引来了像炒豆子似的枪声。村里人看到在路基边有一排火花，在河边也有一排火花像星星一闪一闪。村后的松树岗上有一挺机枪，那声音是哒哒哒的，喷出一串焰光弹向炮楼上飞。

鬼子的炮楼被突然的枪声打蒙了，半天没有反应。过了一会儿，从炮楼的每一个枪口开始喷出火花。

就这样双方对射了有一个时辰，这时，趴在路边和趴在河边的人喊着开始向炮楼边冲。路边的人冲过了公路，却被炮楼的壕沟挡住。趴在河边的游过了河，却上不了岸，被机枪压迫在河岸边。双方僵持不下。

就这样双方打了一夜，在天蒙蒙亮的时候，鬼子的增援从镇上顺着公路来了。增援的鬼子被埋伏在老窑上的人暂时挡住了，黑马团白马团见鬼子援兵已到，按计划开始撤退。在公路边的向南撤退，在河边的穿过张寨向西跑了。在黑马团白马团撤退时，鬼子从炮楼里冲了出来。埋伏在松树岗和老窑上的人只有穿过贾寨过河向东南方向跑了。在这部分人中大多是贾寨的人，咱大爷贾文锦也在其中。咱大爷的高头大马轻而易举地就渡过了河，可是喜槐的驴却死活也不渡河。咱大爷的马队已消逝在远方了，喜槐和他的驴却还在河边徘徊。

这时，鬼子已经冲到了河边，喜槐见状跳下驴投进河里。喜槐在河里扎了个猛子，一露头便被如雨点一样多的子弹击中。水面上一片血，血水顺河水而下。喜槐再也没露头。喜槐家的驴却十分狡猾，一溜烟就消逝在村里。

后来，喜槐爹贾兴安在河下游好几里的地方找到了喜槐。喜槐身上有好多窟窿，全身像鱼一样白。喜槐像一条真正的鱼搁浅在河滩之上。贾兴安把喜槐弄回了村，喜槐媳妇哇的一声扑了上去，喜槐八岁的儿子牛娃也随着娘大哭起来。

"呜……你让俺孤儿寡母咋过呀！"

闻讯赶到贾兴安小院的婶子大娘连忙劝，可是牛娃娘的哭声还是像拉响的弦子悠扬地展开了。这样，来劝牛娃娘的女人们也就加入到了哭丧的乐队。要不是咱三大爷贾文清及时赶来，埋葬喜槐的丧事会像传统的丧事一样按部就班。贾兴安还预备去请响器班子，准备大操大办。村里人号称要将喜槐的丧事办成贾寨最风光最热闹的丧事。

喜槐是打鬼子的英雄，英雄当然应该厚葬。

可是，咱三大爷的一句话就把一个昂扬的丧事压抑住了。咱三大爷像一个乐队的指挥，把手一挥就让一切停了下来。咱三大爷低声吼道：

"哭啥哭，憋住！都想死呀。"

哭丧的女人们哭丧着脸望着咱三大爷。咱三大爷压低声音说："鬼子炮楼里也死了人，他们正找不到地方出气呢！你们哭吧，把鬼子引来算了。要是鬼子知道打炮楼的有你家的人，那你们全家一个也活不成。有多少送死的人也挡不住鬼子来杀你们全家。"

贾兴朝也说："贾文清说得对，这事咱不能声张。"

这时，咱四大爷贾文灿过来了。咱四大爷说："俺的人给俺送信了，炮楼里死了三个鬼子。龟田说照旧让贾寨送三个人去抵命。"

贾兴安问："铁蛋，你咋知道得这么清楚？"

咱四大爷说："不是俺吹，炮楼里的鬼子谁打一个喷嚏俺都知道。俺在皇协军里安插的有弟兄。"

咱四大爷此话一出，村里人无不对他另眼相看。贾兴良说，你怎能，你咋不去把炮楼端了。咱四大爷说，不是不端，是时候没到。俺没有俺大哥的人多，俺也没有俺大哥恁笨，硬打。

咱四大爷贾文灿说咱大爷贾文锦的坏话，咱三大爷贾文清就不爱听了。咱三大爷说，好了，就显你能，你少说两句死不了人。

咱四大爷说，俺就少说了两句，现在就死人了。要是打炮楼之前来问问俺情况，也不会是这个结果。

村里人见弟兄两个在那里抬杠，都躲到一边去了。这时牛娃娘起身跑进了堂屋，关起了门，用三床被子将自己的头蒙着，然后在被窝内号啕大哭。牛娃娘的哭声压抑成了遥远的闷雷，惊天动地而又无声无息。村里人聚集在院里，被那哭声震得脚底板一麻一麻的。咱三大爷说让她哭哭吧。

村里人听着牛娃娘遥远的哭声开始商量埋葬喜槐的事。

总之，埋葬喜槐要隆重而又悄无声息；要铺张，全村人都来，满待客。为了不让鬼子知道，在村口还放了岗哨，灵棚搭在贾兴安家院里，关着院门办。棺材当然要上好的柏树棺，要五、六、七的厚，就是盖板五寸、边板六寸、底板七寸。所有花的钱由贾寨人平摊。

村里人为喜槐的丧事忙着，也没忘了总结黑马团白马团攻打鬼子炮楼失败的原因。炮楼里只有十几个鬼子，十来个皇协军，咱大爷有一百多号人，鬼子有机关枪，黑马团白马团也有机关枪，咱大爷还有马队呢！那为啥打不过鬼子？

咱三大爷恨恨地说，恶有恶报，善有善报，不是不报，时间未到，时间一到，一切都报。

咱四大爷说，不是时间没到，是鬼子有了准备。

咱四大爷此话一说，大家不由抬起了头。咱四大爷说，鬼子是听到狗咬声才警觉起来的。狗一咬，鬼子就注意贾寨和张寨的动静了，后来发现有队伍悄悄进村。鬼子立即人上岗楼，子弹上膛，还悄悄派人去搬援兵。

当时，黑马团白马团的人分两处向炮楼摸，一队到路边，一队到河边，鬼子就开枪了。鬼子开枪时并不知道有人已经向炮楼摸过来了，鬼子开枪是为了侦察，为打草惊蛇。鬼子那试探性的一枪让黑马团白马团的人措手不及，以为被鬼子发现了，结果大家就砰砰啪啪地打了起来。战斗在咱大爷他们早有准备却又措手不及的情况下打响了。咱大爷当时在松树岗上，他抱着机枪向炮楼里扫射，有一阵打得鬼子都抬不起头来。派出的两队人马冲进了壕沟，可是冲进壕沟的人却爬不上去，那壕沟又陡又滑，壕沟里只有半沟水，跳进去容易爬上去难。喜槐撤退时落在了最后，因为喜槐当时困在那壕沟里了，眼见鬼子援兵到了却爬不上去。后来，还是大黑用裤腰带把喜槐拉上来的。

这次攻打炮楼失败不是兵没人家多，也不是枪没人家好，是首先暴露了目标。谁暴露了目标？

是狗，是狗娘养的狗。

这些狗日的狗，你拿馍喂它想让它看门呢，它们却吃里扒外，听到动静就咬，也不管好歹乱咬一气，喔吼连天，给鬼子报信，当了汉奸。这些"狗汉奸"还养它们干啥，打！打狗吃肉，用狗头祭奠喜槐在天之灵。

村里人最后得出了一个结论：

"要打鬼子先打狗！"

三十　村里人之七

村里人的行动是迅速的，女人们为喜槐做寿衣，男人们立即回家打狗。家里没狗的就帮着贾兴安在院子里搭灶，支锅，准备煮狗肉吃，为喜槐守灵。贾兴安转身就看见自己家的黑狗正卧在院门的过道里。贾兴安顺手操起一个钉耙向狗走去。黑狗根本没有重视主人的行动，眯着眼在那里打瞌睡。昨夜人类一直闹腾到天亮，根本没让俺这些辛苦的看门狗休息好，全村的狗们正抓紧时间补睡呢，谁也没想到灾难已悄悄降临在狗的头上了。

贾兴安高高地举起了钉耙，这一钉耙夹带着喜槐女人号出来的电闪雷鸣，夹带着贾兴安的满腔仇恨向狗头砸去。贾兴安家的狗喔的一声惨叫，睁开眼来却不知道跑了，伸出双手求饶，尾巴在地上摇得尘灰弥漫。贾兴安的第二钉耙紧跟着又来了，黑狗未死先软了，把眼皮一搭将狗嘴扎进地上的灰尘里。贾兴安的这一钉耙正砸在黑狗的天灵盖上，黑狗连叫都没叫出来，只在那里不断蹬腿。

牛娃"哇"的一声又哭了。人们见牛娃扑在了喜槐的身上，就像牛娃娘开始那样。牛娃身子扑在爹身上眼睛却望着黑狗。有人把牛娃拉了起来，说："这孩子真知道和他爹亲。"

贾兴安吼："你不想死就给我憋住，你是哭狗还是哭你爹！"

牛娃望望已经断气的狗，推门进了屋。不久，便听到牛娃和他娘的哭声一细一粗地从遥远的地方传来。

没过多久，贾寨四处传来狗叫声。这种叫声和夜里理直气壮的狂吠不同，叫声带着绝望的呐喊和凄惨的嚎叫，还有呜咽之调和哭泣之声；那叫声开始还有求饶和争辩，到最后只有一个声音了，那就是沉寂。贾寨人打狗的过程短暂而又迅速，由于在这之前狗没有得到任何消息，大多都和贾兴安家的黑狗一样卧在过道里或者院子里打盹。当主人杀气腾腾地回来后，狗却正享受着正午的阳光。结果，主人却玩了一次人类惯用的伎俩——关门打狗。狗在最后的时刻当然会大呼上人类之当，可是已经晚了，贾寨的狗和它们的祖先一样又一次尝到人类突然翻脸的苦果。

村里人开始陆续向贾兴安家走，每个人都没有空手，左手提着狗头，右手提着已经剥过皮的狗肉。一条狗腿或者一块斜肋。人们走进院子，将狗肉撂在案板上让师傅剁成块扔进大锅里煮，狗头便摆在喜槐的灵位前。不久，喜槐的灵位前就摆满了狗头，有各种颜色的。有黄头、黑头、白头、花头、灰头……各种头上都沾有血迹。狗头摆在那里，好多狗眼都还睁着，死不瞑目，狗眼看人低的样子。不过那眼神有不同，愤怒的眼神一定是未婚的公狗，火气很大；忧伤的眼神肯定是小母狗，哀怨凄恻；平静的眼神应该是一条老狗，任劳任怨；空洞的眼神是傻狗，无知者无畏；当然也有紧闭双眼的，那属于还没有从睡梦中醒来，正好接着睡，懒得弄清这世上发生了什么事。

傍晚，贾寨的狗肉香飘了很远，张寨人也闻到了。张寨来了两个人，在村口放哨的人把张寨人领进了贾兴安家的小院。张寨人说，打炮楼也有张寨人一份，俺张寨的张万喜也是黑马团白马团的。喜槐去了也该通知俺张寨一声。贾兴安说，不是不通知张寨人，俺是不敢声张，可怜，连炮都不敢放一个，怕鬼子听到了。张寨人望望喜槐灵前的狗头，问明了情况，走了。

不久，贾寨人便听到了张寨的打狗声。贾寨人听到张寨的打狗声，脸上活泛了许多，咱四大爷说，张寨人也有和咱贾寨人一心的时候。

咱三大爷说，张寨人也是中国人！

天黑后，贾寨的狗肉席就要静悄悄地开席了。院子里的灯不敢点得太亮，隐隐约约的。人们在院子里走动的身影拉得很长，影影绰绰的像皮影戏里的人物形象。不过，一切都是无声的，如果一定要说话也是压低嗓门，像说悄悄话。没有鞭炮，没有响器，没有了哭声，牛娃娘已经哭不动了，歪在床上不起来。牛娃认识已经改变，由心疼自己家的黑狗，变成了恨村里的所有人家的狗。在他心里埋下了对狗的仇恨。牛娃带领村里的孩子各家各户四处乱窜，寻找狗的幸存者。

这时，在村口放哨的见有一群人来到了贾寨。放哨的就喊：

"谁？"

"俺。"

"啥？"

"吃。"

"哪庄的？"

"张寨。"

"走！"

放哨的就领着张寨人进了村。这种问答就像暗号，晚上去哪庄碰到人都是这样问答的。不过，这不是暗号的问答胜似暗号，鬼子肯定是答不出来，外乡人也不中。放哨的将张寨人领进贾兴安的院子，弄了一块狗肉吃着又去放哨去了。张寨人把手里提的布袋打开，将布袋一提，一群狗头滚了出来。张寨人将狗头摆在喜槐灵前，点了三束香。贾寨人便将张寨人请入了狗肉席。

狗肉席开席了，一碗酒，一口肉。吃。喝。吃喝到兴头上，有人就划起拳，猜起媒。不过，划拳却是无声的，双方张牙舞爪地伸着手，一挥一挥的。互相瞪着充满血丝的眼睛。人们不放过任何输赢的结果，表情就像凶神恶煞的哑巴。贾寨人为喜槐办丧事成为了贾寨历史上最奇特的一次。所以后人说起给喜槐办的那次丧事，都叫：哑丧！

喜槐埋了，狗肉也吃了。狗肉吃多了的人开始流鼻血。不流才怪了，狗肉热性，又不是寒冬腊月，吃多了狗肉当然上火了。流鼻血就流吧，谁让你吃狗肉的。这算报应，算是狗的肉身替狗的灵魂报仇了，算是一个轮回。人们流着鼻血还在骂狗，说："这狗日的真不是好东西，吃了还流血。死绝了算。"

可是，贾寨的狗却没死绝，咱四大爷家贾文灿的花子却逃之夭夭了。这消息是牛娃告诉村里大人的。牛娃说："花子还没死，跑了。"

有人问咱四大爷花子呢？咱四大爷说："打狗那天就没见，不知道跑到哪儿去了？"问的人就说，你不舍得打吧，你家的花子就像你的女人一样金贵。咱四大爷骂："俺家的花子像你娘一样金贵！"

村里大人和咱四大爷开开玩笑也就罢了，可是牛娃却坚决不放过花子。牛娃认为打炮楼那天晚上是花子带头咬的，现在全村的狗都打了，只有花子活不见狗死不见肉，一定要把花子找出来，打死花子吃肉才算真正为爹报了仇，为自己家的黑狗伸了冤。

牛娃拿着太阳旗领着村里一群孩子在村里喊，在咱四大爷门口闹：

打倒狗汉奸！

打倒狗汉奸！

咱四大爷说，俺真不知花子跑哪儿去了。牛娃不信，说："你喊喊。"

咱四大爷便倚着门框喊：

花子——花子——花子——

咱四大爷的唤狗声极为嘹亮。可是，花子却不见回来。咱四大爷喊了一声就再不愿意喊了。牛娃让咱四大爷再喊，咱四大爷说，你个弹子孩敢给俺下命令，要不是看在你爹是打鬼子死的，俺一巴掌把你打到你娘裤裆里。今天只能喊一遍，要喊明天再喊。咱四大爷说着把门关了。

牛娃说，俺回去告俺娘，你要把俺打进她的裤裆里。

咱四大爷连忙说，你别告你娘，俺不打你。咱四大爷不知道咋搞的就是有点怕牛娃娘。牛娃说，俺不告俺娘也可以，你要唤狗。咱四大爷说，我这狗不能乱唤。牛娃说，那俺就去告俺娘。咱四大爷说，好，俺唤。俺也该和弟兄们商量一下端炮楼的事情了。于是，咱四大爷在太阳落山时便倚在门边一遍又一遍地坚持不懈地唤狗。唤狗声越来越嘹亮，越来越急迫。

"铁蛋的狗咋会没了？"

咱四大爷不断的唤狗声引起了村里人的注意，不过村里人却不知道咱四大爷唤狗另有深意。村里有人说："铁蛋的狗没了，怕不是被哪个馋嘴的吃了独食。"还有人说："要是花子还在，就饶了它吧，铁蛋只有那条狗了，到了冬天还靠狗暖被窝呢！"

有人对咱四大爷说："你咋弄得，不断地唤狗，不回来算了。"

咱四大爷手里拿块剩馍，对邻居说："我不唤狗唤谁！"

咱四大爷唤狗的时辰，正是各家各户吃晚饭的时辰。日头下山，月牙上树。未归家的孩子听到唤狗声便急急归去。村里便少了娘唤儿吃饭声，少操了份心。儿回家偎在娘怀里静静望着灶里的火苗，出神地聆听。那唤狗声开始激昂嘹亮，渐渐沙哑下来，有些凄凉和骇人。

深夜谁家孩子发梦呓哭闹，娘便拍着摇着吓着。如小儿还要啼哭，当娘的便颤声喊："快，憋住！你听铁蛋唤狗了。"哭声嘎然而止。胆大些的便问：

"铁蛋唤啥？"

"唤狗！"

"不对，狗听不懂人话。是唤人。"

"狗通人性，能听懂。"娘便不耐烦地拍儿睡："你不懂！"

儿渐渐进入梦乡，梦里还在回嘴："娘不懂！"

本来咱四大爷天天都唤狗，不过只唤一声。村里人也习以为常了。唤狗声就像城里报时的大钟准确无误。自从那天咱四大爷在牛娃的逼迫下唤了无数声狗后，一连数天咱四大爷的唤狗声消失了。人们顿觉不习惯，孩子在野外不归，屋顶上的炊烟也无精打采，像是离吃饭的时候还早。于是，村里又传来了娘呼儿归家的声音。

"啥时辰了，咋没听到铁蛋唤狗。"有人问。

有三两个好事者便去咱四大爷家看个究竟，见咱四大爷家的门锁着。村里人有人说，铁蛋肯定又出去"干活"去了。咱四大爷那天的无数声唤狗声把他的弟兄都唤来了，大家在老窑里聚会，商量端炮楼之事。

又过了几天，咱四大爷又恢复了每天唤一声狗的习惯。村里人再一次听到咱四大爷唤狗，就往咱四大爷家凑，这时，村里人见咱四大爷正跪在老墙边抱着花狗细细地梳理。花狗静静地立在咱四大爷面前，望着落日西沉。落日的余晖洒在人和狗身上闪耀着金色的光。

女人先惊叫起来："花子回来了，花子回来了！"

顿时，全村皆知。几位好心的大娘、婶子端来剩饭喂狗，见狗挺香地吃，便在一边唠叨。

"可别再跑了，不打你了，铁蛋不唤狗俺不踏实。这阵野到哪里去啦？"

狗像是听懂了，抬头望望，又吃。把尾巴摇得像拨浪鼓。男人便围着花狗议论。

"看，吃肥了不是，狗无野食不肥！"

"咦！带儿子。看肚子多大，怪不不回家，被公狗勾走了！"说着人们一阵大笑。

女人在旁打趣："娘那屄，看你能的，小心你家的母狗也被勾引了，给你弄顶绿帽子戴。"

男人便回敬道："这世上母的都难养。大闺女见男人不要娘，母狗见公狗不要粮！"

在场的女人都跳起脚骂。

花狗吃饱了,把众人巡视了一遍,乐颠颠地围着孩子们打转。孩子们忘了归家,在寨墙边疯着闹,学着咱四大爷唤花子。村里一片唤狗声,一派欢笑。

三十一 咱四大爷之五

第二天,牛娃和娘找到咱四大爷铁蛋,问花狗回来了咋处理,打还是不打。咱四大爷说又让它跑了。牛娃娘问,你是真打还是假打,要是真打,它还能跑了?咱四大爷笑笑说,真打!牛娃娘说,你不是为了暖被窝不舍得打吧?咱四大爷有些不好意思地望望牛娃娘。

牛娃娘突然说:"打死了花子俺给你暖被窝。"

咱四大爷张了张嘴,有些不相信地望着牛娃娘发愣。

牛娃娘又说:"只要打死了狗能打鬼子了,为俺牛娃他爹报仇,让俺了结了这桩心事,俺给你暖一辈子被窝。"

咱四大爷听牛娃娘这样说,立即在家门口又唤起了狗。

花子——花子——花子——

这次咱四大爷唤狗的声音和以往又有些不同,那呼唤中有了兴奋,喜气洋洋的,而且又唤了多遍。不过咱四大爷这次真情的唤狗声却没唤回花子来。

咱四大爷的花狗再次回来,是在晚上,一个寂静的月牙天。

半夜,牛娃起床到屋外撒尿,抬头往咱四大爷家望,忽见寨墙头上有白色的影子在晃动。看又看不清,骇得在原地浑身发抖。娘没见牛娃归屋，便披着棉袄出门，见牛娃赤条条地立在那里，往寨墙上瞧。娘不觉也往那老墙上瞅，见那寨墙上白影一晃，顿时吓得汗毛倒竖，呼着唤着有鬼，把牛娃抱进屋里。娘俩在被窝里抱紧了瑟瑟发抖。

牛娃在被窝里含混不清地说："不是鬼，是狗，是花子回来啦！"

牛娃娘以为牛娃骇昏了，连忙拍着摇着哄儿睡。

第二天，牛娃倒在床上全身滚烫，嘴里说着胡话。娘去找咱四大爷来看，说夜里有位白衣白脸的人蹲在你家墙上，让牛娃碰上了，早晨就起不来了，发烧说胡话。

村里人闻讯便围着寨墙议论，说观音菩萨显灵了，日本鬼子这回要完蛋了。

咱四大爷摸摸牛娃的头，走出来围着那墙头转了几圈。末了，爬上墙头，在顶上挖了一撮老土，揣在怀里就走。进到牛娃家把屋门关了，把那老土和着一包药面冲了一碗黄汤，捏着牛娃鼻子硬灌进去。

牛娃喝了蒙头大睡，半天一身大汗，烧就退了。

村里人问咱四大爷给牛娃灌的啥水怎见效？

咱四大爷答："圣水！"

咱四大爷回答得神秘兮兮的。村里人都说，咱四大爷也有能耐了。咱三大爷会看风水，咱四大爷能通神治病了。要不一碗黄汤怎么把牛娃的烧退了，贾家这一门都有能耐。

一群人便追着咱四大爷问："啥圣水？"

咱四大爷有些不耐烦地回答："只有观音菩萨圣瓶里才有圣水，哪里还能有圣水。"

村里人便啧啧称奇，说牛娃喝了圣水啦！几个孩子见牛娃能出门了便跟在身后瞅。说瞧瞧喝了圣水的会不会成仙。

晚上，有人专门起来向咱四大爷的墙头上望。果然见有白影晃动。

早晨起来便互相吹嘘。

"昨晚俺看见观音菩萨啦！观音菩萨下凡啦！该下大雨了，观音菩萨把那圣瓶里的水，用柳条蘸一点一洒，人间便是一场大雨。"

"可不是嘛，昨晚俺都听到雷声了。"

"俺也瞅见了，观音菩萨一会儿一只手，一会儿三只手，时多时少，不知有多少手呢！看不清。怪不人人都说是千手观音。"

"俺看到观音在墙上正要洒圣水，鸡一叫白影一晃就不见了。"

有人便爬上墙头看，果然见一片湿润。有人挖了一把带回家，说："观音圣水能治百病。"于是，家家去抠。把咱四大爷家的墙头挖了个坑。

几位常害病的便把挖来的土撒进药罐里熬，喝了觉得有股尿臊味。心说这圣水也不怎么好喝，嘴里却连连赞叹着好水、好水！我也喝过圣水啦！

牛娃说："那不是圣水，那是狗尿！"

喝过的恨得跺着脚骂："娘那屄，蛋子孩，能啥能。有娘生没爹养的！"

咱四大爷的花狗真回来了，回来下了一窝狗崽子。牛娃听说了拉着娘去看。六个狗娃正圈着花狗撕扯，恨不得将花子的血都吸出来。牛娃娘说："这一窝你要是都养活了，咱贾寨的狗就白打了。"

咱四大爷却柔情地说："多可惜呀，都是条命！"

牛娃娘恶狠狠地说："要保命，就得拿命换。要不一条命都保不住！"

"那就让牛娃扔到寨沟里吧！"咱四大爷忧戚着脸。

牛娃娘就笑，说："看你个熊样，还婆婆妈妈的，怪不得没女人给你暖被窝。"

咱四大爷笑笑："谁说没女人给俺暖被窝，俺打了狗就有了。"说着用眼神往牛娃娘身上递。牛娃娘唰的一下红了脸。

牛娃娘问："是公的多还是母的多？"

咱四大爷说："四个公的，两个母的。"

牛娃见咱四大爷和娘论公母，便细细地瞅。怎么也辨不出哪是公哪是母。问娘，娘嫌牛娃打岔，就说："你不懂，大人有事小孩少插嘴。"

咱四大爷说："等花子满了月吧，坐月子的狗肉也不好吃，腥。"

牛娃娘叹了口气，说："你看着办，反正你啥时没花狗暖被窝了，俺就给你暖。"牛娃娘让咱四大爷把花狗引出去，找了个小篮子，把六只小狗装在篮子里。咱四大爷回来见小狗都装到篮子里了，从中又拿出一个小花狗来，母的。咱四大爷说："咱贾寨为抗日总不能让狗绝种吧，等打败了鬼子连个看门的都没了。"

牛娃娘苦笑笑，说："你这小狗养大了再胡乱咬，给鬼子当了狗汉奸咋办？"

咱四大爷说："不会的，这个小花狗俺从小就训练它，不但不让它当汉奸，而且让它为抗日出力，立功赎它娘的罪。"

"你还有这本事？"

"那当然，狗通人性，俺那花狗就通人性。你别看俺天天唤狗，唤狗是有含意的。如果俺没狗了俺还咋唤狗。还有狗也懂了哪一次是真唤哪一次是假唤，它一听就听出来了。村里人都听不出来。"

牛娃娘半信半疑地望望咱四大爷，说，要留你就留一个吧，算是留个种。牛娃娘说着把装有五只小狗的篮子递给了牛娃。牛娃提着篮子欢天喜地地走了。

咱四大爷见牛娃走了，回身把门关了。说："牛娃一时半会儿回不来……"

牛娃娘说:"回不来又咋样?"

"我……"

咱四大爷顺势扑上去抱住了牛娃娘。牛娃娘将咱四大爷推开说:"你这是在欺负俺孤儿寡母,你的花狗还在,你就对俺这样,这算啥?"

咱四大爷说:"俺想当你的男人。"

牛娃娘说:"俺牛娃爹尸骨未寒,你这样不是让俺不守妇道嘛!俺答应了你,只要你把花狗打了,等俺给牛娃爹烧了五七纸,俺就搬过来依了你。"

咱四大爷停了下来说:"中!俺会对你娘俩好的。"

牛娃将狗娃子扔进寨沟里,一直见那小狗挣扎着沉入水底,才起身往回去。猛抬头见花狗正望着他龇牙咧嘴地低声吼着。牛娃丢了小筐撒腿便跑。花狗抢了小筐见是空的,呜咽着在筐里乱抓,抓了一阵便抬起头飞奔着向牛娃扑去。牛娃觉得屁股一热,摔倒在地上。花狗在牛娃身上一阵撕咬。村里人吆喝着上来打狗,狗见势不妙一蹿就跑了。

花狗跑了一阵见没人追赶,便像没事一样来到了寨墙边。寨墙边有一堆谁家化的纸钱,花子便对着撒了一泡尿。几位正在背风处晒暖的老头见狗尿尿,起身一声喊打。说:"咦,这狗咋往纸钱上尿,这不是在贾寨人头上撒尿嘛!"

"咦!咱上回还在这儿摆供台求过雨,现在咋就叫狗尿了呢!'狗尿台,雨不来!'怪不求不来雨,不知花狗偷着尿了几回。"

打走了狗,几位老头忙成了一团。"快,快用麻秆火来烤干,把它娘的狗屄燎烂!"于是,有人从柴火垛抽来麻秆,对着那湿润处点着了烤。顿时，一股腺气乱飘。心里还咒着花狗你不得好死。

咱四大爷贾文灿和牛娃娘在屋里听外面有人叫喊："不好啦，牛娃被狗咬啦！牛娃被狗咬啦！"牛娃被村里人抱着，一身的棉袄撕烂完了。屁股上还在流血。牛娃娘疯了一般扑上去抱着牛娃，大哭起来。牛娃却没有哭，他还劝娘别哭。说俺淹死了花狗五个狗娃子，它才咬着了俺几下。棉袄厚，没事。牛娃娘听儿一说，再没敢哭。心说牛娃这孩子说话咋像大人一样，是傻还是聪明。这孩子咋让人不敢于认了呢！

几天后，牛娃开始发烧。牛娃娘找到咱四大爷说："花狗不死，牛娃烧不退。说胡话，还在喊花子。"咱四大爷望望落山的日头，仿佛终于下了大决心，说："打！"

咱四大爷又开始一声声地唤狗：

"花子——花子——花子——"

咱四大爷一喊，花狗就出现了。可见咱四大爷唤狗是分真唤和假唤的，这只有花狗能分辨出来。花狗突然出现在墙头上，花狗注视着人群，听到咱四大爷唤便汪汪叫了两声算是回答。村里人便望着狗，心里赞叹着真好狗。不知不觉咽下口水。花狗从墙上跳了下来。村里人连忙让路。狗摇着尾巴静静地穿过人群向咱四大爷走去。

咱四大爷见狗来了，一边弯下腰和狗亲热，一边将早已准备好的绳子套在狗脖子上。花狗极默契地配合着主人，一点也不反抗。咱四大爷猛地将绳子抛过老墙。墙那边早有人接了绳头。绳子一拉，花狗的前蹄攸地离了地。花狗大吃一惊，然后用极柔顺的眼睛向咱四大爷求救。咱四大爷却把脸扭到一边。

在墙上吊死走狗，在贾寨已不是第一次。可是从没见过这么冷静的狗。花狗让绳子将自己吊起来，摇着尾巴满不在乎地等主人放它。

还以为是主人开玩笑呢！咱四大爷阴森着脸走到了老墙那边，望了一眼站在人群中的牛娃娘。像是说，有了你，我还要狗干啥。狗咬了牛娃，就该死。俺替牛娃报仇。于是，在墙那边抓住绳子又一拉。

花狗眼里不见了主人，开始惊恐了，发出不耐烦的呻吟声。人群一阵骚动，胆小的孩子往娘的怀里扑。花狗后腿也离了地，卷起的尾巴像花一样散落一地。可是，狗却不挣扎了。

咦，怪狗！有人唏嘘着。"我这辈子还没见过这种狗，死到临头了还不叫。"

村里人屏住了呼吸，一边望望老墙那边的咱四大爷铁蛋，一边看看花狗。墙那边咱四大爷憋足了劲拉，胀得脸上通红；花狗吊在墙上丝毫不动，不知是死是活。

花狗没死，牛娃看出来了。花狗用杨柳般柔韧的尾巴，伸直了支撑着地面，支撑自己最后一丝气儿。狗是土命，只要沾点土儿，命就不绝。牛娃见咱四大爷不再舍得用力，便突然喊着冲过去要抢绳子。牛娃向咱四大爷一头撞去，咱四大爷冷不防手中的绳子撒手，花狗四足落地。花狗原地打了个滚，汪汪叫了两声冲出人群。人们一下闪开来，没有哪个敢拦，怕狗急咬人。花狗没跑多远一个跟头栽倒在地；打了个滚爬起来又跑。村里人眼见花狗跑，骇得白了脸。狗跑得不知去向了，牛娃望着人群咯咯地怪笑："汪汪汪——"学着狗叫，砰的一声倒在地上，在地上打起了滚。人群围住牛娃。

"哎哟，了不得啦！狗魂附体，狗魂附体！"

牛娃娘冲上去抱牛娃，牛娃认不出娘了，像疯狗一样乱咬乱抓。咬得牛娃娘手上鲜血直流。牛娃娘将牛娃抱回去便不省人事了。村里人说的狗魂附体就是狂犬病。牛娃娘先是找了几个棒劳力来，把牛娃装在麻袋里用棍子痛打。牛娃在麻袋里汪汪地学狗叫。等不叫了，牛娃娘打开麻袋，牛娃已昏死过去了。牛娃娘连忙请医生，医生说："是狂犬病，没救了！是不是被狗咬了？狗呢？赶紧把狗打死了深埋。要不传染开了不得了。"

牛娃在娘怀里叫了几天，最后死在娘怀里。牛娃娘一声长号抱着牛娃去找咱四大爷。

"铁蛋，你赔我儿子，你赔我儿子！"

村里人听着那声音像狼嗥一般。有人便到咱四大爷家劝牛娃娘。牛娃娘哭着哭着倒在咱四大爷炕上，那哭声也变成了狗叫。村里吓得一哄而散，说牛娃娘也狗魂附体了。是牛娃死后狗魂上娘身上了。咱四大爷没有跑，他不舍得丢了那女人。

从此，他尽力尽心地按着医生的要求，给她灌药喂汤。村里人都说铁蛋一辈子没疼过女人，有了个女人却只会学狗叫。铁蛋真是养狗的命。牛娃娘在咱四大爷家叫了几天，咱四大爷也一连几天没出过门。一天，牛娃娘突然不叫了，村里人知道女人死了。有人对贾兴安说，你还不去帮咱四大爷把牛娃娘收殓了。贾兴安说，要去你们去，俺丢不起那人。喜槐才走多久，她就和铁蛋搞上了。

后来，是咱四大爷为牛娃娘发的丧，说好歹也算有过女人了。

三十二　咱四大爷端炮楼

贾寨人盼的大雨终于来了。

雨下得好，扯天扯地的。连着下了几天雨，村里人就受不了了，平原地带就是这样，不下雨要旱，村里人操心；下多了要涝，村里人还是操心。下了几天雨就沟满壕平的了，河里开始涨水，河里涨水寨沟里自然也涨水，然后水漫过寨沟进了村。水在各家各户的门口徘徊。在低洼处的人家，水开始进屋，水进屋就用脸盆往外泼。于是，各家各户便响起了泼水声。雨停了，可水还在涨。女人一边泼着家里的水，一边骂着说，赶明天晴了咱盖楼，水进了屋咱上二楼住。男人说，只有日本鬼子才有本事住楼，还不用自己盖。男人说着抬头向炮楼方向望了一眼。

"哎哟！"

男人这一望可不得了，不由叫了出来。炮楼四周一片汪洋，炮楼淹没在汪洋大海之中。炮楼变成船，像汪洋中的一条船，在风雨飘摇中颤抖。原来那三层的炮楼立在那里显得极为高大雄壮，现在淹得还剩两层；原来炮楼离家很近，现在好像飘走了，变远了。男人扔掉泼水的盆，光着脚噼里啪啦蹚水跑出院门，喊：

"炮楼淹了，炮楼淹了！"

喊声充满了激情。村里人听到喊声激动地从家里跑出来来到村头。

"哇——"

人们嘴里不由发着感慨。

"真淹了，真淹了。"

"迟早要淹，咱三大爷早就给小日本看好风水了。"

"那地方哪是人住的，荒郊野地的。"

人们站在村口望着炮楼，半天也没发现炮楼上有动静，连站岗的也没见了。平常不管啥时候都有鬼子在炮楼上晃悠的。

"鬼子不会都被淹死了吧。"

"不可能，你被淹死了，鬼子也淹不死。人家那炮楼是三层。"

"那会不会饿死了。"

"更不可能,你被饿死鬼子也饿不死,炮楼里的粮食够吃半年的。"

"那咋回事,咋没动静了呢?"

有人喊贾文清去看看,看看鬼子咋没动静了。咱三大爷不想去,嫌水太深。村里人说,怕什么,你会水,又不让你走路过去,走路过去还要拐弯,你可以凫水过去,操直路。咱三大爷嘴里说着不去,却把衣服脱了。人们看着咱三大爷向炮楼走去,从路东向路西咱三大爷走得太费劲。那路被水淹了,深一脚浅一脚的。路只露出一条黑线,就像老天爷尿了尿不小心遗下的裤腰带。咱三大爷过了路,水开始有齐腰深了,咱三大爷是游着进炮楼的。村里人看到一直到咱三大爷进了炮楼,炮楼里也没动静。

咱三大爷没进炮楼多久,便惊惶失措地从炮楼里钻了出来,叫唤着就像挨了刀一样。咱三大爷往回跑着,惊慌地号叫:

"死人啦,死人啦,炮楼里死人啦!"

村里人见咱三大爷在水里连跑带扑腾地回来了。咱三大爷边跑边喊,嘴巴一张一张的像淹死的鱼。人们也听不清他喊啥,见他上了公路,一屁股坐在路上,在那里哇哇大吐起来。咱三大爷累坏了。村里人上了公路,来到咱三大爷身边。咱三大爷望望村里人说话颠三倒四的。咱三大爷说:"血、血,光着屁股。日本鬼子裤裆里只绑块白布,真日怪。"

有人问:"到底咋回事,你慢慢说。"

咱三大爷说:"死了,日本人都被打死了。"

"啊——"

村里人互相望望,惊异地张着嘴。问:"谁干的?"

咱三大爷回答:"俺是谁呀谁是俺,黑马团来白马团。"

"什么!什么?"

咱三大爷说:"那炮楼的墙上还有字,上面就是这样写的。"

后来,村里人到炮楼里看,见墙上写的是顺口溜。如下:

　　日本鬼子太混蛋
　　烧杀抢掠啥都干
　　乡亲们呀该咋办
　　端了炮楼让滚蛋
　　俺是谁呀谁是俺
　　黑马团来白马团

其实,炮楼是咱四大爷带人端的。咱四大爷却留字称是黑马团白马团干的。在留字时,咱四大爷的弟兄问,明明是咱抗日别动队干的,为啥留下黑马团白马团的字号?咱四大爷说,你懂个球,端了鬼子的炮楼,鬼子肯定不会善罢甘休。我们才多少人,明着干我们是鬼子的对手?我们还要在这地面上混呢。让鬼子找黑马团白马团去。反正他们和鬼子已经明刀明枪干上了。咱四大爷的弟兄说,你这叫嫁祸于人,高明。

咱四大爷炮楼端得确实高明。在下雨的第三天,咱四大爷就把手下招齐了,在那破窑里聚赌。弟兄们觉得奇怪,雨下得正大,赌博也没必要到这破窑里呀!只有要干事了才在这破窑里聚会。可见,事先谁也不知道要干啥。赌到半夜,雨下得更大了。咱四大爷停了下来,突然把自己脱了个精光。弟兄们望着咱四大爷发愣。咱四大爷说:"脱!"

弟兄们嘻嘻笑着,说又没有大闺女,脱光了干球,我们"拼刺刀"呀!

咱四大爷脱光了自己却把武装带扎上了,两把20响的驳壳枪插在了腰里。咱四大爷然后望着大家，也不笑，说："今晚咱干日本鬼子去，想拼刺刀的找鬼子。"

咱四大爷的弟兄一听有活来了精神，一瞬间二十几个人都成了光屁股兵。咱四大爷带人来到炮楼的壕沟外，壕沟里水已满，都快漫到炮楼墙根了。炮楼上那盏马灯还亮着，成了咱四大爷的指路明灯。雨正大，没见哨兵的影子晃动，肯定进炮楼躲雨去了。咱四大爷带头下了壕沟，无声无息游到了对岸。

咱四大爷知道端炮楼明着干不中，便借老天爷的神威。平常那壕沟里只有半沟水，沟坎有一人多高，又陡又滑，进了沟一个人很难爬上去。沟里水一响炮楼上的鬼子就发现了，打你个乌龟不露头。黑马团白马团就是吃了壕沟的亏。壕沟里水一满，沟坎就挡不住人了。水才几丈宽，划拉两下就过去了。

咱四大爷带人来到炮楼边，一半人把炮楼围了，另一半人冲进了炮楼。咱四大爷带人进了炮楼，见鬼子脱得光光溜溜的正在睡着呢。一切都轻而易举，一人两把家伙，一阵突鲁就全解决了。咱四大爷把炮楼给端了，好东西全弄走了，还有机枪。咱四大爷打了鬼子一个赤身裸体，衣服都挂得好好的在墙上，连个弹孔都没有。咱四大爷他们穿上了，等雨停了才离开。弟兄们没穿过这么好的衣服，都是呢子的。咱四大爷把炮楼席卷一空，临走时还留下了顺口溜。咱四大爷是上过私塾的，虽然是个赖学生，写顺口溜却不在话下。

咱四大爷的顺口溜不久就流传开来。孩子们是最先会唱的，孩子们把咱四大爷的顺口溜变成了跳皮筋的儿歌，边唱边跳。顺口溜就长了腿从一村跳到另一村，最后传到了国军那里，也传到八路军的抗日根据地。那儿歌多鼓舞士气呀，从此黑马团白马团名声大噪。让咱四大爷没想到的是这顺口溜后来居然上了国军的报纸。

咱四大爷端了炮楼就消失了，从此去得无影无踪。有人说他带着弟兄远走高飞占山为王去了，有人说咱四大爷其实躲风去了，谁也说不清。不过，咱四大爷再回到贾寨就显得比较神秘。总之，像个人物了。

贾寨炮楼被端了，可是又让龟田逃脱了。龟田早在下雨之前就带着玉仙去县城生孩子去了。玉仙有了孩子村里有人都看到了。玉仙挺着个大肚子在炮楼里出入，贾寨人就议论说这女人咋还没被龟孙糟蹋死，竟然还有了孩子。村里人咒着玉仙最好生出个鬼胎。玉仙生下了一个男孩，龟田极为高兴，以为得子。有婶子大妈便私下里算日子，说那孩子不定是谁的种呢！一脸的神秘。后来，玉仙告诉村里人是贾文锦的种，可村里人又瘪了嘴，不信。这都是后话。

或许玉仙预料到儿子将来是个有娘生没爹养，是奶奶不亲姥姥不爱的角色，在孩子出世后，便为他取名天生。玉仙后来说，是天生我儿，无爹。

贾寨炮楼被端，龟田没法向上面交代了。第一次黑马团白马团打炮楼失败，龟田曾得意地向上报告，贾寨炮楼应该固若金汤，因为有贾寨这个中日亲善模范村的帮助。黑马团白马团一进村皇军就得到了消息，皇军成功地挫败了抗日分子的袭扰，消灭抗日分子也不在少数，鲜血都染红了小河。

当然，龟田没说得太具体，没说是狗报信还是人报信。这次贾寨炮楼被端只能怪大雨，龟田检讨道："没想到黑马团白马团会在大雨中偷袭。"

于是，上面严令龟田带兵扫荡黑马团白马团，龟田拉着队伍四处转，可是连黑马团白马团的影子都没找到。

最后，龟田气急败坏地又让贾寨人抵命，那是贾寨人送死最多的一次。

三十三　咱二大爷之四

咱二大爷贾文柏有两个老婆，这贾寨人谁都知道，也就是说咱有两个二大娘。这说起来比较麻烦，咱干脆暂时把杨翠花叫咱二大娘乙，书娘就叫咱二大娘甲。咱二大娘乙是咱二大爷在部队上娶的，还给他生了个儿叫胜利。几个平辈的老哥们曾问过咱二大爷，胜利娘是咋弄到手的。一问到这问题，咱二大爷那已浑浊的目光里便会闪出火花来，脸上泛出青春时的红晕。老哥几个问："是不是自由恋爱的？"

咱二大爷连连摇头，说："不是，不是，那个时候谁敢呀？要犯错误的。"

老哥几个说："明知要犯错误，你还敢上，后来受处分了不是？"

咱二大爷回答："那是组织上分配的。"

"啥？组织上还分配老婆？既然是分配的，咋又让你们离婚？还把你开除了党籍，解甲归田了。"

咱二大爷说："谁知道书娘没死呢！"

村里人说咱二大爷咒着书娘死呢。书娘死了就便宜你贾文柏了。

咱二大爷说："都是那黑马团白马团的顺口溜弄的。"

村里人搞不懂，那黑马团白马团的顺口溜和咱二大爷所在的八路军有什么关系。

咱二大爷所在的部队为了鼓舞士气经常开联欢会。官兵都喜欢联欢会，因为在联欢会上许多干部都找到了对象，能喜结良缘。自然，咱二大爷领导的文工团成了热点，成了最引人注目的地方。那些只会打仗的老干部哪里会谈情说爱,纷纷找贾团长介绍对象。结果咱二大爷又成了有名的红娘。

甄团长自然是捷足先登,近水楼台先得月了。不过,大家好像有个默契,没有谁去打杨翠花主意,要知道杨翠花可是文工团的一朵花。大家普遍认为杨翠花早晚是咱二大爷的,算是给咱二大爷留着呢!可是,咱二大爷又不知家里老婆孩子的死活,一直不敢轻举妄动。杨翠花急了,眼见身边的姐妹都有了终身伴侣,而自己却终身无托,便暗里恼着咱二大爷。

部队联欢会自然有咱二大爷和杨翠花的节目。咱二大爷就编出了抗战的新书段子。在新书段子里咱二大爷考虑到那段老调大家喜闻乐见,是传统节目,就让杨翠花再唱一回。词又改了。在改词中杨翠花和咱二大爷发生了争执。

杨翠花说:"那最后一句'哎哟,我的大嫂哟'应该改。"

咱二大爷说:"那一句就像曲牌,没有实际意义。"

杨翠花说:"总是大嫂、大嫂地喊,喊多年了,自己也该成大嫂了。"

咱二大爷说:"那咋喊?"

杨翠花便盯住咱二大爷说:"你让咋喊就咋喊,只要不喊大嫂就行!本来吗,咱俩是一男一女,我就不该喊大嫂,应当喊亲哥哥!"

"这……"咱二大爷脸蓦地红了,不敢回答。

结果,在联欢会上杨翠花真的把那一句改了。在唱那一句时,杨翠花便含情脉脉地盯着咱二大爷看,情真意切甜甜地喊了一声:"哎哟——我的亲哥哟……"这一喊把人的心都喊酥了;这一喊把咱二大爷喊得方寸大乱,快板和架子鼓的节奏不明,连台词都忘了。

台下的观众便替咱二大爷答应:

"哎哟——我的亲妹子哟……"

甄团长看了他们的表演，觉得一唱一和真是天生的一对。心想，咱二大爷是我抓丁抓的，弄得他家破人亡妻离子散。他也该再成个家过日子了。我何不顺水推舟当他们的红娘，也算还了一笔人情债。甄团长也就这样想想，事过了一忙也就忘了。没想到联欢会过后，政委却找到了甄团长。

政委说："让杨翠花和贾文柏成为一对夫妻咋样？"

甄团长说："好呀，我正有这个想法。"

政委说："你的想法肯定和我的想法不太一样。我这可是上级交给的任务。"

甄团长说："贾团长的婚事有这么重要吗，居然还惊动了上级。"

政委说："贾团长的婚事肯定没这么重要，可是，有个任务非要贾文柏去完成，只有他们两个假扮夫妻才好穿过封锁线。"

甄团长恍然大悟，说："球，什么假扮夫妻，让他们成为真夫妻得了。你看他们在台上一个有情，一个有意的。"

政委说："那就更好。我们分一下工，你的任务就是让他们尽快结婚，我的任务就是直接交给他任务。"

甄团长问："啥任务，还给我保密？"

政委说："这是一个秘密任务，要去敌占区。上级交待了，要单线联系。"

甄团长说："哦，是地下工作，那我不问了。"

政委说："咱们分头行动。"

"中！"甄团长笑着说，"便宜贾文柏他狗日的了。"

政委找到了咱二大爷，把一张旧报纸递给咱二大爷看。咱二大爷看看旧报纸，不知道啥意思。咱二大爷说："这不就是国民党的一张旧报纸嘛，有啥看头？"

政委把黑马团白马团的顺口溜指给咱二大爷。咱二大爷看看点了点头，说不错。

政委说："你的任务来了。"

咱二大爷问："啥任务？"

政委说："就这个任务。"

咱二大爷说："这是啥任务？"

政委说："把这顺口溜改了。"

咱二大爷说："这叫啥任务，不就是改顺口溜嘛，你算找对人了，保证错不了。"咱二大爷又把顺口溜认真看看，当着政委的面就改了。其实咱二大爷只改了一句。

日本鬼子太混蛋
烧杀抢掠啥都干
乡亲们呀该咋办
端了炮楼让滚蛋
俺是谁呀谁是俺
共产党呀在抗战

政委看看说："改得好！好是好，但是你把黑马团白马团改没了，这可不行。"咱二大爷望望政委，然后又改了一下。前四句不变，后面加了两句。这样，六句顺口溜变成了八句。

…………
谁是俺来俺是谁
共产党呀在抗战

八路军呀俺的天

黑马团来白马团

政委看看，笑了。政委说："好，这次改得真好。不愧是八路军的文工团团长。"咱二大爷听政委表扬自己，显得十分得意。不过，咱二大爷还没得意完，政委又说话了。政委说："这顺口溜好改，可是这黑马团白马团是咱八路军吗？"

咱二大爷听政委这样说，傻眼了。政委说："共产党最讲实事求是，这黑马团白马团明明不是咱八路军，你这一改，老百姓会说咱八路军吹牛。"

"这……"咱二大爷不知如何回答政委的话。

政委说："你既然这样改了，我赞成。顺口溜能改，黑马团白马团也能改，他现在不是咱八路军的，咱们可以让他成为八路军的。"

咱二大爷这下明白了。咱二大爷说："政委的意思是咱们可以收编黑马团白马团。"

政委哈哈笑着拍拍咱二大爷，说："这才是八路军的团长。"政委悄悄把"贾"字去掉了，这贾字听着让人别扭。政委问咱二大爷知不知道黑马团白马团的司令是谁，咱二大爷回答不知道。政委说也难怪你不知道，你离开贾寨时还没有黑马团白马团呢。政委说，我告诉你吧，黑马团白马团的司令叫贾文锦。

这下咱二大爷愣了。咱二大爷望望政委说："你这一说，俺当然就知道了，贾文锦是俺哥。"

政委说："这就对了，贾文锦要不是你哥，我还不找你了呢。"

咱二大爷问："你咋知道的？"

政委笑笑说："还有什么事组织上不知道的。"

咱二大爷张了张嘴没说话。

接下来是甄团长找咱二大爷谈话。甄团长便乐颠颠地找咱二大爷问："贾团长，啥时喝你的喜酒呀？"

咱二大爷答："你还没喝就醉了，说醉话，俺有啥喜酒好喝。"

"你是真糊涂还是假糊涂，你和杨翠花……嘻嘻——我都看出来了！"

"你可别乱说，我们只是同志关系。"

"还同志关系呢！在台上都喊出来了。"

"那是说书呢！"

"那是假戏真做！"

"你这是让我犯错误。"

"球！啥错误不错误的。咱明媒正娶，又不乱搞男女关系。台上说书是革命工作的搭档，台下过日子是革命生活的搭档，好得很。咱登个记就成。"

"算啦。"咱二大爷无奈地摇着头说。"人家是大闺女，我是啥？我是有过老婆孩子的人，甄团长你别乱点鸳鸯谱。"

"啥老婆孩子，你那贾寨是沦陷区，家里的老婆早就死在鬼子的屠刀下了。"甄团长说着起身拍拍胸脯说，"这事包在我身上，杨翠花那边由我去说。"

甄团长走了，咱二大爷只有苦笑着摇摇头，没当真。甄团长风尘仆仆找到杨翠花，见面就问："杨翠花，你多大年龄啦？"

杨翠花和甄团长是老熟人，冲甄团长俏皮一笑回答："女同志的年龄保密。"

甄团长把脸一拉说："严肃些，我是代表组织上找你谈话的。"

杨翠花吓得直吐舌头。

甄团长说："你愿不愿意和你们贾团长组成一个革命家庭？"

杨翠花一愣，不知咋回答。没想到甄团长三句话没说完就动真格，单刀直入像打仗一样。杨翠花觉得心怦怦乱跳，脸上发烫，甄团长的声音像是从极遥远处传来。

甄团长见杨翠花沉默不语，怕被回绝，又来了一句："这可是组织上的决定。"

杨翠花完全被突如其来的决定弄昏了头，自言自语地说："俺服从组织决定。俺服从组织决定。"杨翠花心花怒放，暗觉幸运，要是组织上把我决定给另外一个男人，那可怎么了得。想着文工团里有几个姐妹心里有了人又不敢说，结果被组织上决定给其他人了，那才是哑巴吃黄连有口难言。组织上的决定得服从！

杨翠花想着便独自笑了，连甄团长啥时走的都不知道。

咱二大爷和杨翠花的婚礼在甄团长主持下也是轰轰烈烈的。拜完天地，一群老兵嗷嗷叫着闹洞房。喊："来一段，来一段！"

甄团长说："今天你们可要好好给大家唱一段。"

咱二大爷说："让杨翠花唱，她嗓子甜。"

杨翠花问："我唱哪一段？"

当兵的喊："唱那老调，唱那段小曲！"

杨翠花就唱了起来。刚唱两句，当兵的就喊起来，说："不对，词不对！唱老词！唱我们过去的老连歌。"杨翠花莫名其妙地望着咱二大爷说："他没教我老词呀！"当兵的哈哈大笑。说贾团长晚上会教你的，让贾文柏唱。

咱二大爷窘在那里，求救地望着甄团长。甄团长也哈哈笑起来，说："今天是闹洞房，不讲革命纪律。咱们内部唱，不准外传，怎么样？"

"好！"当兵的一起喊。

咱二大爷便把那黄色小调原汤原水地唱了一遍。唱完了，当兵的嗷嗷叫着你推我一把，我推你一把，挤眉弄眼地散了。咱二大爷和杨翠花躺在床上。杨翠花问咱二大爷："你唱的那老词是啥意思？那个怪东西不是手榴弹嘛，咋一会儿让人疼一会儿让人麻的奇怪？"

咱二大爷嘿嘿干笑了几下，贼一样地望了杨翠花一眼，说："等会儿你就知道了！"说着把杨翠花压在身下。杨翠花在咱二大爷身下开始便疼得哇哇乱叫；一会儿便麻木了哼哼地喊；最后就说不出话了。事后，咱二大爷淫兮兮地问："你知道那怪东西是啥了吧？还有那一阵疼二阵麻三阵子舒服得说不出话的滋味。"

已经成了咱二大娘乙的杨翠花如梦初醒，打咱二大爷："哎呀！你流氓，你流氓！你骗我，你一直骗我！你还让我在台上唱，怪不得台下的人恁激动呢！"说着一双拳头雨点般擂在咱二大爷身上。"我再也无脸见人了。我再也不唱那该死的小调了！"咱二大娘乙钻进被窝，在咱二大爷怀里羞得乱拱，眼泪都出来了。

咱二大爷哄着咱二大娘乙说："在台上唱的那词不一样！"

咱二大娘乙说："词改了可调没变。那是老调，害死人的老调。"

咱二大爷说："好、好，将来再不让你唱了。"

三十四　咱二大爷之五

咱二大爷带着咱二大娘杨翠花在一天中午回到了贾寨。当时，村里几位老人正在老墙边晒暖，见一男一女两个人进了村。老人们手搭凉棚望望又望望，女的不认识，男的有点像贾文柏。贾兴安喊，那是贾文柏吗？

咱二大爷贾文柏停下，应道："俺是贾文柏，这不是俺叔嘛。"

几个老人一下就围了上来："贾文柏呀！我的天，这几年你都到哪里去了？"

咱二大爷便握住贾兴安的手，问："俺叔，你好吗？"

贾兴安说："好，还没死绝，留了俺一个。"咱二大爷愣了一下，望望其他人不知如何说话了。这时，有人便喊起来。

"贾文柏回来啦！贾文柏回来啦！"

贾寨一下轰动了。这消息在贾寨无疑是重大新闻。咱二大爷在日本鬼子来的那年出门说书再没回来，现在几年过去了又突然回来了，还带了一个漂亮女人。人们奔走相告，啧啧称奇。有人就往咱二大爷的老屋跑，边跑边喊："书娘，书娘！快呀，书他爹回来了，书他爹回来了！"

咱二大娘书娘正做饭，听到喊声便从屋里出来，眼被熏得红着，一头的麦秸草。咱二大娘出了门慌得腿一软就摔了一跤，连忙爬起来又跑；还没跑几步腿一软又摔一跤。书喊着娘追了出来。咱二大娘抱着书跌跌撞撞往村口跑。跑到寨墙边，见了咱二大爷便愣在那里，不知咋办。

咱二大爷望着咱二大娘和书大吃一惊。百感交集。他娘俩还活着，他娘俩还活着……

贾兴安望望咱二大娘甲，又望望咱二大娘乙，心里便猜出了个八九不离十。他连忙打着圆场说："书娘你愣啥！还不喊书爹和客人回家。"

书娘便把书放下，指着咱二大爷说："书，快，快喊爹！"

书望望咱二大爷，又望望咱二大娘乙，张了张嘴终究没喊出来，转身跑了。

书娘就去追儿子，嘴里喊："书，书！你别跑，你咋不认恁你爹了呢！你咋不认恁亲爹了呢！"喊着喊着那声音里就带了哭腔。村里人静静地听着，脸上戚然，心中为之嗟叹，真是苦命的人哟！

书娘终于把书爹等回来了，村里人议论着。书娘早就说书爹没死，书娘经常在村里给人说，书爹走了几年，她心里一点也不慌，心里满满地都是他。要是书爹死了，心里肯定是空荡荡的没有着落。对于书娘的说法，村里的女人都明白。

咱二大爷回来的第一夜是在贾兴安家住的。贾兴安的儿子、媳妇、孙子都死了，只有一个几岁的小闺女贾玉英。当初贾兴安老来得女，还挺高兴；可是，贾兴安的女人生下贾玉英不久就病死了。贾兴安带着贾玉英过，日子挺凄惶。所以贾兴安喜欢热闹，见咱二大爷带着咱二大娘乙面对书娘俩尴尬，就把咱二大爷拉到自己家住了。

这样咱二大爷回到贾寨的第一夜是在贾兴安家住的。那一夜书娘搂着书一夜没睡。书娘哭着对儿子书说："咱娘俩盼星星，盼月亮，只盼着恁爹回来。把恁爹盼回来了你咋不喊爹呢？"

书回答："他不是俺爹，是俺爹咋就恁长时间不回来？人家的爹天天在家里，俺爹他跑到哪儿去了？"

书娘便哭，说："书，你都四五岁了，咋就不懂事呢？娘一把屎一把尿把你拉扯大，就是等爹回来，你咋能不认爹呢？我的命咋恁苦呀！呜呜呜——"

书怯怯地偎在娘怀里，喊："娘，你别哭了，俺认爹，俺认爹还不行嘛。"

书娘说："这都是命，这是咱娘俩的命苦，命里注定恁爹还要讨个小。这不算啥，有能耐的男人都有个三妻四妾的。将来你长大了就懂了。如今恁爹把她带回来了，那咱们就是一家人。咱不能再让她把恁爹带走了。赶明儿咱娘俩去把他们接回来。你要叫那女人二娘。你二娘在外面见过大世面，一看就知道是个通情达理的人。她不会不给咱娘俩一口饭吃的。"

第二天，书娘牵着书，大清早来到贾兴安家。见了咱二大爷和咱二大娘乙，书娘推了一把书，说："书，叫爹，叫二娘。"

书便先喊了一声二娘，然后喊了一声爹。咱二大娘乙猛地听到这陌生的叫声，不知是答应还是不答应，立在那里红了脸不知如何是好。咱二大爷一把搂过书，泪水唰的一下就流了下来。

咱二大娘乙和咱二大娘甲对面而立。四目相望，无言以对。

贾兴安连忙招呼："书娘，坐，你们姊妹俩都到座下说话。"

书娘咧咧嘴，想笑没笑出来却哭了。用衣襟把眼睛擦得红着。说："俺不进屋了，俺是来接书爹和大妹子回家的。大妹子叫个啥？"

咱二大娘乙说："你就叫俺杨翠花吧。"

书娘说："不中，哪有直呼大名的，你在外面都是咋叫的？"

咱二大娘乙说："你就叫俺杨同志吧。"

书娘说："叫杨同志好，洋气。"

后来，村里人为了区别咱二大娘甲和咱二大娘乙，就叫咱二大娘乙杨同志了。咱也该入乡随俗叫咱二大娘乙为杨同志。杨同志在咱那一带专指的就是咱二大娘杨翠花。杨同志在咱那一带威望极高，现在村里的老人说起杨同志，都还会说共产党杨同志是贾寨人的救命恩人，当年没有杨同志贾寨人不知道会饿死多少！

当时，书娘问："杨同志，回来了咋不回家呢？"

杨翠花说："我和文柏正准备回去呢。这么多年让你娘俩吃苦了。"

书娘的泪便如线串似的流了下来。书娘说："这三四年，俺不算啥，书他爹出门在外全靠你照顾了。"说着用衣襟擦眼泪。"你看我这没出息的，都回来了，一家人团圆了，我咋老是流泪呢。"杨翠花见书娘哭，眼圈也红了。

193

咱二大爷率领全家浩浩荡荡地走出了贾兴安的小院。当时，太阳升起，阳光遍地。贾寨人正热闹地开始一个早晨。男人们吆猪唤狗，女人们敲锅打盆，孩子们像刚会叫鸣的小公鸡伸着脖子在贾兴安门前寻觅。咱二大爷刚出门，孩子们便四散着往自己家跑。喊："爹、娘，来啦，出来啦！"于是，各家各户的门前便走出了主人。男人手里抄了把铁锹；女人手中捏了把筷子，像是正忙呢，其实每个人都想看看咱二大爷在外头讨的老婆。

咱二大爷一家从不远处渐渐近了。贾兴安背着双手不远不近地跟着，保持着一段距离。边走边感叹。"贾文柏真有福，碰到两个恁通情达理的女人，要是在别家，还不知咋闹呢。"

第一个和咱二大爷打招呼的是贾兴朝。贾兴朝立在门前喊："贾文柏，回来啦？"咱二大爷极亲热地笑着回答："回来啦，大爷，吃没？"像是赶集回来，而不是走了三四年。咱二大爷极热情地把杨翠花介绍给贾兴朝。说："这是咱大爷。"杨翠花就喊了声大爷。

女人们立在院门冲书娘喊："来客啦！"书娘说："啥客不客的，都是自家人。"贾兴安便在后边骂不会说话的女人："娘那屄，尽说屁话！"女人们被贾兴安骂得灰头灰脸的，可就是不想回屋，邻里之间议论着："你望望，多排场，外面的女人就是水灵。贾文柏有福呀！"

男人说："福！赶明俺也在外头带一个回来咋样？"

女人说："看你那熊样，也就是俺瞎了眼才嫁给你！"说完在自己男人身上捶一拳，将男人推进屋里。

男人说："其实这不算啥，贾文柏爹贾兴忠有三个老婆呢。"

女人骂："日你娘，好的不学。"

三十五　咱二大爷之六

咱二大爷的家还是几年前的老样。书娘一进门，便把香炉里的香点燃了，在烟雾弥漫中书娘跪了下去，向祖宗一连叩了三个响头。"感谢贾家列祖列宗，保佑俺一家团圆，保佑书他爹平安回家。"咱二大爷和杨翠花相对无言。这时，咱三大爷和咱三大娘，咱四大爷都过来了。咱二大爷给杨翠花介绍说，这是咱书他三叔，这是书他三婶，这是书他四叔。杨翠花就打招呼："他三叔，三婶，四叔好！"一家人算是认识了。

咱二大爷问："老五和七妹呢？"

咱四大爷贾文灿嘴快，说："死了。"

咱二大爷问："咋死的？"

咱四大爷说："咋死的，你说咋死的，你去问炮楼里的日本鬼子去。"

咱二大爷就骂，狗日的日本鬼子，俺迟早把你那炮楼端了。咱四大爷说，端了没用，已经端了一次了，端了没几天又派鬼子来了，又是盖房子，又是拉铁丝网的，越端炮楼越坚固了。杨翠花接话说，那还是要端，消灭敌人的有生力量。

咱三大爷叹了口气，说你消灭他一个，他就杀咱一个乡亲。杨翠花说这里的鬼子也太嚣张了，非打击一下他们的气焰不可。

咱四大爷有些鄙视地望望杨翠花，说咱这些大老爷们都没办法，你一个妇道人家能有啥办法？咱二大爷一听老四说这话，连忙喝住了。

说铁蛋，你咋和你嫂子说话的！咱四大爷不服瘪瘪嘴走了。

杨翠花说，你这个老四太封建，还看不起女人。咱三大爷说，他就是那样，别理他。

咱二大爷回到贾寨，成了人们的话题，贾寨的焦点。人们议论着咱二大爷和他的两个老婆，时刻关注着在咱二大爷屋里的一切。有一个最折磨人的老问题悬在贾寨人心上。咱二大爷和两个老婆晚上咋睡呢，会不会学他爹贾兴忠一夜睡俩。夜深人静之时，村里的光棍和半大小子便在咱二大爷屋后像幽灵一样徘徊。第二天，在寨墙边就有了新闻。有人说，咱二大爷头半夜和杨同志睡，后半夜和书娘睡。在窗后都能听到贾文柏从东屋跑到西屋噔、噔、噔的脚步声。又有人说，才没有东、西房地来回跑呢！一回睡俩女人，一只胳膊搂一个。男人们心里都美滋滋地满足，好像自己晚上睡了俩女人似的过瘾。女人们就呸呸地骂，说男人都不是好东西，吃着碗里看着锅里。

争吵了一回，最终谁也没弄清楚咱二大爷晚上是咋睡的。有人就问咱三大娘。咱三大娘和咱二大爷家一墙壁之隔，最有发言权，村里人便想从她嘴里得到点消息。咱三大娘却做出高深莫测的样子说，俺夜里咋一点没听到动静呢？村里妇女说，你是不是蒙头睡的，不敢听。咱三大娘说俺真的一点也没听到动静。村里妇女便不再追问，觉得咱二大爷出去几年，说话办事都变了，或许干那事也文雅起来了。

其实，咱二大爷晚上是独自睡的。书娘把床让给杨翠花，自己在西房又搭了个铺。夜里，两个女人灭了灯各自睡。咱二大爷唏嘘蜷缩着在黑暗里，不知咋办。最后冻得受不住了才进了杨翠花的东房。可是，杨翠花却把被子裹得死紧不让上床。咱二大爷无奈，又摸进了西房，坐在床上用手一摸，正摸着书娘的脸，一把泪水。书娘也把被子裹了不让上床。咱二大爷叹了口气只有在当门地上铺个席子睡了。

两边里屋的女人都没睡,竖着耳朵听。外屋咱二大爷便叹气说:"这是哪一辈子造的孽哟,让俺碰上了这事。"两个女人同时起了身,一人抱了床被子走了出来。在房门口两个女人在黑暗中听到对方的喘息声,谁也没吭声,各自把被子往咱二大爷身上一扔上床又睡。

书娘却一夜没睡。书娘觉得自己没有过一天好日子。咱二大爷走后,书娘靠给人家打短工度日。青黄不接的时候,家里断了顿,书娘便带着书上地里瞄红薯。书提着小筐在前,书娘扛着钉耙在后。娘俩在苍茫大地上走,在已收获的红薯地里,漫无目标地寻觅。远远望去,寒风中两个人如两只求生的蚂蚁。书在前头走着,发现有红薯芽冒出地面,就欢天喜地地大喊:"娘,快!俺又找着红薯芽了。"娘便飞快地跑过去,对着红薯芽一阵猛刨,可刨出来的大半是红薯根。一次次希望,一次次失望。书娘带着书坚定不移地在地里找寻。半块红薯被刨了出来,娘俩欣喜若狂得像过年似的。

休息时,书望着无边的土地问娘:"娘,这红薯地恁大,咋没咱的?红薯都让谁刨了?"娘说:"谁的地谁刨。"书问咱咋没地?娘答原先地都是你爷爷的,爷爷死后给咱家分了十几亩地,你爹走这几年咱娘俩没法活把地都卖了。书问娘咋不把地买回来?娘说傻儿呀,娘能有钱买地还愁啥。等恁爹带钱回来买地。书就暗下决心将来长大了一定挣得很多很多钱,买地。到那时就再也不用瞄红薯了。

瞄了几块红薯,书娘回来洗净了,剁成一小块一小块的,混着杂面红薯叶煮糊涂汤。那糊涂汤真香,书一口气喝了几大碗。书娘将碗里的红薯块夹给书说:"等恁爹回来就好了。恁爹会说书,挣洋钱,用洋钱买米买面,那时候咱娘俩就享福了。"听了娘的话,书好像真吃了一肚子米面似的,有意将肚子挺得鼓胀着。说:"娘看,俺吃了爹带回来的油馍了。"娘问:"在哪儿?"书拍拍肚皮说:"在这儿!"娘就摸着儿的肚子说："咦，真是的，这有一块油馍，这边还有一碗米干饭！"娘一摸书肚子就泄了气，瘪了。娘俩笑成一团。书娘笑着笑着，眼泪就出来了。书问："娘，你哭了？"书娘连忙去擦。"娘没哭，是灰迷眼了。"书连忙凑过去："娘，俺给你吹。"娘的眼泪似水淌，越吹泪水越多。

书娘哭了一阵，长长地叹了口气。说："书，走！咱去看看恁爹回来没！"书娘牵着儿就上那松树岗了。冬天，那松树岗上北风呼呼地响，松树像一把把大扇子一个劲地摇。在松树岗上站一会儿腿就木了，脸就发麻。书娘用双手捂着儿的脸，自己的脸却冻得乌紫。一直站到天黑。书娘的脸上被冻得生冻疮。冻疮流黄水，擦了擦不净。村里孩子见了书娘就喊："丑婆娘，生冻疮，找个男人不上床。"

听到村里孩子喊，书就像发了疯的野狗冲了上去。娘在后头追着喊着书回来，书不听，一边打一边骂："日你娘，日你娘，你娘才是丑婆娘！"村里孩子一哄而散。书追不上，就拉着娘的手哭，说："娘不丑，娘是在松树岗上等爹才生疮的。"娘俩便哭着往家走。书娘说："等恁爹回来就好了！"

现如今书爹终于回来了。书爹没带油馍没带米，书爹带回来了一个女人。书娘想着便又长长地叹了口气。泪水打湿了被头。西屋里书娘无法入睡，东屋里杨翠花躺在床上也想着心事。

原先，听咱二大爷说过家里曾有老婆孩子，可是，杨翠花也没放在心上。这种事在战争年代很常见，家破人亡，妻离子散的。谁也没想到他们还活着，一个男人两个女人，只能是有我没她，有她没我。要是书娘愿意离婚，自己宁肯每月给他们寄生活费，养他们一辈子。可是，要是书娘不愿意咋办？一想到这个问题杨翠花便六神无主，心口一阵阵绞疼。不行，无论如何也要做一下书娘的工作。想着，杨翠花再也躺不住了。天刚放亮就起了床。

早晨，两个女人各怀心事走出了自己房门。在东西房门口两个女人一碰面，脸上便开始绽出笑容。那笑容在脸上一闪而逝，眉宇间却都含着愁。书娘红肿着眼圈，杨翠花面色憔悴。书娘招呼道："杨同志，你咋不多睡会儿，早饭俺一个人就中。"

杨翠花回答："你还能吃我做的几顿饭？我们回来一次住不久，回来了又让你忙，你该多睡会儿！"杨翠花的话中有话。

两个女人推让着进了厨屋。最后，一个人烧火一个人做饭，把早晨的气氛弄得热烈着。

杨翠花说："大姐，这几年让你们受苦了，将来我和文柏是不会扔下你们不管的。"杨翠花说着往灶里添柴火。

书娘猛地掀开锅盖，让一股热气将自己淹没了。书娘便在烟雾中说："杨同志，你说哪儿去了，咋会不管俺呢！咱们都是一家人。你回来了就好了，咱一家四口好好过几天日子。恁是外头回来的，啥都懂！将来这个家由恁当，俺听恁的。"

杨翠花埋下头，盯着火苗聚精会神的样子。那火将杨翠花的脸烤得红着，杨翠花觉得脸上发烫。心想书娘好糊涂，我们咋能在一起过日子呢！杨翠花说："大姐，我们是要走的！"

"走？恁一个女人咋能走。在外头没有书爹咋成。你是不是嫌弃俺。只要你愿意留下来和俺们一起过日子，俺啥事都不让你干。家里地里的活俺都包了。"

杨翠花说："大姐，我们不走不行呀。文柏在外头还有抗战的大事，我们这次回来是有任务的。"杨翠花说完便望着书娘，看书娘的表情。心想你不顾别的，总得顾抗战的事吧。

书娘不看杨翠花的脸色，目光不直视杨翠花，只顾用锅铲子将锅底捣得咚咚响。书娘说："书爹几年没回来了，俺盼星星，盼月亮，把他盼回来了,这回他去哪儿俺跟哪儿,干大事总不能不要老婆孩子;再说俺也误不了他的大事,给他洗衣服做饭,让他安心干大事。"

杨翠花说:"哪有一个男人娶两个女人的。"

书娘说:"怕啥!男人有三妻四妾的不算啥,书他爷爷就娶过三房。"

"那可不行!那是对妇女的压迫。共产党八路军实行一夫一妻制,娶两个女人就是犯法。犯了法是要法办的。我们不能把文柏害了。"

书娘说:"那共产党八路军管得宽,连娶几个女人也管!"

杨翠花说:"共产党八路军让妇女翻身,讲男女平等。"

书娘说:"啥压迫不压迫的?只要有书爹在,俺不怕压迫。俺啥都不怕,就怕书爹走。男人是前头人,女人是后头人;男人在前头走,女人在后头跟;男人是车,女人是车厢;车头只有一个,车厢可有几个。就看男人有没本事拉得动。"

书娘自有她的小道理。杨翠花的大道理碰到书娘的小道理就行不通了。书娘只认小道理,认一个死理。书娘想说:"要走你走,这世上总有一个先来后到吧!"书娘硬是把这话咽下去了。书娘说:"反正俺再也不离开书爹半步了。"说着重重地将锅盖盖严了。

杨翠花把火熄灭,心情也渐渐暗淡下来。她觉得自己正向一个深渊沉没下去,手头连一根救命的稻草都没有。在后来的日子里,书娘便暗暗地收拾了家什,再也没让咱二大爷离开她的视线。只要书爹走,她会毫不犹豫地跟着走。书娘在村里说:"俺再也不让书爹走了,书爹要是不要俺了,俺只有一死。"

三十六　咱二大爷之七

咱二大爷贾文柏回到贾寨第三天才算展开工作。傍晚的时候咱二大爷终于又独自走出了家门。咱二大爷背着手先在村子四周转了转，见了人只点头，踌躇满志的样子，让村里人感觉咱二大爷和过去不同了。村里人在背后说，贾文柏现在有他爹贾兴忠当年的样子了，像族长。咱二大爷听到村里人议论独自笑笑，心里说，人呀在组织和不在组织是大不一样的。有组织的人走在路上显得稳，人前站显得高大，一身崇高之气。咱二大爷在村口远远地望望炮楼，脸上露出轻视的微笑，觉得鬼子把炮楼修在那里正是一个挨打的好地方。村里有几个孩子就好奇地跟在咱二大爷身后，学咱二大爷走路的样子。

咱二大爷回头望望几个孩子，问："你们在鬼子的刺刀底下生活害不害怕？"

几个孩子异口同声地回答："不害怕！"

"为什么？"

孩子们回答："鬼子早晚要完蛋。"

咱二大爷哈哈笑了起来，问："这是谁说的？"

孩子们回答："那地方是贾文清给鬼子选的死穴。"

咱二大爷又笑了，说："穴是死穴，这只是天时地利；光有天时地利还不行，事在人为，咱要去消灭鬼子呀！"

孩子们说："我们有黑马团白马团，上次已经端他娘的一次了。"孩子们说着就开始唱那儿歌。咱二大爷说："你们唱得不对。"咱二大爷把自己改的儿歌唱了一遍说，"你们唱得不全，下次可要唱全了。你们谁唱全了，我给谁一个糖。"咱二大爷说着从口袋里掏出几块糖来。这下，孩子们惊呆了，糖在咱二大爷手中晃着，简直是太诱人了。

孩子们就喊："你教，你教。"

咱二大爷开始一句一句地教几个孩子唱那儿歌，最后发糖。咱二大爷教唱的儿歌最主要的也就是他加的那两句。

> 谁是俺来俺是谁
> 共产党呀在抗战
> 八路军呀俺的天
> 黑马团来白马团

咱二大爷教完儿歌最后来到咱三大爷的小院。不久，孩子们在村里疯着跑着就唱开了。吃着糖的孩子教没吃到糖的孩子，没吃到糖的孩子学会了就找到咱二大爷唱，好领赏。咱三大爷问咱二大爷："哥，你这教他们唱的啥？"

咱二大爷神秘地笑笑走到门前，又给唱对了的孩子发糖。孩子们围着咱三大爷家院门唱，大人也陆续来了，大人当然是往咱三大爷院里走，咱三大爷和咱三大娘连忙让座。咱二大爷回来了，村里人都想听咱二大爷叙叙外头的事，可咱二大爷家里有两个女人还不知道咋摆制呢，也就不好意思去。村里人听到咱二大爷在咱三大爷家，便一个一个往咱三大爷家凑。不久咱三大爷家院里就坐了不少人。好在咱三大爷一家早就习惯村里人有事无事来串门了。

村里人见咱二大爷不停地给孩子们发糖，孩子们在外面不停地唱，有好奇的当然就问咱二大爷这共产党八路军是啥军？咱二大爷发完最后一颗糖，把口袋一翻说："好了，没有了，出去玩去吧。"

孩子们却不出去玩了，挤在大人怀里听咱二大爷说话。咱二大爷拍拍手，又从口袋里掏出带回来的洋烟给男人们散。咱二大爷说道："所谓八路军就是国民革命军第八路军。"

有人听懂了，哦了一声说："不还是国军嘛。"

咱二大爷说："这个国军和一般的国军不同，这一路国军归共产党领导，其他的国军归国民党领导。"

"不管谁领导，只要是打鬼子就中。"

"那当然了，不赶走鬼子咱中国人就是亡国奴，不过，打鬼子和打鬼子不同。共产党的军队打鬼子是在鬼子背后打，国民党的军队打鬼子是在面前打。"

村里人不住点头说懂了，就像弟兄俩和人家打架，一个在人前一个在人后。那小鬼子不倒霉才怪。村里人问："那咱们的黑马团白马团算共产党的还是国民党的？"

咱二大爷说："咱黑马团白马团打鬼子是在面前打还是在背后打？"

村里人回答："黑马团白马团专打鬼子的黑枪，趁着大雨端鬼子的炮楼，当然算是背后打了。"

咱二大爷一拍大腿说："这就对了，黑马团白马团当然是共产党的了。鬼子武器比咱好，鬼子不怕面前打他，鬼子怕背后打他。所以鬼子现在最怕的是八路。"

咱二大爷说八路的时候顺手把大拇指和食指伸开了，咱二大爷的这个动作让村里人一愣。有孩子也比画着嘴里发出声来："叭——"惹得大家都笑。咱二大爷也笑了，说："对，就这样，对着鬼子后脑勺，叭的一下，鬼子就撂倒了。"

有大一点的孩子就说："咱大爷打枪不打后脑勺，打眉心。"

"哈哈……"大家又笑。

村里人陆续走后，咱三大爷把门关上了。咱三大爷问："那贾寨炮楼是不是八路干的？"

"什么？"咱二大爷不明白咱三大爷的意思。咱二大爷说，"那炮楼不是黑马团白马团干的吗？"

咱三大爷说："我问过老大了，他说不是他干的。我一直在想谁有这么大本事，一个小队鬼子还有皇协军，一晚上全搞掉了。经你这样一说，俺才知道原来这是八路军干的。"

咱二大爷听咱三大爷这样说，沉了沉，也不说是也不说不是，含含糊糊就糊弄过去了。咱二大爷问："那顺口溜唱的是黑马团白马团端的炮楼，老大听到有何表示？"

咱三大爷说："老大嘴上不说，心里其实是很高兴。你想，他打着抗日的旗号向乡亲们要粮要钱，不真和鬼子干几场，他哪有脸见人。他恨不能真去端一次炮楼。可是龟田的防范太严。"

咱二大爷说："好呀，俺有办法让他痛痛快快地再打一次鬼子。不瞒你说，俺这次回来就是为了让他痛痛快快地打鬼子的。"

"你是八路派回来的？"

咱二大爷点了点头。咱三大爷说："好，要见老大不难。"说着让凤英去喊咱四大爷。咱三大爷见凤英去了，说，"老四有办法联络上老大。"

没多久，咱四大爷贾文灿来了。咱三大爷对咱四大爷说："老二想见老大。"

咱四大爷说："中，俺去叫。"咱四大爷说着走了出去，不久就听到咱四大爷在门口嘹亮地唤狗。

花子——花子——花子——

咱四大爷现在唤的花狗当然不是过去的花狗了。过去的花狗也就是现在的花狗娘因当了狗汉奸最终被打死吃肉了。现在的花狗不但不会当狗汉奸，而且被咱四大爷训练得还能通风报信了。每次咱三大爷要和咱大爷联系了，必让花狗送信。

村里人听到咱四大爷唤狗心情就激动，知道鬼子又要倒霉了。已经上床的孩子问，铁蛋唤狗干啥？大人回答，那是唤黑马团白马团。孩子问，唤黑马团白马团干啥？大人说，打鬼子端炮楼。孩子问，是黑马团白马团厉害还是八路厉害？大人说，当然是八路厉害，你没听咱二大爷回来说嘛，连黑马团白马团都听八路的。孩子的问题太多，大人有些不耐烦，想哄孩子睡，就说你怕鬼子吗？孩子说，俺怕。大人说八路比鬼子还厉害，你怕八路吗？孩子回答，俺怕。大人说，那你快睡，八路来了。孩子便吓得蒙着头，不一会儿就睡了。

孩子睡了，大人才能到咱四大爷家门口听唤狗。村里人觉得听咱四大爷唤狗有意思，连咱四大爷自己也觉得现在唤狗比过去唤狗有意思多了。不但是为了让花狗送信这层含义，更重要的是咱四大爷也想让地下的牛娃娘听到。如果牛娃娘九泉之下有知，她听到咱四大爷的唤狗声，她也会高兴。所以，咱四大爷现在唤狗没有了过去的忧愁，多的是激情，是幸福。

在屋里的咱二大爷听到咱四大爷在门口唤狗，不知道咋回事，定定地望着咱三大爷。咱三大爷笑笑不语。不一会儿，咱四大爷带着花狗进了门。咱二大爷望望大家还是不懂。花狗进了门，咱三大娘便拿出针线包，从里面拿出几包颜色来，问咱三大爷用啥颜色？咱三大爷说当然用绿颜色了。老二要见老大。咱三大娘就把绿色的捏了一点用水溶化了，然后涂在花狗的尾巴尖上。咱二大爷见那花狗极为温驯，一动不动地让咱三大娘用颜色涂它的尾巴尖，本来是白色狗尾巴被咱三大娘涂成绿色的了。花狗涂完尾巴尖后便望着咱四大爷摇着尾巴撒欢。咱四大爷说:"就你馋。"咱四大爷说着狗,抬头问咱三大娘:"嫂子,俺今天没蒸馍,你蒸馍没?"

咱三大娘笑着说:"你今天没蒸馍,你哪天蒸馍了。"咱三大娘说着去厨屋拿了一个白蒸馍来,咱三大娘把蒸馍递给咱四大爷,咱四大爷接过蒸馍带着花狗走了。

咱二大爷看着这一切,云里雾里的。咱三大爷说:"老四让花狗送信去了,三天内老大准回。"

咱二大爷说:"你们这也忒奇怪了,那在狗尾巴上涂颜色是啥家什?"

咱三大娘笑了,说:"这是凤英爹和凤英大爷搞的暗号,狗尾巴上涂绿意思让凤英大爷回来,涂红意思让凤英大爷走远点。凤英大爷在外头,只有这花狗能找到。"

咱二大爷哈哈笑了,说:"你们这一套也太那个了,比八路的敌后武工队还神奇。"

咱三大爷说:"这都是让鬼子逼的,不小心点行吗,俺这是鬼子刺刀下活命。这全村几百口子,要是让鬼子知道了,你说是啥后果。上次鬼子炮楼被端,贾寨送死队的人让鬼子杀得就没几个了。"

咱二大爷问:"什么叫送死队?"

咱四大爷说:"龟田定有规矩,他炮楼的鬼子被打死一个,他就杀咱一个贾寨人抵命。所以咱贾寨专门成立了送死队,排着队和鬼子一命换命。"

"天!还有这等事,"咱二大爷不由动容。咱二大爷说,"咱有这么伟大优秀的乡亲们,鬼子迟早要被赶出中国。"

咱四大爷贾文灿说:"咱贾寨人才没有恁傻呢!参加送死队的人都

是咱贾寨的老弱病残,咱用老弱病残命去换日本鬼子身强力壮的命,伟大优秀的贾寨人专门去杀鬼子。"

"唉,"咱二大爷叹了口气说,"你们在家都辛苦了,可见没有党的领导,抗战要花多大的代价呀!"咱二大爷问咱三大爷,"听说你还是维持会长?"

咱三大爷说:"是呀,过去的村长大半都成了维持会长了。俺开始不干,后来……"咱三大爷望望咱三大娘。咱三大娘笑,说凤英爹怕打屁股。咱三大爷说,你懂个屁,我怕啥,还不是为你娘俩着想,为贾寨人着想。

咱二大爷说:"这没啥,共产党的地下工作者也当鬼子的官,要不鬼子咋信任你。"

三十七　咱大爷之四

第四天,咱大爷回来了。咱大爷回来的时候贾寨人正吃饭。咱三大爷杀了鸡,把咱二大爷和杨翠花请到家中。刚开始吃,杨翠花放下碗就往院里跑,然后蹲在院里的猪食盆边哇哇地吐。当时,咱三大爷的院门插着,堂屋门开着,灯点得很亮,灯光照在杨翠花的背影,一晃一晃的。咱三大爷连忙让咱三大娘过去看看,咱三大娘来到杨翠花的背后,在杨翠花背上拍了两下,说没事。咱三大娘回到堂屋对咱二大爷说:"有啦!"

咱二大爷问有啥了?咱三大娘说,有孩子了。

"哦!"

咱二大爷显然吃了一惊。咱三大娘从咸菜坛子里抓出一块酸萝卜，到院子里递给杨翠花。杨翠花抓着酸萝卜吃得极贪。杨翠花说，这东西真好吃，最近我闻到油腥味就想吐。咱三大娘说，这是正常现象。

为什么？杨翠花正要问，这时院里一暗，一个黑影站在了堂屋门前，把堂屋的灯光挡得严严实实。

"哦，凤英大爷回来了！"咱三大娘道。

"谁？"

"贾文锦。"

杨翠花一听连忙把最后一点酸萝卜填进嘴里，然后擦擦眼泪，整了整衣襟往堂屋里走。杨翠花进了堂屋，咱大爷见是生人愣了一下。

咱三大爷介绍说，这是书他二娘。

咱二大爷说，我们一起回来的，我们一起回来的。

堂屋里的人打着招呼，院里咱三大娘不知和谁在说话。杨翠花见院的黑影处立着两个人。杨翠花有些紧张，问他们是什么人？

咱大爷也说，我们一起回来的，我们一起回来的。

杨翠花不由笑了。咱大爷见杨翠花笑了，就拿起饭桌上的馍吃起来。这时，咱三大娘进来了，说来得早不如来得巧，你有口福，俺刚端上来。咱三大娘说着拿了几个馍又出去了。说是给他们的。

咱大爷吃了一个馍，喘了口气，才问咱三大爷："这次让俺回来干啥？"

咱三大爷望望咱二大爷，说："老二回来了，他想见你。"

咱大爷问："老二找俺啥事，这几年干啥去了？"

咱二大爷说："这几年俺和你一样，也在打鬼子。"

"喔，"咱大爷说，"你也在打鬼子，你也带人回来了。"咱大爷看看院里又看看杨翠花。杨翠花说:"我们这次回来是八路派回来专门和你联络的。"

"八路,"咱大爷停住了手中的筷子。"八路也到咱这一片了,八路不是在北边山西吗?咱这豫南俺只听说过新四军。"

杨翠花说:"果然是大名鼎鼎的黑马团白马团的司令,不但知道八路还知道我党领导的新四军。"

咱大爷说:"那咋不知道,都是在道上和鬼子干的。"咱大爷望望杨翠花,"那你就是女八路了?"

杨翠花说:"你看我不像吗?"

"像是像……"咱大爷望望咱二大爷不说了。杨翠花这时一捂嘴又跑出了堂屋。咱大爷嘿嘿笑笑,望着咱二大爷说,"听她说话像八路,听她在院里呕又不像八路。老二,你胆子也太大了,在外头说书敢拐走女八路。"

咱二大爷说:"俺也参加了八路,俺是八路文工团的团长,她是俺的手下。"

"文工团是啥团,有俺黑马团白马团的人多吗?"

咱二大爷说:"人和你的差不多,不过不能和你比,文工团主要任务是搞宣传。"

"搞宣传,咋搞?"

"编段子说书。"

"哦,你是给八路说书的。"咱大爷有些轻视地笑了,"我说嘛,这八路里能人多呀,咋轮到一个说书的当团长了。"咱大爷突然凑到咱二大爷耳边问,"你们八路里也兴纳妾?"

咱二大爷一下弄了个大红脸,说:"老大,俺在跟你谈正事呢!"

咱大爷说:"俺是在跟你谈正事呀,俺了解一下八路嘛。"

咱二大爷说："这次派俺回来和你联络，组织上就让俺和杨翠花结为夫妻，一来为了掩护俺的身份，二来也好有一个照应。"

"这差事好。你没报告八路组织你家里有老婆孩子？"

"俺走了几年，鬼子又占领了咱们这一带，俺又不知道书娘俩是死是活。"

这时，杨翠花回来了。杨翠花问："你们谈到哪里了？"

咱大爷笑笑说："你一走，俺弟兄三个谈了谈私事。"咱大爷说，"你们八路来了多少人？"

"这个……"杨翠花不好说，看看咱二大爷。

"保密？"咱大爷说，"不问也罢。不过，能端了贾寨炮楼，至少来了一个连。"

"什么？"杨翠花不解。咱二大爷连忙打岔说，"就贾寨炮楼的这点鬼子，不值得动用八路的正规军。"

咱大爷问："是，是，这个俺信。不过你们八路端鬼子炮楼，咋按到俺身上了。"

咱二大爷笑笑，不置可否。

咱三大爷说："老二还不是为了让你露脸。"

杨翠花听不懂这弟兄三个说的啥了，又去院里吐。

咱二大爷说："黑马团白马团名声在外，都知道你打鬼子，可是你又没有像样的战果，这多不好。"

咱大爷恍然大悟："所以你老二端了鬼子炮楼才按在俺身上的！"

咱二大爷说："现在都知道黑马团白马团端了鬼子的炮楼了，可是又不是你干的，这传出去多不好。"

"俺无所谓，打鬼子又不是一天两天的事，俺早晚结果了龟田。"咱大爷说。

咱二大爷说："等抗战胜利了，国家是要论功行赏的。到那时候你就混不过去了。"

"谁想那么远。"咱大爷说。

咱二大爷说："你现在要参加八路军，八路军干的就是黑马团白马团干的。贾寨的炮楼不是你端的也是你端的了。"

咱大爷笑了，说："老二你绕了一圈是为了让俺参加八路。你简直是弯弯绕，把俺绕进八路里了。"

"不是把你绕进八路里，是八路真心请你参加。"杨翠花不知啥时候又站在了门口。

"是、是，俺现在不在国军也不在共军，俺迟早要被你们招安了。第五战区在鄂豫皖有一个游击兵团，在大别山里，都是广西猴子。李宗仁的48军张义纯部也有人来找过俺，俺没干。俺和广西猴子合不来。要是俺原来所在的部队要俺，俺还可以考虑。唉……没娘的孩子难活命，没有粮草，没有军饷，全靠乡亲们接济，难。在鄂豫皖也有你们共产党的新四军，他们没找过俺，你们八路在山西，咋就舍近求远呢？"

咱二大爷说："因为俺在八路里，他们一调查黑马团白马团的司令贾文锦是俺哥，当即就让俺回来和你联系了。"杨翠花连忙接过话说："这不是主要原因，主要是黑马团白马团是真抗日，所以八路才主动找到你，你不真抗日八路肯定不会找你。"

咱大爷说："那俺就在这里感谢八路弟兄了，对仗还靠亲兄弟，上阵还需父子兵。俺同意参加八路，但俺有条件。"

"条件你可以谈，只要提得合理八路会考虑的。"

"中！"

那天晚上双方谈得极为成功，并达成了共识，形成了谈话纪要。这个谈话纪要由咱二大爷写好，藏在了杨翠花身上，准备送回部队，由组织上最后批示。

三十八　咱二大爷之八

　　咱二大爷被派回贾寨和咱大爷第一次见面就基本谈成了黑马团白马团加入八路军之事。咱二大爷带着完成了任务的喜悦告诉杨翠花，咱们就要可以归队了。可是，杨翠花却一点也高兴不起来。杨翠花发现书娘表现得更积极，已经开始收拾东西了，书娘要带上书也跟咱二大爷走。你说，这怎么可能，咱二大爷正在执行任务，怎么可能拖儿带女地穿过封锁线去找部队呢。书娘却有她的道理，认为你们回来时一男一女好打掩护，现在咱们四个了更容易打掩护。再说，杨翠花又怀着孩子，路上刚好有个照应。

　　咱二大爷却说，俺怎么能带着你们娘俩去部队呢，这不是让俺好看嘛。八路队伍里可容不下俺有两个老婆。书娘说，八路队伍里能容下她就能容下俺娘俩。咱二大爷说，你去部队那是不可能的，就这俺回到部队还不知道怎么向组织上汇报呢。书娘说，该咋说咋说，俺可是你大老婆，你还是说书的呢，你说的那些书上男人有三妻四妾，无论男人娶了多少个小老婆，原配的还是老大。咱二大爷觉得书娘简直是不可理喻，气得去找杨翠花。杨翠花早就在院里听到了，就赌气不理咱二大爷。书娘见咱二大爷气气咻咻走了，一拍大腿坐在床边地下一唱一和地哭起来。

　　"贾文柏，你个没良心的呀！俺一分钱的彩礼都没要你的，就嫁给了你呀，你现在有了小的就不要大的啦，呜——只要你走，你这边出村俺这边就跳河呀……反正俺也不想活了呀，呜——"

咱二大爷皱着眉头去了咱三大爷院里，愁得不知该咋办。杨翠花也跟着来了，眼泪汪汪的，对咱三大爷说，要是俺知道贾文柏家里还有这一摊子，死也不会嫁给他贾文柏。现在该怎么办？

咱二大爷只有叹气的份。咱三大爷说不管咋办这家事不能耽误国事，黑马团白马团还等着回音呢。杨翠花提出一个人走，让咱二大爷留下。虽然咱二大爷开始心里不同意，可是又有什么办法呢。咱三大爷担心杨翠花一个人又怀着小孩在路上出问题。杨翠花说，一路上有地下交通站，应该没问题。

杨翠花的这个决定使咱二大爷后来再也没有回到部队。

杨翠花走时村里人都出来看。那天天气阴着，像要下雨。杨翠花背着包袱出了村。书娘手牵着书随着。咱二大爷跟在两个女人身后。杨翠花一个人去部队汇报，咱二大爷留下了。咱二大爷知道部队上的纪律，自己老家有老婆孩子，杨翠花肯定要向组织汇报，回去也不会有好果子吃。

告别时，一家人站定了。你望望我，我望望你，大眼瞪小眼的。杨翠花想说什么，终于欲言又止。书娘在一边也哭了，说杨同志你不走不行吗，俺也没让你走。杨翠花哭笑不得。杨翠花转身走了，咱二大爷迈步追了几步，可终于还是立在原处。

在咱二大爷送杨翠花出村时，村里的孩子站在寨墙边唱：

> 糖真甜呀俺的天，
> 黑马团来白马团。
> 糖真甜呀俺的天，
> 黑马团来白马团。

孩子们唱着不知不觉地将咱二大爷改过的顺口溜又改了，可见那糖的滋味对孩子来说印象太深刻了。杨翠花望望咱二大爷不知说什么好。最后杨翠花说，这儿歌改成了这样让人觉得好像共产党给了黑马团白马团甜头，收买了黑马团白马团参加了八路军。咱二大爷说，我们接受的任务说到底就是给黑马团白马团甜头，就是收买黑马团白马团，虽然这话不中听。

送走杨翠花，咱二大爷就病了。咱二大爷在家躺着，算着日子，等待着部队的消息。一个月后，消息来了，由于杨翠花身体不便，八路派了另外一个同志。来人化装成叫花子，一路讨饭来到了咱二大爷门前。书娘用一块红薯要打发他走，不想叫花子却问："这是贾文柏家吗？"书娘吓了一跳，也不敢说是也不敢说不是，扭身进去了。不一会儿咱二大爷出来了，见了叫花子觉得面熟，可又认不出来。叫花子笑笑，说："贾团长，是我。"咱二大爷还是认不出来。

"我是姚抗战，名字都是你给俺起的。"

咱二大爷这才认出了文工团的姚抗战。姚抗战入伍时就是叫花子，会说快板，就进了文工团，也没大名，是咱二大爷给他起的名。

咱二大爷一把把姚抗战拉回院子，惊道："咋是你，你咋来了？"

姚抗战说："先弄吃的，俺这一路为了掩护身份可真是讨饭过来的，娘的，连一顿饱饭都没吃过。"

咱二大爷说："好好，书娘赶紧做饭，打鸡蛋，下一锅面条。部队上的同志来了。"

姚抗战这时撕开了裤腿，拿出了部队上的公函和杨翠花来的信。姚抗战没带来什么好消息。

组织上对咱二大爷和黑马团白马团达成的共识进行了严厉的批

评。认为咱二大爷没有完成组织上交给的收编黑马团白马团的任务。所达成的共识完全是拿八路军这支革命的队伍开玩笑。贾文锦行伍出身，身上有太多旧军队的兵痞气，没有一点无产阶级觉悟，这样的人怎么能参加八路军。所谓的共识只有一个目的，那就是升官发财，吃空缺，扣军饷，这都是旧军阀的作风。

最后，鉴于黑马团白马团的这种情况，组织上暂时不接收黑马团白马团参加八路军。由贾文柏负责对黑马团白马团进行教育改造，完成改造后再加入八路军。为了加强贾文柏的工作，姚抗战同志可以留下协助贾文柏同志工作。

另一份公函是部队上对咱二大爷重婚的处理决定。那决定上说：贾文柏同志参加革命后一直做部队的宣传工作，为革命事业做出了应有的贡献。但是，贾文柏同志在个人生活问题上犯了严重错误。在部队期间，对党的组织不忠诚老实，隐瞒了自己的婚姻状况，和文工团女战士杨翠花同志结婚。此举违反了解放区的婚姻法，应追究法律责任；但考虑到当事人杨翠花同志不准备提起控诉，为此准允杨翠花与其离婚，不追究法律责任。但是，此事影响极坏，经组织研究决定给贾文柏同志以开除党籍处分，免去贾文柏同志的文工团团长职务，在原籍开展抗日工作。

杨翠花在给咱二大爷的信中说：我们的分离是无可奈何的，也是极为痛苦的。书娘是一位勤劳、善良的农村妇女。她娘俩孤儿寡母吃尽了苦头，我不可能也不忍心把你从她身边夺走。我们的事我如实向组织上汇报了，希望你好好工作，安心和书娘过日子。

书娘不识字，从信封里翻出了一张相片。那是一张合影照，是咱二大爷在部队上和杨翠花的合影。两人都穿着军装，咱二大爷居右，杨翠花居左正冲她微笑。书娘看着就哭了。说："好好的俩人，咋说散就散了呢？"

咱二大爷收到组织上的处理决定后，几天几夜不吃不喝，躺在床上发愣。他觉得自己像做了一个长长的梦，在梦里拼命地向前飞呀飞呀，可梦醒来却发现自己还在原处。一切好像都是不真实的，好像从来没发生过。咱二大爷接到组织上的来信后，一病不起。

村里人都说：男人是船，妇人是水，船离不开水，无水寸步难行；水却能翻船，翻船的女人是祸水，杨翠花就是祸水。男人的一生就是那么一回事，成亦女人，败亦女人。

那天，在杨翠花妊娠的呕吐中达成的关于黑马团白马团加入八路军的共识，形成的谈话记录主要有四条：第一，八路军承认黑马团白马团为一个团的编制，任命咱大爷为团长，张万喜为副团长；第二，黑马团白马团加入八路军后，八路军按一个团的编制发放军饷；第三，黑马团白马团不离开本地，不接受改编，八路不再派遣除贾文柏之外的其他干部；第四，抗战胜利后，八路军向国民政府申报黑马团白马团抗战之业绩，并进行嘉奖。

革命不是升官发财，也不是请客吃饭。咱大爷完全是为了升官发财才参加八路军的，结果被八路拒绝了。咱二大爷躺在床上想想也是这个理，可是，咱二大爷没敢把八路的公函拿出来。咱二大爷知道咱大爷的脾气，这件事不能向咱大爷明说，连咱三大爷都不能告知详情。咱二大爷还警告姚抗战，这是组织秘密，不能告诉任何人。我们从现在开始就要把黑马团白马团往革命的路上带。姚抗战是咱二大爷的老部下，当然不敢泄密了。

咱二大爷病着对专程回来的咱大爷说，八路那边对黑马团白马团提出的条件基本同意，但是，八路想看看黑马团白马团真正的战斗力。咱二大爷把姚抗战介绍给了咱大爷，并说是姚抗战带来的口信。

咱大爷说，既然要加入八路就应该有个见面礼。那俺和鬼子好好打一仗，打出黑马团白马团的威风，让鬼子真正知道一下黑马团白马团的厉害。咱二大爷说，这正是八路的意思。咱大爷说，那俺就再把鬼子的贾寨炮楼端了。咱二大爷表示怀疑，说贾寨炮楼由龟田驻守，很难端掉。咱大爷说，俺拼上老本不信端不了。咱二大爷说，你老本都没有了，端了炮楼还有啥用。咱二大爷接着说了一句官话。咱二大爷说：端不端炮楼不重要，重要的是多消灭敌人的有生力量。

咱二大爷说完这话，咱大爷开始对咱二大爷另眼相看。

三十九 咱二大爷之九

于是，咱二大爷就为咱大爷提供了一个"围点打援"的作战计划。这个计划对于八路军来说太过平常了，因为八路军经常这样干。可是这个作战计划对于黑马团白马团来说那是从来没有过的。围点打援，目的是打援。贾寨人后来称这次战斗叫"贾寨伏击战"。

当时，咱大爷谈到端炮楼就说："自从上次被端后，鬼子加强了防范，而且这个龟田又特别狡猾，人虽然住在贾寨炮楼，他却可以直接指挥镇上的鬼子。这儿离镇上太近，枪一响，鬼子要不了多久增援的就到了。"

咱二大爷说："好呀，咱们专打援兵。这是八路最惯用的打法。"

咱大爷问："怎么干？"

咱二大爷问："黑马团白马团有多少人？"

咱大爷回答："有一二百人。"

咱二大爷说："具体点，好分配兵力。"

咱大爷说："一百四十八人。"

"好！"咱二大爷说，"够了。贾寨炮楼有鬼子一个小队，加上伪军也就二三十人。咱们用一半的兵力把炮楼围个水泄不通。"

"嘿嘿……"咱大爷笑了。

"笑啥？"

"俺笑你咋把说书的腔调拿出来了。咱们一半的队伍才七八十人，咋能把炮楼围个水泄不通？"

"你别打岔，俺的意思是先把炮楼围了，鬼子肯定要请援兵，咱们另外七八十人就埋伏在援兵的路上，打他的伏击。"

"这个办法不错，可要是鬼子的援兵来了一百多人，咱咋办？"

"这……"咱大爷差点把咱二大爷难住了。不过，咱二大爷还是想了想说，"咱们随时要掌握镇上和县城里鬼子情况，要在鬼子驻守最少的时候下手。他的援兵只要比咱的少，咱就可以打。实在打不赢咱就跑。"

"那鬼子的情况咋了解？"

"这个可以去侦察，县城让姚抗战去，镇上俺去。"

"姚抗战去可以装成叫花子，你也装叫花子？"

"我……这个到时候再说。"

咱二大爷躺在病床上和咱大爷商量的计划，后来告诉了咱三大爷。咱三大爷说兵不够，找人凑。老四不是号称是抗日别动队嘛，俺看他还没打过鬼子吧，这次把他也拉上。他造了不少孽，让他打鬼子也将功补过。咱二大爷担心地说，老四行吗？这可不是拦路抢劫，这是真枪真刀地和鬼子干。咱三大爷说，人多力量大，他有二十多人，家伙也好，都是二十响的大肚子盒子炮。最近听说他们有了机枪。咱大爷说，行不行，试试吧。还不知道他干不干？咱三大爷说，我去给他说，不干就算。咱三大爷最后说，打鬼子俺支持，但打鬼子不能连累乡亲们，你们打完了鬼子，乡亲们还要活命。

咱二大爷说，到时候你去给鬼子报个信，就说八路来了，要端炮楼。

啊？！

咱二大爷说，鬼子肯定要派人求援，鬼子援兵来了正好中我们的埋伏。这样一举两得，既调动了鬼子又保护了乡亲们。鬼子过后也不会拿贾寨人撒气，还要感谢咱贾寨人呢！咱三大爷和咱大爷听咱二大爷这样说，都伸出了大拇指，说妙计、妙计，这是在哪本书上学的？咱二大爷简直是诸葛亮在世，神了。

咱三大爷说，上阵还要亲兄弟，这回咱兄弟几个和鬼子大干一场。

第二天，咱二大爷躺在床上没起来，想着化装去侦察的事。咱二大爷不愿意化装成叫花子，可是不化装成叫花子，化装成啥才不引人怀疑呢。咱二大爷正在床上发愁，书娘又请来了先生。咱二大爷懒得理书娘，让先生把着脉，心里还是想自己的心事。这时，咱二大爷突听到村里有货郎的拨浪鼓声。咱二大爷心下一动，自言自语地，咦，俺咋忘了这个法呢！咱二大爷一撅从床上起来，把先生吓了一跳。咱二大爷出了门，在院门喊书娘。

书娘正在厨屋里烧水，一头灰地出来了。问你这病恁快就好了？咱二大爷说，你去赶集吧。书娘问，赶集干啥？咱二大爷说，你到皮匠张贵荣那里给俺蒙一面鼓。俺原来那鼓在部队没带回来。书娘一听咱二大爷要鼓，高兴得不得了，出了院门满村地喊书。书回来了，问娘干啥？书娘说咱赶集去！

"赶集干啥？"

"给恁爹买鼓!"

"买鼓干啥?"

"治病!"

"治啥病?"

"治心病。"

咱二大爷对书娘说,买完鼓到那说书场上看看。书娘答应着,慌忙把平常卖鸡蛋积攒下的钱揣在怀里,怕不够,又让逮了两只老母鸡,换了一件干净布衫子和书匆匆上街了。赶集的人多,书娘脚下没停,径直找到了街上最有名的皮匠张贵荣家,说:"大哥,给俺蒙一面好鼓要花多少钱?"

皮匠张贵荣望着书娘大感不解。问:"大嫂,恁一个妇人家蒙鼓干啥?"

书娘急忙从怀里摸出一个布包,里三层外三层地打开,露出钱。"大哥,你看够不?要是不够,俺还有两只老母鸡。"

皮匠张贵荣见这娘俩连老母鸡也抱出来了,那下蛋老母鸡可是一年的油盐钱呀。皮匠问:"大嫂,你若是为小孩买一面皮鼓回家玩,我有现成的,只需一只鸡的价。"

书娘说:"俺要买最好的鼓。"

张贵荣说:"何必花恁大的价钱买好鼓呢?鼓是乐器,是有灵气的。好鼓要是卖给了不会敲的,三下两下便敲出一个洞,这叫瞎捣鼓。好马配好鞍,好鼓配玉簪,若是好鼓手,俺不讲钱多钱少,任其扔几枚大钱,是个意思。一般人贵贱不卖。可惜,俺十来年没遇上这种人了。"

书娘连忙把钱收起来,脸便红了,问:"你说那玉簪是俺头上的这种吗?"

张贵荣笑了，说："用玉簪击鼓是古人，现在用竹棍，一根竹子只用竹根那一节，那鼓声可脆啦。"

书娘便问："大哥，你认识说书的贾文柏吗？"

"咱二大爷，那咋不认识，是贾寨的。他那小调俺也会哼几句。他原来用的那面鼓就是俺蒙的。那年八月十五的晚上，俺和贾文柏在月光下边喝酒边蒙他那面鼓。干了一夜，那是俺有生以来蒙得最好的一面鼓。蒙好鼓要择吉日，蒙鼓的吉日就是十五的晚上，一轮满月。"皮匠张贵荣说着激动万分。最后长长叹了口气说："可惜，他现在不知去向，扔下老婆孩子不管了。还不知在不在人世。原先每个集他都在那老槐树下安场子，俺一边做生意，一边听他说书。咦！这方圆几十里可没恁好的说书人啦。"

书娘听了皮匠一席话，便笑了。没想书爹在人家心里恁重要。说："贾文柏回来了，俺是他屋里的。"拉着书又说，"这是他儿。"

张贵荣吃惊地望着书，说："咦，像。长得一模一样。恁娘俩咋不早说。坐坐，上午不走了，在家吃饭。他回来了咋不说一声？"

书娘说："他回来就病了，没顾上。"

"他过去的家什呢？"

"他原来的家什落在部队上啦，他这次回来不走了。"

"这几年他去当兵啦？"

书娘压低声音说："被抓了丁。"书娘想说贾文柏参加了八路，想想话到嘴边又咽下去了。

"我说嘛！他不是那种丢了老婆孩子不管的人。被抓丁了，谁也没法！"张贵荣激动地说，"中！俺再为他蒙一面。"说着掰着手指掐算了一下说："后天正是十五，俺在圆月下给他蒙。恁过几天来取。"皮匠说，"这几天怪不得眼皮一个劲地跳，原来是咱二大爷回来了。

我有张牛皮一直没舍得用,敢情是为他留的。"

书娘从张贵荣家出来就去了咱二大爷过去说书的地方。老槐树下很冷清,一只瘦牛在槐树下倒沫,满嘴银白,像城里人刷牙。书娘望着老槐树,不由咧嘴笑了。等着吧,过了几个集,就会再热闹起来的。书娘抬头看那老槐树,树枝繁叶茂的一点也不老。书娘感慨自己却老了,从一个黄花闺女变成一个老太婆了。想当年俺在那槐树下听书爹说书,那时多年轻,听书的人都往俺身边挤。书娘在老槐树下感叹着青春已逝,心里有些伤悲。贾文柏也变了,变成一个八路了。想当年在那槐树下说书,那是单纯的说书,现如今说书那可不是说书那么简单了。那说书场的路对面原来是镇公所,现在被鬼子占了。两个日本兵端着上了刺刀的三八大枪在门口立着,要是鬼子知道贾文柏参加了八路,那可如何是好,贾文柏在这老场子说书太怕人了,这事俺回去要给书爹说。

书娘回去给咱二大爷一说,咱二大爷一拍大腿说,太好了!弄得书娘莫名其妙。

几天后,书娘神不知鬼不觉将架子鼓支在了咱二大爷的床头。咱二大爷醒来,见了那鼓,眼前一亮。他急忙下床,用手摸着还散发着牛皮香味的鼓,不由操起鼓槌咚咚咚连敲了几下,又拿起快板叭啦叭啦一合,真是天籁之音。快板清脆,鼓音袅袅,一种震撼之力空透人的五腑六脏。咱二大爷连连赞叹:"好鼓!"

咱二大爷的鼓声一响,吸引起了村里人的注意。村里人好久没听到鼓声了。有人随音而来,在院门口问:"咱二大爷病好了!俺可好久没听他说书了。"书娘连忙搬凳子让座。说:"才起来。"

来人说:"让他在屋里,俺不进去了,不打扰他。"

书说:"俺爹的病是用鼓医好的。"

来人取笑书，说："你懂河虾是从哪头放屁？"

书不服气还嘴说："你知道河虾是从哪头放屁？"

书娘瞪了书一眼说："没大没小的，小心掌嘴。"书便不敢吭声了。

咱二大爷病好了，家里热闹了起来。村里人喜欢到咱二大爷家里坐坐，听咱二大爷讲外头的事。走了几年，能不见多识广？人家在部队里好赖当过团长，就是那满肚子的墨水就够你几爷子喝一壶的。

有人问书娘，书爹不走啦？书娘昂起头骄傲地回答，不走啦，俺也该过几天舒心日子了。咱三大娘吃了晚饭也来串门，坐在咱二大爷身边纳着鞋底，听咱二大爷讲外头的事。咱三大娘问："凤英他大爷，恁见过火车没？"

咱二大爷说："不但见过，还坐过呢！"

咱三大娘问："那火车是不是火龙一样在地上奔，人咋近身呢！烤着了棉袄咋办？"

咱二大爷哈哈大笑，说："凤英想得怪，那火车就像十几间房子那么大，沿着铁轨走。一个团装进去连影没有。车厢里黑乎乎的，也不知是走还是停，只听到叽叽嘎嘎的声音。一觉醒来便走了几百里地啦。"

咱三大娘说："那叽叽嘎嘎的声音，是不是有点像在炕上打滚压高粱杆的声音……"说着自己便哈哈笑了。

咱二大爷便窘在那里，再看咱三大娘，觉得咱三大娘虽几年没见了，还是那样，没变。咱二大爷便想起年轻时的无数不眠之夜听到的那种床上声音，不由脸热。咱三大娘一直是个耐看的女人，老三有福。相比来说书娘变化就大了，自己走这几年书娘咋弄得满脸黑疤，成了丑老太婆了。算起来书娘和咱三大娘大小年龄差不多，俩人咋不能比呢？书娘比咱三大娘比不上，比杨翠花更是一个天上一个地上。可就这么个女人却死守着自己，缠着自己，活生生把一生的前途毁了。咱二大爷想着不由叹了一口气。

咱三大娘说："俺这辈子要是能坐一回火车死也闭眼了。"

咱二大爷说："那火车老远老远就昂昂叫，像母猪叫，叫了就开。火车开着时，人不敢站得太近，火车有吸力，一下把人就吸进车轮下了。车开过去，铁路上只有一摊血。"

咱三大娘骇得就白了脸，说："火车会吃人，吃人不吐骨头，俺这辈子是不敢坐了。能坐一次汽车就中了。"

书娘便说："汽车俺见过。俺送书他二娘走时见的。跑汽车的路笔直笔直的，那路不沾水，也没泥。不怕刮风下雨，叫柏油路。俺当时就想，这辈子够了，走了一回柏油路。"村里几个女人便投去羡慕的目光。

咱三大娘说："恁这辈子有福呀！这不，把凤英他大爷也熬回来了。"

咱二大爷却向书娘投去不屑的一瞥，觉得书娘土得掉渣，自己今后不知怎么和她过日子，想着心里便隐隐绞痛，也不知杨翠花怎么样了。

四十　村里人之八

咱二大爷的围点打援的作战计划一直没有实施。开始主要原因是鬼子在镇上和县城的驻军太多。据咱二大爷侦察，镇上有三四十鬼子，加上伪军有近百人。县城据姚抗战报告，鬼子有几百人，伪军不计其数。姚抗战说伪军不断在发展，无法统计。这样黑马团白马团的兵力就显得不足了，加上咱四大爷开始又拒绝参加，这几乎使围点打援的作战方案流产。咱二大爷只有等待鬼子兵力不足时再打。咱二大爷所能做的就是每逢集到那大槐树下支场子说书，说着书眼睛却盯着鬼子驻守的原镇公所大院。大院门前两个站岗的鬼子兵虽然不断轮换，但对咱二大爷的说书场子也早已习以为常了。

咱二大爷逢集便说书，像回到了过去，成了一名名副其实的说书艺人。可是，化装成叫花子的姚抗战，日子就不好过了。姚抗战已经成了一个真正的叫花子。有人看到他经常靠在城门口晒暖，时不时从棉衣的领口内抠出一个虱子往嘴里扔，一咬还"咯嘣"一声。姚抗战在心里恨死咱二大爷了，骂咱二大爷是秀才造反十年不成。

在抗战胜利后，姚抗战写给组织上的汇报材料中就用上了这句话。说咱二大爷工作没有魄力，消极抗战。姚抗战的汇报材料直接影响了咱二大爷的前途，这从后来咱二大爷和姚抗战在解放后所担任的职务可以看出。姚抗战曾担任大队书记，咱二大爷只担任过贾寨的支书。

后来，村里人都说，这两个人也算老革命了，为啥当不了大官？姚抗战是上面的毛病；咱二大爷是下面的毛病。这意思是说姚抗战坏在嘴上，好吃；咱二大爷坏在球上，好日。当然这都是后话。

姚抗战从一个化装的叫花子变成一个名副其实的叫花子在县城行乞，这件事不能怪咱二大爷。后来连不是叫花子的村里人也成了叫花子了，因为当时河南遇到了大灾荒。黑马团白马团别说打仗了，连吃饭都成了问题。贾寨和张寨已经养不起黑马团白马团了。黑马团白马团的人不得不到外地活动，围点打援的作战计划只有搁置，这一年是在民国三十一年。

民国三十一年就是1942年。1942年这个年份对中原大地来说最可怕的不是日本鬼子，最可怕的是灾荒。在沦陷区日本鬼子又是这个灾荒的推波助澜者。据史料记载：1942年夏到1943年春，河南发生大旱灾，景象令人触目惊心。全省夏秋两季大部绝收。大旱之后，又遇蝗灾。灾民五百万，占全省人口的百分之二十。水旱蝗灾袭击全省110个县。灾民吃草根树皮，饿殍遍野。廖廖中原，赤地千里，河南饿死三百万人之多。

据当时的《大公报》报道：河南是瘠民贫省，抗战以来三面临敌，人民艰苦，偏在这抗战进入最艰难阶段，又遭天灾。今春三四月间（旧历），豫西遭雹灾，遭霜灾，豫南豫中有风灾，豫东有的地方遭蝗灾。入夏以来，全省三月不雨……河南已恢复了原始的物物交换时代。卖一口人，买不回四斗粮食。麦子一斗九百元，高粱一斗六百四十九元，玉米一斗七百元，小米十元一斤，蒸馍八元一斤，盐十五元一斤……

贾寨人认为民国的大灾害其实和日本鬼子突然疯狂地征粮有直接关系。本来贾寨和张寨人守着那风水宝地即便是受了点灾，也还不会到饿死人的地步。入春无雨，贾寨人和张寨人通过抗旱，引河水浇麦，还是有点收成的。由于抗旱过度用水，又不下雨，上游已无来水，那河水最后都干枯了。贾寨和张寨人都有些慌，这河水干枯是绝对少见的。

解放后据村里老人说，那河底淤泥裂得如小孩嘴一样。贾文柏好运气在干涸的河里抓到了一个大乌龟，这个大乌龟救了贾文柏一家人的命。

那大乌龟壳在咱二大爷家窗棂上挂了好多年，像一个神物，保佑咱二大爷一家。据说咱二大爷晚上在干涸的河里走，突然见不远处有一个犁铧大的东西在残月下闪光，咱二大爷便走过去看个究竟，过去一看是个大乌龟。

由于用河水抗旱，麦子还能有五成收成。过端午节的时候，贾寨人还家家户户都煮了鸡蛋，照例抓了不少活蹦乱跳的癞蛤蟆，在嘴里塞进个蒜头，挂在灶屋的窗户上，风干了以备将来治病。村里人有一句俗话叫：癞蛤蟆躲端午，躲一天是一天。指的就是端午节是癞蛤蟆的苦日子。

贾寨人抹抹嘴打发走一个节，便急着磨镰压场，清库扫仓，准备割麦子。

麦子当然是欠收，麦子割了摆在地里稀稀拉拉显得格外寒酸。贾寨和张寨人还没有来得及将割的麦子往场上拉，县城的鬼子突然开到了贾寨和张寨，还带来了记者。

贾寨和张寨都是龟田上报的中日亲善的模范村。鬼子宣传他的中日亲善，在河南大灾之年在皇军占领的地区，居然获得了丰收。鬼子也树典型，鬼子要树贾寨和张寨为典型。龟田连夜把维持会长贾文清找去开会训话，龟田说："贾寨小麦虽有收成，可离典型的要求还有距离。但是，典型还是要树的！怎么办？就要想想办法，每亩地再增产几百斤。"

咱三大爷贾文清望望翻译官张万银说，皇军在说梦话，麦子已割到地里了怎么能增产。有日天的本领也没用。龟田对翻译官说了一阵什么，翻译官笑了，对维持会长贾文清如此这般地一说，咱三大爷听了一拍大腿说："这狗日的小日本干事也会掺假。中！不就是为树典型嘛！不要命就中，我回去弄弄。"

咱三大爷找人带了绳，赶着车，在地里干了一夜。把北地的麦子移到南地里了。第二天，咱三大爷在地头树起一个"丰收示范田"的牌子。龟田的增产计划终于完成了。

不久，鬼子来了参观团，在田头开现场会。贾寨人惊得出来看。"天，这一亩有多少斤！"

但见那麦捆子挨着挤着连地皮都看不见了。不怕你不信，眼见为实嘛！贾寨人也蒙了。大家都喜气洋洋的，反正多了比少了好。于是，连自己也信了，觉得真的丰收了，脑门上热气冒，头顶上紫气升。脸上放光芒。

村里人说："看贾寨人能得连自己都不认识自己了。还说不准这麦捆子从哪儿弄来的呢！不该自己的别硬往头上戴。贾文清那货会算计，维持会长越来越会当了，会讨鬼子欢喜了，这没错，只要鬼子少杀咱贾寨几个人，咋样都中。"

贾寨人把麦打了，正想从场里往家拉，蒸几锅白馍吃，鬼子征粮的车来了。一下来了十几辆大车。

贾寨人这下慌了。眼见那黄灿灿的麦子全都拉走了，按估产算还差得远。贾寨人连种子都没留下。贾寨人红着眼找维持会长贾文清，咱三大爷红着眼去炮楼。翻译官说："按龟田队长上报的粮食估产，还不够呢。龟田说还要找贾寨要粮。"

咱二大爷说，要屁，都拉走了。

最后鬼子挨家挨户又清了一遍，把贾寨陈年的麦子也拉走了。村里人紧紧裤腰带盼秋季。可秋季大旱。豆秧子瘫在地里不开花，红薯不结蛋。秋季颗粒无收。

贾寨人没粮，连红薯叶都吃完了，红薯地又被翻了一遍。最后，去挖草根，剥树皮。有人商议着去要饭，贾寨人还没有出门呢，外面要饭的饥民都到贾寨来了。

杨翠花就是在这个时候回到贾寨的。当时杨翠花回来还带回了咱二大爷的儿子贾胜利。

在杨翠花回到贾寨的前一天,书娘夜里做了个梦。她梦见杨翠花身穿黄军装别着盒子枪满身是血地向她走来。杨翠花突然掏出枪指着书娘说:"你害得我好苦,把胜利爹还给我!"书娘吓出了一身冷汗,便醒了过来。这时已天色大亮,书娘想起那梦便心惊肉跳。最后,书娘得出一个结论,胜利娘肯定要回来了。她回来要抢走书爹。书娘早晨洗脸的时候又去擦挂在墙上的镜框。那镜框里有杨翠花和咱二大爷在部队时照的合影照片。擦镜框是书娘每天早晨洗脸时的老习惯。书娘总是一边擦一边和镜框中的杨翠花唠叨些家常话。那些家常话自然是关于咱二大爷的。

书娘在那天早晨又去擦镜框时,不想那镜框却哗啦一声掉下来摔得粉碎。夹在镜框里的相片散了一地。书娘连忙在那碎玻璃堆里捡相片。"咦,俺咋把你摔下来了!对不住,对不住,你可别生气。"便觉得手一阵刺疼,有鲜血从手指流出来,血将杨翠花的脸都染红了。书娘连忙用手擦,越擦血越多。书娘便细瞅那相片,见杨翠花过去的微笑没有了,正满脸是血地怒目而视。书娘看着眼泪便流了下来。

书娘在锅里煮了一把红薯叶算早饭,然后出了门往那松树岗走去。村里人问:"书娘,你这是上哪儿呀?大清早的。"书娘说:"俺去松树岗!胜利他娘要回来了。"村里人听了直摇头。说,"都说天生娘脑子不够用,书娘怎么好好的也迷三倒四的了。胜利他娘走了咋会回来呢!尽说胡话。"

不久,书娘慌慌张张地从松树岗上下来了。书娘逢人便说:"来队伍了!来队伍了!"

村里人开先还不相信,可是一抬头便见西南方有一支穿着便衣的小分队顺着田埂走来了。村里人望着那几十人队伍,被他们身上的干粮袋吸引住了,那干粮袋显得饱满诱人,人们望着小分队身上的干粮袋不由嚅动着嘴,睁大了眼睛。

小分队来到了贾寨村口,一个挂盒子枪的便问村里人:"贾文柏同志在吗?"咱二大爷贾文柏已经饿得弱不禁风了,他迎了上去回答俺是贾文柏。那人便上去握着咱二大爷的手说,我们是八路军的敌后武装工作队,我们护送一批干部到新四军,路过此地。

"同志,可把你们盼来了,快救救乡亲们吧,他们都快饿死了。"咱二大爷第一句话就说吃的。

乡亲们是要救的,但是我们带的给养也有限,我们还要赶路,最后的困难还要你们克服。我们随队给你带来了一个人。

"谁?"

武工队长指指小分队的一个人。这时,咱二大爷见小分队里有一个人一直背对着自己,咱二大爷望着那背影眼熟。咱二大爷走过去对着背影说:"同志,进屋。"

"谁是你的同志。"

对方转过身来,咱二大爷一见之下,大吃一惊,原来是杨翠花。杨翠花冷笑一下望望咱二大爷,说:"你还没死!"

咱二大爷干笑一下,说:"快了,你要是再不回来,过不了几天准饿死。"

当晚,杨翠花带领的敌后武工队住在了贾寨,贾寨算是真正迎来了救星。当晚村里人几乎都吃了一把炒面。这把炒面可以煮成一海碗的炒面稀饭,多日没有吃到真正粮食的村里人,有了这碗炒面煮成的稀饭,算是把命捡回来了。

杨翠花住在咱五大爷贾文坡家,咱五大爷死后三间堂屋空着。杨翠花住下后在村里开始四处走动,访贫问苦。杨翠花面临的第一个任务就是开展救灾,进行生产自救。

本来武工队想留两个人在杨翠花身边。一来配合工作，二来也安全些，杨翠花毕竟是个女同志还带一个孩子。杨翠花却不同意，说一路上护送干部要紧。杨翠花认为在贾寨有贾文柏配合工作就够了，安全是没有问题的。武工队长找咱二大爷谈话，问咱二大爷还愿不愿意为抗战多做一些工作？咱二大爷说，俺是被组织上派来的人，虽然开除了党籍，但人还是党的人，只要组织还要俺，俺就是头破血流也在所不惜。

武工队长笑了，说贾文柏是当过八路军文工团长的，嘴会说。武工队长当场表示说："要，怎么不要，只要你愿意，还可以积极表现再加入嘛！我们来时部队上也说了，只要你配合好杨翠花同志搞好沦陷区的工作，组织上是会考虑恢复你的党籍的。"

当时，咱二大爷激动得不得了，说："只要组织还要俺，俺干啥都中。"咱二大爷问，"杨翠花回来的主要工作是啥？"

武工队长说："主要是收编队伍，在沦陷区展开游击战。眼前首先是生产自救，减租减息。"武工队长语重心长地说，"组织上还是信任你的，我们把杨翠花同志留下就是考虑到你们过去的特殊关系，你们虽然已经离婚，但还是革命同志，加上你们还有共同的孩子。我们相信你会配合好杨翠花同志的工作的，要确保杨翠花同志的安全。"

咱二大爷当时就拍了胸脯，说："在贾寨有俺贾文柏在谁也翻不了天。"

可是，咱二大爷的盲目自信送了杨翠花的命。杨翠花死在咱四大爷铁蛋之手，这也是咱四大爷铁蛋后来走向反动的最大的一步。

四十一　咱四大爷之六

八路军的这支敌后武工队离开贾寨后，贾寨人再次陷入了绝境。正是青黄不接的时候，村里人首先要解决吃饭问题，武工队留下的那点干粮只能救一时之急，根本坚持不了几天。武工队临走时本想把贾寨炮楼端了，解决粮食问题，炮楼里肯定有粮食。可是炮楼里的鬼子坚守不出，武工队根本就无从下手，为了在规定的时间把干部送到新四军去，武工队只有离开了贾寨。

贾寨人送走了武工队，开始盼着下雨，盼着地里露出青来，只要一下雨地里露出青，有了野菜就可以救命了。

杨翠花在咱五大爷家住着无计可施。杨翠花基本上一天只能吃一顿饭，这顿饭就是红薯叶煮半把炒面。好在杨翠花在离开部队时甄团长送了她一包缴获的压缩饼干，这样儿子胜利一天还有指甲大一块压缩饼干吃。在这艰难的日子里无论是咱二大爷贾文柏还是咱三大爷贾文清家基本都断粮了。

一天下午，在太阳落下时，咱四大爷贾文灿居然拿出一块白馍倚在门边唤狗。咱四大爷拿白馍喂狗被村里孩子看到了。孩子们便一边往回跑，一边唱：

　　四叔四叔好四叔
　　俺家吃着观音土
　　你有白馍喂花狗

白馍你从哪里来

不是抢来就是偷

咱四大爷贾文灿拿白馍喂狗，这事成了贾寨的爆炸新闻。人们心里便有了疑问，鬼子为了树贾寨当典型，早把麦子抢光了，贾文灿哪来的白馍？

杨翠花听说咱四大爷贾文灿用白馍喂狗，心头便一喜。这说明贾文灿非常有一套，说明他家还有粮食。杨翠花在一天咱四大爷又唤狗时就悄悄凑了过去，远远地见咱四大爷果然拿了块白馍，那白馍白得刺眼，勾得杨翠花不住咽口水。杨翠花定了定神再看那花狗也是膘肥体胖的。杨翠花来到咱四大爷面前，极和蔼地问："家里够吃吗？"

咱四大爷瞅瞅杨翠花道："不够！"

"不够，哪来的剩馍喂狗？"

"人不吃也要给狗，狗不吃，人再吃！"

杨翠花云里雾里弄不明白是人重要还是狗重要。

杨翠花住在咱五大爷家的房子，咱五大爷家刚好和咱四大爷家是隔壁。从此，杨翠花开始注意咱四大爷家的动静。一天夜里杨翠花躺在床上被老鼠的叫声吵醒了。杨翠花点着灯发现有成群结队的老鼠进了房间。这些老鼠到了房间直扑墙根，拼命地啃墙。杨翠花吃惊地望着这成群的老鼠吓得连忙起来去叫咱二大爷贾文柏。贾文柏来到杨翠花住的房间，见了这么多老鼠，大喜，说这下饿不死人了，这老鼠肉可鲜美了。咱二大爷贾文柏拿起一把扬场的木锨开始打老鼠，一木锨拍下去可以打死好几只。可是无论咱二大爷贾文柏打死多少老鼠，老鼠们根本不害怕，可谓是前仆后继地继续啃咬墙壁。

杨翠花发现那老鼠只啃一面墙，而这面墙恰恰是和咱四大爷贾文灿隔壁的墙。这面墙由于是青砖所砌，坚硬无比，老鼠要想在这面墙上打洞几乎是不可能的。可是老鼠却百折不挠地继续想在这面墙上打洞。

咱二大爷打老鼠打上了瘾，就像一个丰收的农夫正在收割庄稼，无论有多累也是幸福的。杨翠花让咱二大爷歇歇再打，咱二大爷说俺平常为了抓一只老鼠要费多大劲呀，没想到这全村的老鼠都到你这儿来了。你真是贾寨的贵客，连老鼠都心甘情愿地为你送死。这些老鼠不但够咱们吃一段时间，还可以分给村里的乡亲们。

杨翠花说，你只顾打老鼠了，你没发现有些奇怪？咱二大爷问，有什么奇怪的？杨翠花说，我发现老鼠只啃这一面墙，其他的墙为什么没有老鼠啃？咱二大爷经杨翠花一提醒也发现了这个奇怪的现象。杨翠花从床上起来，来到墙边，将耳朵贴在墙上，用手敲墙。这一敲不要紧，连咱二大爷都听出来了，这墙是夹皮墙，里面是空的。

杨翠花让咱二大爷找来工具，凿墙。不久咱二大爷把那墙凿了一个洞，麦子像瀑布一样从洞里流了出来。咱二大爷吃惊地用手把洞堵上了，望着杨翠花发愣，犹在梦中。杨翠花让咱二大爷将洞封住，说乡亲们有救了。

后来，杨翠花将麦子分给了贾寨的每一户人家，外加两只死老鼠。

贾寨人吃了杨同志的救命粮，把杨同志当成了活菩萨，当成了救命恩人。杨翠花说，我不是活菩萨，我是共产党。村里人说，那共产党就是俺的救命恩人。村里人问麦子从哪儿来的？杨翠花笑笑不说。

麦子当然是咱四大爷贾文灿藏的。那是贾文灿用枪换的麦子。没想到这些麦子救了全村人的命。可是，这麦子却送了杨翠花的命，这是后话。

几天以后，老天爷终于下了一场透雨，雨停后几乎是在一夜之间大地变绿了。面黄肌瘦的村里人连忙下地种庄稼。贾寨人快要饿死了，手里居然还留下了玉米种子。这把种子就是饿死也是不能吃的，留着这把种子就留下了希望。

在生产自救中杨翠花起到了很大的作用。杨翠花提出一个新鲜的种地方法，全村"打窝堆"。也就是说不管地是谁的全村一起种，打下粮食最后按人头分。咱二大爷问杨翠花，你不会在贾寨搞土改吧？杨翠花说，土改只能在解放区搞，在沦陷区搞土改时机不成熟。这种"打窝堆"的生产方式对将来打倒日本鬼子后搞土改有很大的好处。

贾寨人有一半人有地，一半人没地，没地的人就租地种。在贾寨本来数贾兴忠的地最多，有五六十亩。贾兴忠死后地分给了五个儿子，一个儿子也就十来亩地，这在贾寨就不算什么了。贾兴忠的五个儿子中本来只有咱五大爷种地，咱五大爷死后，咱大爷、咱二大爷、咱三大爷、咱四大爷的地都租给了人家种。

贾寨地最多的是贾兴朝、贾兴安、贾兴良，家里都有四五十亩地。鬼子来后，村里人都不愿卖力种地了，粮食打得再多也要交给鬼子，留下的只够一年糊口的；所以贾寨的地都是种一半荒一半的。

杨翠花对村里人说，地再多荒着也没用。你租给谁种呀，哪一户也没有能力种地。耕牛早就杀吃了，现在只有用人拉犁。用人拉犁你一家一户单干肯定拉不动，只有全村一起上，打窝堆。最后，杨翠花在咱二大爷贾文柏的帮助下说服了村里人。咱二大爷还在村里人面前赌咒发誓说，打窝堆就今年一年，明年还各干各的，地该是谁的还是谁的。

杨翠花一边让贾寨人打窝堆种地，一边让咱三大爷贾文清去南阳买牛。杨翠花号召全村妇女把首饰都拿出来。这些金的、银的、玉的，那些戒子、耳环、手镯都是不能吃不能喝的东西，放着也没用。拿出来几家合伙去买牛。其实，大家饿肚子的时候，想拿一个金戒指换一个蒸馍都换不上。因为大家都没吃的，你到哪儿换去。

为了路上安全，咱三大爷贾文清把黑马团白马团的短枪队也调回来了一半，由咱三大爷贾文清亲自带队去买牛。咱三大爷贾文清对短枪队的弟兄说，现在是先活命，吃饱了才能和鬼子干。等将来鬼子投降了，手中的枪也就没用了。有了牛，买地了，这辈子就安生了。

四十二　咱二大爷之十

送走了咱三大爷贾文清的买牛队，咱二大爷贾文清扛着犁子来到村口。咱二大爷来到村口见全村男女能爬动的都出来了。人们脸上露出了菜色的笑容。

村里人被这打窝堆的种地方法吸引了，贾寨人老几辈哪见过这样种地的，好奇心让刚刚摆脱饥饿的村里人有了点力气。村里人当然没想到，在解放后先是互助组接着成立了人民公社，打窝堆种地一种就是二十多年。

当时，贾寨人还是十分佩服杨翠花的，认为杨翠花在外面见过世面，别看是个女人，真是能耐。

咱二大爷赶着一群女人，一上午犁只能犁几行地。咱二大爷望着拉犁的女人，满眼都是扭动着的臀部，有时就唱："哆来、哆来，咪来咪，妇女翻身拉了犁……"

村里人问咱二大爷这小曲跟谁学的？咱二大爷回答在解放区学的。女人们拉着犁在前头说："贾文柏，你唱的是啥？妇女翻身了还要拉犁，还不如不翻身呢！躺在那里多舒服。"

咱二大爷说："躺在那里舒服？要是没吃没穿没男人，你躺在那里试试？"女人们听了便哄的一声笑了。

咱二大爷说："在解放区，政府把地都分给农民，让你都有吃有穿有男人。政府还允许寡妇改嫁！"

女人便对一个寡妇起哄，说听见没有，解放区让你翻身就是为了让你睡得更舒服。

寡妇问："解放区分房子分地，分不分男人，寡妇的地谁来种啊？"说着自己先笑了。

妇女们便七嘴八舌地笑着吵闹，说脸皮比寨墙转弯还厚，连男人都想让解放区分。

咱二大爷说，解放区虽然不分男人，可让有男人的和没男人的互相帮助，你那地种上没问题。

有妇女取笑寡妇说，放心，你那地一种保险能抱一个大胖小子。

女人们说着笑得东倒西歪的，没有力气了。

咱二大爷也没力气，气虚喘喘地，犁子也掌不稳了，一不留神在地里拉出了一道歪歪斜斜的犁印子。咱二大爷连声喊："停，停！"妇女们停下来，咱二大爷说，"说话归说话，别松劲，一松劲绳就软，地也犁不直了。"

妇女们互相望着，把咱二大爷的话往斜处听，相互挤眉弄眼和咱二大爷开玩笑。"俺女人没松劲呀！都是男人先松劲。"说着一阵乱笑，"有种把书娘叫来，问问她，晚上谁先松劲？"

咱二大爷弄得稳不住神，知道三个女人就是一台戏，这一群女人可不就是几台戏嘛。你说东，她说西，你说狗，她说鸡，没办法！咱二大爷说："算了，歇一会儿，歇一会儿。"

妇女们一听歇了，便把绳子一扔软在地上再也不想起来了。大伙便喊咱二大爷说两句，给大家解解乏。咱二大爷有力无气地问：

"说啥?"

"就说你怎么把杨同志拐到咱贾寨的。"

咱二大爷说:"啥拐不拐,那是革命的需要。"

"革命是个啥,革命还能拐人家大闺女?"

咱二大爷脸上就有些挂不住了,望着远处另外一组的杨翠花不说话。

其实靠拉犁种地是不行的,饿了那么久哪有劲拉犁。最后干脆地也不犁了,挖坑,一个坑里种一棵玉米。

咱二大爷贾文柏那段时间天天忙着生产自救,有一天回来得比较晚,回来后见屋里连灯也没点,书娘一个人坐在黑暗中。咱二大爷问书娘在干啥,咋不点灯?书娘说:"胜利娘要出事!"

咱二大爷不相信,便向书娘发脾气,说书娘整天疑神疑鬼的干啥。书娘又说:"书回来说的,书说他四叔回来了,知道自己藏的麦子被胜利娘给分了,赌咒发誓要找胜利娘算账。说麦子是他们抗日别动队的命,胜利娘要了他们的命,他们也要胜利娘的命,大家都别活。"

咱二大爷愤怒地说:"他敢,在贾寨俺看谁能翻天。"

咱二大爷说着就到里屋躺下了,很不在乎的样子。书娘说:"俺知道你心里没底,该去给她说一声,让她也有个防备。"

咱二大爷起身走了出去。书娘便在身后说:"你也早点回来。"

其实咱二大爷当时也没真想去通知杨翠花,只是听到了这消息心里挺不平静,想出去散散步。咱二大爷不相信老四会对杨翠花下毒手。可是,咱二大爷鬼使神差地还是来到了杨翠花的住处。咱二大爷来到院里,见那屋里还点着灯。咱二大爷便放慢脚步走近了窗户。咱二大爷刚立在窗下便听到屋里的杨翠花问:"贾文柏,这么晚了你来干啥?"

咱二大爷说:"来看看。"

杨翠花说:"白天不是还见过吗?"

咱二大爷说:"白天是白天的事,晚上是晚上的事。"

杨翠花说:"门没插。"杨翠花说着把灯也吹了。

咱二大爷心便怦怦乱跳,没想她还能听出自己的脚步。咱二大爷轻轻地推了一下门,门便咯的一声开了。咱二大爷借着月光见杨翠花立在门口。

杨翠花说:"你晚上来有什么事?"杨翠花说话声有些异样。咱二大爷突然找到了往日和杨翠花在一起的感觉,一切都显得那样熟悉,那样真切。咱二大爷能辨别出杨翠花身上的那种特殊的气息。那种气味使咱二大爷不顾一切地扑上去抱住了杨翠花。咱二大爷和杨翠花抱在一起手忙脚乱地正表达自己的激情。

这时,窗后有人咳嗽了一声。

咱二大爷惊慌失措地放开杨翠花,说:"俺找你有正事呢,老四回来了,知道你分了他的粮食,正恨你,俺怕你有危险。"

杨翠花说:"他敢把俺怎样?"

咱二大爷说:"老四从小野惯了,手下有二十几个人,还都是双枪,整天神出鬼没的,万一他……"

这时,窗后又有人咳嗽了一声。在窗后咳嗽的是书,书回来见娘没睡,便问娘咋还不睡?书娘说等恁爹,书问爹去哪了?书娘说去看二娘了。书噢了一声,当时也没放在心上。后来,书起夜见娘还没睡,才知爹还没回来,便愤愤地一脚将板凳踢翻了。书觉得爹这辈子太对不起娘了,于是,书便出了门。书刚要出门,书娘在身后说:"书,他是恁爹,你可不能弄得他难看,把他叫回来就行了。俺不放心,恁爹老了,那个女人还年轻。"

书来到杨翠花住的窗后,见灯也没点,听到爹正和杨翠花说悄悄话，就咳了一声，把咱二大爷吓了一跳。

咱二大爷对杨翠花说："你快收拾一下，俺带你躲躲。"

杨翠花说："儿子咋办，他睡着了。"

咱二大爷说："先让他睡，把你藏好了，俺再把儿子抱回去。"

"你呢？你不躲躲，分他的粮食也有你一份。"

"俺是他哥，他再匪也不敢拿俺咋着。"

杨翠花说："你还是小心一点。"

咱二大爷说："俺知道，说一千道一万，铁蛋还是和俺一个爹的。"

咱二大爷拉着杨翠花出了门。杨翠花在出门时又不放心地看了看儿子胜利。杨翠花说："我要有个三长两短，你可要把咱的儿子养大。"

咱二大爷说："你看你，刚才你还嘴硬，现在又说这话。俺让你出去躲躲，你搞得像生离死别似的。"咱二大爷说着拉着杨翠花出了门。

咱二大爷和杨翠花来到房后，打开了自己家的红薯窖。红薯窖一般都挖在各家各户的屋后。大约有一人来深，长方形状，宽一丈，长约二丈，里面铺着麦秸草。平常那出口用一捆麦秸草盖着保暖。一窖红薯就是农家人一冬的口粮。殷实点的人家还买些萝卜白菜放在一处，红薯窖便顶了菜窖用。如今红薯窖当然是空的，藏人刚好。

咱二大爷让杨翠花一个人下去，杨翠花拉着咱二大爷的手却不松。杨翠花一用力，咱二大爷站立不稳，哎哟一声，头朝下撞将下来。杨翠花便张开怀去接，两人倒在红薯窖里的麦秸草上。咱二大爷压在杨翠花身上，大惊小怪地爬将起来嗟呼着。咦？咋弄的，你咋把俺拖下来了？杨翠花躺在麦秸上呻唤着说，还不是你笨，哎哟，哎哟……把心口窝都撞疼了。

咱二大爷说："撞痛了，撞到哪儿了？没撞坏吧？"杨翠花抓住了咱二大爷的手按在自己胸上说："在这儿，就在这儿。哎哟，哎哟……

快给俺揉揉!"说着按住咱二大爷的手在胸上揉着。咱二大爷的手触摸到了杨翠花的乳房,便觉得呼吸困难。红薯窖里散发着红薯发酵的味道,那味道让人沉醉。咱二大爷和杨翠花不顾死活地抱在了一起。

书以为自己咳嗽一声提醒爹,爹会赶紧回家。书没想到爹拉着那个外面来的女人一起出来了。书便跟着他们来到了自家红薯窖边。书看到爹把那个女人弄进了红薯窖,自己也钻了进去。书从暗处弯着腰轻手轻脚地来到红薯窖旁。书见红薯窖口大敞着,一种呻唤声像是从地底下传来。

书便竖起耳朵细听,便听到杨翠花在红薯窖里说:"你还是那样,干这事像拼命似的,你和书娘也是这样?"

咱二大爷说:"别提书娘,她把俺害苦了,俺和书娘从来不干,没力气。俺一直对书娘提不起兴趣,主要是心里不痛快,不甘心呀。"

杨翠花说:"没力气,你对俺哪来的力气?"

咱二大爷说:"你和书娘不一样。"

书听不懂爹和杨翠花说啥,书也弄不懂爹和杨翠花在红薯窖干啥。书听到爹大喘粗气,在吭哧吭哧用劲,还以为正帮杨翠花扒红薯,可那声音听着听着就又不对了。爹用一下力,杨翠花便呻唤一声,一来一往地节奏分明。书仿佛懂了点什么又不太懂,似懂非懂的。书心里便十分紧张,趴在出口处连大气也不敢出。书听到杨翠花说:

"你也别怪书娘,她一直等着你,孤儿寡母的还真不容易。"

咱二大爷说:"要不是看着她娘俩等俺的分上,俺才不和她过日子呢。唉——认命吧!"

书趴在那里再也听不下去了。有一种屈辱感从心底升上来,一直冲向脑门。书涨红了脸,眼眶里含着泪水在那里想,原来爹一直不想要俺和娘。书想着便气急败坏地弯着腰向红薯窖里撒了一把土。书撒了第一把土也就停不住了，一边撒一边骂："俺让你不要俺，俺让你不要俺。"

书撒的土在红薯窖里弥漫开来了，撒了咱二大爷一屁股。咱二大爷连忙从杨翠花身上翻身下来，光着身子躲在角落里，呛得直咳嗽。杨翠花吓得躺在那里一动不动，捂着嘴连大气也不敢出。"俺让你不要俺，俺让你不要俺。"

书撒了一阵土，见里头没了动静，便立在红薯窖口，解开裤子向窖里面撒了一泡尿。撒完了扭头便跑。书那泡尿正撒在杨翠花的小肚子处。杨翠花听到书跑远了，便坐起来说："是书。"

咱二大爷说："俺等回去再收拾他。"咱二大爷说着穿起裤子急忙爬了出去。杨翠花在红薯窖里说："别忘了儿子。"咱二大爷答应着走了。

四十三　咱二大爷之十一

咱二大爷从红薯窖里爬上来，拍拍身上的灰，俯身把红薯窖的洞口堵好，四处望望连一个鬼影都没有，这才放心地走了。咱二大爷回到杨翠花的住处把正在熟睡的胜利抱了起来。咱二大爷抱着儿子胜利，心里有一种说不出的滋味。咱二大爷还是第一次抱这个儿子。咱二大爷一眼就能认出怀里的孩子是自己的种。咱二大爷在儿子的脸上亲了一下，悲从心来，不觉就流下泪来。咱二大爷也觉得奇怪，咋就觉得这孩子可怜呢！

咱二大爷抱着胜利回到自己家，见屋里还亮着灯，书娘坐在床上做针线活。书娘抬头望望咱二大爷怀里的孩子,连忙起身接过。

"咦,你看,这孩子长得多排场。细皮嫩肉的像他娘。"

咱二大爷说:"一看就是俺贾家的人。"

"就是,长得和书也像。"

书娘一说书,咱二大爷便往床上看,却不见书。咱二大爷问:"书呢?"

书娘说:"谁知道跑哪儿去了,都十来岁了,俺是管不了了,你这个当爹的再不管他,还不知将来他成啥样呢。"

"你让俺咋管他?"

"你成天连一个好脸都不给他,好像书不是你亲生的似的。"

"好啦,好啦,又来了。我还有事,让胜利和你睡,书回来了让他睡你脚底下。"

"中。"

咱二大爷走了出去,走了一半又回来了。咱二大爷说:"晚上别忘了给他盖被子,小孩爱蹬被子。"

"知道,这孩子虽然不是俺亲生,是你的种,那也是俺的儿呀。"书娘见咱二大爷打开了箱子。咱二大爷打开了箱子从箱子里拿出了一个红布包袱。咱二大爷解开红布包袱,便露出两把油亮的盒子枪。书娘望望枪问:"你这是……拿枪干啥?"咱二大爷说:"不干啥,这半夜三更的,带上家伙防身。"书娘说:"咱四大爷可是你弟弟,你们可不能动手。"

"他敢!"咱二大爷说,"他敢和他亲哥动手,俺一枪崩了他。俺去村里遛一圈看看动静。"

"哦,那你快去快回。"

咱二大爷提着枪在村里走了一圈,见没什么动静,又到自己家红薯窖边看看，见也没啥动静，这才放心回去睡了。

咱二大爷一觉睡到大天亮。咱二大爷睁开眼，人却在梦魇中。阳光爬在窗棂上，有些挤眉弄眼地望着咱二大爷，让咱二大爷觉得那光光点点的不怀好意。咱二大爷厌恶地望望窗棂上的阳光，不想理会，把眼睛紧紧地闭上了。咱二大爷闭上眼用耳朵把四周搜索了一遍，听听连一点动静都没有。咱二大爷一撅从床上坐了起来，这寂静让咱二大爷害怕。咱二大爷穿上衣服来到堂屋当门，堂屋门紧闭着，门缝里也趴着不少光光点点的阳光像无数双眼睛。咱二大爷到书娘的西房瞧瞧，房里没人。咱二大爷打开了堂屋门。蓦地，刺眼的光亮向咱二大爷扑来。咱二大爷像是被谁推了一把，连连向后退了几步，咱二大爷有些睁不开眼睛。

咱二大爷揉揉眼睛，走出堂屋，走进小院。院子里也没人，院门也是关上的，书娘不知带着孩子到哪儿去了。咱二大爷走出院门，村子里静悄悄的，连个人影都没有。咱二大爷觉得奇怪，这要是在平常，村里早就人声鼎沸了，这日头都上到树梢了，怎么村里却不见人呢。咱二大爷有一种被抛弃感，好像所有的人突然丢下他，都跑完了。咱二大爷蓦然想起了杨翠花。想起了杨翠花，咱二大爷连忙向屋后的红薯窖走去。咱二大爷路过咱四大爷的院门，见咱四大爷的院门上着锁，咱二大爷心想怎么连一点动静都没有，平常咱四大爷回来不是在院里喝酒吃菜，就是在院里赌博耍钱，闹得乌烟瘴气的，这次回来咋这么老实了。难道他加入了国军人变好了！

咱二大爷继续往房后走，渐渐听到了人的声音。当咱二大爷来到房后时见村里人都在围着看热闹。咱二大爷走进人群，问："这都在干啥？"

村里人见是咱二大爷，就说："贾文柏来了，贾文柏来了，书娘你也别骂了。"

咱二大爷走进人群见书娘怀里搂着胜利在那里骂人。书娘骂道:"俺日你娘,你娘那屄。俺这红薯窖惹你娘啥屄事了。你对书他爹有气也不能拿俺家的红薯窖撒气呀!"

咱二大爷过去,瞪了书娘一眼,说:"咋啦,半晌午了还不回家,在这儿丢人现眼。"

书娘望望咱二大爷说:"俺就准备回呢,想看看红薯窖里还能不能扒出红薯,没想到红薯窖被人填死了。"

"啥……"

咱二大爷再看那红薯窖,红薯窖四周都用锹挖过了,出口已经被封死,像一个崭新的坟墓。咱二大爷噢的一声就扑了上去。咱二大爷手脚并用,没命地挖土,一边挖一边喊:"胜利娘,胜利娘。"

村里人被咱二大爷的过激反应弄糊涂了,望着咱二大爷都哈哈大笑。说咱二大爷大惊小怪的,一个红薯窖被填了算啥,又不是堂屋门被封了,就是堂屋门被封也不至于这样呀!你看那咱二大爷急得像投胎找不到庙门似的。有人过来拉咱二大爷,说:"贾文柏,你这是咋啦?红薯窖被填挖开就是了,前年俺家的红薯窖也被封过。你肯定得罪人了,人家才封你的红薯窖的。"

咱二大爷急红了眼,一把把拉他的人推开喊:"救命呀,救命呀!"

村里人望着咱二大爷发愣,见咱二大爷的双手已经血肉模糊,指甲盖都掉了。书娘拉着咱二大爷问:"书他爹,这是咋了?"咱二大爷才喊出让村里人都惊恐的一句话:

"胜利娘被埋在红薯窖里了!"

"啊!"

书娘连滚带爬地往家跑,去拿铁锹。村里人也有往家跑拿工具的,也有跑过来帮咱二大爷用手扒土的,一阵忙乱。这时,一个很阴沉的声音说：

"扒也没用了，扒出来也死了，都埋了一夜了。"

村里人都回头看，见咱四大爷贾文灿带着二十几个弟兄围了上来，弟兄们都敞着怀，腰里别双枪。村里有人小声说，咦，铁蛋来了，铁蛋来了。

铁蛋说："乡亲们，今个俺明人不做暗事，这红薯窖里的女人是俺埋的。"铁蛋的话音未落，咱二大爷贾文柏爬起来就往家跑。铁蛋喊："拦住他，他回家拿家伙呢！"

咱四大爷的手下便上去了几个人把咱二大爷拦住了。咱二大爷喊："让开，我毙了他。"咱四大爷的手下扭住咱二大爷，说："大爷，你可别怪俺，有话和俺当家的好好说，你们都是亲兄弟，不要为一个外面的女人伤了和气。"

咱二大爷挣脱不了，就扭头骂："铁蛋，你听着，俺只要还有一口气就绝饶不了你。"

铁蛋说："老二你要讲理。你弄回来一个女人要在咱贾寨翻天，俺不除掉她行吗？她凭啥分俺的粮，那粮是俺抗日别动队的命根子，她分俺的粮就是让俺饿死，让俺饿死就是不让俺去抗战，不让俺去抗战就是汉奸。是汉奸俺当然饶不了她。"

"你放屁！"咱二大爷骂了一句。

"老二你也别骂俺，你骂也没用。要不是俺看着咱是一个爹的分上，俺早就让你骂不出来了。你走吧，离开贾寨，再也别回来。"

这时，铁蛋的手下对咱二大爷贾文柏说："你赶紧走，好汉不吃眼前亏，俺这当家的可不比以往，杀人连眼都不眨。他现在可不是你家过去的小四弟了。"

咱二大爷贾文柏扭身往家里走去。咱二大爷刚走回家，书娘抱着胜利就回来了。书娘说:"俺和你一起走。"

"这怎么能行,俺去找老大的黑马团白马团去。"

"俺娘仨咋办?"

"老四不会拿你们怎么样。书呢?"

"不知道呀,一夜都没回来,一直到现在。"

"俺把胜利娘藏在红薯窖里只有书知道。"

"啊——"书娘哭起来,"天呀,这如何是好呀!要是他报的信那他就活不成了呀——"

"哭什么哭,俺还没死呢。"咱二大爷将双枪别进腰里就往外走。书娘拉住咱二大爷说,"你不能去,他们人多。"咱二大爷说:"俺不去,俺走。俺找到了黑马团白马团再和他们算账。"咱二大爷出了门见路坝子上没有人,便大步流星地出了村。

咱二大爷来到老桥头,又望望村子,远远地见村里人都聚在村后,咱二大爷长叹一声。咱二大爷向南望望又向北望望,拿不定主意向哪个方向去。还是向南吧,向南就是向西,万一找不到老大贾文锦,也应该碰到老三买牛的队伍。黑马团白马团的短枪队有一半和老三贾文清去买牛去了,算着时间也该归来了。找到他们对付铁蛋的人应该也没问题。

咱二大爷想到这里便向南、向西走去。后来咱二大爷贾文柏在路上和咱三大爷贾文清的买牛队遇上了。咱二大爷和买牛队回到贾寨,咱四大爷贾文灿已经不知去向。

杨翠花后来被追认为烈士,那个红薯窖成了她永远的墓地。在红薯窖的出口处立了一块碑,上书:革命烈士杨翠花。全国解放后,咱二大爷当了村长。咱二大爷又在那墓上盖了一个亭子,说是为烈士遮风挡雨。咱二大爷一直没让村里人扒开红薯窖,重新安葬杨翠花。咱二大爷说，红薯窖里有吃有睡的，她在里头住着，挺好。就不要再折腾她了。

四十四　咱二大爷们端炮楼

当年，咱二大爷贾文柏能最后实现他围点打援的计划是和国际、国内形势分不开的。在国际上日本人在太平洋战场上节节败退，为了稳固后方，开始制订其长期作战计划。这就是所谓的"一号作战"计划。据有关史料记载，一号作战就范围而言，北起河南省，南至广西边境，绵延上千公里；就作战规模来说，打破了日军侵华以来的空前纪录。其指导思想是，如果太平洋上的防线全被突破，则要保证在中国大陆有足够的立足点，通过中国大陆和断了海上联系的南洋50万日军联系，利用中国的丰富资源，以战养战，长期战争。一号作战的核心是打通中国大陆南北的铁路交通线。为了完成一号作战，日军动用了51万人。

所谓打通交通线，据《日本帝国主义侵华资料长编》记载："即企图占领和修复从黄河北岸的新乡至汉口的平汉线南段，武昌至衡阳的粤汉线北段，衡阳至柳州的湘桂线，并新建自柳州经南宁至谅山的线路。这样就把朝鲜、满洲、中国、印度支那用铁路连接起来。"

日军首先进行的是豫中会战，日军兵力不足从各地调兵实属必然。

咱二大爷看到镇上的鬼子被汽车拉走了，连门口的岗哨也由两个人换成了一个人。第二天，姚抗战的情况也来了。姚抗战说，县城的鬼子开拔了，拉了好几汽车走。咱二大爷意识到机会来了。他一面让咱三大爷通知咱大爷回来，自己急不可耐地去看地形去了。

不久，咱二大爷知道了鬼子这次抽掉兵力的原因。在日本人的旧报纸上，咱二大爷看到了鬼子对一号作战的宣传。当咱大爷带领黑马团白马团的弟兄回来后，不久咱四大爷铁蛋也回来了，咱四大爷说要和黑马团白马团联合起来和鬼子干一场。咱四大爷铁蛋说：鬼子长不了了，再不干没机会了。

咱二大爷见了铁蛋眼都红了，拔枪就要打，被咱大爷和咱三大爷拦住了。咱大爷说同胞兄弟哪有自相残杀的。

姚抗战也说，现在打鬼子要紧，其他事今后再说。共产党最顾全大局，国民党杀咱共产党还少吗，鬼子来了咱照样和国民党合作。要团结一切可以团结的力量，一切都是为抗战。

咱二大爷贾文柏只有先作罢。咱二大爷瞪了咱四大爷一眼，说你等着，早晚收拾你。

咱四大爷贾文灿瞪了咱二大爷一眼，说八路军有什么好，共产党的军队都是杂牌军，不是嫡系的中央军，成不了气候。

咱四大爷铁蛋说这话是当着姚抗战说的，姚抗战没理他。咱二大爷对咱四大爷贾文灿说，俺和你是不共戴天的仇人，你杀了杨翠花也就是杀了俺孩子他娘，俺将来绝不饶恕你。

咱四大爷贾文灿说，那俺就等着。

后来，咱四大爷贾文灿在国共三年内战中，摇身一变成了保安团。国军败退后，咱四大爷铁蛋和解放军打起了游击，成了要镇压的土匪。

当时，为了达到伏击的效果，贾寨伏击战是在夜里进行的。傍晚的时候，黑马团白马团和咱四大爷的抗日别动队都悄悄地进入了位置。

然后，咱三大爷贾文清去给鬼子报信，说八路进村了。龟田当时不太相信。龟田在贾文清身边转了一圈，说你大大的错了，共产党的八路在北边，新四军在南边，我们这里国军共军都没有。只有和皇军作对的土匪，黑马团白马团的干活。八路不可能到这里。咱三大爷贾文清说，真的，俺不骗你，黑马团白马团现在已成了八路了。

"啊！"

龟田这下信了。黑马团白马团龟田不怕，打一枪跑一年，没有组织的。如果黑马团白马团被八路收编了，那这一带就不得安宁了。龟田当即派人去求援，临走了还给咱三大爷一袋白面。

枪声是从炮楼那里传来的。天黑后，炮楼里便不断向外放冷枪。第一枪就把咱四大爷铁蛋的花狗打伤了。这一枪正打在花狗的后腿上，这就等于打伤了黑马团白马团的通信兵。

"奶奶的，打狗还要看主人呢！"

咱四大爷骂了一句。咱四大爷听到花狗惨叫着往村里跑，实在就憋不住了，站在松树岗上用机枪给了炮楼一梭子。

为了节省子弹本来要等到三更以后才开打的。咱二大爷没拦住咱四大爷，咱四大爷一开枪，咱大爷也抱着机枪打了一梭子，张万喜也不示弱，也用机枪打了一梭子。弟兄们当然也就砰砰啪啪地打起来了。咱大爷、咱四大爷、张万喜一人一梭子机枪子弹后，炮楼里反而没动静了。龟田听出来了，打炮楼的部队至少有三挺不同型号的机枪。一挺是捷克造的歪把子，一挺是马克沁，还有一挺听着就更熟了，那是皇军配备的机枪。龟田知道这下完了，这不仅仅是黑马团白马团，说不定还来了八路的主力。

三挺机枪一起扫射，像刮风似的。龟田命令大家不要还击，节约子弹。只要八路不向炮楼冲就不许开枪，要放近了打，等待援兵。

本来三挺机枪至少分两挺去打援的。咱二大爷说，打响后另两挺机枪再去伏击地点也不迟，先打一阵，让龟田感受一下火力，这样龟田就不敢出炮楼突围了。

黑马团白马团和抗日别动队的弟兄打了一阵见鬼子没动静，觉得没意思自己也就停下了。然后，咱大爷、咱二大爷还有咱四大爷的抗日别动队带着两挺机枪去了埋伏地点，围炮楼的人让张万喜管。咱二大爷临走时对张万喜说，炮楼里不开枪，咱也不开枪。他开枪咱就还击，他出来了咱就狠狠地打。反正只要鬼子没出来你就胜利了。

结果，在那边伏击战打得正激烈的时候，鬼子端着刺刀冲出了炮楼。鬼子没开枪，张万喜也没开枪。有人开枪了，还被张万喜骂了一顿。说要执行贾文柏的命令，鬼子不开枪咱也不开枪，节约子弹。张万喜只记住了咱二大爷的前一句话却忘了后一句话。鬼子出来了就狠狠地打呀！等张万喜用机枪打的时候，已经来不及了。

龟田挥舞着指挥刀率领炮楼里的鬼子和伪军冲出了炮楼，顺着公路去接应援兵。张万喜带人追着打，可也无济于事了。龟田不顾一切地向伏击点扑去。

咱二大爷他们见大势不好，又打了一阵，只有撤。这样炮楼的鬼子和来援的鬼子会合了。咱二大爷他们撤得快，可是张万喜他们又不知道咱二大爷他们撤了，还在追着龟田屁股打。当龟田回过头来对付张万喜时，张万喜撤也来不及了。张万喜的人开始溃败。

当时，天已大亮，张万喜带领的几十个人已经被打散了架，在晨曦中往村里逃命。张寨人往张寨跑，贾寨的往贾寨跑。奇怪的是这些逃命者进了村就往自己家跑，好像爹娘老子可以救他。最后有的人就钻进了自己家的床底下，钻进了自己家的红薯窖里。毫无疑问，这种逃命的方式无疑是引狼入室。逃入贾寨的还好一点，进了村可以穿村而过，牵了马往南就出村了。虽然跑进村难，因为炮楼里还有留守的鬼子阻击，可是，进去难却出去容易。

相比来说，逃进张寨的就惨了，进村容易出村难。穿过村往南刚好被河挡住了去路。有的过了河，又被留守在炮楼里的几个鬼子用三八大盖子点了名。那三八式步枪虽然一次只能压三发子弹，可它最大的优点就是射程远。鬼子趴在炮楼里瞄准了刚凫水过河在旷野中狂奔的人。"叭勾"一声，就撂倒一个；"叭勾"一声又撂倒一个。张万喜就是这样被打死的。

黑马团白马团的这次战斗不但没有完成预计的战斗目标，而且损失惨重。黑马团白马团的副团长张万喜牺牲，另外还牺牲了十几个弟兄。其中张寨有9个，贾寨有3个。最大的损失是张寨和贾寨的乡亲们都受到了连累，这使咱三大爷的"打鬼子不能连累乡亲们"的想法落了空。来增援的鬼子才不信贾寨和张寨是什么良民村呢，一进村就开始烧房子。因为有人逃进了屋，并且在屋里向外打枪，鬼子不往里冲，把房子点了，看你还能往哪儿藏。

关键是黑马团白马团通过这次战斗后分裂了。围炮楼的弟兄们怪打援兵的弟兄只管自己撤退，不管人家死活；而打援兵的弟兄怪围炮楼的弟兄没把炮楼围好，让龟田冲了出来，结果影响了整个计划。由于咱二大爷、咱大爷、咱四大爷三兄弟都在打援兵的那一边中，又都是贾寨的，而牺牲的张万喜是张寨的，加上张寨死的人最多，烧的房子也比贾寨的多。

张寨人就埋怨：贾寨人只管自己撤退，不管张寨人的死活。

贾寨人埋怨：张寨人围不住炮楼让龟田冲出来，影响了整个计划。

后来，黑马团白马团里就没有张寨人了。张寨人认为参加黑马团白马团就是去送死，贾寨人在关键时候肯定出卖张寨人，因为贾寨和张寨修那桥时结下了怨。咱大爷后来也不让张寨人参加了，认为张寨人是孬种，不能打仗。

虽然，在咱二大爷指挥下的贾寨伏击战遭受了损失，但是战果也还是很可观的。在伏击战中鬼子援兵被消灭了20多人。在最初的战斗中，咱四大爷和咱大爷兄弟两个，一个路东一个路西，一人抱了一挺机关枪向鬼子冲去。打得鬼子哇哇乱叫，几乎把鬼子打垮了。如果龟田不冲出炮楼接应，完成消灭鬼子援兵的计划也就是时间问题。咱二大爷这个作战计划中途流产的原因除了战术上张万喜的围困不力外，最重要的原因是黑马团白马团的战斗力太差，除咱大爷等少数人外，其他人根本没有受过战斗训练，是一群乌合之众。不能有力地组织起来。咱二大爷把黑马团白马团当成正规八路用了，当然要失败。还有，咱二大爷选的伏击地点离炮楼太近也是一个原因。这使龟田冲出来就可以和援兵会合。

贾寨伏击战后，龟田加强了炮楼外围的建设，在炮楼外拉了院墙，在院墙中还盖了房子。想要在贾寨扎根的样子。

贾寨伏击战的政治影响却是空前的。因为，在那一带从来没有八路的活动。八路在北边，在晋察冀根据地和冀鲁豫根据地，新四军在南边的鄂豫皖根据地，国军有一个游击兵团在大别山、桐柏山、大洪山一带，任鄂豫皖游击总司令的是第10战区司令长官李品仙。这样在贾寨那一带就成了中国军队的空白点，三不管地区。可那里的土地肥沃，主产小麦，日本人派了很少的兵就完成了对那一带的占领。那里成了日本鬼子的粮食供应基地。

在河南出现大灾荒的时候，如果不是鬼子的洗劫，贾寨是不会到了饿死人的地步的。鬼子丧心病狂的征粮完全是有战略目的的。据史料记载：日军在实施一号作战时，每到一处都给灾民发放所谓的"军粮"。

这些军粮是从哪里来，是从沦陷区强行征来的。鬼子用从沦陷区搜刮来的粮食，再发给灾区的老百姓。鬼子这样做并不是出于什么人道主义的考虑，而是为了达到收买人心的政治目的。鬼子的目的的确达到了。老百姓吃了鬼子的粮后主动为鬼子带路，给鬼子支前，抬担架，有的甚至加入队伍，帮助日军解除中国军队的武装。几个星期内大约有5万名中国士兵被自己同胞缴了械。

据史料记载，日本鬼子的一号作战在河南境内的战斗由冈村宁次大将指挥，历时两个多月，以伤亡约4000人的代价大致完成了预定的战略目标。而中国军队损失惨重，卷入此次会战的中国军队共43个师，约40万人，结果都遭到了沉重打击。河南有30多座城市遭到战火洗劫。日军不仅打通了平汉线，还占领了河南境内的陇海线。由于中国方面损失惨重，连《三届三次国民参政会提案》上都说："驯至腾笑世界，为八年抗战中未有之大耻。"

据国民政府军令部战史会档案《第一战区三十三年春夏间中原会战经过概要》记载：在会战中，"所想不到之特殊现象，即豫西山地民众到处截击军队，无论枪支弹药，在所必取，虽高射炮、无线电台等，亦均予截留。甚至围击我部队，枪杀我官兵，亦时有所闻……其结果各部队于转进时，所受民众之截击之损失，殆较重于作战之损失，言之殊为痛心……政治如此，更安所望于军民配合之原则耶？"

在中原会战后，在中华民国三届三次参政会上有一个103人的提案，叫《请申明军令严惩失机将领以明责而利抗战案》，此提案在国民政府军令部战史会档案收藏，现在收藏在中国第二历史档案馆。在提案中说："战事方殷，各部队领不到给养，向民间借苞谷等杂粮……并因此惹起人民反感使军民亦无法合作。而仓库陷敌时内尚存面粉一百万袋，第一战区北面驻军不过二十万人，每人每月一袋计，足供五月之食，连同存麦足供二十余万部队一年之用……"

如此腐败的国民政府不垮都不可能。

贾寨伏击战一仗突然杀出了八路,这无论是对鬼子还是对国军都震惊不小。在鬼子看来,虽然这支所谓的八路战斗力不怎么样,但装备不差,加上采取了八路常用的围点打援之战术,这让你不得不信的确是八路的干活。如果真是八路的话,那么日军打通了平汉线,八路军和新四军也打通了平汉线。日军觉得共产党简直是太可恶了,你走到哪儿,他就在哪儿出现。难道八路军和新四军在豫南会师了?这对日本鬼子来说是可怕的。

那一年是1944年春季,离日本投降还有一年多时间。

四十五　咱大爷之五

贾寨伏击战后,鬼子加紧了对黑马团白马团的扫荡。平常咱大爷只带领黑马团白马团短枪队活动,长枪队的人各回各家,该干啥干啥。只有打大仗了才动用长枪队和机关枪。咱大爷认为兵不在多,而在精。特别是在平原地带抗战,队伍大了目标大。短枪队的人在贾寨伏击战后全都留了大胡子,所以民间又称他们胡子队。胡子队大都是贾寨的子弟兵,人人会使双枪,百发百中。这和咱四大爷的抗日别动队差不多了,平常只用短武器。

贾寨伏击战后,咱大爷曾问过咱二大爷:"八路咋没消息了?"

咱二大爷是这样解释的。咱二大爷说:"鬼子打通了平汉线,八路的地下交通站遭到了破坏,联系不上,所以现在大家只有各自为战。"

咱大爷说:"那八路欠俺的军饷咋办?"

咱二大爷说:"先欠着,等联系上了再说。"

咱大爷知道八路还没给自己委任状呢,八路从来就没有收编过,这军饷肯定是要不回来的,没有军饷养不了那么多的兵,所以咱大爷采取了以兵养兵的方式。虽然没收编过,咱二大爷和姚抗战坚持让咱大爷打八路军游击队的旗号。咱二大爷和姚抗战算是游击队的人,却不在游击队里,各干自己的老本行,负责侦察。姚抗战继续当叫花子要饭,咱二大爷说书。咱大爷带领他那几十号人只有打一些神出鬼没的小仗。

据后人分析,咱大爷让队员留同样的大胡子有三种原因。一是队员之间好认,好联系,无论走到哪个村,一见大胡子就知道是自己人了;二是为了自保,因为鬼子一直在抓留有大胡子的咱大爷,为了让鬼子认不出哪一个是咱大爷,大家都是大胡子,你龟田总不能胡子眉毛一把抓吧;还有一个原因,就是龟田也留了大胡子。成立胡子队就是以胡子克胡子,坚决杀龟田之决心。龟田的胡子不是没咱大爷的浓密嘛!当时,有"不杀龟田,不剃胡子"之说。

后来咱二大爷说到咱大爷和胡子队时,曾这样说。什么原因都没有,整天躲鬼子,哪有时间刮胡子呀。后来胡子队和龟田干了好几次仗。双方各有胜负,也各有伤亡,不过两个冤家对头却均未伤着皮毛,也没真正碰面。两人真正碰面是在日本鬼子投降后。

日本宣布投降后,炮楼里的鬼子是向当地的黑马团白马团投降的。

鬼子投降的消息就像风一样一下就漫过了田野,人们也不知道是真是假,都往炮楼上望。这时,贾寨人看到炮楼上不仅还飘扬着太阳旗,炮楼上站岗的鬼子还在站岗,刺刀比往常还要亮。村里人就怀疑鬼子投降的真实性了。这时胡子队却在光天化日下进村了,贾寨人望望炮楼又望望胡子队,弄不明白。

咱大爷让咱三大爷贾文清去炮楼报信，并且带去了由咱二大爷起草，以八路军黑马团白马团团长贾文锦之名要求龟田向其投降的最后通牒。咱三大爷去了不一会儿就回来了，说龟田同意向八路军的黑马团白马团投降。龟田还带话说，他想见见贾文锦到底长啥样。龟田之所以向黑马团白马团投降，是因为黑马团白马团当时打的是八路军的旗号。其实，当时咱四大爷贾文灿也给龟田带过信，要求龟田向抗日别动队投降。

咱四大爷的要求被龟田坚决拒绝了，说如果所谓的抗日别动队来攻打炮楼，皇军坚决自卫。咱大爷的黑马团白马团就不一样了，龟田认为黑马团白马团是八路军，八路军是中国国民政府承认的正规军。还有，向自己的老对手八路军的黑马团白马团投降也是天经地义。

黑马团白马团去炮楼受降是在一天中午，这次黑马团白马团的短枪队和长枪队全部出动了。那天的天气特别好，天高云淡的。按事先谈好的受降方式，在黑马团白马团开进炮楼前，炮楼上必须降下太阳旗挂起白旗，同时放下吊桥。所有的日本兵都在炮楼院子中集合好，排成长队，伪军站在日军的身后，武器弹药都摆在队前。

在黑马团白马团进炮楼院子时，咱大娘正在炮楼里给儿子天生喂饭。咱大娘也听说黑马团白马团要来受降了。龟田曾给咱大娘谈起过这事。他说，战争结束了，我要回日本了。他问咱大娘愿不愿意随他回日本。咱大娘当时冷笑了一下，说，你以为你能活着回日本吗？龟田望着咱大娘意味深长的表情，再没吭声。

黑马团白马团开进岗楼时引起了日本兵的骚动。特别是短枪队穿的是便衣，腰里别双枪，脸上的大胡子和枪把子上的红绸子在阳光下光彩夺目。鬼子睁着大眼惊奇地望着这支奇怪的队伍，觉得既新奇又神秘。这支神出鬼没的队伍几年里使自己吃了不少苦头。可是，一直没弄清他们的面目。今天能清清楚楚看一眼，也算是了却一项心愿了。其实大部分的鬼子是带着一种欣赏的目光去面对自己的老对手的，他们内心平静，因为这种面对已没有了危险性。伪军们看到胡子队却有一种幸灾乐祸的感觉，好像一切和他们没有关系。

龟田内心可一点也不平静。他站在那里惊惶不安地打量着胡子队的队员们。他从那些从未见过面的和自己一样留着大胡子的人的眼睛深处，看到了一股寒气，一种逼人的仇恨。从胡子队开进炮楼开始，龟田无时不感觉到了那仇恨的目光，使他觉得眉心凉森森的，像有一支黑洞洞的枪口抵在上面。龟田时不时不自觉地摸摸自己的眉心，开始后悔向这支所谓的八路军投降了。龟田本来得到了上面的指示，撤出贾寨炮楼，到镇上集中，然后开到县城统一向中国军队投降。也许是好奇心作怪，龟田居然就接受了向胡子队投降。

受降仪式发展到最后，成了中国传统的复仇。

虽然胡子队里有几十号人，咱大爷一进岗楼便被咱大娘认出来了，咱大娘看到咱大爷向他的队员使了一个眼色。胡子队一下就散开了，将日本兵不动声色地包围了。咱大娘看到胡子队的人都大张怒目，双手插腰，腰里的盒子枪大张着机头。咱大爷一个人轻手轻脚地顺着楼梯上了炮楼。这时，院子里的受降仪式正准备开始，咱二大爷立在队前，一副很威严的样子。

咱大爷上了炮楼后，正碰到咱大娘坐在楼梯口喂天生吃饭。咱大爷望望咱大娘又望望天生，不由愣在那里。咱大娘望着咱大爷的目光是热烈的，同时还有一种期待。在咱大娘和咱大爷的目光相撞之时，咱大娘不由用手搂了下天生。可是，咱大娘看到咱大爷的目光只在她脸上弹了一下，便飘散如阳光下的灰尘了。

咱大爷在不远处的一个枪眼处停了下来。咱大爷停下后还左右瞭望一会儿，像是做贼。他那左右打量的目光从咱大娘娘俩头顶一扫而过，就像手电光扫过，根本没把咱大娘娘俩放在眼里。咱大爷拔出了枪，同时侧身向楼下院子里张望。这时，院子里的受降仪式正在进行，龟田手握指挥刀，恭恭敬敬地正递向咱二大爷，后脑勺暴露在光天化日之下。咱大爷举起了枪。咱大娘望着眼前的一幕，心里一阵紧张，不由张大了嘴。咱大娘的目光在咱大爷的枪口和龟田的后脑勺之间拉起了一条明亮的细线。咱大娘能清楚地看到那条细线在阳光下闪亮着，如长长的蜘蛛丝线。咱大娘无法忍受那短暂的寂静，她觉得喘不过气来，觉得那丝线"嘣"的一声崩断了。咱大娘不由"啊"地叫了一声。

咱大娘被自己莫名其妙的叫声弄得吓了一跳。她连忙用手去捂自己的嘴。真正被咱大娘的叫声吓了一跳的是咱大爷。咱大爷的手一哆嗦，几乎在咱大娘的叫声中，"砰"的一声，枪响了。子弹划着呼哨从咱二大爷的耳边飞过。当时，咱二大爷正庄严地接过龟田手中的指挥刀。楼上女人的叫声和枪声，使咱二大爷不由一缩脖子。当子弹从咱二大爷耳边掠过时，他对自己一瞬间的缩头缩脑极为不满。咱二大爷非常恼火，他觉得那受降时的严肃气氛被彻底破坏了。

咱二大爷再看龟田，他发现龟田的鬓角像插了一朵花，那花越开越大，瞬间凋谢便零乱得分不清花瓣，只是一片血光。龟田回头张望，想知道谁在打枪。这时，他看到了咱大爷的大胡子，看到了咱大爷手中还在冒蓝烟的枪。这时，龟田才感到耳边发热，用手一摸便见到了血。龟田勃然大怒，他习惯性地在腰里摸了一下，却什么也没摸到。在枪声中鬼子兵乱了。站在四周的胡子队大声喝道：

"不许动！"

龟田这才醒悟过来，原来自己已经投降了，在这之前他几乎没意识到自己的确已经缴械投降了。龟田向自己零乱的队伍挥了下手，他的队伍便安静了下来。龟田挥起的手没有落下，顺便捂住了自己的耳朵。一阵灼烫般的疼痛，龟田不由轻轻地骂了句："八格亚鲁。"捂着耳朵的龟田向炮楼上的咱大爷投去了轻视的目光，目光中还伴随着微笑。龟田的微笑分明是中国制造的红缨枪，枪头上抹满了传统的毒药，意思是说：

"背后打黑枪算什么好汉！"

龟田这种还击的方法真正击中了咱大爷的要害，这使咱大爷无力也无心再打一枪。咱大爷愤怒地望了望龟田，一步步地走下了岗楼。咱大爷下炮楼的脚步声十分有力。所有人的注意力都集中在咱大爷的脚步声上了。咱大爷有一双大头牛皮鞋，那是双真正的军用皮鞋，是当年国军发的。咱大爷的大皮鞋有些威风地踏着木楼梯，咚、咚、咚地下来了。

咱大爷在人们的注视下走出炮楼，走向龟田。咱二大爷也许意识到了咱大爷要干什么，用手拦了一下，可咱二大爷被咱大爷轻轻一拨，便拨到了一边。咱大爷走到龟田面前说："你投降了！"

龟田说："我的，受天皇之命。"

咱大爷说："也就是说，你本人还不承认投降。"咱大爷说着望了一下咱二大爷。咱大爷说，"我们也是来奉命受降的，我本人也不认为你此刻是我手下败将。既然这样我们必须分出胜负。好了，国事已完，咱们该了结家事了。"

龟田说："我的，不懂你的意思。"

咱大爷说："你应当懂，你不是中国通吗？"

龟田望望咱大爷说："你的意思我的明白了，我们私下有仇恨？"

咱大爷说："对！你知道在中国有句俗话，叫'杀父之仇，夺妻之恨'！无论等到多长时间都要报仇雪恨的，这叫'君子报仇十年不晚'。"

龟田说："我好像没杀过老人和妇女！"

咱大爷说："可是，你比杀了她更可恨。你夺走了我的妻子！"咱大爷说这句话时声音突然提高了，咱大爷勃然大怒。龟田在咱大爷的怒火中不由偷眼望了一下炮楼上的咱大娘。于是，龟田低下了头，龟田说："我的，彻底懂了！"

咱大爷说："你懂了就好，好吧，跟我来吧！"

龟田跟着咱大爷走出了队列，来到了院子当中那块开阔地。咱大爷便从西墙根走到东墙根，跨出了一百步。咱大爷在离龟田一百步之遥停了下来。咱大爷停下来后从腰里拔出了双枪。

这时，咱二大爷大声喊道："贾文锦，你要干什么，他已放下了武器，你这样做是违犯八路纪律的。"

咱大爷说："国事已了，该俺的家事了。谁也管不了。"咱大爷说着把两把枪的子弹都下了下来，每一把枪膛里只装了一粒子弹。咱大爷把枪远远地递向龟田，龟田习惯地向翻译官示意了一下。翻译官张万银走到了咱大爷面前，从咱大爷手中接过枪又走到龟田面前，然后把枪递给了龟田。龟田和咱大爷的距离有百步之遥，两人提着枪面对而望。

这时，咱大爷的手下大黑跑了出来。大黑看看咱大爷又看看龟田，举起了手。大黑喊："预备……"

人们能听到自己的心跳声。

"打！"

大黑的话音未落，人们只听到"砰！"一声枪响。

枪声短促而又沉闷。人们看到龟田举枪的手臂平伸着，平伸着的手臂渐渐抬高，身子渐渐倾斜，仰面朝后倒去。人们发现在龟田的眉心处冒出了一颗蚕豆大的红点，就像少女额头上点的朱砂。"砰——"

又是一声枪响。龟田在倒下的一瞬间,扣动了扳机。那枪声悠长而清脆,在天空中拖着长长的尾巴。龟田随着枪声直挺挺地倒在了地上。

这时,人们将目光转向咱大爷。咱大爷手里提着枪,谁也没注意咱大爷是何时举起的枪。咱大爷站在那里望着龟田倒下,哈哈笑了两声身体突然委顿了下来。人们看到咱大爷用手捂着肚子,嘴里还不干不净地骂:"日你娘,这是啥枪法,打人肚皮。"

咱大爷太苛求自己了,他一定要正中龟田的眉心。由于这种苛求,使龟田有了开枪的时间。在子弹击中龟田眉心的一瞬间,龟田的枪也响了,子弹击中了咱大爷的肚子。大家连忙围了过来。咱二大爷抱住了咱大爷,大黑看到咱大爷的肚子血流不止。

这时,咱大娘大喊了一声:"贾文锦!"拉着天生扑了上来。"贾文锦,你不能扔下俺娘俩不管。你杀了龟田报了仇,雪了恨,你不能扔下俺娘俩不管!"

咱大爷望望咱大娘,把脸扭到了一边。咱大爷说:"俺是死是活和你没啥关系。"

"贾文锦,你睁开眼睛看看,这是恁的儿呀!你嫌俺脏,给你丢人,你不要俺,你不能不要你的亲生儿吧!呜呜——"咱大娘开始哭。

咱大爷在咱大娘的哭声中皱了皱眉头,摇摇头恨恨地说:"俺没有女人,也没有儿……"咱大爷说完就昏了过去。

咱大娘见咱大爷这样说,便站起身来长长地吁了口气。咱大娘自言自语地说:"好,你没有女人也没有儿,这是俺的儿,俺要把他养大。"咱大娘说着牵了天生走进了炮楼。咱大娘走进炮楼拿起了那油灯,将所有的油倒在被子上,然后用一根火柴将被子点燃。

鬼子见龟田队长被打死了,见炮楼又被点了,一下就乱了。大黑以为咱大爷死了,急了眼,端起机枪向已投降的鬼子扫去。鬼子连忙扑向摆在一旁的枪,可那些枪里都没有子弹。大家见鬼子又拿起了武器,一起向鬼子开了火。伪军这时却抱着头趴在地上,喊:"别开枪,我们是中国人,我们是中国人。"一眨眼的工夫,院里的鬼子完全被消灭了,其中包括翻译官张万银。

趴在地上的伪军却没事,只有几个受了点轻伤。大家停止了射击,望着倒在地下的鬼子发愣。

这时,人们看到咱大娘一手挎着包袱,一手拉着天生又出现在炮楼的楼梯口。咱大娘望着院子里倒下的鬼子,说:"愣啥愣,还不弄到炮楼里烧了。"

咱二大爷一听有理,连忙对大家说:"快!"大家这才慌着去拖死人。伪军们蹲在那里发愣。姚抗战挥了挥手对伪军说:"你们还愣着干啥,还不快帮忙。等着挨枪子是吧。"吓傻了的伪军如梦初醒,连忙去拖鬼子的尸体。

这时,咱大娘突然说:"大黑,去让村里人用八抬大轿来接俺!"

大黑答应着转身便出了炮楼,出了炮楼便一阵风似的往贾寨奔去。咱二大爷见大黑走了,连忙让人把咱大爷弄上大车,送咱大爷去镇上治伤。

四十六　村里人之九

大黑奔跑在田野上,不时回头张望。大黑见炮楼的浓烟像参天大树直冲云霄。那烟在无风的晴空下,四里八乡都能看到,格外醒目。大黑奔回贾寨之时,村里人正在吃午饭。村里人见大黑满头是汗地跑来，盒子枪还提在手里，枪把上的红绸子弄得灰呼呼的。大黑见了村里人，停住了奔跑，站在路坝上大喘粗气地喊：

"鬼子报销了！炮楼被烧了！龟孙被贾文锦打死了！"

大黑开始没说咱大爷也受伤了。大黑觉得现在给村里人说这事有些张不开口。村里人噢的一声畅叫，有孩子便满村跑着高喊："鬼子报销了！鬼子报销了！龟孙被贾文锦打死了！"孩子的声音尖细而脆亮，激动得连沉静的树梢也随之摇动，刮起了一阵欢乐的旋风。几乎在一瞬间，贾寨的大人孩子都聚集在了村口，听大黑讲述关于打死龟田的经过。

大黑说："贾文锦也中枪了。"

村里人一下就哑了。村里人张着嘴，空口白牙地对着大黑。像是在说，日你娘大黑，你空口白牙的不要乱说，贾文锦咋会中枪呢。他打过多少回仗，虽说子弹不长眼，可是见了贾文锦却要绕着走。这时，咱四大爷贾文灿的花狗却一瘸一拐地跑了回来，花狗见了咱三大爷贾文清汪汪叫了两声，咬住了咱三大爷的裤腿向村外拉。

咱三大爷望望大黑说："俺哥真中枪了？"大黑说，贾文锦和龟田对枪，贾文锦一枪正中龟田眉心，可龟田在临倒下时扣动了扳机，子弹打在贾文锦肚子上。咱三大爷贾文清叹了口气说："这都是命。"咱三大爷说着转身进了院，然后村里人见咱三大爷在那里摘门板。大家连忙过去帮忙，七手八脚地把门摘了。咱三大爷背着门板，手里拿了绳子，村里有人怀里抱着磨棍向炮楼走去。人们在后面跟了一长串。

这时村里人见从炮楼里出来一辆大车。大黑说："你们不用去，贾文锦已经让人送镇上治伤了，不碍事的。贾文锦身体好，能扛住。"

村里人听大黑这样说，又恢复了笑容。人们兴高采烈地骂大黑，光说中枪了，不说严不严重，吓人。村里人望着远去的大车，把心放了下去。这时，大黑又说出了一句让村里人不太愿听的话。大黑说：

"玉仙让人去接她。"

村里人一下静了下来。人们望望那还在燃烧的炮楼，装着没听到，把话引向别处。说：烧得好，早晚要烧，贾文清早就给炮楼选好了位置，那是死穴。在炮楼里住的日本鬼子一个也跑不了。

燃烧的炮楼飘散出一种呛人的气息。有人问这是啥味嘛，像烧焦的猪毛味。大黑说，那是烧鬼子的味。

村里人正议论着炮楼的烟味。

大黑又说："炮楼是玉仙点的。"

有人忧虑地问："她把炮楼点了，她将来住哪儿？"

大黑说："当然回贾寨住呀！"

"哪里是她家？她不是嫁给了龟田了嘛，她已不是咱贾寨的人了，她为啥要到贾寨住？"

"那女人愿回哪儿回哪儿，就是不能回咱贾寨。咱贾寨没她那个人了。让她回张寨娘家嘛！"

接着，村里人便七嘴八舌地议论开来。这女人的确不能再回咱贾寨，贾文锦早就把她休了。这女人若再回到咱贾寨，将来东西庄的人必笑咱，说贾寨的媳妇送给日本鬼子弄了，这让咱贾寨人脸往哪儿搁。

"是这个理。让一个不干净的女人进村，会玷污咱贾寨的风水的，将来要倒八辈子霉。那才叫晦气呢！"

贾兴朝沉吟不语，用手一个劲地捋他显得十分稀少的胡须。不让那女人再回到贾寨是他和村里几个主事的早已商定下的，他先不表态，就是想听听村里人的反映，没想村里人和他的想法是那么一致。贾兴朝笑了正想表态说点什么，大黑却冒出一句，说：

"村里人不是和人家有约法三章吗？"

"别提那约法三章！"贾兴朝打断大黑的话说。贾兴朝不知从哪里来的气,也不知是对大黑还是对那女人。"那算啥约法三章,是那女人逼着村里人答应的。此一时彼一时,当年只是权宜之计,谁把那事当真了!"

大黑一听爹这样说,便不敢再回嘴。只说:"这事不关俺的事,俺只是回来传个口信,去不去由你们,俺走了!"

大黑说着转身便走。贾兴朝便喊:"大黑,你干脆去张寨一趟,通知她娘家去炮楼里接人吧!"

大黑走几步,又回头说:"俺不去,要去你去。俺又不是贾寨的通信员,俺还有公事呢。"

贾兴朝望着大黑的背影说:"这孩子翅膀硬了,连爹的话也不听了。你不去自会有人去。"贾兴朝接着便转向咱三大爷贾文清说,"还是由你跑一趟吧!这事虽是村里的事,也掺杂着你们的家事,你去张寨好说些。"

咱三大爷低下头,一百个一万个不乐意的样子,可又不好说不去,只是硬着头皮走一趟。咱三大爷走时的表情极为沮丧。村里人目送着咱三大爷离开村庄,在秋后的田野里,身影越来越小。

从贾寨到张寨不远,三里地。

咱三大爷磨磨蹭蹭地走着,可不多会儿还是到了张寨村口。咱三大爷便向村里望去。他发现村里极为冷清,几只鸡正在红薯窖上玩耍,公鸡正咯咯叫着和母鸡开玩笑,有猪吃饱了撑的,哼哼哧哧地在村口散步,悠闲自得的样子。这时,咱三大爷突然听到女人激昂地唤狗之声。

吆——吆——吆——

咱三大爷顺着声音望去,见一女人正双手捧起孩子的屁股拉屎。孩子拉了,女人便唤狗来吃。有狗听到唤声,懒得理睬,照样往远处走着。咱三大爷望望那懒洋洋的狗,试探着往村子里走。咱三大爷边走边伸长脖子,如偷吃粮食的公鸡,不知是怕人还是怕狗。咱三大爷来到咱大娘玉仙娘家门口,竖着耳朵听。咱三大爷便听到灶屋里的刷锅之声。咱三大爷进了院喊:"俺大娘在家吗?"

随着喊声,从灶屋里走出了玉仙娘。玉仙娘比几年前显老多了,她一边在围裙上擦着湿手,一边打量着咱三大爷。半天才认出来。玉仙娘认出了咱三大爷后,脸便自然而然地拉了下去。"哎哟,我还以为谁呢!今天刮哪边的风呀!"

说着,解了围裙在身上一个劲地抽打灰尘,也不让座。咱三大爷有些尴尬地立在那里,脸上极累地挤出笑。"也没啥事,就是很久没来看大娘了,来看看,嘿嘿……"玉仙娘说:"有啥好看的,吃得下睡得着,死不了!"

咱三大爷又嘿嘿干笑几声,说:"是这样的……这个……"咱三大爷不知如何开口。他清了清嗓子又说,"现如今不是鬼子投降了嘛!那龟田也被枪崩了。玉仙还在炮楼里呢!我是来言语一声,让家里人去接她一下!"

"咋?!"

咱三大爷的话音未落,玉仙娘便大喝一声:"你说啥?让俺去接玉仙!我看你是牛嘴里吐不出象牙来!"说着便喊玉仙的小弟,"快去喊你叔叔你大爷他们,咱今天可要和贾寨人评评理。"玉仙娘的嗓门之大哪里需要玉仙小弟去喊村里人。玉仙小弟刚出院门,张寨的人已闻讯赶来。一会儿便将院子挤得水泄不通。人们围住咱三大爷,个个义愤填膺。自然,嗓门最大的是玉仙娘。她指着咱三大爷的鼻子骂道:

"贾寨人欺人太甚!俺把闺女嫁给贾寨,你们却把她送给了日本鬼子。这是人干的事吗?日本鬼子在时俺不敢啃声,现在日本鬼子投降了,咱们新账老账一起算。"玉仙娘说着便现了哭腔。

咱三大爷说:"这也不是俺贾寨情愿的呀!俺不送行吗?日本鬼子啥事干不出来,那南李营的下场等着呢!"玉仙娘哭着说:"你放屁!你贾寨人怕死,就该把俺闺女往火坑里推呀!你们是人,俺闺女就不是人呀!呜呜……"

这时,张寨人开始纷纷叫骂:"娘那屄,贾寨人为了讨好日本鬼子连自己的媳妇都往炮楼里送,这哪是人办的事。一村的汉奸。以往是日本鬼子的天下,俺张寨人怕你贾寨人,你有日本鬼子撑腰。如今你贾寨人可要给俺张寨人说清楚!"

咱三大爷脸色苍白,在人圈里不住地拱手作揖,口干舌燥地向张寨人解释。可是,他声音早已淹没在人们愤怒的声讨中。有男人大声吃喝道:"别和他讲恁多,让他滚蛋。玉仙我们是不接的。张寨人也绝不让玉仙进村。嫁出去的女,泼出去的水,是死是活都是贾寨的人!"

"滚!滚!"

被激怒的张寨人将咱三大爷赶出了大门。咱三大爷被轰出大门时,身后不断有人呸呸地吐口水。咱三大爷像一只夹紧了尾巴的丧家之犬,在张寨人的臭骂声中逃之夭夭。

咱大娘玉仙在冒着烟的炮楼里一直等到日落西山,也没见贾寨一个人来。咱大娘的心随着落日也渐渐地暗淡下来。咱大娘目送着伪军被遣散,目送着咱大爷贾文锦被大车拉走,目送着黑马团白马团撤走,可是她最终也没等来贾寨人,连回去喊人的大黑也再没露面。咱大娘的心沉了下去,沉入无底的深渊。最后,咱大娘决定自己回去。

咱大娘带着天生走在路上。此时的地平线寥落空蒙,大平原辽阔无边。在刚刚收获过的原野上,咱大娘牵着儿子走向村庄。两个人显得渺小而又可怜,咱大娘牵着天生来到老桥头,已是夕阳西下了。老桥头空无一人。老桥沉寂着。桥头厚砖上长满青苔。河水在风中起浪,水边的浪花漂浮着白沫。河中的菱角花，残了，却还浮在水面上。岸边蒿草在夕照中摇曳，远处田野里上秋风萧瑟。

咱大娘立在桥头，静着。夕阳的余晖将一高一低的两个人影越拉越长……"咚"的一声，独坐在草丛中的青蛙，望望天，鼓嘴叫过，扎进水里。天生望着水中的青蛙问娘："青蛙都回家了，咱咋还不回家？"娘定着不语，脸色苍白，两行清泪滚落下来。儿见娘哭，儿亦哭，摇着娘的手喊：

"娘不哭，娘不哭！"

娘耳听村庄里的鸡鸣狗吠，人喊马叫，咬了咬牙，拉着儿向村里走去。咱大娘来到贾寨村口，天已黄昏，路坝子上却聚了不少人。村里人望着走来的咱大娘，面无表情，目光冷漠。咱大娘停下脚步，含泪的目光如游丝散了一地，在人们脸上无处着落。她望着乡亲们，颤声说："不认识俺了，俺是玉仙。"

人们沉默不语。

咱大娘又说："俺是贾寨的媳妇！"

有人就搭了腔。"哦，是玉仙呀！俺还当谁呢，不是嫁给日本鬼子了嘛，咋又回到俺贾寨了！"人群中有一个阴阳怪气的声音。

咱大娘道："看你说的，俺是贾寨人，不回贾寨回哪儿！"咱大娘说着话，她无法辨认出说话者，天已黑，所有人的面孔都混杂在一起，被夜幕蒙上一层冰冷的寒光。

"谁说你是贾寨人，贾文锦不是已把你休了吗？你已和俺贾寨无干了，你该回张寨娘家。"人群中又有人搭话。

咱大娘说："你咋能说出这话？嫁给日本人又不是俺情愿的，是贾寨人求俺逼俺去的。俺人去了，可心没去。贾文锦不要俺了，可他总要他的骨肉。"咱大娘说着，把儿子推了上去。"这是贾文锦的种！"

娘伏下身子对儿说:"天生,快喊爷、喊奶奶、喊大爷、喊大娘、喊婶子、喊叔。你不是天天想回老家嘛!今天咱总算回来了。"

天生张了张嘴,想喊,可面对一团漆黑的看不清面目的人影,没法喊,就呜呜地哭了。咱大娘在儿的屁股上打了一下,责备道:"让你喊你就喊,你哭啥呢!快喊呀,你还回不回家了。"天生在娘的责备下哭声更大。娘便气着又打,打着自己也呜呜地哭起来。村里人见娘俩哭,也不劝。小声议论着。

"这是贾文锦的种?俺不信。这是欺咱贾寨人老实,弄一个野种回来糊弄人呢,明摆着是龟孙的种嘛!"

"就是。"

咱大娘听到村里人的议论,便停住哭,说:"他是贾文锦的种。那天俺回门,贾文锦把俺……这事贾寨人谁不知?"人群中又有女人嘀咕:"哪有恁巧的事,和龟孙睡了恁久都没怀上,那天回来一下就种上了,还是个儿。就她有本事,俺到贾寨几十年了,生了五个闺女,也没见生出儿,就那一下就生出个儿了?俺不信,俺一百个不信一万个不信。"

有男人听着女人议论生男生女便不耐烦,说:"莫管他是谁的种,是男是女,反正不能进咱村。"咱大娘望着夜色朦胧中的村里人,望着望着便张嘴笑了。先是轻笑,后是冷笑,接着便是哈哈大笑起来。笑着泪水飞溅,笑得满脸煞气。笑着笑着便发出了一声豪骂:

"我日你贾寨人的祖宗八辈!"

骂过了,白眼一翻,直挺挺地倒在地上。贾寨人被骂得目瞪口呆,还没回过味来,见咱大娘倒在地上,便一阵惊呼。天生大哭着唤娘。有人喊道:"快,掐她人中。"村里人一阵忙乱,掐人中去救。咱大娘被救醒后长长地吁了口气。她猛地坐直了身子,目光痴呆着,望望蹲在周围的村里人,说:"咦!大家咋还跪着,快起来!快起来!俺受不起。为了咱贾寨不遭南李营的大难，俺去，俺去还不行嘛！俺啥也不带，只带那盏灯。洞房之夜打翻灯，让那龟孙从此日子如噩梦。哈哈……贾兴朝对俺说过，俺去了还不能死，要是死了龟田还问村里要花姑娘那可咋办？俺去，俺去，俺去就像狗一样活着。"

村里人听咱大娘说话颠三倒四的，便知她人醒了，脑子还没清楚。有人便说，先把她弄回村吧，在贾文锦的老屋里住下，这样在外头会出人命的。这时，咱三大爷贾文清刚好从张寨回来，连忙把咱大娘扶了起来，说："不去了，不去了！你放心，不让你去了，咱回家。"

咱大娘说："不去咋行，咱贾寨几百口人不是要遭殃呀！南李营那死人惨呀！吊在树上被风刮着，打转。俺去，死活用俺一人换咱全村平安。俺去，俺去了贾寨可要依俺三件事，约法三章：第一，俺将来死了，贾寨要为俺立贞节牌坊；第二，俺将来死后，要埋进贾家的祖坟；第三，龟田挨了枪子，贾寨人要接俺回来，用八抬大轿。若依这三件，俺就去……"

村里人跟在咱大娘身后进了村，听到她颠三倒四的念叨。后来听到了那约法三章，只觉得脸上发烧，心口发闷，都装哑巴不说话，一个个偷偷往家里溜。咱三大爷把咱大娘弄回咱大爷的老屋，安顿住下了。

四十七　咱大爷之六

咱大爷的伤说重不重说轻也不轻，子弹打进了胯窝。郎中说再偏一点就会击穿肠子，那俺就没本事救了。子弹打进了胯窝，命是保住了，但是子弹却取不出来。咱二大爷说先把伤口治好，只要联系上了部队，一切都好了，部队上有外科医生就可以做手术。

黑马团白马团解决了贾寨炮楼后，贾寨人想让黑马团白马团的弟兄回贾寨一趟。咱二大爷对咱大爷说，鬼子投降了，贾寨要好好庆贺庆贺。我和老三操办，咱要唱三天大戏！

咱大爷说，可惜我回不去。咱二大爷说，你就安心在这儿养伤吧。咱大爷说，鬼子投降了，庆贺都是小事，弟兄们的前途要紧。咱二大爷说，你放心，俺已派姚抗战去和八路联系了，不久就会有信。咱大爷说，这样就好，这样就好。

黑马团白马团要回贾寨了，贾寨人很激动，说是抗日英雄要回来了。特别是家里人有参加黑马团白马团的，更是张灯结彩，像过年一样。天不明，贾寨人就开始忙碌起来。杀猪宰羊，撵狗追鸡的，整个村子沉浸在一种亢奋状态之中。

村里的孩子揉着睡意朦胧的眼睛，挺着肚子对着早晨的日头撒尿时，发现一夜之间就要过年了。村口不知啥时已搭起了戏台子，唱戏的红男绿女正忙着搬着家伙。孩子们便欢呼着喊："唱戏了！唱戏了！唱大戏了！"

随着孩子们的喊声，戏台边的锣鼓家伙"咚咚咚"地敲响了。这不是开戏的锣鼓声，这是拉场子的锣鼓。那锣鼓声敲得热烈而又铿锵有力，传遍四面八方。东西庄的听说贾寨要唱大戏，成群结队地往贾寨涌。在那秋后的田野里，人们扶老携幼，呼儿唤女的。男人们脖子上骑着孩子，双手抓紧孩子的脚，十分攒劲地迈开大步，"噔、噔、噔"的脚步声把大地都震动了。妇人们头上系着红的或者绿的头巾，手里搬了小板凳，在男人屁股后头穷追不舍。随着那胳膊的摆动，时不时用衣袖子擦一下被秋风吹出来的清鼻涕。

不到半晌午，村前戏台前热热闹闹地聚满了四乡八村看戏之人，锣鼓高一阵紧似一阵的。村后猪的嚎叫之声也一声高过一声，刺激着人们的神经，让人欢天喜地笑个不停。

本村的孩子见戏还不开场便往村里的杀猪场上围。那杀猪场上几个大劳力正奋力将猪按在地下，一尺多长的杀猪刀一闪便捅进猪的脖子。女人们连忙将早已准备好的盆对着刀口，见那猪血欢畅地喷进盆子里，便兴奋地用根棍子搅着喊：

"用劲呀！用劲！血流干了肉才白。"

男人便笑着骂："你不流血肉还不是一样白。"

女人便扬起棍子把猪血往男人脸上洒，嘻嘻笑着骂。"俺再白也没有你娘白。"

不一会儿，煺了毛的猪便白生生赤赤条条地挂了起来。大人们摘下猪尿泡递给孩子，说："拿去吹。"孩子们从大人手里夺过猪尿泡，鼓足劲地吹，吹得如白球一般。孩子们牵了那白气球颤悠地在村子里走，咱四大爷的花狗便屁颠屁颠地瘸着腿在后头跟。孩子将玩厌的猪尿泡丢给狗，狗便十分感激地一口咬住以为是块肥肉，结果"嘭"的一声，猪尿泡爆了，狗咬猪尿泡空欢喜，狗便愤怒无比，汪汪叫两声，极沮丧地又往杀猪场奔去。

整个上午便在这种繁忙而又杂乱之中过去了。

村里的忙乱惊动了咱大娘。从来不出院门的咱大娘一时心血来潮，突然走出了院门。村里人的目光都集中在她的身上，人们无法相信在自己的村里还有一位活鲜鲜的女人。当她牵着儿子身着红旗袍再次出现在贾寨人面前时，那鲜艳的红色将男人的眼睛烧红了，将女人的目光灼疼了。咦，这个女人咋还穿旗袍，咋又穿旗袍？

村里人说这女人脑子有些不正常了。又有人说，谁知道，一阵明白，一阵糊涂。村里人望着咱大娘和孩子往村外走。咱大娘遇到村里人也不理，一边走一边对儿子天生说话。

"走，咱到那桥头等你爹！"

天生问："等哪个爹？"

咱大娘说："你只有一个爹。"

天生说："俺爹不是被大胡子打死了吗？"

"你说啥？"咱大娘劈头给天生一巴掌，"谁说你爹被大胡子打死了，你爹就是那个大胡子。"

天生说："不对，俺爹是皇军。"

咱大娘一脚把天生踢倒在地上。天生哇的一声哭了。天生哭着还犟嘴，说："俺爹就是皇军嘛，俺在炮楼里天天喊，你咋不打俺。"

咱大娘把儿子抱起来，说："看，你和你亲爹一个性格，就是犟。那皇军龟田不是你亲爹，那打死皇军的大胡子才是你亲爹。咱是被那皇军龟田抢到炮楼里的。你现在还不懂事，你将来长大了就懂了。"

天生说："那皇军就是俺亲爹，还给俺好吃的。"

咱大娘说："你再犟，俺不要你了。"

天生便鼓着嘴不说话了，可是心里却不服。村里人听到两个人说话，就说："你听听，这真是认贼作父。"

"啥认贼作父，那孩子就是龟孙的。玉仙这样说还不是想讹上咱贾寨，讹上贾文锦。你说那孩子谁能说清是谁的种。"

"她去等贾文锦，你瞧贾文锦会认她？"

"不是早把她休了嘛！"

"等也白等，听说贾文锦在养伤，这次回不来。"

咱大娘牵着天生向桥头走，边走边说："你爹是大胡子，腰里别着盒子枪，骑着高头大马。"天生不啃声。

咱大娘牵着儿子走出村外，来到老桥旁，迎风站着。秋风吹来，吹散了咱大娘的头发,那散发飘荡着如细柳,显得女人很生动。咱大娘就是想使自己生动起来,能生动得让贾文锦认下自己,就是不认自己,认下孩子也好。咱大娘进入一种无边无际的遐想。

这时,远方走来了一群人。她举手在额上想看清楚来人。可是,等那群人走到身边,咱大娘愣了,大家都留着大胡子。咱大娘觉得好像都认识,又好像都不认识,好像在哪里见过,好像又从来没见过。来的那群人早已认出了咱大娘。走在前头的是大黑,大黑身后是二黑、春柱、金声、万斗、秋收等一些黑马团白马团的人。

咱大娘嫁到贾寨没多久就送给了龟田,村里人根本还没认全,加上大家都留着大胡子,咱大娘当然认不出他们。咱大娘虽然不认识他们,但在大白天还是能分辨出他们不是贾文锦。大黑望望那女人连忙低下了头。咱大娘想向大家打招呼,想问贾文锦怎么没回来,可是见大家根本不理她,张了张嘴只咽了下口沫。

"嘿!这不是那日本鬼子龟田的女人吗,咋在这儿?"春柱捣了一下大黑的腰窝说,春柱一双眼睛贼亮贼亮地望着咱大娘。

大黑说:"啥日本鬼子的女人,那是咱队长的女人,咱该叫嫂子!"

金声在后头"呸"地吐了一口,说:"球!啥嫂子不嫂子的。贾文锦早不要了!"万斗没听清前头大黑和金声的争论,只是望着女人,望着狠狠地咽了下口水说:"这女人真他娘的……"万斗想说"漂亮",又觉得只用漂亮还无法形容对这女人的感受,嘴里只是一个劲地喷啧响。最后叹口气说:"怪不得连日本鬼子龟田都看上了呢!真是,嘿嘿……"

秋收说:"她刚过门那会儿,还是个黄毛丫头,这几年在炮楼里养的,整天大米白面的,又不下地干活。女人就得养着!"

二黑便不咸不淡地骂:"娘的,这几年咱提着脑袋过日子,抗日,抗日，整天抗日。她不但不抗日，还天天让日本人日，把龟孙子都日出来了。妈的，抗日应该从女人做起。"

哈哈……大家都笑。

金声说："不定是谁日出来的呢！说不定是咱队长的野种。"

几人过了桥，春柱感叹地说："娘的，俺爹真不该恁早给俺娶媳妇，要是现在，说不准也找个像她那样的女人。"

金声说："你还是安心抱你那柏树皮吧！"

春柱不服气地说："要是赶现在，俺不信找不到她这样的女人，俺好歹也是个抗日英雄！"几个人被春柱的这句豪言壮语弄得热血沸腾，英雄感油然而生，步子也迈得大了。

大黑说："咱快走，好让村里有个准备，大队人马在后头呢。"

四十八　咱四大爷之七

中午，贾寨的那场好戏终于开场了。

贾兴朝率先上了戏台。贾兴朝那天格外精神，头戴瓜皮帽，身着长袍马褂，一副乡绅之派。在贾兴朝身后是贾兴安，贾兴安身后是贾兴良，贾兴良身后才是"文"字辈的咱二大爷和咱三大爷。总之戏台上都是村里有头有脸的人物。

敲了一晌午的锣鼓家伙，停了下来。贾兴朝站在台上，将拐杖挂在胳膊上双手抱拳向台下作揖，说："各位父老乡亲，东西庄的老少爷们，感谢来捧场呀！"台下便有人拍手。

贾兴朝又说："小鬼子败啦！咱又该有好日子过啦！过上了太平日

子,咱不能忘记打鬼子的英雄。在开戏前,俺先请打鬼子的英雄上台亮亮相,他们都是黑马团白马团的英雄,都是贾寨好后生呀!"贾兴朝话音刚落,人们便兴奋地喊:"好!好哇!"

咱三大爷向戏台两边摆摆手,顿时鞭炮齐鸣,锣鼓喧天。大黑、二黑、春柱、金声、万斗、秋收等,从后台踩着鼓点鱼贯而出,像戏里将相出场似的。几个人都穿着贾寨为其赶做的长袍马褂,修了胡子,刮了光头,那光头剃得贼亮,在日光下闪着青光。

有人高声吆喝:"晚上看戏不用汽灯了,贾寨弄来了恁多电灯!"

"哈哈……"人们一阵大笑。笑过了,有老人在台下啧啧称奇,说:"真是好汉子!"孩子们争着朝前挤,"瞧,胡子队的,腰里都别着双枪,百发百准!"

"枪呢?"

"枪在怀里藏着,你看腰里都鼓鼓的。"

几个人在台上站成一排,贾兴朝为他们戴大红花。那大红花挂在胸前,显得不伦不类的。有大闺女小媳妇便"嘻嘻"笑着在台下议论,眼里热热的。

"咦!真像新郎官!"

"可惜没有新娘!"

"那你去呀!你往上一站不就般配了么!"小媳妇便羞大闺女。

大闺女便红了脸,扭着小媳妇打。一时台下女人闹成一团,弄得尽是她们的声音。这时,有人在人群中突然喊:"俺的大红花呢?"

大家扭头一望,发现是咱四大爷贾文灿。咱四大爷站在那里,身后整整齐齐立了十几个弟兄。咱四大爷见大家都在看他,便带着人一蹦就上了戏台。咱四大爷的人穿戴十分明快,黑白相间。里头穿白绸子的内衣,外套黑缎子的汗褂。腰里扎宽牛皮带,别了两把盒子枪。

咱四大爷一上台便引起了台下的一阵骚动，孩子往前挤，大闺女小媳妇往后退。咱四大爷望望贾兴朝问："俺是不是抗日英雄？"贾兴朝望望咱二大爷和咱三大爷说："你的确打过鬼子。"咱四大爷说："那俺的大红花呢？"

贾兴朝说："不知道你们回来呀！"

咱四大爷嘿嘿笑笑，说："各位乡亲，刚才大家都听到了，俺也是打鬼子的，俺也该戴大红花。只是村里不知道俺回来，没有准备。好，俺大红花可以不戴，喝酒吃肉总有俺的份吧。"

贾兴安哈哈笑了，说："铁蛋，你别逗了，酒肉管你够。"

台下都笑了。

咱四大爷笑笑说："也就俺叔敢叫俺小名。好，为了感谢乡亲们对俺的厚爱，这酒俺不白喝，肉也不白吃。俺今天给大家露两手。"

咱四大爷说着拔出枪，望望百步之外正在粪堆上刨食的鸡。咱四大爷说："这是谁家的鸡，俺买了。"

有孩子喊："买鸡干啥，猪都杀了。"

咱四大爷笑了，说："俺买个好靶子。"咱四大爷说着双手一抖打开了盒子枪的保险。台下人见了，连忙闪开一条缝。再看那鸡死到临头了还茫然不知，鸡头一上一下地动着。咱四大爷突然双枪齐发：叭！叭！叭！叭！

人们再看那鸡，怪了。几只鸡都伸着脖子在原地打转，连翅膀都不扇一下。鸡在那儿发愣，人也发愣，不知道是不是被打中了。有孩子跑去看鸡，那鸡这才扇动翅膀在原地挣扎。那些鸡眼珠子都没有了，在那里瞎折腾。几个孩子掂着鸡来了，说："枪子只打眼珠子，都没眼了。"孩子们把鸡摆在戏台上，那鸡还在蹬腿。

贾兴朝向咱四大爷拱拱手说："好枪法，好枪法。可惜了，可惜了。"

咱四大爷说:"可惜什么?"

贾兴朝说:"可惜鬼子投降了,你这枪法白废了。"

咱四大爷说:"废不了,这是吃饭的家伙。"

贾兴朝说:"好,量你也不会靠它在咱贾寨吃饭。"

咱四大爷说:"那当然,兔子不吃窝边草。"

"好好,各位。现在正式开戏。"贾兴朝挥挥手带领台上的人往下走。

村前的大戏一开场,贾兴朝便和村里主事的长辈带领自己的英雄们浩浩荡荡地向村后走去。咱四大爷跟着一群人走了一半,觉得无趣,和这些人没法坐在一个板凳上。咱四大爷就站下了。贾兴良望望咱四大爷说:"走呀!"

咱四大爷说:"俺就在俺那小院里摆两桌吧,你那儿肯定没有俺弟兄们的位子。"

贾兴良说:"也好,也好。"

贾兴良追上前面的贾兴朝,说了铁蛋的意思。贾兴朝说:"一定要伺候好那些爷,咱这大喜的日子不能出事,我眼皮一直在跳。"

贾兴良说:"量他也翻不了精。咱黑马团白马团的人可比他们多。"

贾兴朝说:"你糊涂,无论是谁都是咱贾寨人。"

贾兴良说:"好好,我给他们上满两大桌菜。"

四十九　村里人之十

村后酒席也已安排恰当。一溜排摆了二三十张桌子,桌子上七大碗八大盘的十分丰盛。能到这里吃酒席的自然不是一般人。有方圆各村特邀的有头面的乡绅，有本村当家立户的男人。女人和孩子是绝少见的，她们图热闹都在村前看戏呢！

在最初的客套之后，村后的酒场和村前的戏场不久便进入了高潮。那猜拳行令的呐喊和戏台上的高腔呼应着，仿佛要比试高低。贾寨那些战场上的抗日英雄，在酒场上自然也不是狗熊，喝酒和打仗一样凶，左右开弓，通关打了一圈又一圈，显示着英雄本色。

贾寨的这场酒喝得惊天动地，从中午一直喝到日头偏西，直到夜戏开了锣，方住。到了夜里贾寨有头有脸的都睡了，英雄们觉得老子天下第一了，结果就闹出了事。

当时，春柱醉醺醺地从酒场上回到家，春柱女人正准备出门看夜场戏。春柱女人说："看你个球样，几杯马尿灌得又不是你了！俺去看戏。"春柱便瞪着眼说："看球看，陪老子睡！"春柱女人说："睡个屁，放着大戏不看，睡。"说着头也不回地走了。春柱望着老婆的背影便"呸"地吐了一口，说："就你那熊样，俺看着就够了，你以为本抗日英雄真想和你睡！"春柱女人说："你以为留着胡子就是英雄了，就你这英雄，也只有俺和恁睡，换换人看！"春柱说："你瞅着，俺睡一个好的给你瞧瞧！"

春柱见老婆走了，钻进灶屋里舀了瓢凉水，"咕咚、咕咚"地灌了下去，红着眼又走出了院子。这时，月亮刚刚升起，金黄色的圆月在树梢间徘徊着，犹犹豫豫地往上升。春柱来到戏台边，见儿子像个小公鸡似的伸长脖子盯着人群里的大闺女看。春柱在心里便升起一种得意感。心想，狗日的小公鸡也要学会打鸣了。春柱没再理儿子，春柱感到浑身上下燥热。这时，春柱老远看到一个光头过来了，春柱不用问就知道也是抗日英雄。近了，春柱认出了是金声。春柱用手摸了一下自己的光头，喊："金声！咋样？"

金声见了春柱便现出很高兴的样子，说："不中，喝多了！你呢？"春柱说："也不中了，俺至少干了二斤！"金声说："你没俺喝得多，俺一圈喝的也有二斤！"春柱说："恁没俺喝得多，俺……"春柱话没说完，二黑便在他腰窝下捣了一下，说："比能呢！恁酒谁也没俺喝得多。"春柱和金声见了二黑都说："你二黑最刁，喝了一半就开溜，你哥呢！"二黑说："他不中了，俺出来时他正睡呢！"

三个人正说着话，万斗和秋收也亮着脑袋走了过来。五个人汇拢了，各自用口水又比了下酒量，夜场戏的开场锣便敲响了。五人聚在一堆，被那锣鼓声搅得浑身燥着，总想找点事。左顾右盼想找一个不顺眼的发发威，可戏台边的男人无不用一种敬佩的目光注视着他们。女人们呢？女人的目光更不用说了，那种崇拜的、倾慕的目光如一张大网，将他们网在其中。

几个英雄在女人的目光中，显得十分得意。脸上却不表现出来，露出那种无所谓的，不屑一顾的样子。

金声挺牛气地说："俺站了半天了，也没看上一个顺眼的闺女。真没劲。"

春柱说："有一个顺眼的，你敢不敢上？"

金声说："在哪儿？只要有，俺敢把她从人堆里拉出来。"

春柱说："她没来看戏，在家。"

"谁？"

几个人都围着春柱问。

"那个女人！"春柱神秘地说。

"哪个女人？"大家问。

春柱便摇摇头说："你们他妈的都是傻蛋，连她也忘了。玉仙呀！"

"她……那不是老大的女人嘛！"

春柱说:"老大早把她休了,她是日本鬼子龟田的女人!"

"噢……"

几个人都张大了嘴,恍然大悟。末了,每个人都沉默着,嘴上不说心里却越跳越急。几个人沉默了一会儿,又说了几句不咸不淡的话。终于有人沉不住气了,便说,要不,咱们去坐坐。

"去坐坐……"

大家互相望望,眼睛贼亮贼亮的,觉得嘴巴发干,心里扑扑乱跳。为了压压心中的不平静,每一个又点了一根烟,吸着朝一个地方走去。

一行人来到咱大娘的院门口,见院门没插,便摸了进去。几个人在院里听到咱四大爷贾文灿那边正在推牌九,乱得不得了。几个人走到堂屋门口,不由停了下来,心里开始紧张。腿发软,牙齿打架,浑身冷得抖。金声颤声问:"真干呀?"这时,隔壁突然啪的一声,有人大喊:"天杠!"把金声吓了一哆嗦。

春柱说:"你怕啦?"

金声把头一梗说:"球!俺才不怕呢!"嘴里硬,心却虚得很。

春柱说:"这就对了,那女人是日本鬼子的老婆。不干白不干,干了白干了!你们想想,咱是抗日英雄,不干日本鬼子的老婆干谁的老婆?"

春柱一番话使大家顿时雄了起来。春柱说这话时脸上的表情极为丰富,一副沉醉的样子。

"哎,敲门呀。"春柱喊。

在门边的人便往后退,不知不觉地把手都缩了回去。春柱望望大家,说:"你们这些有贼心没贼胆的,又想开洋荤,又怕惹上腥,没出息。让开,让我来。"春柱说着拨开众人,挤到门边。春柱趴在门缝里看了看,见屋里还点着灯,春柱便咚咚地敲响了门。随着敲门声,屋里便有了动静。

"谁?"

"俺!"

"恁是谁?"

"俺是抗日英雄!"

"干啥?"

"开门!"

"睡啦。"

"起来!"

屋内便静了下来,接着便听到穿衣服的声音,接着是踢踢跶跶的脚步声。脚步声来到门边,"哐啷"拉开门闩,门便"呀!"的一声开了。

春柱他们望着女人,愣了。那女人散着头发,还穿着红旗袍,胸前有扣子没扣全,敞着怀,胸部在月光下发出诱人的光芒。那女人忽闪着一双大眼睛,目光纯净如水的样子,将门口的男人洗了一遍。出于女人的本能,她双手抓着两扇门,十分警惕地问:"啥事?"

春柱嘻嘻笑着说:"你不认识我们了,我是春柱。"

女人便自言自语地咕噜一声:"春柱……春柱是谁?"春柱又说,"你不认识春柱总认识贾文锦吧?"又指着身后的几个人说,"我们都是贾文锦胡子队的,日本鬼子投降了,我们就回来了!"

女人一听贾文锦几个字,便笑了,张嘴"噢"了一下,打开了门。春柱他们连忙挤了进去。女人把几个人放进屋,连忙伸头朝外看看,然后把手指压在嘴唇上"嘘"了一声。说:"小声点,皇军正到处抓胡子队呢,俺天天为你担心。"

几个人被咱大娘弄得有些仓皇，不知如何是好。咱大娘回过身拉住了春柱，拉着就进了里屋。春柱被咱大娘拉进了里屋。春柱进了里屋，外屋的几个人站在那里不敢动。春柱在里屋望望女人又望望床，问："小孩呢？"女人答："看戏去了！"说着自顾自垂下了头，好像陷入了沉思。女人突然对春柱说，"你怎么能不认天生呢，他是你的儿呀。"

春柱嘻嘻笑了，说："是、是俺的儿子，俺认。他去看戏了，戏有啥看头，还没你好看！"说着在那女人的胸口抓了一把。女人有些惊喜地望望春柱，啪地打了一下春柱的手，天真无邪地笑了，说："粗手。"

春柱望着女人嘿嘿笑了。春柱笑着就扑了上去。女人没有任何反抗，只是在被春柱扑上来时，将点燃的油灯吹灭了。四周一片黑暗，女人在春柱身下说："别把油灯打翻了，俺过门那天晚上，你把油灯打翻了，结果皇军就来了。"咱大娘说着念念有词，"洞房之夜打翻灯，从此日子如噩梦……你还是这么性急。"

外屋的几个人见状立在那里，不知如何是好，也不舍得走。

不知过了多久，大家见春柱提着裤子出来了。春柱热气腾腾地出来望望大家，说："去呀！"

这时，屋里的女人把灯又点着了。女人喊："天生爹，你在和谁说话？"

春柱说："我的弟兄，都是抗日英雄。"

"哦，早点回来。"

春柱把万斗推进了里屋，说："快去，她把咱们都当贾文锦了，咱都留着大胡子。"万斗被推进了里屋。里屋的女人见了万斗，十分警惕地问："你是谁？"

万斗答:"俺是贾文锦。"

"你不是贾文锦。"咱大娘说着推万斗,"你骗俺,你以为俺连孩子他爹都认不出了。"

万斗捋捋胡子说:"你不认识俺了,总认识俺这把胡子吧?"

咱大娘说:"不对,有胡子也不是贾文锦。"

万斗说:"是不是贾文锦都没关系,俺是抗日英雄。"万斗说着逼近了一步。

"抗日英雄咋啦?"

"抗日英雄就可以睡睡日本鬼子的女人。"

"谁是日本鬼子的女人,俺是贾文锦的女人。你再胡来俺要喊人了,孩子他爹在外头!天生爹、天生爹!"咱大娘喊。

春柱在外头答应了一声说:"喊啥?你和日本鬼子都睡了,还不能和抗日英雄睡!"

女人听春柱这么说,便沉默了。她望望那盏老灯,望望万斗自言自语地说:"咋是这样,抗日英雄真怪,连自己的女人也让人家睡。"

万斗见了女人在那儿念念有词,便扑了上去,顺手把灯打翻了。随着砰咚一声,四周一片黑暗。女人在黑暗中说,俺生是贾文锦的人,死是贾文锦的鬼,贾文锦让俺干啥,俺就干啥。反正俺也已经不干净了。

后来,二黑、金声、秋收轮换着一个接一个地走进了那女人的里屋。

大黑被锣鼓之声吵醒已是半夜了。大黑和其他几位抗日英雄一样,在酒席上最后终于抵挡不住村里男人们的围攻,败下阵来。他不得不打起了游击,神不知鬼不觉地溜回了家睡了。大黑半夜起来听到锣鼓声就走出了堂屋门,当时月亮十分的圆,正悬在院子里的香椿树顶上,不动。大黑一步跨出门，顿然被如霜的月光包裹了，这使大黑不由打了个寒战。大黑立在院内细细听了听村前戏台那边的唱腔，便走出了院门。大黑来到了戏台边，发现春柱、二黑、金声、万斗几个亮脑袋聚在一起，很神秘地窃窃私语，完了便发出一种得意之笑。大黑走过去在春柱肩上拍了一下，问：

"笑啥呢？"

春柱见了大黑，十分吃惊，说："咦！咋把你忘了？"几个人也对着大黑乐。说："恁好的晚上，咋会睡觉呢？好事可先被我们占了。"大黑便急切地问："啥好事！可别把俺忘了。咱可是出生入死的兄弟。"春柱说："哪能呢，好事咋会把你忘了。还来得及，秋收还没出来呢！"大黑被几个人弄得丈二和尚摸不着头脑的，急得什么似的。大黑说："你们再和我打马虎，俺可恼了，快说！"

二黑便伸过脸来。二黑正要告诉大黑。这时秋收屁颠屁颠地奔了过来。秋收见了大黑一拍大腿说："咦！来得早不如来得巧，俺刚出来，你快去吧！我操，这世界上还有恁好的事！"说着往地上吐了口痰，十分满足的样子。大黑一把抓住秋收说："快说，啥好事？"

秋收说："走，俺带你走，到时候你就知道了。"

秋收带着大黑来到了咱大娘的院门。秋收把大黑推进院子说："你进去吧，堂屋门开着呢，俺可走啦，这事俺帮忙只能帮到这儿。还有一截路，美死你！"

大黑糊里糊涂地进了院门。大黑穿过院子，四处张望，见院子里一点动静都没有，隔壁院子里骨牌摔得啪啪震天响。大黑停在咱大娘的堂屋门口，轻轻用指头一点，堂屋门便"咯"的一声开了。大黑倒吸了口冷气。心想贾文锦家有啥好事呢？大黑走进堂屋，月光也跟着挤进屋里，一地光亮。大黑在堂屋里轻声喊了一声："有人吗？"

大黑听到里屋有动静。大黑闻声一掀门帘进了里屋。一进里屋大黑便愣住了，那女人赤条条地躺在床上，月光从窗口照进屋里，一片月光洒在女人身上。大黑脑子里一片空白，他一时没弄明白眼前的一切，便定定地立在那里，嘴张多大。

"嫂子……"

大黑终于能使自己发出声来。

床上的女人动了一下，梦呓般地发出了一个声音：

"谁……？"

"俺，大黑。"

"大黑、大黑……大黑也该来，大黑该来……大黑也是抗日英雄……"

"这……"

"还等啥呢，还等啥呢……俺不是光着身子吗？来吧！来吧……"

"嫂子，他……他……他们，他们刚才……"大黑有些语无伦次。

"别叫俺嫂子……"床上的女人突然大喝一声，骇得大黑浑身打了个寒战。

"俺不是你嫂子！俺不是恁嫂子……"

床上的女人终于哭了。大黑终于明白了怎么回事。大黑明白过来后便觉得太阳穴像有两条蛇一蹿一蹿地向外冲。大黑觉得一阵昏眩。"咦！"大黑猛地跺了下脚，大黑气急败坏地吼道："简直不是人。"

床上的女人随着大黑的吼声，也"嗷"的一声放开了哭腔。那女人一旦放开了哭腔，哭声便肆无忌惮，惊天动地。女人的哭声首先引起了后院咱四大爷贾文灿的注意。大黑本来想劝嫂子，可女人的哭声使大黑不由诚惶诚恐地退了出来。大黑刚退出堂屋，咱四大爷带着他的弟兄都上了房了。咱四大爷大喝一声："谁？"

大黑不敢停步，转身就往外跑。大黑一跑，咱四大爷的枪也响了。啪、啪两枪打的是大黑的后脑勺。大黑一个狗吃屎栽倒在院门口。

戏台那边听到枪响，一下就炸了。许多人往枪响的地方跑。春柱第一个跑到院门口，春柱看到大黑趴在门口，春柱低头一看，大黑后脑勺上有两个血窟窿，脑浆白生生地流了出来。春柱便喊："大黑被人打死了，大黑被人打死了！"

闻讯而来的村里人围在院门前，低头看大黑。有人便问，谁干的？谁干的？咱四大爷贾文灿站在房上回答："俺干的！他没干好事。"

"啊……"

春柱听到咱四大爷贾文灿这样说，悄悄挤出人堆往家里跑。春柱一边跑一边喊："黑马团白马团的弟兄们快集合啦，铁蛋把大黑打死了。"春柱跑回家，提着双枪就出来了。春柱出来向天上砰砰打了两枪，喊着向咱四大爷家扑去。

这时，整个村子都乱了。村里人乱喊喊："不得了啦，胡子队和别动队打起来了。"

五十　咱大爷之七

咱大爷打死了龟田，黑马团白马团消灭了贾寨炮楼里的鬼子，这件事引起的后果是严重的。日军方面向八路军提出了抗议，说八路军黑马团白马团枪杀了我已经投降了的日军，并且毁尸灭迹。为了保证投降日军的生命安全，日军将拒绝再向共产党的八路军投降，在八路无法保护我投降日军生命安全的情况下，日军只向国民党的中央军投降。

八路军接到日军的抗议大吃一惊。怎么会有这种事？在接受日军投降的事情上，八路军是有严格的纪律的。八路军立刻调查，发现那所谓的黑马团白马团根本就没加入过八路军，只是一个地方武装，打了八路军的旗号。八路军向日军发出了严正声明，声明说在豫南一带活动的黑马团白马团根本就不是八路军。经查黑马团白马团的司令其实是中央军的军官，应归属鄂豫皖游击兵团，而鄂豫皖游击兵团归第10战区指挥。他们打着我八路军的旗号枪杀了已经投降的日军，这是有人别有用心故意栽赃，诬陷我八路军，从而达到不让日军向我八路军投降之目的。你们可以不向黑马团白马团投降，但是不能不向我八路军投降。如果你们拒绝投降，我们只有用武力解决。

日军又向中央军提出抗议，结果中央军却声明说，在豫南一带活动的所谓黑马团白马团原本就是八路军。早在几年前就是了，有儿歌为证。现在黑马团白马团枪杀了投降日军，八路军就不承认了，这是不负责任的。现将八路军编的儿歌提供给日军，请日军明察。如下：

日本鬼子太混蛋
烧杀抢掠啥都干
乡亲们呀该咋办
端了炮楼让滚蛋
谁是俺来俺是谁
共产党呀在抗战
八路军呀俺的天
黑马团来白马团

中央军将儿歌原样不动地提供给日军，用心险恶。这不但说明了黑马团白马团是八路军，而且还借儿歌骂日军，从而达到激怒日军，让日军不要向八路军投降之目的。为此，在日本投降后很多地方的炮楼都是八路军硬打下来的，付出了沉重的代价。

这样，在抗战胜利后，黑马团白马团成了姥姥不疼、奶奶不爱的角色，成了没娘的孩子。只是这一切咱大爷贾文锦还不知道，咱大爷在镇上养伤等姚抗战的消息呢。咱大爷没等来姚抗战的消息却等来了黑马团白马团的胡子队和别动队火拼的消息。这消息让咱大爷愤怒，自己的弟兄打起来了，这不就是左手打右手嘛。

咱大爷在镇上再也躺不住了，决定回贾寨养伤，也好控制局面。咱大爷对咱二大爷说，现在要赶紧联系上八路，否则还要出事。黑马团白马团是打鬼子的，现在鬼子投降了，这些弟兄没有了要打的目标，所以才自己人打自己人。

咱大爷向咱二大爷了解胡子队和别动队到底怎么打起来的。咱二大爷说，当时俺正在看戏，突然听到枪声。等俺赶到，已经完全乱了。黑马团白马团的人往老四院子里冲，老四的枪法又好，一会儿就放倒了十几个。不过，都没往要命的地方打，大部分都打在大腿上，以老四的枪法这是留了情面的。俺当时喊别打了，别打了，可是双方都打红眼了，喊也没用。最后，老四翻进了你家院里，从你院里带人跑了。

咱二大爷到底也说不清楚啥原因。咱二大爷说，可能大家都喝醉了，又互相不服，就打起来了。

咱大爷问，那大黑咋在俺院里被打死了呢？

咱二大爷回答，不知道。

当时，咱四大爷贾文灿出村后，贾寨人都到咱大爷家看被打死的大黑。咱大娘在屋里却破口大骂："我日你贾寨人的祖宗八辈！"

贾寨人在咱大娘的骂声中静了下来。村里人已不是第一次挨这女人的骂了，村里人也不搭理她，觉得这女人肯定又犯了病。贾寨人把大黑抬走，三三两两地散了。

有外村人问："那女人啥病？"

村人答："脑子不够用。"

咱大爷回到了贾寨。咱大爷的伤一直没好透，因为子弹没取出来，镇上的郎中根本没动过外科手术，只能用草药给咱大爷治伤。伤口是合拢了但子弹却在里面，红肿着。咱大爷整天痛得咬牙切齿，脾气不好，性格怪异。咱大爷回到家时，咱大娘见了问："你是谁，到俺家干啥？"

咱大爷手里拄着个拐杖，由两个人扶着，站在门前望着咱大娘发愣。咱大爷扭头问咱二大爷："她咋不认识俺了？"咱二大爷说："她脑子受了点刺激，一阵清楚一阵糊涂的。你别理她，养你的伤，由咱凤英娘和书娘伺候你。"咱大爷说："没想到她变成这样了。"

"唉——"咱三大爷在一边叹了口气，说，"这女人命苦。你们俩八字不合。"

咱大爷不语。咱大爷的三间堂屋西房被咱大娘和儿子占了，咱大爷被扶到了东房。东房早已收拾好了，床上铺垫都是新的。咱大爷歪在床上，又痛了，呲牙咧嘴的。咱大娘望着咱大爷问咱三大爷："贾文清，这人是谁，咋也留着大胡子，学俺孩子他爹。"

咱三大爷问："你孩子爹是谁？"

咱大娘答："是贾文锦。他是黑马团白马团的司令。"

咱三大爷说："你再想想你孩子爹是谁？"

咱大娘想了想，说："是谁，还能是谁，当然是皇军龟田的种了。贾文锦那个没良心的，俺偏说孩子是龟田的种，气死他。"

咱大爷突然暴跳如雷，喊："滚，滚到你那房里去。"

咱二大爷让人把咱大娘带到西房里去了，然后安慰咱大爷，说："老大，你别和她一般见识，她脑子不够用。"

咱大爷说："俺早就把她休了，谁让她住在俺家的。"

咱三大爷说："俺去过张寨，她娘家不让她回去。"咱三大爷又叹了口气说，"咱贾寨人欠她的情呀。俺和村里说好了，到时候村里出钱给她盖一间房子，让她搬出去住，现在你只有先凑合着，先把伤养好再说。"

咱大爷说："我现在急的是八路那边咋还没消息。那个姚抗战怎么搞的，现在还不露面。"

咱二大爷说："也许快回来了。"

咱大爷说："黑马团白马团这么多人都张着嘴呢，这样下去还要出事。俺要不是有这伤早把他们带出去了，只要手上有兵上哪儿混不了口饭吃。"

在咱大爷养伤等姚抗战消息的那段时间，咱大爷和咱大娘娘俩之间一会儿形同陌路，一会儿又好像一家人。咱大爷一直装着不认识咱大娘。咱大娘一阵真的认不出咱大爷，有一阵又好像认出来了。

村里孩子常欺负天生，见面就骂天生是野种，是有娘生没爹养的日本野种。天生便和他们打，打过了就回家向娘要爹。

娘说："恁爹是抗日英雄贾文锦！"

儿问："爹呢？"

娘答："爹快回来了！"

儿问："爹从哪边回来？"

娘答："爹从老桥那边回来！"

儿说："娘骗人，人家都说贾文锦已经回来了，就住在东房里养伤。"

娘问:"那他咋不认咱?"

儿说:"他不是俺爹,俺爹是皇军,俺也只记得一个皇军爹!"

"啥?"

娘涨红了脸,对着儿的脸就一巴掌。儿哇的一声大哭起来。娘望着儿脸上的几个红指头印子,心疼地一把抱着儿子,娘俩哭成一团。两人在西屋里哭,咱大爷在东屋里听到了便用被子蒙着头,烦得要命。

哭一阵,娘又问:"现在恁知道你爹是谁了吧?"

儿答:"俺爹是抗日英雄贾文锦。"

娘问:"爹呢?"

儿答:"不知道。"

娘答:"你爹在东房。"

儿问:"那他咋不认咱?"

娘说:"俺也说不清楚。"

两个人哭了一阵,咱大娘对天生说:"去喊你三叔来,他会告诉你你爹是谁?"

天生便跑到咱三大爷家,不由分说拉着咱三大爷贾文清就走。咱三大爷来了,见咱大娘正埋着头坐在床边哭,咱三大爷望着那女人心里便发紧。那女人抬起头来望望咱三大爷,说:"贾文清,你要是还有点良心就把过去的事告诉天生。孩子懂事了,他整天闹着要爹,让俺咋办!"

咱三大爷心里不由颤了一下,他犹豫地张了张嘴。"这……"

咱大娘说:"怎么,连你也不愿认天生?天生是姓贾的人,是咱大爷的种。那年你把俺从炮楼里弄回来,后来,就是那天中午贾文锦咋对俺的,你也看到了!"咱大娘说着便哭了,"俺的命咋恁苦呢?这世上就没俺娘俩安生的地方了,要是天生不是咱大爷的种,俺咋着也不能在贾寨活呀!"

咱三大爷望望女人又望望天生，一时不知从何说起。咱三大爷将天生拉到自己的怀里，叹了口气说："不管咋说，都不怪孩子。其实别管谁的种，只要把他养成人就中。"那女人猛地抬起头，愤怒地喊道："不，不，天生是贾文锦的种，你要把这事和孩子说清楚。"

咱三大爷望望东房沉默了。

那女人泣不成声望着咱三大爷说："在贾寨，就你贾文清心里最明白，还有点良心了，如果连你也不肯说句公道话，俺娘俩只有死呀！呜呜……"

咱三大爷觉得心里发冷。咱三大爷望望天生，发现那孩子越来越像大哥贾文锦了。可是，如果认了这孩子，这女人就还是大哥的媳妇。国有国法族有族规，贾姓祖宗有规矩，凡是给贾姓添了丁的贾姓媳妇是不能休的。承认了天生是大哥的种，那就承认了这女人还是贾寨的媳妇，而贾寨的媳妇曾经送给了日本鬼子，这让贾寨人的脸往哪里搁。

咱大娘见咱三大爷在那里只叹气不吭声，便突然操起了箱盖上的铜灯，对咱三大爷说："你今天不把这事告诉俺儿，俺今天就点了房子。"咱大娘说，"皇军的炮楼俺都敢点，这房子俺也敢点。"

咱三大爷连忙跳起来夺过油灯："别，别这样，俺说，俺说。"

咱三大爷摸着天生的头说："天生，你爹是贾文锦。"咱三大爷说这句话时，仿佛用了平生的力气。

"真的，"天生欣喜万分，"那俺那皇军爹呢？"

咱大娘上去就要打，被咱三大爷挡住了。咱三大爷说，你别打孩子，孩子不懂事。咱大娘喊："你没有皇军的爹，你只有抗日英雄的爹。"

咱三大爷望着吓傻了的天生，说："那炮楼里不是你的亲爹，在你小的时候日本鬼子把你抢进了炮楼。你爹是抗日英雄。"

天生笑了，说："俺有爹了，俺爹不是皇军，俺爹是抗日英雄。"

天生像只小鸟，猛地挣脱了咱三大爷的怀抱，撒开腿往屋外跑去，天生边跑边喊：

"俺也有爹，俺也有爹了，俺爹是抗日英雄贾文锦。"

村里人听到天生的喊声，头深深地低了下去，心里有一种说不出的感觉，沉重得要命。咱大娘目送着儿子出门，听着天生的喊声，无声地笑了。女人含着泪水感激地望着咱三大爷，说："可是贾文锦怎么不回来呢？"

咱三大爷苦笑着望望东屋，说："你不认识贾文锦了？"

咱大娘说："他是俺孩子他爹，俺咋不认识呢。他就是剥了三层皮俺也认识。"

咱三大爷说："那东房里住着的是谁？"

咱大娘说："谁知道是谁，整天躺着不干活，脾气还很大。住着俺的房子，整天对俺还没好脸。等贾文锦回来了把他撵滚蛋。"

"唉——"咱三大爷不知说啥，只有长叹一声往外走。这时咱大娘突然从身后抱住了咱三大爷。咱三大爷立在门口，觉得背后有一股柔软的热浪。咱三大爷颤声喊："嫂子、嫂子……你别这样。"

咱大娘将咱三大爷紧紧地抱着，欣喜地问："贾文清，你别走！贾文清，你喊俺啥？"

咱三大爷觉得口干舌燥的，张了张嘴，嘴却不听使唤。咱三大爷努力地喷喷嘴，并用舌头舔了下发干的嘴唇，喊了一声："嫂子，嫂子你别这样。"

"哎！"

咱大娘热烈地答应着，将整个胸部紧紧地贴在咱三大爷后背上。喃喃地道："贾文清，俺的好人！贾文清，俺的好人，你喊俺嫂子了……"咱大娘将脸在咱三大爷的后背上摩挲。声音像梦呓一般。

咱三大爷猛地转过身来，一把将咱大娘搂在怀里，说："嫂子，贾寨人对不起你。"咱大娘在咱三大爷怀里呢喃着说："贾文清，嫂子知道自己脏，是个脏女人。可是，除了贾文锦，嫂子没和其他男人睡过。嫂子想和你睡，嫂子不知道咋感谢你，嫂子要和你睡。"

咱三大爷听到咱大娘这样说，吓了一跳。咱三大爷清醒了过来。咱三大爷猛地将咱大娘推开。说："你这个疯女人。俺哥回来了。"

"什么，你说什么？贾文锦回来了，在哪儿，在哪儿？"

咱三大爷指指东房说："在东房里躺着呢！"说完转身而去。

咱大娘猛地瞪大了眼睛，拔腿向东房奔去。咱大娘跑了一半又退了回来。咱大娘回到自己屋里点燃了油灯，然后又仔细地拨亮，阴暗的屋内顿时大放红光。咱大娘手擎着灯，庄重地走到妆镜前，拭去铜镜上的积尘，对镜梳理着凌乱的头发。咱大娘一边梳头一边念念有词："俺谁都不信，俺信贾文清，他说贾文锦回来了，贾文锦就回来了。"

咱大娘梳好头穿上了那件红旗袍。咱大娘正了正衣襟，望望铜镜中的自己，比较满意。油灯把咱大娘的脸映得放出红光。咱大娘端着灯向东房走去，目光中有一股火苗在蹿。

咱大娘大白天端着灯来到咱大爷的房子。咱大爷见了一愣。咱大爷问："你来干什么？"

咱大娘说："你啥时候回来的，咋不告诉俺。俺等你等得好苦。"咱大娘说着把油灯吹了扑到了咱大爷怀里。咱大爷"哎哟"一声将咱大娘推开。咱大娘迷惑不解地问："怎么啦，你不要俺了？"

咱大爷说："你真是个疯子，你碰到俺的伤口了。"

咱大娘望望咱大爷问："你受伤了，谁打的。要紧不？"咱大爷皱了皱眉头，不想理。这时，咱二大爷、咱三大爷都来了。身后跟着风尘仆仆的姚抗战。咱大娘见来了这么多人，拽了拽衣襟，羞涩地说：

"咦，来客了，俺去做饭。"说着走了。

大家望望咱大娘的背影不啃声。

五十一　咱大爷之八

姚抗战回来了。姚抗战回来给咱大爷带来的自然不是什么好消息。不过，咱大爷最初见到姚抗战的时候还是从床上一挺就起来了，居然没有感到伤口的疼痛。咱大爷一把抱住了姚抗战像见到亲娘似的。咱大爷说："俺的娘耶，可把你盼回来了。"

姚抗战拍拍咱大爷的肩，问："你的伤咋样了？"

咱大爷说："不咋样，还是那样。俺这伤是小事，一见到你就好一半了。"

咱三大爷过来把咱大爷扶住，让咱大爷躺下。咱三大爷说："你别急，让姚抗战慢慢说。"咱大爷说俺没急。这时，咱大爷看到咱二大爷黑着脸在一边叹气。咱大爷说老二咋了，咋像霜打的茄子似的。姚抗战没找到八路？

姚抗战望望咱大爷摇了摇头，从怀里掏出了八路的公函。这公函咱大爷第一次见，咱二大爷是第二次见了，第一次也是姚抗战带来的，只不过那份公函没给咱大爷看。这次不行了，这份公函必须给咱大爷看了。

公函上的意思是不承认黑马团白马团是八路军，如果黑马团白马团想加入八路军必须首先解散，以个人之身份，经组织上审查之后才能参加八路军。对冒充八路军枪杀投降日军的主犯，由于给八路军造成了恶劣的政治影响和军事损失，八路军要进行惩处。八路军派往黑马团白马团的两位干部，由于没有完成改造黑马团白马团之任务，应负完全责任。

咱大爷拿着公函望望姚抗战问："八路这是为什么？俺打的是日本鬼子，八路为什么还不认俺？"

姚抗战说："打鬼子当然对了，关键是什么时候打鬼子。打已经投降的鬼子，八路是不允许的。这样，鬼子都不敢向八路投降了，抗战的胜利果实不都让国民党抢去了嘛！"

咱大爷问："这八路的意思是不要俺黑马团白马团了？既然八路不要我们，那俺就找中央军。俺还有老长官呢。"咱大爷望望咱二大爷又说，"你不劝俺参加八路了吧？"

咱三大爷说："老大，你别得意，八路还要惩罚你呢！"

"八路凭什么对俺惩罚，俺又不是八路的人。"

咱大爷说着突然在屋里暴跳如雷。"俺抗战是有功的，八路不论功行赏还要惩罚俺，俺不服。二黑、二黑。"咱大爷大声喊着。咱大爷院子里其实已经聚集了不少黑马团白马团的人，咱大爷一喊二黑，二黑便分开人群就答应了。二黑走进咱大爷家。二黑问："当家的，叫俺？"

咱大爷说："俺给你写封信，你去找中央军去。"

二黑说："咋找，到哪儿找？"

咱大爷说："去大别山，中央军的游击兵团司令部在立煌。"

二黑问："要是找不到呢？"

"找不到就别回来。"

二黑噘着嘴走了。

咱大爷派二黑去和国军联系，咱二大爷也没有拦，拦也拦不住呀。

咱二大爷说黑马团白马团的事俺是管不上了。

咱大爷突然说:"俺黑马团白马团居然没人要了!"咱大爷说完就躺在床上叫唤起来,伤口又疼了。咱大爷嘟嘟囔囔地说,"俺还等八路给俺做手术呢,八路不枪崩了俺就是好的了。俺打死龟田完全是按江湖规矩来的。"咱大爷说着就没声音了,累得闭上了眼睛。大家见咱大爷累了都退了出来。

咱大爷派走了二黑就在家里干等着。咱大爷干着急不出汗,急火攻心,小肚子肿得像和面盆似的,整天躺在床上唉声叹气的。

二黑被派出去根本没走到大别山。二黑在路上被中央军抓了丁。二黑把贾文锦的信给长官看,说你抓俺一个干啥,还有一群在家等着呢。长官一看有那么多人愿意当兵,就把二黑留下好吃好喝地款待着,把贾文锦的信往上报,想邀功。结果挨上面的长官一阵臭骂。说现在是受降的关键时候,谁都可以参加国军,就是黑马团白马团的人不能要。

长官把二黑放了,说你回去吧,黑马团白马团的人国军不要。二黑问为啥?长官说,上面说的,谁都可以参加国军,就是黑马团白马团的人不能要。二黑说,那俺还去大别山的立煌,找另一支国军。长官说,傻蛋,谁现在还在大别山上待着,全都下山了。抗战胜利了,还不赶快下山发财。你黑马团白马团就是发财发得太快、发得太猛才遭人恨的。

哦,是这样。那俺回去。二黑说长官能不能给俺一个字据,俺回家好给当家的交差。长官望望二黑说,看不出你还挺会弄事。长官真给二黑写了个函,还让人盖了官印。那函上称黑马团白马团为土匪,国军方面不但不要黑马团白马团,还命黑马团白马团无条件向政府缴械投降,匪首还要严办。二黑不识字也不知道字据写的啥,二黑把字据带回贾寨给咱大爷，咱大爷看后气得枪伤崩裂，血和脓流了一裤裆。

咱三大爷连忙让人去镇上请郎中，郎中来了看看伤口说，身上有伤一定要静养，要心平气和，更不能生气，你看看气得连伤口都崩裂了。郎中用草药将咱大爷的伤口又糊上了。咱大爷鼓胀的肚子放了脓，顿觉轻松了许多，肚子也不胀了，伤口也不痛了，刚糊上的草药让咱大爷感觉凉丝丝的，咱大爷躺在床上居然就睡着了。

郎中对咱三大爷说，千万不能让他生气了，一生气肚子就会胀起来，胀起来就会化脓，伤口就永远也好不了了。郎中走后，咱二大爷对咱三大爷说这伤口和生气有啥关系，真是庸医。只要做一个外科手术把子弹取出来，很快就会好的。咱三大爷说，本来等八路来给老大治伤，八路不要黑马团白马团了；现在又等中央军来，中央军也不要黑马团白马团，还要把老大当土匪法办，你说老大一辈子争强好胜怎么能咽下这口气，不生气才怪了。咱二大爷说咱要想个万全之策，先把老大的伤治好，这样拖下去也不是个事。

咱三大爷说："你去找八路来给老大治伤吧，参加八路的事可以慢慢再说。咱不白让他们治，花多少钱都行。"

咱二大爷说，中。我看八路不会见死不救，八路还有革命的人道主义。老大毕竟是打鬼子受的伤。这事还是请姚抗战跑一趟。

咱三大爷后来对姚抗战说，只要八路先救人，他们提出的什么条件都可以商量。这样，姚抗战又找八路去了。

姚抗战去请八路的医生了，咱大爷听说后心情好了许多。晚上咱大爷精神特别好，吃了一碗米饭，还喝了一碗鸡汤。咱大爷晚饭后正躺在床上，正盘算着伤好以后的事，这时，门帘子一亮，咱大娘端着灯出现在面前。

五十二　咱大娘之三

　　咱大娘再次来找咱大爷是做了精心准备的。咱大娘吃过饭把院门和堂屋门都插了，把儿子早早地弄上床，哄他睡。天生不睡，咱大娘说你要不要爹？天生问爹在哪里？咱大娘说你要是要爹就赶紧睡。你睡着了，天明一睁眼就有爹了。天生说那俺睡，有了爹就没有人欺负俺了。天生便闭上眼睛，假装睡着了。

　　咱大娘见儿子睡着了，便起身开始打扮自己。脸上涂了白粉，擦了胭脂，脱去了衣裳，赤裸裸的。咱大娘把缠在胸上的白布也松了，一下跳出活灵活现的乳房来。咱大娘被自己刚刚解放出来的乳房吓了一跳。咱大娘好像怕乳房会跑了一样，连忙用双手捧着。咱大娘捧着乳房望望窗户，窗纸贴得严严的，窗外一片漆黑。咱大娘连忙从箱子里翻出了一件红兜肚，穿上这才安心。咱大娘在灯光下望着铜镜里的自己，觉得胸前像两朵含苞欲放的红花。咱大娘自言自语地说，男人都喜欢这个，俺再傻也知道男人都喜欢这个。你喜欢俺，就给你；你要了俺，你就是孩子他爹了，赖也赖不掉。

　　咱大娘端着灯向咱大爷住的东房走去。咱大娘走着低头望望自己的影子，觉得下面太臃肿。咱大娘在走到咱大爷房门的时候，把自己的裤衩也褪下了。这样，当咱大娘在咱大爷面前出现时，那种诱惑让咱大爷忍无可忍。

　　咱大娘站在咱大爷的床边时，目光显得空洞，这使咱大娘显得纯情而又大胆。咱大娘面对的仿佛不是一个男人而是关于一个男人的梦幻。咱大娘就这样端着灯站在咱大爷的床边，陷入沉思。

咱大爷望着咱大娘不由伸出了手。咱大爷出手如梦。咱大爷的手准确无误地触摸到了咱大娘那梦幻的中央。咱大爷觉得在梦境中的咱大娘湿润而又细腻。咱大娘在咱大爷的抚摸下没心没肺地笑了。咱大娘笑着把灯放在箱盖子上。咱大娘放下灯用双手抱住了咱大爷的头，上床跪在咱大爷面前，任凭咱大爷的抚摸越来越深入。咱大爷好像怕把咱大娘从梦中弄醒，动作是那样轻柔，那样小心翼翼。

咱大娘在咱大爷的抚摸下将头埋在咱大爷的胸前。咱大爷抬起头轻轻将箱盖上的灯吹灭。在突然的黑暗中，咱大娘突然挣脱咱大爷的手，厉声问："你是谁？"

咱大爷答："俺是你男人。"

"俺男人是谁？"

"是贾文锦。"

"贾文锦是俺男人，你不是俺男人。俺男人不是你这样的，他是英雄。他从来不吹灯。"

"那俺是谁？"

"你是胡子队的俺知道，你受伤了在俺家养伤，俺好吃好喝待你，你却想占俺的便宜。等贾文锦回来了打烂你的狗头。"

咱大爷哭笑不得，翻身起来将咱大娘压在身下，说："俺就是贾文锦。"

咱大娘狠狠在咱大爷肩上咬了一口，说："你要占俺便宜，没门，俺死也不从。"咱大娘说着从床上挣脱了下来。咱大娘下了床便点着灯，咱大娘端着灯望望躺在床上的咱大爷说："别以为留着大胡子就是英雄，就是贾文锦。俺见过的大胡子多了。"

咱大娘说着端着灯走了。咱大爷望着咱大娘的背影完全是赤裸的，只有红兜肚的一根红绳系在腰上。咱大爷按捺不住自己，便起来下了床。咱大爷没想到自己这么顺利就下床了，平常还要人扶呢。咱大爷一点都没感觉到痛，他下了床也没用拐棍，就光着脚随着咱大娘的灯影跟踪而去。

咱大娘自言自语地光着脚穿过堂屋当门，步态轻盈，灯影漫舞，一路上流光溢彩的。咱大爷在灯光的暗影里，身影飘忽，在咱大娘身后像掉了魂的人。咱大娘来到自己的西房，将灯放在床头的箱盖上，望望已经睡熟的儿子长长地叹了口气说，俺没有给你找到爹，那人不是你爹，你爹可比他男人。

咱大爷突然来到咱大娘面前，咱大娘望望咱大爷好像忘了刚才的一切。说："咦，你是谁？好像在哪儿见过。"

咱大爷说："你说俺是谁？俺是你男人。"

咱大娘半信半疑地望着咱大爷，脸上渐渐有了惊喜之色。"你真是贾文锦，你啥时候回来的？"咱大娘说着突然跪下抱住了咱大爷的双腿，拉着长调哭了。"哎哟娘呀——你可回来了呀！呜——"

咱大爷往窗外看看，连忙捂住咱大娘的嘴。压低声音说："别哭，让人听到。"咱大娘连忙停住哭，抬头望着咱大爷笑了。这时，一个孩子突兀地说："你不是俺爹，你是那个在俺家养伤的叔叔。"咱大爷见天生光着身子坐在了床上。咱大爷厉声道："大人的事你懂啥？睡觉。"天生回嘴："就不睡。"咱大娘过去把天生按在床上。咱大娘说："可不敢和你爹顶嘴，你爹打你俺可管不了。"

天生说："俺爹从来不打俺。"

咱大娘说："你没见过你爹，你咋知道你爹不打你！"

"俺那皇军的爹就从来不打俺。"

咱大娘照头就是一巴掌，用被子将天生蒙住了。天生在被子里呜呜囔囔地哭了。咱大娘转向咱大爷无比灿烂地笑了。说:"小孩不懂事,不理他。"咱大爷望着咱大娘的胸部,不由伸出手摸了摸被那红兜肚紧紧裹着的丰满的乳房。咱大娘的笑更灿烂了,不由望望箱盖上的灯。油灯的火焰安静悠然,在气流中飘荡如风中的柳枝。咱大爷此时一只手已经伸进了咱大娘的红兜肚,咱大娘在咱大爷的抚摸中躺在了床上,并神秘地闭上了眼睛。咱大爷毫不留情地一手就将灯打灭了。咱大娘轻轻地呻吟了一声,念念有词:"这才是俺男人,这才是俺男人。"

咱大爷和咱大娘弄出来的声音像是在打架。咱大娘哦哦的呻唤和咱大爷粗野的动作把睡在旁边的天生惊动了。天生不得不帮娘了。天生用手去推咱大爷,一边推一边骂:"日你娘,你敢打俺娘;日你娘,你敢打俺娘。"

咱大爷也不说话,一只手撑着自己,另一只手去捂天生的嘴。让天生觉得奇怪的是,娘这时却帮别人,紧紧地抓住自己的胳膊不放。天生的胳膊被娘抓疼了,天生一急便咬住了咱大爷的手。咱大爷被咬疼了,拔出手掐住了天生的脖子。咱大爷掐住了天生的脖子这很有效,天生的声音立刻就小了。天生没有了声音,可还不老实,在被窝里乱蹬。天生越挣扎咱大爷就越用力。

在咱大爷和咱大娘走向高峰的狂癫过程中,两个人是齐心协力的。两个人的力量都往手上使,竭尽全力地抓住天生,一个抓住天生的胳膊,一个掐住了天生的脖子。两个人正向一座高山攀登,在登顶的关键时刻,那生长在山上的像胳膊一样粗的小树正是攀登者的依靠。抓住了就不会前功尽弃,就不会滑落山下。

天生已经停止了挣扎,而咱大爷却在咱大娘的鼓励下进行最后的垂死挣扎。随着咱大娘的一声畅叫和咱大爷的一声惨叫,一瞬间屋里一片寂静。

咱大娘身子渐渐松懈下来，也恢复了平静。她推了推身上的咱大爷，咱大爷却死沉死沉地压在她身上。咱大娘觉得自己像沐浴在水中，源源不断的水丰沛、充盈、温暖地滋润着咱大娘，这让咱大娘感觉很好。咱大娘就让咱大爷在自己身上压着，体会那沉重而温暖的幸福。

后来，咱大娘就沉沉地睡着了，一直睡到天亮。

第二天，咱大娘早早醒了。咱大娘见咱大爷和儿子天生都躺在身边，静静的。咱大娘想起了昨夜的事，觉得很幸福。咱大娘独语道："咱仨还是头一回睡一个床。"咱大娘摸摸身下全是湿的，自己的红肚兜也是湿的。咱大娘借助晨曦看看自己的红肚兜，红得更是鲜艳。咱大娘脱下红肚兜穿上衣服，又说："咦，咋流恁多汗。"咱大娘走出房间时没忘了将咱大爷和天生都往床里推了推。咱大娘一边推一边说，"往里、往里，外边湿。早点起，俺好晒被子。"咱大娘说着走出堂屋，打开院门，然后去灶屋做饭去了。

早晨的炊烟不久就弥漫了整个小院，显得安详、平静。这时的整个村子也已经彻底清醒过来了。人们觉得这一天和以往没有什么两样。

咱二大爷和咱三大爷来到咱大爷的小院，他们是来和咱大爷商量解散黑马团白马团的事的。既然八路和中央军都不要黑马团白马团，鬼子又投降了，那还要黑马团白马团干什么？看家护院守寨子也要不了这么多人。其实解散黑马团白马团是一件很容易的事，在鬼子投降前长枪队本来就是分散在四乡的，短枪队也就是胡子队又基本都是贾寨人，所以黑马团白马团说散也就散了。只是咱大爷一直不同意，想带领黑马团白马团出去捞个一官半职的。

现在好了，八路和中央军都不要黑马团白马团，咱大爷也该死心了。咱三大爷和咱二大爷私下商量好了，该是解散黑马团白马团的时候了。

兄弟两个一前一后来到咱大爷院里时，咱大娘正在灶屋里烧火做饭。咱大娘见了咱三大爷和咱二大爷笑着打招呼，声音很清脆。

"哎呀，他二叔、三叔来了。他爹还在睡呢！"咱大娘起身，"俺去叫醒他爷俩。"

咱三大爷和咱二大爷互相望望，也不理会咱大娘，觉得咱大娘怎么都不像一个疯子。咱二大爷问咱三大爷："你说天生娘到底疯不疯？"

咱三大爷说："她是一会儿清楚一会儿糊涂。"

"唉——"咱二大爷叹了口气，"你说她将来咋办？还是请郎中给她治治吧！"

咱三大爷说："治啥，治也治不好。她还是疯了好，不疯就不能活了。疯了啥也不知道了，还能活着。"

兄弟俩说着话走进咱大爷住的东房，东房却没人。两人互相望望觉得蹊跷，却见咱大娘一阵风似的去了西房。两人出东房刚到堂屋当门，便听到咱大娘一声尖叫。

"啊，血呀！"

咱大娘满手是血从西房里奔了出来。咱大娘张开五指，一手的红，表情恐怖，目光呆滞。她盯着手掌，发出凄厉的尖叫。

咱大娘的尖叫声穿过早晨的晴空，显得格外锐利。叫声刺破轻慢的炊烟，使炊烟在无风的清晨终于找到了飘荡的方向。于是，正在做饭的女人便一身人间烟火地往叫声发出的方向奔去。

咱大娘尖叫着跑出堂屋，跑到院内。咱二大爷和咱三大爷却冲进了西房。在西房两人见咱大爷和天生都躺在床上，像是熟睡着。只是两人觉得他们睡得太安静，安静得让人心慌。咱三大爷走到床边碰碰咱大爷，喊："大哥，大哥醒醒。"咱大爷僵硬在那里一动不动。咱二大爷爬上床凑向咱大爷想看个究竟，双手一摸床上全是湿，伸出手一看全是血。咱三大爷将盖在咱大爷身上的被子掀开，发现咱大爷赤裸着下身，下半身被鲜血都染红了，伤口裂开了像小孩的嘴。咱大爷的一根阳物还直挺挺的。咱大爷生命中的最后一勃显得不屈不挠，如擎天一柱，死硬到底。咱三大爷对咱二大爷说："大哥死得有些时候了，身上都凉了，身子都硬了。"

咱二大爷说："大哥在东房睡得好好的，咋会到这边睡呢。"

"你说大哥咋会到这边睡？"

咱二大爷叹了口气，说："大哥不该呀，伤还没好咋能干那事。"

这时，村里人已挤满了院子，有几个胡子队的弟兄也已进了堂屋。大家围在西房门口问咋回事？咱二大爷回答："贾文锦死了。"

啊！胡子队的弟兄都进来围到了床边。咱二大爷说，好了，别看了，咱先把他移到东房，办后事吧。咱三大爷说，把天生叫起来，这孩子还能睡得着。咱三大爷揪住天生的耳朵，喊："天生，起床。"咱三大爷只喊了一句，嗓子就哑了，咱三大爷发现天生身子也硬了。咱三大爷喊，"快，快看看天生这孩子……"咱二大爷摸摸天生的鼻子，连一点气都没了。

"这孩子死了。"

啊！在场的人都愣了。天生张着大嘴，翻着白眼，一脸的苦恼和恐惧。两条腿绷得直直的像砍伐后的竹子。天生身上没有血迹，却最后尿了一次床。

"血呀——"

咱大娘捧着自己的手在村里奔走相告。咱大娘用清脆的声音宣布这红色的消息，让人听来像喜从天降。在后来的一段时间咱大娘把这两个字挂在了嘴上，在村里四处游荡着念念有词，像一句谶语。

在某一个普通的早晨，咱大娘玉仙突然又清醒了，她身穿黑色的旗袍出现在村里人面前。当时咱大娘手里没有端洗衣盆，空着手亭亭玉立地从正吃早饭的村里人面前走过。正吃得兴高采烈的村里人见了咱大娘突然都停住了嘴。人们望着咱大娘走出村，向炮楼走去。有好奇的孩子跟踪而去，发现咱大娘已经爬上了炮楼的楼顶。在孩子们的呼唤中，村里人纷纷起立朝着炮楼看，人们发现咱大娘站在炮楼上像一个黑色的幽灵。

咱大娘站在炮楼上向张寨望望，又向贾寨望望，凄厉地喊了一声："娘——"

咱大娘这最后的一喊无论是贾寨人还是张寨人都听到了。咱大娘的最后一喊让村里很多人都流下了泪。咱大娘喊过一声娘后，从炮楼上栽了下去，把自己摔碎在河边的碎石滩上。

贾寨人后来把咱大娘玉仙和咱大爷贾文锦合葬在松树岗上。村里人为他们立了一块最大的墓碑。在碑上刻着："抗日英雄贾文锦、贾玉仙之墓"。咱大娘玉仙本来姓张，村里人改她姓贾，这说明贾寨人承认了她是贾寨人，在心中永远接受了她。

五十三　咱三大爷之六

咱三大爷贾文清和咱二大爷贾文柏解散了黑马团白马团。不过，解散了黑马团白马团的长枪队却没有解散黑马团白马团里最精干的短枪队，也就是胡子队。胡子队的人胡子是剃了，但人还在枪还在。在解散黑马团白马团的长枪队时，咱二大爷对大家说，大家抗日有功，本来应该论功行赏，可是贾文锦死了，有谁来赏大家呢？所以每个人手中的枪从今天开始就算是个人的了。缺钱的可以拿去换钱，不缺钱的可以用来护身。

长枪队的弟兄虽然心中不满意,认为这枪打鬼子时有用,鬼子投降了这枪有个屁用,还不如一根烧火棍,当烧火棍俺还嫌重呢。不满意虽不满意,那又有什么办法,最终还是散了。咱二大爷对大家说,抗战胜利了,大家可以回家好好种地了。

解散了黑马团白马团的长枪队,短枪队都是贾寨的子弟就好办了,各回各家,也不用养。短枪队的弟兄对咱二大爷说,你还是带着咱们找一条发财的路吧。咱二大爷贾文柏望望咱三大爷贾文清,笑笑。咱三大爷贾文清说:"如果大家信得过俺,那俺就带大家去南阳贩牛去,那是一本万利。"

短枪队的弟兄一听欢呼雀跃。

后来,咱三大爷贩牛发财了。咱三大爷成了著名的牛贩子。在抗战胜利前咱三大爷带领短枪队为贾寨买过牛,那是为了解决贾寨的犁地问题。如今咱三大爷是为了赚钱才去贩牛的。张寨人、南李营人、马楼村人纷纷都找到了咱三大爷,让咱三大爷再跑一趟,再跑一趟,愿意出双倍的价钱。咱三大爷贾文清没有不动心的。抗战期间特别是在闹灾荒时,咱那一带的耕牛基本杀了吃光了,抗战胜利了,老百姓要过日子,牛是少不了的。这样,咱三大爷一年多时间里从南阳到信阳跑了四五趟,一次赶四五十头南阳的大黄牛。一本万利。

在咱三大爷最后一次带领短枪队到南阳贩牛时,回来贾寨都解放了。

咱三大爷可不知道贾寨发生了那么多的事,咱三大爷当时正率领着黑马团白马团的短枪队赶着牛群行进在旷野之上。

咱三大爷贩牛发了财,为短枪队的弟兄一人又买了一匹马。马买得也考究,不是白马就是黑马。咱三大爷又打起了黑马团白马团的旗号。咱三大爷骑着白马走在前头,二黑骑着黑马压后。牛群走在中间,左边是秋收带队骑白马,右边是万斗带队骑着黑马。衣服也是黑白相间的,腰里别着双枪,盒子枪上的红缨子一抖一抖的。咱三大爷的贩牛队一路上可谓是威风凛凛,一般的土匪强盗躲得远远的。没人敢惹。

咱三大爷沿路也不骚扰老百姓,从不进村,一路都是风餐露宿。这样,黑马团白马团的贩牛队名声挺好,口碑颇佳,还能惹得大闺女小媳妇眼热。老百姓都说,这黑马团白马团打鬼子都赫赫有名,现在改贩牛了,那还不是小菜一碟,相当于杀鸡用了宰牛刀,打狗用了迫击炮。

咱三大爷贾文清的贩牛队吆吆喝喝地走着,极为招摇,泛起的灰尘好几里地都能看到,这就引起了一支正在开进的国军的注意。长官派人去侦察,说看看迎面来的是哪一部分的?派去侦察的人一会儿就回来了,报告说是一支贩牛的队伍,的确牛皮,骑白马也骑黑马,穿白绸子内衣,套黑绸子汗褂,腰里还别双枪呢。长官问,这么牛皮的贩牛队肯定有背景。侦察兵说,是有点来历,老百姓都说他们是黑马团白马团。

"哈哈……"

长官一听笑了,说:"黑马团白马团是赫赫有名呀!他们抗战可比咱彻底,连已经投降的鬼子都不放过。够牛皮的。"

副官问:"他们有多少人?"

侦察兵回答:"有二三十人,赶着四五十头牛。"

副官也笑了,说:"怪不那么大的灰,我还以为碰到共军的大部队了呢。好,有牛肉送上门了。让他们牛皮,派一个连去缴了他们的械。"

"别!"长官制止了副官,长官说,"他们都是亡命徒,你缴他们的械,他们就敢和你干"。

副官说:"他们不就是几十个人嘛,再厉害也不够咱一个连包饺子的。"

长官说:"没有必要把他们消灭,咱们可以把他们收编过来,为我所用。这些人和鬼子干了这么多年,枪法极好,放到警卫连一个顶仨。那些牛还可以给我们驮弹药,我们是杂牌军,老蒋又不给咱汽车,咱用牛。咱可以成立一个后勤补给队。"

副官说:"好是好,可是黑马团白马团是上面通缉过的。"

"球。"长官说,"那是和共产党打政治战,是不想让共军受降。此一时彼一时,现在谁还管这些。我们不收编他们,其他部队也会收编他们。关键是咱国军不收编他们,共军迟早也要收编他们。这到嘴的肉哪有不吃的。"

"好,还是长官高明。咱就收编他们。"

"你要亲自跑一趟,带上礼物。人收编了,牛咱买了。让他们开个价,他们贩牛为了什么,不就是为了钱嘛!咱们有的是钱。哈哈……"

副官也哈哈笑了,说:"对,咱们用钱买,咱有的是钱。钱嘛,纸嘛!"

副官换了一身长袍马褂,带着两个护兵去了。当时,太阳已经西斜,咱三大爷他们正在安营扎寨。放哨的万斗带来了副官,万斗指指咱三大爷说:"这就是俺当家的。"副官便打着拱说:"久仰、久仰,长官得知黑马团白马团在这儿宿营,特派本人来拜访。"

咱三大爷连忙让副官坐,说:"这荒郊野外只能请先生坐在田埂上了。"

"这样好,有野趣。"

"不知先生来见俺一个牛贩子干啥?"

"当家的是个爽快人,不瞒你说,长官派本人来是请黑马团白马团参加国军的。"

"参加国军?"咱三大爷不由愣了一下。咱三大爷说,"黑马团白马团一直想为国家干点事,只可惜当年无论是国军还是共军都不要;所以堂堂的黑马团白马团只有当牛贩子。"

"那都是过去的事,不提了。现在加入也不晚呀。"

"现在黑马团白马团不想加入国军也不想加入共军了,黑马团白马团的人不想打内战。"

副官的脸色突然就沉了下来。副官说:"你们干也得干,不干也得干。"

咱三大爷说:"如果你们来硬的,俺只有拼个鱼死网破。"

副官脸上又露出了笑。副官说:"你不参加我部,也会参加其他部队;你不参加国军就会参加共军。从南阳到信阳,国军、共军多得很,你走不了多远就会被其他部队拦住的。我们长官说了,只要愿意参加我部,其他一切都好说。"

"怎么个好说法?"

"你们贩牛干啥,不就是为了赚钱嘛!你们的牛我们全买了,我们出十倍的价钱。每个人我们出两头牛的价格。"

副官此话一出,大家的眼睛都睁大了。

咱三大爷说:"你说的比唱的还好听。人都跟你们走了,牛也被你们赶了。钱再多有啥用。"

副官说:"你们可以留一个人收钱,把钱弄回家,再分给各自的家人。"

咱三大爷不啃声了。咱三大爷望望大家,问:"这事大家说了算,我们先商量商量。"

副官说:"没问题,本人明天来听信。"副官说着走了,副官走了几步又回头说,"我们长官说了,只要愿意加入我部,就是我们的弟兄，是我们的弟兄，什么条件都可以答应。有一点是不能改变的，那就是必须加入我部。"

副官撂下话就走了，咱三大爷和大家互相望望，大眼瞪小眼的不知咋办了。

最后，大家商定由咱三大爷带着钱回家。其他人参加国军。没办法，好汉不吃眼前亏，不参加也不中呀。能挣些钱就不错了，不给你钱你又能咋着？大家心里不愿意是不愿意，但是大家真见着钱了还是睁大了眼睛。这辈子没见过那么多钱，正所谓见钱眼开。那钱装了整整两麻袋，咱三大爷用了吃奶的力气也才背动。副官给咱三大爷出点子，让咱三大爷到附近庄上买头赖驴驮上，麻袋面上装白菜萝卜，这样路上安全。

这样，咱三大爷贾文清就成了一个赶集卖菜的老汉了。

大家都笑了，说这两麻袋白菜萝卜真值钱。为了防身，临行了二黑又在咱三大爷的裤裆里藏了一把小手枪。

这样，咱三大爷便告别了黑马团白马团的短枪队，赶着小毛驴踏上了回乡之路。

咱三大爷开始走的几十里地是轻松愉快的。咱三大爷从来没有见过这么多钱，发财了的激动使他没有清醒地认识到回乡之路的遥远。遥远的回乡路都被咱三大爷激动之心情冲淡，这使他内心升腾出一股力量，使他的两条腿完全可以跟得上驴的四条腿。咱三大爷却没有为驴想想，那头赖驴驮着的两麻袋钱有多么沉重。那可都是钞票呀，是当时中国最好的纸张，其重量足以压弯毛驴的细腰。哪怕驴再能吃苦耐劳，几十里之后也只有累得卧下。这时，咱三大爷也一屁股坐在田埂上。

"哎哟娘，累死俺了。这钱不好挣。"

咱三大爷望望卧在身边的驴，望望驴身上的两个大麻袋，有点不敢相信驮着的是两麻袋钱。咱三大爷摸摸上衣口袋，那里面也是钱，就这上衣口袋的钱就够这一路用了，你说这两麻袋钱能用多久，子孙万代也用不完呀。咱三大爷曾用上衣口袋里的钱买了眼前这赖驴，那仅仅用了一张，如果用一扎就可以买成群的驴。咱三大爷有些后悔这驴买得太赖，脚力不行，根本走不回家。要是买头骡子就好了，还可以再买一匹马骑骑，那样一路上也不会这么累；可是，如果那样一路上就会引起人的注意。这兵荒马乱的，俺一个人，万一碰到土匪强盗，打也打不过跑也跑不掉，再多钱也是人家的。唉——苦就苦点吧，这辈子也就苦这一回了。咱三大爷坐在那里喝了口水，吃了口干馍。驴见咱三大爷吃不干了，身子一挺就起来了，望着咱三大爷叽昂叽昂地叫。咱三大爷笑了，骂："你个驴日的，见不得人吃。好，给你也吃点。"

咱三大爷从麻袋里掏出一棵白菜，两个胡萝卜递给了驴。驴见了都笑出声来，驴呲牙咧嘴地向咱三大爷点头。驴心里说，你这个驴日的，给俺吃这么好的东西，这可是你们人吃的。俺前一个主人因为俺偷吃了他一片老白菜帮子，打了俺三磨棍。咱三大爷当然不知道驴心里想了什么，咱三大爷有些不耐烦地催驴快吃，吃了好赶路。驴吃着白菜和胡萝卜，眼泪都出来了。驴边吃边在心里暗暗下决心，就是累死俺也把你这两麻袋花纸片驮回去。别说是这么好看的纸片了，就是臭狗屎俺也驮。前一个主人给俺吃的都是麦秸草，俺还经常给他往地里驮臭狗屎呢。

咱三大爷和驴都吃饱喝足了，准备上路了。这时，咱三大爷又从麻袋里拿出了一个胡萝卜。咱三大爷在拿胡萝卜时又不放心地向麻袋深处掏了掏。咱三大爷还是不太相信自己有那么多钱，自己这一个萝卜一棵白菜地往外拿，说不定麻袋里装的只有白菜和萝卜呢。咱三大爷往下面一掏，便摸到了那一捆一捆的钱，就这样咱三大爷还是不相信自己，咱三大爷又怀疑自己是在做发财梦呢，于是咱三大爷在自己手上咬了一口，感觉到了痛，这才放心地笑了。

驴望望咱三大爷也突突地笑了，驴在心里又骂了一句，你这个驴日的，自己咬自己，有病。咱三大爷也不知道驴在骂自己，从麻袋里拿出一个胡萝卜在驴的眼前晃。驴高兴坏了，没想到这主人真有病，俺骂他，他还给俺好吃的。虽然俺刚才已经吃了胡萝卜，可是那东西实在太好吃了，再吃一个又如何。

事实上驴高兴得太早，咱三大爷并没有把胡萝卜给驴吃，而是将那上好的胡萝卜用绳子拴了，吊在了驴的眼前，这样，驴看到了胡萝卜就在嘴边，可就是吃不上，驴比较犟，吃不上也要追着吃，这样驴就开始和胡萝卜较劲，追着胡萝卜走。这说明，驴还是比人笨，驴上了咱三大爷的当还不知道，还骂人家咱三大爷是驴日的。你说好笑不好笑。

咱三大爷跟在驴的身后，也不用操心驴走不快了。咱三大爷不用赶驴，就开始东张西望。路上的人都在看咱三大爷和他的驴，觉得好玩。这主仆两个有点怪，不伦不类的。驴吧，是头赖驴，人却显得很有钱。这驴是不配给这人当脚力的，这人该骑马，最不济也该骑头骡子。

咱三大爷忘了一件重要的事，那就是换衣服。咱三大爷穿的衣服都是绸缎的，内穿白色的绸子衬衣，外罩黑缎子褂。咱三大爷却赶头赖驴像赶集回来的老汉驮着白菜和萝卜。咱三大爷最怕人家注意他了，没想到赶头赖驴也有人注意。咱三大爷便像驴一样支撑着耳朵听路人的议论。咱三大爷不听不知道，一听吓一跳。原来问题出在这身衣服上。

接下来咱三大爷就是要把自己身上的衣服换掉。咱三大爷正在发愁时迎面却碰到了一个要饭的叫花子。那叫花子不看咱三大爷只看驴面前的胡萝卜,望着不住地咽口水。咱三大爷便十分兴奋地问叫花子:"你是不是想吃胡萝卜?"叫花子说:"俺好久没吃过这么好的胡萝卜了。"

咱三大爷说:"如果你和俺换一换衣服,俺就给你一个胡萝卜吃。"

叫花子望望咱三大爷,有些生气。说:"你饿蛋啥饿蛋,不就是有钱嘛,有钱你去骑马呀,不就有一头赖驴嘛,暴发户。有钱就了不起,有钱也不该拿俺要饭的开涮。涮牛涮羊都值钱,涮人不值钱。"

咱三大爷笑了,咱三大爷说:"俺没有钱,不准乱说,谁说俺有钱。你要吃俺的胡萝卜就得和俺换身衣裳,你干不干?你不干俺找其他人。"咱三大爷说着把自己的衣服脱了下来。叫花子歪头看着咱三大爷,傻了眼。

咱三大爷脱掉上衣递给叫花子,叫花子还有些不敢接。叫花子说:"这可是你要换的呀,不能反悔。"

咱三大爷说:"不反悔。快换上吧。"

叫花子换上了咱三大爷的衣裳拔腿就跑,生怕咱三大爷反悔。咱三大爷喊:"你不要胡萝卜了?"

叫花子边跑边回答:"吃个球的胡萝卜,俺穿这身衣裳想吃啥吃啥,想下哪个馆子下哪个馆子,馆子的堂倌再不让俺进去,他试试!"叫花子跑着连头都不回。那叫花子在田野里奔跑了好大一阵才回过头来望望咱三大爷,然后又望望身上的好衣裳,破口大骂。

"日你娘,傻蛋。"

咱三大爷挨了骂也不恼,笑笑向叫花子挥挥手。这时,那赖驴不干了,冲着叫花子叽昂叽昂地叫,算是回骂。叫花子听着驴叫还以为咱三大爷骑驴追来了,拔腿又跑。那驴却又呲牙咧嘴地突然大笑起来。

五十四　咱三大爷之死

咱三大爷在路上也不知道走了多久，到达贾寨时应该是刨红薯的季节。

这个时候的咱三大爷基本上是一个叫花子形象了，后半程的路咱三大爷其实是要着饭走过来的。当时，咱三大爷和叫花子换衣服时忘了把上衣口袋里的钱拿出来，而咱三大爷又不舍得从麻袋里拿钱出来花，这样咱三大爷便赶着驴驮着钱一路要饭。在一段时间里他成了世界上最富有的叫花子。在这个过程中咱三大爷越来越瘦，驴却越来越肥。因为一路上有的是青草和庄稼。在快到贾寨的时候，咱三大爷的路越来越熟，为了不暴露目标，他采取了昼伏夜行的方式，也不走大路了，专走野地。

终于，在一个有月光的夜里，咱三大爷走进了贾寨人的红薯地。咱三大爷在红薯地还扒了人家的红薯，咱三大爷自己吃了一个，给驴也喂了一个。当咱三大爷啃着生红薯，尝到家乡的味道时，咱三大爷流下了眼泪。咱三大爷觉得这是世界上最好吃的东西。咱三大爷百感交集，一步踏上了贾寨村头的那条南北大道。在那条南北大道上咱三大爷愣住了。在月光下咱三大爷无法认清贾寨了。贾寨倒在一片废墟中。

咱三大爷望着眼前的景象都怀疑自己走错路了。贾寨怎么变成了这样。月光下的贾寨像一张褪了色的旧照片陈旧得一塌糊涂，像古代一座城堡的废墟，平静而又荒诞。

咱三大爷一眼望去首先没找到那座炮楼。如果在往常，一上南北大道首先看到的就是那巍峨的炮楼。那炮楼已经成了贾寨的标志性建筑。鬼子投降后，张寨要拆炮楼，贾寨不让。贾寨人没法说内情，你总不能说，这炮楼是克老桥的吧。贾寨只告诉张寨，炮楼是两个村修的，你张寨不能单独拆，这样贾寨就没法拆了。后来张寨人也觉得炮楼不拆是对的，炮楼没拆成了贾寨人和张寨人一起团结抗战的标志。

咱三大爷走近了发现炮楼已经成了一片瓦砾。咱三大爷站在南北大道上望着村子，贾寨和张寨的寨墙都倒塌了，没塌的地方也像老太婆的门牙，关不住门也合不住风了。咱三大爷没敢进村，他来到了老桥头。那桥也不是桥了，成了水坝。上游的水满满的，下游的水如涓涓细流。在上游有一个碗口粗的东西黑黢黢地指向西方，咱三大爷爬上去摸了摸，原来是个炮筒子。炮筒子插在水坝内，咱三大爷用手搬了搬，纹丝不动。

这一切都是一个战役留下的。这个战役叫"双寨战役"。双寨战役以贾寨和张寨为中心，方圆有十几个村子。在贾寨和张寨各有一个团的国军防守。国军利用贾寨的寨墙、寨沟，包括鬼子留下的炮楼和解放军对抗。所以包括炮楼、寨墙在内的建筑都被大炮轰平了。双寨战役以解放军的最后胜利而结束。那桥是国军最后一次突围时被坦克压塌的。咱三大爷看到的炮筒子就是坦克的炮塔。

虽然寨墙没有了，所幸的是房屋损失不算太大。一是解放军的炮弹的确长了眼睛，还有就是当寨墙被突破后，村内的国军并没有借助民房继续抵抗，开始突围了。结果国军大部分都被消灭在村外，退回村的都投降了。战斗结束后，村里人回到了贾寨。咱二大爷和姚抗战带领大家帮助解放军打扫了战场，还组织了战后重建。毁的民房都修好了，可是那寨墙和桥都没有修复。已经解放了，还要寨墙干什么，不修也罢。最重要的是镇压地主，土改分地，然后是支前。

咱三大爷当然不知道家乡已经发生了翻天覆地的变化，当他回到家时，他连咱三大娘的说话都有些听不懂了，满嘴的新鲜词。咱三大娘当时正在纳鞋底，在那深沉的夜晚，凤英和一群孩子都睡了。咱三大娘守着孤灯纳着鞋底。灯静静地燃着，火苗袅袅的，温柔、雅致。咱三大娘依在灯边，手中针线飘飘逸逸的，很安然。就像一幅永不褪色的油画。

咱三大娘在那灯下做活，时间久了，灯边便不知不觉开出一朵小花……突然间，"嘣叭"一声，灯花爆裂，红蕊飞溅，活泼泼划出一道弧光。那光彩落进咱三大娘的怀里，就像朱笔在大襟上点了一星红色。咱三大娘用手拍打拍打衣襟，抬头望灯，嘴里自言自语的：

"莫非有啥喜事，灯花报喜呢！"

灯花接连爆响了三次，咱三大娘就忧戚了脸，又自言自语地："好事不过三呀！过三必生难。说不准凤英爹在外头有难了。"

这时，咱三大娘突然听到敲门声。咱三大娘问："同志，有事吗？"

咱三大爷在门外说："俺不是同志，俺是你男人。"

咱三大娘开开门，被咱三大爷的样子吓哭了。咱三大娘说："老天爷，这解放了，你咋变成叫花子了。"

咱三大爷牵着驴进了院子，牵着驴进了堂屋。咱三大娘拦着不让进。驴呲着牙有些生气，照咱三大娘的肚子就顶了一下。咱三大娘骂："这赖驴还顶人。"驴在心里骂："说俺赖驴，老子一路风餐露宿好不容易回到家，你不叫进门咋行。"咱三大爷和驴进了堂屋，反手把堂屋门插上了，从驴身上把两个麻袋卸了下来。咱三大爷神秘地先将麻袋藏在床下，打开堂屋门在驴屁股上拍了一巴掌，说："滚吧，你的任务完成了。"

驴被赶出去很委屈，在心里又骂："没有一个好人，都是卸磨杀驴的货。"驴虽然不满意也没办法，只有在院子里无聊地散步。

堂屋里咱三大娘望着咱三大爷发愣。不太习惯。咱三大娘无法接受自己男人变成了叫花子的事实。咱三大娘手拿鞋底望望咱三大爷也不说话。咱三大爷望望屋里也不习惯，屋里到处都是新做的鞋子。咱三大爷拿起一双问："俺不在，你做恁多鞋干啥？"

咱三大娘说："这是给同志们做的。"

"同志？"咱三大爷想起刚才叫门时咱三大娘也问的是同志。就非常不高兴地又问了一句，"俺走后，你在家里有人了。同志是谁？"

咱三大娘笑，说："你白在外头走南闯北了，连同志都不知道。同志不是人，同志是同志。俺也可以叫你同志。"

"你这是什么乱七八糟的，你这是在骂俺。同志不是人，你还叫俺同志。"

咱三大娘哈哈大笑，说："你像是从外国回来了一样。"

咱三大爷也笑了，说："凤英她们呢？"

"睡了。"

"噢。"咱三大爷说，"饿了，去给俺打十个荷包蛋。"

咱三大娘站在那里不动。

"去呀！"咱三大爷又道。

咱三大娘说："连鸡都没有了，哪来的鸡蛋。"

"鸡呢？"

"都让国民党反动派杀吃了。"

"什么？"咱三大爷听不懂咱三大娘的话。咱三大爷弯腰趴在床下去摸那麻袋，吭哧了半天从麻袋里抽出一张钱。咱三大爷把钱递给咱三大娘，说："去买，这够买十筐的。"

"这深更半夜的到哪儿买，"咱三大娘说着接过钱。咱三大娘接过钱顺手就扔了，咱三大娘说，"这是啥钱？"

"咋？有假？"

"没假，就是不能用。"

"没假怎么不能用。这钱不可能假，这都是国军用来买俺牛的钱，都是军饷呢。"

"这是旧社会的钱，在新社会不能用了。"

"什么新社会旧社会，钱的事俺比你懂。抗战前用的是现大洋，抗战后用的是法币，抗战胜利后法币不值钱了，这才用的金圆券。俺这可都是崭新的金圆券，一元金圆券等于300万法币呢。值钱！"

"现在解放了，咱们这儿都用人民币了。"

"人民币是啥？"

"人民币你都不知道？姚抗战说，我们现在是人民当家作主了，要用人民币。人民币就是人民的币。"

"什么屄呀屌呀的，老子不用。那个姚抗战不就是个要饭的嘛，他懂啥，俺有两麻袋金圆券呢，还顶不了那人民币？"

"你有两麻袋，你有两汽车也没用了，没人会收你那金圆券了。"

"那原来的金圆券呢？"

"政府说，可以换。"

"换成啥？"

"换成人民币。"

"咋换？"

咱三大娘拿出一块钱人民币，说："就是这种钱，一圆人民币换十万圆金圆券。"

"啊！那俺不换，换了都亏死了。"

"俺也没钱换，谁家有几十万金圆券换呀！"

"不行，俺去找那当兵的去。"咱三大爷急了，"俺那是五十头牛呀！这两麻袋金圆券才值几个钱。"咱三大爷说着从床底下拉出麻袋，往肩上一撂开门就走。咱三大娘拉着咱三大爷，"你才回来咋又走，你是当真不要俺娘几个了。"咱三大爷一把将咱三大娘推开，"你懂个屁，俺五十头牛都没有了，俺还不去把那些当兵的追回来。"

咱三大爷说着就冲出了门，在院子里碰到了驴。驴走过来挡住了咱三大爷的去路。咱三大爷拍了拍驴，把钱往驴身上一搭。说："走，咱找部队去。"驴虽不情愿，还是屁颠屁颠地跟咱三大爷走了。咱三大娘追出来问："你这一走，又啥时回来？"

咱三大爷说："找到队伍了，把牛换了就回来。"

咱三大爷出了村再次踏上了那南北大道。咱三大爷在路上没走多远就下了路基，咱三大爷决定抄近路原路返回。咱三大爷下了路基走进了红薯地。只是咱三大爷这次怎么也没有走出贾寨的红薯地，他迷路了。

他在红薯地里折腾了一夜，在天快亮时来到了一条河边。咱三大爷不明白这是哪条河，咋就不认识了呢。要知道咱三大爷是有名的风水先生，贾寨和张寨方圆几十里地的河没有咱三大爷不认识的；可是咱三大爷却怎么也不认识张寨村头的河了。咱三大爷在河边徘徊了一阵，就下定决心渡河了。

咱三大爷要渡河驴却不干了，驴往后缩。驴望望咱三大爷在心里说："俺不会游泳，俺不下去。要下你自己下去。"

咱三大爷赶不动驴，恼了。咱三大爷对驴蹄子踢了一脚，却把自己踢疼了。咱三大爷疼得弹着脚在原地打转。驴呲着牙又笑了，骂咱三大爷是傻蛋，自古都是驴踢人，哪有人踢驴的，这不怪俺。咱三大爷见驴不下河，赌气从驴身上把麻袋卸下来，背在身上自己下河了。

驴看到咱三大爷下河不多久，忽悠一下在河中间就消逝了。驴望望渐渐平静的河面，耐心地站在那里等待。

驴在河边站着，一直等到第二天的太阳升起。咱三大爷再次浮出了水面。咱三大爷浮出水面也不上岸，却向下缓缓地漂着。驴在岸边就跟着水里的咱三大爷向下走。快到老桥头时，水流更缓慢了，咱三大爷被一片水草挡了，也不漂了，在那里不动。驴终于不耐烦了，望着正过老桥的行人叽昂叽昂地叫。过桥人见一头外乡驴在那里叫唤，就走到了驴身边，再往河中一见，大吃一惊。一声变了调的叫喊比驴叫还嘹亮。

"有人跳河啦——"

接下来咱三大娘和孩子们的哭声便如泣如诉地在那老桥头展开了。

咱三大爷被打捞上来后，大腹便便的。有人从咱三大爷家里的厨屋里揭来了锅。那锅嵌在那里，咱三大爷趴在锅上。咱三大爷嘴里便开始一股一股地往外冒水。咱三大爷的肚子变小了，可是人却永远也活不过来了。

咱三大娘哭诉："呜——是俺害死了他呀——他临死想吃个荷包蛋都没有吃上呀！呜——"

最后，咱二大爷在咱三大娘的哭诉中知道了还有两个麻袋。就带人顺着驴蹄印向上游寻，在上游半里地的河里摸出了麻袋。人们在老桥头打开麻袋，都愣住了，那是两麻袋已经不值钱的钱。乡亲们对咱三大娘说："烧个几百万给凤英爹，说不定那边还能用。"

咱三大娘就把那金圆券当纸钱烧。

又有乡亲们说："烧了也没用，这边解放了那边也解放了。"

有人抬杠："那不一定。是解放军死得多还是国民党死得多，肯定是国民党死得多。国民党死得多，在那边的人就多，解放军在那边打不过国民党，那边肯定没解放。为啥那边叫阴间，是和咱这阳间相反的。咱这儿解放了，阴间就没解放。"

姚抗战就骂，说："这是迷信，这是梦想变天。"

咱三大娘就不烧了。还有一半。后来，咱三大娘用那金圆券糊成纸壳子，纳鞋底用。纳出来的鞋底十分坚硬，可就是太脆，一掰就断。咱三大娘将那一批做好的鞋子交上去当军鞋，后来都被退回来了。姚抗战还开了咱三大娘的批斗会，说咱三大娘破坏军民团结，拿这种鞋怎么能给解放军穿，只能穿三天鞋底就断了。咱三大娘辩护说，俺这一双鞋就一头牛，就是好几千块，这才叫千层底呢。这都是俺凤英爹用命换来的，俺是想让解放军穿着俺的鞋好发财。咱三大娘的辩护很可笑，批斗会该开还是开了。

五十五　咱四大爷之死

在开咱三大娘批斗会那天，区上突然来了个通信员。通信员找到姚抗战，让姚抗战带着民兵排长去区上押一位土匪头子回来，区上将在贾寨开公审大会。

姚抗战说："哪儿的土匪？"

通信员说："这个土匪太可恨了，为了抓他，死在他枪口下有不少人。"

"到底是谁？"

通信员神秘地说："俺来时，区上有指示，不让说。"

姚抗战说："连俺也不透个口风？"

通信员说："只能告诉你。这土匪就是贾寨出去的！"

姚抗战说："别绕弯子了，给个痛快话！"

通信员趴在姚抗战耳边说："贾文灿。"

姚抗战说："俺已猜到了。"

通信员说："不让说，主要是怕贾文柏思想上过不去。上头想先让你做做他的工作。"

姚抗战说："这个没问题，俺相信贾文柏的觉悟。"姚抗战一边叫人集合民兵，一边去找咱二大爷谈话。

咱二大爷回答说："他活埋了胜利娘，已经是俺的仇人了。他后来又放俺走，算是还有一点兄弟情分。俺别的没啥，俺给他收个尸吧。"

姚抗战说："这个没问题。"

贾寨正开咱三大娘批斗会，刚好接着开咱四大爷的公审大会。姚抗战和民兵排长去接押送咱四大爷的队伍，让咱三大娘的批斗会继续开。为了等咱四大爷的公审会就把咱三大娘多批斗了一会儿。不久，黄土路上就出现了一群人影，孩子们三五成群地吹呼着："来了，来了！"

土匪铁蛋被抓住了，姚抗战走时还让人准备了鞭炮。有人把鞭炮举着多高，嘴里的半截烟屁股被吸得烟火弥漫。黄土路上的人群近了，黄土被脚步踢腾开来，尘灰将行人笼罩着。人们远远地看到走在最前面的是一位五花大绑的大胡子，在他身后两名解放军端着上了刺刀的大枪，一步不离地押着。姚抗战和民兵排长脸上毫无表情地跟在区长身后走。但是，队伍里没有贾文柏。村里人都在议论，这铁蛋啥时候也留大胡子了。

在鞭炮声中，贾寨人站得像一排风中的杨树，人们伸长脖子瞧。

姚抗战一挥手："大家继续开会，开铁蛋的公审大会。"

铁蛋费了很大的劲才抓住的。据说他带着手下进了桐柏山，在"母猪峡"占山为王。那里四面都是悬崖绝壁，只有一条小道与外界相通，那地方处在六县的交界，便于出动，也便于逃避。那里曾经是土匪"白朗"的老窝，后来是土匪"老洋人"的山寨。铁蛋在那里占山为王，和解放军打起了游击。他神出鬼没的还经常化装，让人弄不清本来面目。解放军派人来贾寨了解铁蛋的情况，姚抗战专门派了贾寨的人去帮助解放军认人。姚抗战说铁蛋就是扒一层皮贾寨人也能认出来。

贾文灿被押回来开公审大会。姚抗战带头呼口号：打倒土匪贾文灿！

贾文灿五花大绑地被押上了老窑顶。枪响了，咱四大爷像只笨鸟俯冲着从窑顶上栽了下来。

在开贾文灿的公审大会时，咱三大娘一直陪站在那里。人们几乎把她忘了。贾文灿被押上老窑顶枪毙时，咱三大娘也糊里糊涂地跟着走。枪一响咱三大娘便一屁股坐在那里，尿了一裤子。人们把咱三大娘弄回来，从此她裤裆就没有尿净过。若和人吵架了，就会用食指和拇指比画着："枪毙你，枪毙你！"

咱三大娘认为，这句话是骂人最狠的一句话。

五十六　结尾

咱二大爷们有兄弟五个，只有老二贾文柏是善始善终的。老大贾文锦受伤不愈暴死，老三贾文清迷路淹死，老四贾文灿被枪毙，老五贾文坡被鬼子用刺刀挑死。

咱二大爷贾文柏却活了下来，还长寿。

咱二大爷老了经常在老寨墙边说书。那老寨墙被阳光涂抹着暖洋洋的，在墙边横七竖八地躺着一群晒暖的老头，个个像是已睡。咱二大爷歪在老墙边，阳光下那脸上的纹路一道一道的，就像是对往日辉煌的记录。咱二大爷歪在墙边并没打盹，细细地瞅就会发现他的眼皮正眨动着，有一种声音细如抽丝地从他唇齿间吐出，那声音开始像蚊子声，后来越来越清晰有了音调。村里老人便随那音调摇头晃脑地沉醉，像是很知音的样子。咱二大爷哼了一阵，戛然而止。寨墙边坐着的人便停止了东摇西晃的脑袋，把耳朵竖了起来。几位昏昏欲睡的老人猛地提起了精神头，像吸足了鸦片烟，眼里闪出一种极亮的光。咱二大爷咳了一声清清嗓子开说："毛主席教导我们：'加强纪律性，革命无不胜。'"

这开场白是咱二大爷整个说书过程的重要组成部分。这是咱二大爷给听众宣布纪律呢！也提醒后来者把声音放轻些，不要说话。开场白和他哼的小调不同，小调是过门儿只是哼哼，听书之人只能闻其调不问其词。开场白是显示说书艺人嘴上功夫的几句。咱二大爷的开场白声音洪亮、字正腔圆，只需几句，听众便佩服得五体投地。

有一次乡长也就是咱二大爷的重孙子贾中华路过那寨墙边听到了，说："俺太爷爷真是文化老人呀！"从此贾寨人就叫咱二大爷文化老人了。

不用说咱二大爷用毛主席语录当开场白是文革时期加进去的。在那个时期这开场白顶用，把一些传统的古书段子抹上了一层保护色。这样，一般说书艺人不敢说的，他却敢。当然后头学习的几条毛主席语录要因书而异。看说啥书。比方：他要说《水浒》在开场白中就说："毛主席教导我们：'《水浒》是部好书，好就好在投降，可做反面教材……'"

这时，若听众中有干部，有了这段毛主席语录，也就不好找麻烦了。毛主席都说是好书，谁敢说个"不"字。

咱二大爷一辈子说三部半书，《水浒》《三国》《七侠五义》。另外半部说是他自编自撰的村史。咱二大爷进入晚年后在村头那老墙边晒暖说的主要是这半部分。说他那书之所以只是半部，是因为到他临死那书也没有结尾。那书的内容分景录、事录、人录三大部分。景录写的是老家的风景；事录写的是老家的风俗；人录写的是老家的风流人物……这世上为一个村寨著书立说者甚少，可贾寨出了个咱二大爷，咱二大爷说贾寨编贾寨这就正常了。

这部自圆其说的村史，以咱二大爷所见所闻为主线，装订成一本纸张发黄的线装书。孤本。整部书用蝇头小楷抄录。咱二大爷爱此书如命，整天揣在怀里绝少示人。若村里有事需引经据典，他便把那书在人前一晃，说："那事都记在这书中呢！"村里人见那书如见圣旨，以其所录为准。若两个少年气盛为一老事相争，相持不下时，最后必有一方拿咱二大爷压人，说："不信？不信去问贾文柏！"对方便诺诺无语。

为此，咱二大爷在贾寨极有威望，老书也属典籍。谁家妯娌吵架必找咱二大爷评理；谁家父子分家也以咱二大爷所说为准；谁家红白喜事更少不了咱二大爷的上席。

夏天的晚上咱二大爷就靠在寨墙边自言自语，会突然来一句：呔，来将何人？如果有胆小的刚好路过会吓一跳。知道是咱二大爷的就回答：李逵是也！

咱二大爷便被弄糊涂了，这问话的是李逵，答话的咋还能是李逵呢！后来弄明白了，就说，大胆李鬼，敢冒充你黑爷爷，拿头来。路人却已走远了。所以咱二大爷在那里自说自话就有点吓人。

现在，咱二大爷还经常靠在寨墙边望着村外炮楼的旧址念念有词。

听他说书的老人都死绝了，年轻的对他那陈谷子烂芝麻不感兴趣。咱二大爷嘴里唱得最多的是：

一九三八年呀，
鬼子进了中原，
烧杀掠抢毁俺家园……

听到咱二大爷这苍老的吟唱，咱计划在抗日战争胜利的纪念日为咱二大爷们修一个纪念碑。咱不让政府掏钱，咱老百姓自己修。日本人现在不是不承认侵略历史嘛，还篡改历史教科书。咱在中国每一个被日本鬼子铁蹄践踏过的地方都修上纪念碑，成为碑林，记录日本鬼子的种种恶行。咱把日本人的子孙请来，咱把他们带进碑林，让他们看看他们的二大爷们干的坏事，咱看看他们会不会在碑林中迷路。

如今炮楼的旧址已经成了一片废墟，夏天的时候在那炮楼的废墟上长出了蓬蓬勃勃的蒿草，出那种红色的穗，红色的缨穗指向蓝天，很像抗战时期的红缨枪。

如今，连炮楼的废墟也没有了，一场大水过后那废墟被冲刷得干干净净，只剩下白茫茫一片河滩地，好像炮楼就没存在过。如果你站在贾寨村后的松树岗上向那片河滩地里眺望，你会隐隐约约地看到炮楼壕沟的痕迹，成了一个大圆圈，像一个巨大的零字。

2004年12月9日第一稿于北京博雅西园
2005年5月3日第二稿于北京博雅西园